虚空の羽ばたき

トーマス・ゾガリック
Thomas Zogaric
唐沢杏子訳

目次

目次

虚空の羽ばたき

第1章　シカゴ

私は1939年9月3日の夕方、イリノイ州シカゴにあるマイケルリース病院で生まれた。母の名はアン、父の名はエソ。エソは命名されたときの名だが、父はいつも自分をトムという名で通した。

母はグアテマラ人とアイルランド人の血を引いている、とても器量よしの女だった。父の家系はセルビア人、父は並外れに上背のある男で、生涯、建設業に携わった。物心ついてから、私には自分が父と母と親子一緒に同じ屋根の下にいた記憶がいっさいない。正直言って、6、7歳になるまで父と共に過ごした時を思い出せない。

父は第二次世界大戦でヨーロッパでの戦闘技師だった。その頃のことで1つだけ非常に心に残っているのは、父がベルギーのブリュッセルから送ってくれたおもちゃの電気機関車だ。

父母が何時離婚したのかは知らない。父が母や私と一緒に住んでいたのを思い出せないので、たぶん彼が除隊して帰国してから少したってからに違いない。父の話によると、私の苗字がZogaricで、彼や彼側の家族と同じZagoracでないのは、彼が除隊した際に書類上誤ったつづりをされていたのが原因らしい。それをあえて訂正しなかったからで、私が生まれた時、私の出生証明書に“Baby boy Zogaric”とあるのはそのせいだと言う。何とも心許ない弁明、筋の通らない話ではあっても、それしかないので、とにもかくにも、私自身の苗字はZogaricだ。

母と私はいつもシカゴのサウスイーストサイドに住んでいた。初期の記憶では、シカゴ大学近くのベースメントアパートメント〈地階のアパート〉だ。私たちは裕福でなかったので私たちが住んだ住居のほとんどがアパートに改造された地下室だった。大学の周りのミッドウェイパークにいて、フラフイーという名のパメラニアン犬を飼っていた。

その頃住んでいたアパート中で一番鮮明に覚えているのは、１９４３年、短期間のようだったが、祖父と祖母と一緒に同居したドーチェスター大通りのアパートだ。祖父はマリンバを奏でるミュージシャンで、濃い黒髪をした細身の美男子だった。彼はシカゴの〝子犬の瞬き〟というクラブで、ファン・ロハスのバンドで演奏していた。祖母はホームメイカーだった。

祖父や祖母と同居したアパートメントの建物には時を隔てて2度住んだ。初めは3階の裏側のアパートで、後のは1階の表のアパートだった。母の話では、3階のアパートに住んでいた時はポーチの手すりにチキンワイヤー（六角形の目の金網）を取り付けなければいけなかったらしい。私が玩具やなんやら手摺の向うに投げるので。

私たちのアパートメントには食事する場所、居間、ベッドルームがあった。ほかのアパートメントとを隔てる廊下がついていて、建物自体はかなり古く、コンクリートで出来た正面玄関の階段が人の脚で踏み減って凹んだカーブが出来ていた。

その当時は冷蔵庫ではなく、アイスボックスが使われていた。２つドアーのついた木の箱で、開けるとブリキの容器になっていてそこに氷を入れた。氷は荷馬車で運ばれてきて、私たち子どもは荷馬車に上がり、大きな氷塊が小さく割られる時にできる薄切りのかけらをかすめ取った。牛乳も荷馬車で運ばれてきた。ある日、荷馬車の馬にリンゴを与えている時、馬はリンゴばかりでなく私の右手と腕に食いついた。幸運にも、ただくわえただけなので事なきを得たのだったが。

まだ幼いその頃から、私は片時も目を離せない放浪児だった。それは母にとっては厄介ごとだった。食料品の買い物に行くときはいなくならないように子犬のように私に皮ひもをつけた。それでも、ある日、母がちょっと立ち寄っただけの店から出てきた時、私がいなくなっていた。うろたえた母や店の人が大騒ぎして探しまわった。さすがにちっちゃかったのであまり遠くまでさまよっていなかった。

母と私が次に移ってきたアパートにはベッドルームさえなかった。マーフィーベッドと言って、ベッドは壁の中にはめ込まれていた。私はそのアパートですんでのことで感電死するところだった。なぜそうなったかというと、私は爪やすりを電気ソケットに突っ込んで電気ショックを受けたのだ。また、ある時、ラジエーターの上に座って蓄音機で遊んでいるときにも感電した。そのときのおののきも鮮明に覚えている。

やがて、私はブラックストーン通りのウォルタースコットの小学校に通い始めて、私たちはそのアパートには1943年から1949年までいた。

母は既婚の男と付き合っていて、1944年、妊娠して異父弟が生まれた。その男と母は結婚しなかった。母はよく、夫は欲しくないが息子が2人欲しいと言っていた。彼女は生涯に数人の男と関係し、またそれぞれ持続期間こそ異なるが数回結婚した。

ボブ・アンダーソンが最後の夫で、彼とは一番長く続いた。

母は彼女なりに私と弟の養育にベストを尽くしていても、仕事がレストランやナイトクラブの夜勤だったので、私は自分自身と5歳下の弟の責任を負わされた。しかしその当時は、今とはちがった世界だった。〝鍵っ子〟なんていなかった。ドアはロックされておらず、垣もなかったので近所周りは誰も知り合っていてお互いに助け合った。学校の教育委員会から与えられる古着や食料品などを除いてはあまり物を持っていなかったのだから、貧乏だったとは言える。

母は生活費を稼ぎ、新生児を育てるのに精いっぱいで、浮浪児のような私の挙動を制御するのに手が回らなくなって、私を里子に出した。記憶は薄らいでいるが、初めの里親の家では1つのベッドに3人寝ていたから、少なくとも6人の里子と一緒だった。そこにどのくらいいたか思い出せない。次の家族は里親自身にも子供がいてその子たちと一緒だった。なぜか夫婦喧嘩が絶え間なかったので、私はまた別の里親に移された。

家に戻ると私は手に負えない悪さ子で、放浪癖が濃くなっていた。ジャクソン公園まで徒歩で行き、交通の激しいストーニーアイランド大通りを通って、数個ある池のひとつで魚釣りをした。一日のころよい時間帯を魚釣りで過ごすと、つかまえた15センチから20センチの長さのブルーギルやマンボウを携えて、汚れて汗ばんだ体で帰途についた。そして、誰に教わったでもなく自己流で獲物を洗い、6歳でもう自分で料理するようになった。

母は私が日中、長い間いなくなっているのにひどく腹を立てて、懲らしめのためにたびたび釣り竿を折った。私はその都度しばらくやめたが、それは釣り竿を買うだけのお金をためるためだった。そして、新しい釣り竿を手に入れるとまたはるばると大通りを渡って行った。

近所に遊び仲間がいた。マイク坊、ノーベル、チャキー、ピート。彼らとよく遊んだ。マイク坊、ノーベル、そしてチャキーとはたいてい一緒だった。ピートは古い大きなアパートメントビルのなかに住んでいて、あとの仲間は私のところから通りを隔てたアパートメントに住んでいた。マイク、〝マイク坊ちゃん〟は我々の街区内では金持ちの息子だった。私はソーダの空ビンを集めて店に持って行って小銭をもらっていたが、彼は親からちゃんと小遣いをもらっていた。それでも誰もが盗癖があって、界隈の店から小さな玩具、あるいはキャンディーの類を一度ならず万引きしたことがある。

私たちは、厚さ5センチで幅10センチの長方形の板にミカン箱の木枠をまたがせ、車輪を取り付けてスクーターを造って、乗り回したものだ。またその頃、よく戦争ごっこをした。おもちゃの鉄砲が流行していた。2つのタイプのおもちゃの紙火薬があって、50巻き紙火薬ディスクか、6巻き紙火薬ディスクだった。ワッシャのついた長いボルトを組み立ててワッシャの間に紙火薬ディスクを入れると大きな爆音が出ると考えつくのに時間がかからなかった。およそ12ほどの紙火薬でそっと締め付けて、それから放り投げた。もちろん、その瞬間にかなりの轟音を発した。害はなかったが、それでもすごく興奮をかきたてた。

とにかく私たちはいろんな悪戯をした。線香花火を爆竹に結んで木立をめがけて投げ上げた。すると、木の枝はアパートの窓近くまで延びているので、窓ガラスを揺るがせた。木立が火事にならなかったのが不思議だ。また、筒形花火も戦争ごっこに使った。それは実にスタントをやっているようなもので、飛び出た火の玉が敵に当たると大怪我させることになっただろうに。

退職した郵便配達人が通りを隔てたところに住んでいて、彼は自分が住んでいるアパートメントビルの管理をやっていた。彼の名は確かミスター・マーティソンだったと思うが、近所の子供たちがやっていることで、大した悪さでない限りにおいては極力かかわってくれた。彼のビルの地下にある石炭置き場に、ビービーガン用の射撃場をこしらえてくれた。小さな木製のターゲットには引きひもがついていて、狙ってターゲットを撃ち落とすと、そのひもを引っ張りリセットできるようになっていた。私たち腕白小僧はそこでよく遊んだものだ。だがそのときは彼の思いやりのある行為をなんとも思っていなかった。

私が初めての仕事を得たのはちょうどその頃だった。大した仕事ではなく、「ダウンタウン・ショッピングニュース」という週刊新聞の配達だった。ほんのちょっとばかりの収入ではあったが、私にとっては貴重だった。

私は母の手に余って、祖父の友達、ファンとその妻ルーシーのところにあずけられた。彼らはインディアナ州フルトンの近くの40エーカーの農場主だった。私の面倒を見ると母に約束して、私はそこで、２年間過ごした。少年である私にとって、その２年間はまともにすごし、良い経験をした日々だった。

農場にいて少年であればいろいろの雑役が付随する。彼らの養鶏場には５００羽の鶏がいて、私は毎日ファンが鶏に餌と水をやり、卵を収穫するのを手伝った。

ファンはインディアナ州に移ってくる以前は長年、シカゴのナイトクラブ〝子犬の瞬き〟で祖父と一緒に働いたミュージシャンで、祖父はマリンバ、ファンはサキソフォーンを奏でた。彼は楽譜の入ったトランクを数個持っていて、私に楽譜を分類させ、その報酬として私に小銭を与えた。引退しているのになぜ楽譜を選り分ける必要があったのかは知らないが、なにごともタダでは得られない労働観を教える彼自身のやり方だった。私がした農場でのどんな雑用にも報酬がついていた。自分の手で稼いだ自分自身のお金だという点で私を気を良くさせた。

ある日、鶏に水をやっていた。なぜだか心が沈んでいてぼんやりと思わぬ時間がたっているのに驚いた。気が付くと、横6メートル、縦12メートル四方の鶏舎が床から8センチほど水浸しになり、250羽の鶏が止まり木に座っていた。その不始末で、その日、私が仕事に対しての面目を無くしたのは言うまでもない。

その当時は、卵の収集は、街の市場に持って行って売る前になされた。卵を明かりに透かして孵化していないかを確かめて、洗って、ひと籠に4ダース、つまり48個が入る仕切りのついたケースの中に入れた。そして、一週間以内ごとに4、5ケースを市場に持って行った。また、農場には用水の井戸があって、時々、水があふれ出た。そのたまり水を掻い出すのも私の仕事だった。

隣の農場に女の子がいた。メリンダという名で、よく一緒に遊んだ。彼女のところには仔馬がいて、荷車があった。私たちは仔馬を荷車につないで乗り回したものだ。

私の弟ジェリーが会いに来た時があって、その時に撮った荷馬車に乗った彼の写真を今でも持っている。メリンダとは私が家にもどってから、しばらくはペンフレンドだった。

私がファンのところへ預けられるよりも以前のこと。祖母が彼女と祖父が住むドーチェスター大通りのアパートメントビルの前で車に跳ねられて死んだ。そのあと、祖父はしばらくは何とかそこに一人住んでいたが、そこを出て、サウスシカゴ通りにあるレストランを買って、後に雇っていたウエイトレスと結婚した。一度、そのレストランで感謝祭の御馳走によばれたことがあったが、それ以後、祖父には2、3度会ったきりだ。

私がファンのところからシカゴに戻ってきたのは1948年で、9歳になっていた。ファンのところでの経験から、働くことで自分でお金を得ることができると知って、周囲に目を配って自分にできる仕事を探した。まず最初に、野菜配達の仕事を見つけた。トラックの荷台に野菜を積み込み、あちこちのマーケットで野菜の荷を下ろす手伝い作業だった。それから、イリノイセントラル線のドーチェスター駅のガード下にある新聞売りのスタンドで働いた。そこでどのくらい働いたか憶えていないが、時期は冬場で、凍えるような寒さの中に立ちつづけているのはあまり愉快なことではなかった。近くにキャンディー屋があり、通りを隔てて〝ウィンピーズ〟ハンバーグの店があった。キャンディー屋に行くと割れ砕けたピーナッツブリトルをとても安く売ってくれた。それで、ピーナッツブリトルが私の一番好きなキャンディーになった。

話が前後するが、その頃、母と私と弟は、祖母が亡くなってしばらくして、祖父が一人住んでいたドーチェスター大通りのアパートに引っ越していた。私はそこから歩いて、以前いたところのマイク坊など腕白仲間に会いに行っていたが、そのうち移ってきた場所に新しい友達ができて、次第に彼らとは疎遠になっていった。新しく仲間となったのは女の子のダイアン、ロバート、そして双子のリックとジョニー、そして、初めての黒人の友達、ビリーだった。ビリーの家族は私たちの隣に住んでいた。

その当時、映画館は子供にとっても大人にとっても恰好な、人気のある場所だった。63通りにあるキムバーク映画館は、土曜日は数本立てで、映画を一日中観せてくれた。親たちにとっては子供が一日中どこにいるのかわかっているので問題がおきず安心していられたに違いない。朝の10時から25色の漫画から始まり、三本立ての映画、最後は連続物でしめる。観終わるとその続きがどうなるのか観たいものだから、子供たちは楽しみにして必ず来週の土曜日には戻ってくる仕掛けになっていた。

ある時、映画館で入場券の半券によっての抽選があった。私は仲間の友達みんなと一緒に座って番号が呼ばれるのを聞いていた。各自自分の半券を見ていた。さて、賞品は？　突然、ジョニーが、「お前の番号だ、おい、お前があたったぞ！」と大声で私に言った。〝シュインズ〟の二輪バイクだった！　おまけに小さなバスケットとポータブルラジオも付いていた。私たちみんな、狂ったように興奮した。そして、私は、仲間に囲まれ、バイクのハンドルを握って凱旋するように意気揚々と歩いて帰った。母に見せると、母は私が盗んだのではと思ったようだ。そうでない、抽選で勝ったのだとみんなが言った。

私の放浪癖がまた厄介ごとを引き起こすようになっていた。ある日、私は家を出て、非常に交通の激しいマキット通りを渡っていて車に跳ねられた。私の体は車のフェンダーに当たって、空中に跳ね上げられた。その瞬時の飛翔中、私たちのアパートが見えたのをはっきり覚えている。とにかくも、誰かが宙に浮いた私を受け止めて勢いづいた落下を危ういところで防いでくれたらしい。そうでなければ死んでたかもしれないのだ。病院で一晩過ごすと、体に一本の骨折もない状態で家に帰された。

また、ある日、蹴躓いて、アパートの前庭の柵となっているアングル鉄に転んだ瞬間、前腕をかなり切っていた。浴室に駆け込んで裂けた傷口を洗って、滲んでくる血を冷たい水で流していると、母が入ってきて、それを見ると私を医者に連れて行った。またの折には、たまたま、アパートの前に30

センチほどの取っ手のついた塵取り用の小箒を見つけて、通りの向うに投げ捨てようとした。ところが、荒毛を縛っていた針金の束が緩んでいて、その突先で手のひらが引き裂かれた。

実に、これで子供時代をよくも生き延びられたのが不思議だ。黒人の友達ビリーと冬にジャクソン公園に行った。そこの湖でボートに乗って漕いでいると、ボートが氷に当たってしばらく動きが取れなくなった。家に帰らなければいけない時がきて、ビリーがボートの舷を跨いで降り、私も彼についておりた。だが、2人がボートの中で散々飛び回っていたので氷が割れて、ビリーは無事に氷の上に降りられたが、私は氷の中に落ち込んだ。ビリーの助けで、私はかろうじて氷の下から這い上がった。だれが警官を呼んだのか知らないが、私はパトロールカーに乗せられて家に帰る羽目になり、家につくまで歯がガクガク鳴っていた。

またある時は、バイクに乗って67通りを通っていると、駐車した車の列と路面電車の間に挟まれた。路面電車は私が乗っているバイク脇をかすって、私は駐車していた車の一台の下に滑り込んでいた。それからもう1つ、これが最後のエピソードになるが、と言っても一番事なきを得たエピソードではないけれど、冬の夜、ドーチェスター通りで仲間と遊んでいるとき車に跳ねられた。


父親の不在……。

日々の暮らしの中で、教わったり、見習ったり、尊敬して仰ぎ見たりする人を欠いていたために、私の日常から排除され、授かることのなかったものが多かったと思う。母の影響下にいて、普通の家庭で父と息子が共有するであろう経験がなかったのをとても淋しく思う。父は彼の姉の家族と祖父とサウスディアリングにあるベンスリー通りに住んでいた。日曜日にはよく路面電車に乗って彼に会いに行ったものだ。しかし、夕食を食べるとそのあと父が車で家まで送ってくれて、父との接触はそれが限度だった。

おかしいことに、路面電車に乗る度に乗りもの酔いをして、頭痛がした。たいていは吐き気がすると運転席そばにある砂箱に頭を突っ込んでいた。砂箱は、路面電車の車輪がレールから滑って逸れるのを防ぐために取り付けられていて、砂箱の底のパイプからレールに砂が零れ落ちる仕組みになっていた。また、自動車の後席に乗ると、同じく気分が悪くなるのでいつも助手席に座っていないとだめだった。

そのほかに父と顔を合わせた時といえば、母が私をせっかんしてもらうために父を呼んだ時だった。弟との間で何かあっていさかいになると、母は私の言い分を認めず弟の肩を持った。やってきた父は私の頬をぴしゃりと平手で打ち、床に叩きのめして出て行った。そんな折、父との間になんらかの会話や対話があった記憶がない。

その頃はウオルタースコット小学校に通っていて、私は〝さぼりっ子〟で知られていた。たびたび学校を抜け出して、サイエンス・インダストリー博物館に行った。学校が退屈で、博物館の方が面白かったからだと思う。学校ではあまり頭脳が刺激されることがなかったが、博物館ではそれこそフル回転させられた。館内をうろつき、あちこちでいろいろなものを見て回った。採掘の炭鉱の展示まであって、事実上、そこにはあらゆるものが展示されていて、科学と産業について学校で得られる以上の実際的な知識を得た。私がうろついたのは博物館ばかりではなかった。よくイリノイセントラル線に乗って野外博物館とシェド水族館に行った。常に興味深いものがいっぱいあって、歩き回って飽きることがなかった。

学校側から職業訓練学校を奨められて、サウスサイドのはずれにあるテイラー職業訓練学校に移された。家からは遠いので毎日バスに乗って登校しなければならなかった。そこでも面倒ごとに陥った。ある日、生徒仲間の一人と口喧嘩になって、相手がコンクリート塊の破片を私の頭に投げつけた。私は直ちに学校を早退してバスに乗り、家に帰った。そんなでも、現実には私の学業成績は良かった。良すぎたので、学校側から一年上級させられ、普通より一年早く卒業した。

その頃、母は年下のレスター・アービングと結婚していた。彼は〝左利き〟で、私より10歳年上だった。朝鮮の南北戦争が勃発すると、彼は海兵隊に入隊した。1950年のことで、その年に、私たちはドーチェスター通りのアパートからユニバーシティー通りのやはり地下室のアパートに引っ越した。

その新しい暮らしで、私は初めてガールフレンドを見つけた。パットという名で、隣の女の子だった。よく一緒にいて、映画に行ったり、12歳男女のぎこちないハグやキスをした。犬を飼ったのも初めてだった。黒毛のコッカースパニエルで、彼を〝ミッドナイト〟呼んだ。近所の男連中が、ある日、雉狩りに連れて行ってくれた。私はシアーズで買った、J.C. Higgins 猟銃、20ゲージ、ボルトアクションショットガンを持っていた。我々はトウモロコシの原を徘徊したが、その日は全然つきがなかった。

テイラー職業訓練学校を一年早く卒業できたので、14歳で高校に通えるようになって、ハーチ・ハイスクールに通い始めた。そこは職業訓練学校とは非常に違っていて、それまで学んだことのない学科があった。それらに順応するのに手こずり、その結果、新入生として一年生をやり直さなければならなかった。

まもなく、私はサウスショアー・ハイスクールに転校した。そこで、昔の悪さ友達〝マイク坊〟に再会して、旧交を温めた。冬の夜、ジャクソン・パークに行って、氷に穴をあけて魚釣りをした。羊皮の飛行士ズボンをはいていてさえ凍結する感覚だった。私たちは彼の車であちこちドライブした。ドライブインに行ったり、ボーリングをしたり、他の友達、フランク、バーブを加えて街をぶらつきまわった。

ある時、マイク、フランク、バーブと私の四人組はウィスコンシン州のホンドラックに、1週間の魚釣りと悪さをする旅に出かけた。ビュデモアー湖畔にある、でっかいスクリーンポーチのある素敵な丸太小屋を借りて、釣りをした。その時季、トロットライン（流し釣り糸）は禁止されていた。それなのに、それを仕掛けて、キャットフィッシュ（ナマズ）を仰山生け捕った。料理は手分けしてやっていたが、時々はファストフードを買ってきて食べた。青と白色の大きな琺瑯瓶を持ってきていて、コーヒーを入れた。その入れ方は、琺瑯瓶に水を入れて沸かし、ひいたコーヒー豆を入れてしばらく沸騰させ、それから生卵を2個瓶に投げ入れる。するとコーヒーのひき屑が瓶底に沈殿、集結する。その上澄みを飲む寸法だった。

みんなBBガンを持ってきていて、だだっ広いスクリーンポーチで標的射ちを競ったり、鳥を撃ったりしたが、それにも飽きて、2組に分かれて撃ち合った。戦争ごっこだったが、頭だけは撃たない規則を定めてそれに従った。派手に乱発したので、帰るときにはポーチの金網には来たときよりもさらに大きな穴を多数残してきた。

私が初めてピストルを買ったのはその時で、みんなでオーシュコーシュに行って、22キャリバーのピストルを買った。その当時は16歳で銃が買えた。買えたばかりではなく腰のホルスターに吊るすことも合法だった。私が買ったのは9ショット・ハリントンリチャード製だった。マイクはそのハイスタンダードのを買ったけど、あとの2人が買った分は憶えていない。もちろん、買ったピストルを撃てる場所がなかったのでそれ以上厄介ごとにはならなかった。

私たちはグリーンベイ、ミシガン湖入り江の南端までドライヴして、そこのビーチで一日過ごした。水面に突き出た飛び込み台があった。一番高い飛び込み台は9メートルほどで、私たちはそこからダイヴィングをした。一度、私は滑って、不格好な腹打ち飛込みになった。ともあれ、共に愉快に過ごした1週間の旅だった。

私はサウスショアー・ハイスクールに転校する前からしばらく新聞配達をやっていた。ある日、配達区域をまわっていて、いきなり頭を打たれて、肝をつぶされた。40センチほどの玩具のバットに当たったのだった。アパートの窓から誰かが投げたものらしく、見上げると、五階の窓が開いていたから少なくともそこまでの高さから投げすてられたのだと思う。母がレントゲン検査のために私を医者に連れて行った。結果は大丈夫のようで、異常に厚い頭蓋骨をしていると言われた。それゆえ、人から頭が鈍いと言われると、そうだと応えている。

次に働いたのは近くの家庭用品の店で、在庫調べの仕事をした。それからダウンタウンのワシントンストリートにあるコピー会社で、複写物を配達した。また、ストーニーアイランドのタイヤ会社でも働いた。そこでは古いタイヤに新しく彫り溝をつけて、新品を買う代わりとして売っていた。それが合法かどうかさえ知らなかったが、会社は繁盛していた。さらに、フォルクスワーゲンの在庫室で郵便物処理の仕事もした。

朝鮮戦争に出征していた10歳年上の義父〝左利き〟が除隊して再び私たちと住むようになり、私たちはユニバーシティー通りの地下のアパートからパクストン通りの地下の広い居間のあるアパートに引っ越していた。

彼はアルコール中毒にかかっていて、ある夜、彼と母が大喧嘩になった。母は私が彼女のために買ってあげたセラミックの灰皿で彼を打った。その破片が彼のふくらはぎを切り裂いて動脈を切って、大騒ぎとなった。私は母に救急車を呼ぶようにと言い、彼には動き回らないでじっとして横になるようにと言った。私はベルトを持ってきて彼のふくらはぎに当てて強く縛り、そうしてやっと出血を止めた。彼は病院に運ばれて、どうにか事なきを得たが、あの時、私のとっさの処置がなければ、出血が続いて彼は命を失くしたかもしれないと思う。

パクストン通りのアパートに住んでいるころ、もう1つ出来事があった。弟と私は壁に取り付けた寝棚のベッドで寝ていた。私たちの寝室はキッチンと浴室の間にあった。ある夜、〝左利き〟が酔っ払っていて、なにやかやと弟に激怒して狂暴になっていた。それが何だったのかさえ憶えていないが、彼が弟の胸倉につかみかかったとき、私は2人の間に飛び掛かり、彼にパンチを食わせた。まだ14歳か15歳の時だったけど私は175センチ、75キロほどあってかなりのサイズだった。殴り倒して尻もちをつかせて彼をやりこめた。それに懲りたのか、以後、彼は私たち兄弟どちらにもあえて手出しすることがなくなった。

その当時、食料雑貨店は配達サービスをやっていた。〝左利き〟と私はその仕事をしていた。客が買った物を配達してその手数料をもらう役目で、〝左利き〟が車を運転し、私は彼と客が買った荷を運んだ。時には客が帰宅する前に運んでいるときもあった。この仕事はきつかった。というのは、シカゴにある大概のアパートの建物にはエレベーターがなくて、買い物の箱を抱え持って階段を上がらなければならなかったからだ。２個の荷を抱えて３階まで運ぶのさえかなりの苦役だった。

私がしたこうした様々な仕事で報酬を得る度に、私は常に母のために何か買うようにしていた。それは蘭の花であったり、衣服であったり、家庭用品であったりした。自分がやさしい息子であることを示していたのだと思うが、内奥では、母に私の良さを認めてもらい、私が心の底で飢えている彼女からの愛情を得ようと求めていたのだ。

母は、結局、再び離婚して、私たちはまた引っ越した。１９５５年のことで、今度はコーネル通りの地下のアパートだった。家賃が安かったためか、それともほかになにか理由があったのか不審に思ったものだ。ところが、どう？　ある日、私たちは同じ建物の地下から、明るくて広い２階のアパートに移っていたのだった！　母にまた新しい男が出来ていて、男の名はロルフ・カーソン。彼と母は実際に結婚したかどうかは知らない。いずれにしろ、関係は１、２年続いた。

私は今度は森林巡察志願隊に加入して、カンカキー州立公園の周囲をサポートした。交通整理、塀の修理、木を植えたり、とにかくいろんな種類のことをした。

私は大抵の場合、弟の面倒をよくみていたのだが、まだ母の気に障ることをしていたようだ。ある日、キッチンで、母は怒り狂って私に向けてナイフを振り回した。追ってくるナイフから身をかわして私はすんでのところで2階の窓から飛び降りようとした。その一瞬、母は我に返って、ことは鎮まった。

こうした日々、私は自分の人生に愛情が欠如しているのを痛切に感じていた。心にぽっかりと穴が開いたようなその空っぽを埋めるために何かする必要を感じた。私はこの手を拳銃でかすめ撃ち、みんなには射撃場でターゲットを引っ張っていて撃たれたのだと言う華々しい案さえ思いついた。愚の骨頂も良いところだ。

私はこの空白を女の子に目を向けることで満たそうとした。自分の思いを伝え、何らかのお返しが戻ってくることを望んで。これはどこから来るのか解せないのだけれど、私には女の子をあがめる傾向があった。ひどくオールドファッションな考え方をして、自分のガールフレンドには献身的で、やさしい心遣いをした。

この時期、私は隣の女の子と一緒にいるときが多くなっていた。メアリー・ジャクソンという名で、彼女にはちょっとした奇形障害があった。彼女の脚の指の間に被膜があった。母は夜に働いていたから監視の目が届かないので、私たちは二人でいられて、十代の男女がやってみようとすることを試みた。だが、興奮して大胆になっても、濃い抱擁の段階を越えることがなかった。

父と義母が私を彼らのところに迎え入れる決心をしたのは、丁度、その頃だった。私が成長して今はハイスクールに通っていて、以前の悪さの冒険の時期から脱皮していると判断したからだった。私は初めて父と接することができた。彼は私に何かと教えようとし、また、カーレースや映画に一緒に行った。

父は建築工事の仕事をやっていたので、パイプの耐熱や凍結を防ぐ絶縁法、レンガやブロック積みの化粧目地、電気の配線のやり方、そのほか雑多な建築作業を学んだ。また車のエンジン操作、チューンナップ、フェンダーのへこみを戻す方法、大工仕事、屋根ふきなど。後年、そうした知識が大いに役立った。多方、となり向かいのイタリア系の女の子、ジェシカとローラースケート場に滑りに行ったり、映画を見に行ったりした。

私はハイスクール時代には余りデートしなかった。これは不思議なことだけど、私はナイスガイで、容姿も悪くなく、女の子にとてもやさしく接したが、デートは長続きはしなかった。一方、ベストフレンドのマイク坊はガールフレンドであるバーバラをひどく扱った。だのに彼女は彼から離れなかった。私は何度も彼女からなぜマイクが自分を邪険に扱うのかと聞かれた。私には誰に対してもマイクのようにひどい扱いはできなかったので、うまく答えられなかった。

これは何も単発な出来ごとではなく、折々、こういった例を見かけた。ナイスであることは、女の子にとってボーイフレンドの必須条件でないのだろう。彼女たちは身勝手な男の子、自分を言いなりにさせるようなタイプを好むのだろう。明らかに、私にはどこか欠けたものがあるみたいだが、それを把握する認識力が備わっていないようだ。

デートした女の子は３、４人だったが、そのうち2学年下級生だったカーリーについては、彼女の家で招かれたバースデーパーティーに白いプードルの縫いぐるみをプレゼントしたのを憶えている。なぜ別れたのかは確かでないけど、彼女は私の四人組の仲間のひとり、フランクとデートするようになった。

一番短いデートだったのは、フローレンスだった。彼女は私の善良な性質に付け込んだようなところがあった。彼女は私を図書館に行かせて、彼女の課題論文、ミュー中間子とパイ中間子についての情報を集めさせた。私は彼女を喜ばすために一日中、図書館で彼女のためにデータを漁った。

マイク坊、フランク、バーブと私の四人組がマイクの車でレイクショアー通りを走っていた。すると女の子を満載した車が脇を走ってきた。彼女たちは何かのチャリティーのために小銭を集めていて、その募金の缶をかざしていた。すれすれになってきたので、私たちはいくらか寄付することにした。すると、面白いことが起こった。走っている2台の車に静電気が盛り上がっていたようで、私たちが女の子が差し出している缶にさわったとき、帯電した。それは誰にとってもギョッとする感覚だった。

1957年、私は母のもとに戻った。そして、その翌年、ハイスクールを卒業すると、即座に、海軍に入隊した。それは私にとって新しい人生だった。私を除いて四人組のほかの3人は、こぞって海兵隊を志願した。彼らにとって海兵隊こそが彼らの道だった。

初め私は空軍に入るつもりだった。パイロットのテストにパスしなかったから諦めざるを得なかったのだが、君は良い操縦者になれると言ってもらえた。その時受けた質問の中の1つを忘れることができない。「君は4エンジンの飛行機の中にいると仮定する。そのうち3つのエンジンが機能しなくなった。その時、君はどうする？」私は、パラシュートを付けて脱出する、と書いた。求められていた答えではなかったのだろう。それで、私は海軍に目を向けた。

第2章　海軍時代

　1958年、私は海軍に入隊した。

練兵場として、グレイトレイクス（五大湖）海軍訓練センターか、カリフォルニアの南端、サンディエゴ海軍訓練センターかのどちらかを選択することができた。折しも寒々した冬の真っ最中、私はためらうまでもなく南のサンディエゴを選んだ。確かダグラスDC3機だったと思うが、私たちは機中サンドイッチ状に積み込まれて、途中数か所に寄航してから、曇って生暖かい地に到着した。

　毎朝、10時ごろまで雨が降りそうな曇り空だったが、やがて太陽が顔を出してうるわしい日和となった。私は学校で予備役将校訓練部隊の経験があったので班長にさせられたが、兵団間の摩擦がひどいのでその役を下りた。ともかくも一目置かれて、全訓練で最高点の賞をもらった。

　12か月の新兵訓練で訓練の全基礎を叩き込まれた。卒業後、最初の休みが取れて、シカゴに飛び、母と弟、そして母の新しい夫、ボブ・アンダーソンのところで休暇を過ごした。サンディエゴでは射撃管制の任務に所属させられていたので、休暇後、シカゴから今度は汽車で39時間余りかけてサンディエゴに戻った。そして、射撃管制の養成スクール、クラスAとクラスCに出席した。やがて艦隊に送られるまで、その授業訓練はほぼ丸一年かかった。

　その間、生まれて初めて、私は完全に独立独歩し、自分自身への責任を負った。もちろん、海軍の規則や規定に従い、任務を遂行しなければならなかった。クラスは午後にあったので、図書館に行く時間は充分にあった。午後3時から午後11時までの集中授業で、一週間に5日。クラスAは26週間、クラスCは13週間だった。

海兵隊の訓練場でバーブに会う機会はなかったが、マイクとフランクには会った。マイクについてはちょっと様子がおかしかった。何があったのか知らないが、3人のうち、彼だけが海兵隊新兵訓練基地に召集されなかった。彼の母がサンディエゴに来て、彼らはしばらく〝ミッションイン〟に滞在した。私には彼らがどのように事をうまく対処したのか知らないが、マイクは除隊したかたちで、シカゴに帰ることができた。

実際、そこには定まった生活があった。長い夜間授業のあとには食事時間があり、ステーキを含めて何でも食べたいものを料理してくれた。我々の大抵はビーチに行って、そのあとダウンタウンの広場にある夜間映画館に落ち着いた。夜明け前には〝パシフィック・パラサイド・パーク〟に向かい、そこのビーチで眠り、そして起きるとひと泳ぎして、基地に帰ってシャワーを浴び、翌日のクラスが始まるまでそこで日光浴した。週末にはYMCAで社交ダンスがあり、いつも素敵な女の子たちが参加していた。

私はそこのダンスで、学校の先生と知り合い、すぐに意気投合してしばらく交際した。が、ある夜、彼女は圧倒されるほどの学校の仕事を抱えているなどの理由で終わりにしたいと言った。夜、答案の採点や授業のプラン等で大変だったのだろう。

射撃管制養成スクールを卒業した先輩から、私は1950年型のフォード車を実に安価、100

ドルで手に入れた。ポンコツ車であったが、その車で大したトラブルなしにサンディエゴの周辺を乗り回すことができた。それは変速レバーで、ものすごく煙を吐いた。しかし、それに乗って私は自由自在にあちこちにしかも時間を見越して行けた。

奇妙なことが起こるものだ。ある日、所用で車を止めて下りた時、ある水兵とガールが私の方に歩いてきた。ガールがじっと私を見ていて、私も不審げに彼女を見返した。彼らが、通りに立ったままの私のそばを通り過ぎて４メートルほど行ったとき、「サラ？」と私が声かけた。彼女が振り返って、「トム？」と答えた。それはタイミングの問題だった。私が５分早かったり、遅かったら、その通りで会うことはなかっただろう。シカゴでハイスクールが一緒だったサラ・パールで、２０００マイル（３２００キロ）離れたところでぶつかりそうになったのだ。彼女は相手の水兵と結婚していて、目下のところそこに住んでいた。私たちはお互いに卒業後のことなど話し交わして、快い時を過ごした。彼らとはそれっきりで会うことはなかった。

私はいまだに胸のどこかで愛情の渇きをいだいていた。

ビーチで私は赤ん坊を連れた若い女性に出会った。顔にそばかすのある赤毛の女で、結婚の前歴があった。名前はアイリーン・フィニー。両親と妹と一緒に住んでいた。付き合っているうちに私は真剣になった。私はまだ童貞。私たちが交わしたのはネッキングだけだったので、そのまま私は童貞を通した。卒業式に次いで新しい任務が決定される時、私は彼女にプロポーズして、婚約指輪を贈った。

任地を選ぶとき留意していなければいけないことを後で知った。３つの選択の地を与えられていても、その優先順を告げれば、海軍はふつう当然のように一番行きたくない地に就かせるのだ。

私はミサイル巡洋艦USS　Canberra（CAG-2）に配属させられた。それはヴァージニア州、ポーツマスに基地を持ち、最近キューバ軍事作戦に携わっていた。Canberra の本拠港、ヴァージニア州のノーフォークに着いたら、アイリーンを呼び寄せて、そこで結婚しようと思っていた。私は12月に例のポンコツ車でシカゴに向けて出発した。まことにもって、それは旅とは何かといえるものだった！

1950年型フォードのポンコツ車はシカゴに向けて出発して、アリゾナ州南西部、ユマを通過した。砂漠の中、どこまで走っていたか思い出せないが、車が自己破壊し始めた。夜中の2時、エンジンが派手に怒鳴りだした。私は最後に通過した町との距離を憶えているが、前方、次の町までがどのくらいの距離なのかわからなかった。それで、さらにオイルを注いで、とうとうピストン棒がオイルパンから破裂するまで運転した。そして、およそ2時30分に車が止まるまで惰走した。車のなかで何とか少し眠った。だが、みじめなほど寒かったので、空がしらみ始めると起きた。そして、息絶えた車をそのまま放置して、ヒッチハイクした。バス停留所がある町まで来ると、そこでシカゴへの切符を買った。

バスには同じくシカゴに向かうメキシコから来た女の子が2人乗っていた。彼女たちのどちらかが居眠りし始めるたびに、私が連れの話相手になってやった。彼女たちは一度も雪を見たことがないので、休憩で停車した折にバスを降りて、雪原で雪玉を投げてふざけ合った。

母はパン屋で働いていて、私が店に入っていくと私だとわからなかった。私は10キロ以上体重がへっていた。

ノーフォークに行くまでの休暇の残りの時間の多くをマイクと過ごした。彼は大学に行くことに決めて、アリゾナ大学を選んでいた。そのころ、国中で一番大きなパーティー大学だった。彼の母は彼にいかした車、紅白色した１９５９年型のシボレー　インパラ　オープンカーを買ってやっていた。

すぐに休暇が終わって、私はヴァージニア州のノーフォークに向かった。そこに着くと、ミサイル巡洋艦USS　Canberraがすでに港に停泊していた。私にとっては外国に向けて国を離れる初めての出発で、心新たに興奮した。

私たちはカリブ海諸島のあちこちに停泊した。そこではアルコールをわけなく飲めた。キューバでは、地元のビールはハチューイと呼ばれ、ビール瓶にインディアンの写真が貼られていて、それがウインクしているように見えるまで飲むと「飲みすぎた」、と冗談を言ったものだ。すぐに酔いが回って、冷涼なバーで飲んでは、圧倒されるように蒸し暑い午後の戸外に踏み出るのだった。

カストロ革命軍の根拠地である山で、キャンプファイアーが燃えているのを見た。おかしなことに、海兵隊の一人がカストロを援助しようと考えて、マシンガンが装備されていて、数種類の武器と弾薬が積み込まれているジープに乗り込むと、しかとそこへ向った。カストロと彼の部下たちは彼の行為に感謝の意を示して、武器や弾薬、そしてジープを受け取ると、彼を沿岸警備隊に引き渡した。

私たちはハイチ、ドミニカ共和国、ジャマイカ、プエルトリコ、ベネズエラのキュラソー島などを見物できた。島の女と接する機会が大いにあった。しかし、私は婚約しているので、その熱を冷まして待つことにした。ところが結局はそれが必ずしも賢明ではなかった。

まだカリブ海にいる時、婚約者のアイリーンから手紙が届いた。結婚のことを考え直した旨を伝える文面だった。しばらくそれに打ちのめされたが、何があっても、私は立ち直りの早い性格なのでどうにか元に戻った。だが、彼女から婚約指輪は戻ってこなかった。

そのほかの軍港でも演習があった。その1つはフロリダのジャクソンビルにあるメイポート海軍基地だった。週末は自由で、私はそこからセイントオーガスチンに行った。セイントオーガスチンは米国中で一番古い市と言われていて、スペインの植民地だった時期の古い建物がたくさんあった。その頃の要塞、映画、"The Pride and the Passion"（誇りと情熱）に出てくる大砲なども見られた。興味深くて、一日の大半を歩き回った。

セイントオーガスチンのビーチで、フィラデルフィアから来ている女の子に会った。

別れるとき電話番号をくれたので、彼女が両親と滞在しているホテルに送って行った。あまりに話に花が咲いて時間を忘れて、私は帰りのバスに乗り遅れ、夜の長い道のりを歩いて帰った。途中、自分と同じ水兵に会った。私たちは街に戻ったら、ぶっ倒れて一寝入りできる場所を見つけることにした。

私たちがノーフォークに帰ってきてから、私が彼女に電話すると、フィラデルフィアに招待してくれた。週末にグレーハウンドに乗って彼女に会いに行った。彼女の両親の家で2日泊まって、ちょっとした観光もした。しかし、フロリダでお互いに感じ合ったものが彼女から消えていた。

ノーフォークは水兵に対して友好的ではなかった。「水兵と犬は芝生に立ち入り禁止」の看板が見られ、水兵がその看板の目玉だった。週末、72時間の無料乗車券にありつくたびに、私はいつもシカゴに帰った。ある時はヒッチハイクだったり、ある時は数人の仲間が、車を持っている者にガソリン代のいくらかを負担しあい、そして船に戻るときには迎えに来てもらう場所をあらかじめ決めて、彼の車に便乗した。クレイジーなやり方だが、要は月曜日の朝の点呼時刻にどうにか間に合えさえすればいいのだった。今でも思い出す。あの時は冬場で、シカゴに着くとものすごく寒かった。我々仲間４人が乗っている車は相当にガタがきている古車で、フロントの床板に穴があいていた。シカゴに着くまでに凍り付いてしまいそうだった。

約6か月たった頃、私の乗り組んでいるミサイル巡洋艦USS　Canberra（ＣＡＧ-２）から、新しい軽ミサイル巡洋艦、USS Topeka（ＣＬＧ-８）に乗り組む兵士を求める伝達があった。私はその一員として乗り込むことにした。

その乗組員になった私たちは2か月ほどノーフォークの海軍基地の兵舎に宿泊したあと、ニューヨークのブルックリン海軍造船所に呼び寄せられて、Topeka 任務の準備をさせられた。たいしてすることがなかったが、それでも炊事当番やそのほかの雑用で結構忙しかった。

その当時、ニューヨークは素晴らしいところだった。我々軍人によくしてくれた。映画や劇場の切符を提供してくれたり、社交ダンスの機会を宛がってくれたりした。私は博物館に行ったり、公園をぶらついたり、エンパイアステートビルに上がったりした。カーディナルマッケンタイヤー教会が主催するダンスパーティーで女の子に会った。彼女はニューヨークのサファンに住んでいた。彼女の家にバスに乗って行って、一緒にその日をすごしたが、例によってただそれだけのことだった。

かつて太平洋戦争時、空母の援護役の任を果たしたUSS Topeka（Ｌ-６７）を、大幅に改造して新しく軽ミサイル巡洋艦となったUSS Topeka（ＣＬＧ-８）。やっと準備を終えてそれを出航に移すのは難儀な経験だった。乗組員はその際になにかと学ばされた。初めて発射装置を作動させたとき、バルブ(調節弁)が後ろ向きに取り付けられていて、あやうく船を水浸しにするところだった。問題となったハイライトのひとつは、ある日、私たち全員が甲板にいた時、ミサイルの発射ドアが開いて、そこから延びている推進路からミサイルが発射台に移動した。そして遺憾にもそれは発射台の端からそのまま甲板に滑り落ちた。明らかに抑制装置に欠陥があったのだ。

ともかくも、こうした障害を乗り越え、試運転の調整期間を終えて、軽ミサイル巡洋艦、USS Topeka(CLG-8)は、6か月間の地中海巡航の任務に就いた。

私たちの本拠港はビフォーシュメルで、フランスのニースとモナコの近くにある市だった。私たちは地中海沿岸を航行した。ジブラルタル、スペインのバルセロナ、マヨーカ島のパルマ、イタリアのリヴォルノ、ナポリ、クレタ島、サーディニア島、ギリシャ、そしてマルタ島など。

初めてビキニを見たのは、フランスでだった。ある日、ビーチにある浴衣小屋のそばで、英語を話す女の子と言葉を交わした。その会話中、彼女はアメリカの女の子もフランスの女の子と同じように美しい肉体をしているかと聞いた。私は、フランスの女の子の体を見たことがないので判断ができないと答えた。すると、直ちに彼女は私を近くの浴衣所に引っ張り入れて、トップを脱いで、その質問を反復した。ぐんと間近かに近寄られて、何と答えられただろう⁉

イタリアのリボルノに着いたとき、イタリアではピザはアメリカで作られるようには作らないことを知った。ピザの外皮は2・5センチ厚く、その上にトマトソースを注いで、パルメザンチーズを振りかけるだけ、それが彼ら流のピザだった。

私は自由時間にあちこち足を延ばして観光して回った。それは素晴らしい経験だった。仲間の多くはバーやガールに熱中したが、私はそれより駐屯地の国について知りたかった。そして可能な限り周遊して、いろんな場所を訪れた。私はフランスの一番大きな香水の製造地であるグラス、イタリアではまずフローレンス、ピサ、ローマ、ポンペイ、ヴェスビアス山にも登った。また、宮殿や大きなギャンブルのカジノを見にモナコにも行った。幸運なことにその頃は平時で、朝鮮戦争とベトナム戦争の間にあって戦時勤務でなかったのでそれができたのだ。

パルマにいた時、あるガールと会った。お互いの言葉の違いがあったがそれでも一日、楽しく一緒に過ごすのになんら障害とならなかった。別れる前に、彼女のアドレスをもらって希望をつないでいた。彼女は最高に美しいガールで、私はひどく魅了された。二、三度手紙を出したが、彼女の家族は彼女が私と交際するのを認めなかったと思う。それでこの恋も終わりになった。

６か月間の地中海巡航の任務で本国を離れる前後、私はペンパル協会を通して、ジュディ・シグマンドと文通を始めていた。彼女は私より３つ年下で、シカゴの南のミドロシアンで両親と住んでいて一人娘だった。私が海外にいる間中、私たちは手紙を交換しあった。やっと帰還した時、私は休暇をもらってシカゴに帰って彼女に会いに行った。長い間の文通だったので、何の違和感もなくお互いにすぐに馴染めた。私は休暇中ずっと彼女の家で過ごした。その間、私たちはかなり親密になり、休暇を終えて船にもどるまでには婚約ということになっていた。

ノーフォーク軍港に戻ってしばらくして、Topekaを太平洋岸カリフォルニアのロングビーチにある軍港に移す指令が来た。そこが私の駐屯地になるので、ジュディの両親はカリフォルニアに引っ越す決心をした。そこには彼らの親類も住んでいるのでたいして問題はなかった。

軽ミサイル巡洋艦、USS Topeka（CLG-8）は大西洋岸をセントラルアメリカに下り、パナマ運河を渡って太平洋岸のエクアドル、そしてそこからアカプルコ、サンディエゴに上がって、最後にロングビーチにある本拠港に着いた。

エクアドルとアカプルコでは自由時間があった。エクアドルでは、街路を歩いていると、自動兵器を装備している兵士が街角に立っていたり、あるいはジープを乗り回しているのが奇妙に目についた。アカプルコでは、絶壁から飛び下りるダイバーの姿が印象的だった。彼らは飛び下りる頃合いを見計らっていた。浅い水嵩の時に飛び込んで怪我をしないように、海水が寄せてきた時に飛び下りていた。

第3章　結婚生活

カリフォルニアで、ジュディの両親は住む家を見つけ、また彼女の父は仕事も見つかったので、私たちはアナハイム市に落ち着いた。そこはTopekaが停泊しているロングビーチの海軍基地から30キロほど離れたところだった。彼らの家と基地の間を往復するのに車が必要だった。私は1954年製のパッカードクリッパーを買った。

まもなく私たちは結婚した。ジュディは18歳、私は21歳だった。ジュディが基地内の軍人家族住宅に住みたくなかったので、基地の外に住居を探し、ロングビーチの北に小さなカテッジを見つけた。ごく小さなキッチン、リビングルーム、ウオーキングクローゼットと小さなベッドルーム。狭い家屋だったが私たちには充分だった。私の俸給でどうやって家賃を支払えたかといえば、海軍共済割当金も得ていたのだ。

1960年10月22日、ウエストアナハイムメソディスト教会で結婚した。小さな結婚式で、水兵同僚2人と彼らの妻たちとジュディの親戚の人たち、参列者はそれだけだった。レセプションは彼女の両親の家でおこなわれ、客にアルコールを出す件で、私たちに初めての意見の相異があった。何とかパーティーを抜け出て、私たちの小さな住まいに落ち着くのを待ち焦がれた。私たちには新婚旅行ができる金銭的な余裕がなかったのだ。そして、あとで逆算して日をたどると、そのハネムーンの初夜にジュディは妊娠した。

新婚生活はうまくいっていて、これと言って何も問題はなかった。ただ、そんなに早く家族に新しい人員が加わることになるとは予想もしていなかった。

やがて、Topeka は西太平洋への6か月の巡航に就いた。ジュディの両親は私が6か月の留守中、彼女を一人にさせたくなかったので、彼女はアナハイムの両親の家に戻った。それで私は小さな我が家を手放し、それと同時に車も売った。6か月、誰も運転しないで駐車させているだけの車の保険金を払うのは不合理だったからだ。

ついていたことに、Topeka がハワイに着くまでに、私たちの分艦隊は、私たちがその任務を引き継ぐことになっている分艦隊の乗組員の一人から書簡を受け取った。彼は射撃管制テクニシャンで、Topeka 乗組員のなかで誰か彼と舎営交換がしたい者はいないかとの問い合わせだった。ということは、もし私が彼と交換転属されたなら、私は1か月で帰還できることになる。彼と私は同一のMOS（特技区分）ナンバーを持っていて、同じ仕事についていた。それで私は転属を願い出た。

初め、下士官が私のリクエストを認めなかったので、ことは難航した。艦長が却下するだろうというのだった。それで私は懲戒審議会に請願した。すると、日本の横須賀に着くまでに、すべての文書業務が是認されて、横須賀に着いて2日後に私はロングビーチに向かっていた。その航海で日本を見る機会が全然なかった。

帰還すると、義理の両親のところに住むことになり、再び新たに手ごろな車の物色に走り回らなければならなかった。

そうこうしているうちに、ジュディが産気づいて、私たちは病院に急いだ。たった4時間ほどの陣痛だった。医者が出てきたので、私が妻の様子を尋ねると、とても良好だと言う。男の子?、それとも女の子ですか?　と、聞くと、両方、と医者は答えた。その答えに私は茫然とした。雌雄両性具有の子供が私の頭の中を駆け巡っていた。私の動揺した面持ちに、医者は男の子と女の子の双生児だと説明した。

それが、てんてこ舞いと生活苦との闘いの始まりだった。

二卵性双生児は１９６１年に生まれて、息子はトーマス（トミー）、娘はタムラ（タミー）と名付けた。まさか双子が生まれるとは思ってもみなかったので、おむつや衣類など何もかも2そろい買わなければならなかった。幸いにも、しばらくはベビーベッドに一緒に寝かせることができた。１か月ほど義理の両親の家にいたが、彼らが娘や孫の近くにいたがったので、そこから近いところに家を探した。

適当なアパートメントを見つけてそこに移った。車は１９５８年製、ナッシュメトロポリタンを手に入れて基地に通った。準小型車であったが、燃費効率が良く、走りが良かった。その年の後半は1度、１週間の演習で海上にいたが、ほとんどが家と基地との往復だった。

翌年、海上での任務となりしばらく航海して戻ってくると、アパートはがら空きになっていた。ジュディは乳児をつれてアナハイムの両親のもとに移っていた。それで私が除隊する少し前まで、私たちはそこにいた。両親と同居の暮らしはうんざりになってきて、子供と私たちだけになりたかったので、同じくアナハイム市内で両親の家付近の2つベッドルームがあるアパートに落ち着いた。

1962年3月に除隊できて、民間人としての生活が始まった。それは大変な経験だった。アパートに住み、いくらかの蓄えがあったが、妻と2人の子供を養わうために直ちに仕事を探さなければならなかった。経歴として電子工学全般の経験があっても、そのころは経済不況でその分野の仕事にありつけなかった。航空宇宙工学の会社にも二、三当たってみたが、取引を失くしていたりやなんかで雇用していなかった。私はあらゆる仕事の求人広告に目を配り、最後にロングビーチにあるアメリカンナショナル保険会社の面接を受けて、職を得た。保険を勧誘し、毎月、保険料を集金して回る職務で、広い割り当て区域をもらったが、きつい仕事だった。実際に保険に入ってもらうためには、大抵は、その家の主が夕方帰宅したころに舞い戻って勧誘し直さなければならなかった。

私は大きな歩合目当てでなく、保険料がその家族にとって掛ける余裕がある範囲内で、しかも補償の大きい、家族的プランを勧めた。私にとって契約更新ができなかったけれど。

集金の時は、その家族に必要な補償範囲を確認して、それと同時に新たに加えるべき補償範囲を提案した。私が常に注目していたことは、新生児誕生の情報だった。おむつを売る業者もそうするが、私のやり方はちょっと違っていた。ピンクとブルーの紙ナフキンを、おむつのようにたたんで、金メッキのピンでとめて、その間に私の名刺とベビースプーンを挟んで持参した。そして売り込み口上は、「こんにちは。この度は、赤ちゃんの誕生おめでとうございます。これはそのお祝いためのほんのささやかなギフトです。そのうち落ち着きましたころにまた立ち寄らせていただいて、赤ちゃんのための保険についてお話させていただきます」

ファイルにしておいて、数週間後、再び訪問して、一週間に25セントで新生児のために数千ドルの保険金を支払うプランを申し出た。大きなプランではないが、家族にとって何とか始められる保険だった。おかしなことにその小さな25セントプランが3か月間、会社の売り上げのトップになった。しかしそうして、昼も夜も動き回って働いても、辛うじて一家が食べていけるだけだった。それが2年あまり続いて、その間、１９５４年製の車マーキュリー、１９５０年製の車ドッジクーペ、１９５７年製のフォード、３台の車を消耗させた。

その頃だったが、私は初めて情事をした。新しく顧客を広げている折、その一人テレサと会った。どのようにして始まったのかさえはっきりしないが、初めに交わした長い会話のあと、どうしているか定期的に立ち寄っているうちにそうなってしまった。情事というより、むしろレクリエーションセックスだった。お互いに楽しんでも、お互いに真剣ではなかった。

別にジュディを咎めるわけではないが、子供が生まれてからというもの、彼女の時間は全部、子供に向けられているようだった。子供にかかり切って、私にかまわず、私の欲求に応えてくれなかった。とはいっても、私は罪意識を感じ始めて、まもなくその情事に終止符を打った。

ジュディの祖父と祖母が私たちのアパートから通りを隔てたところの家を買った。そして、イリノイ州から彼らが引っ越してくる用意が出来るまで私たちにその家を貸してくれるとの申し出があった。ベッドルーム3室、バスルームが2つ、そして車が2台入る車庫。私たちはありがたくその申し出を受けた。室内の生活空間が広がったばかりでなく、塀で囲まれた庭もあった。私はトミーとタミーを一緒に寝かせていたベビーベッドを解体し、手摺を取ってマットだけの別々のベッドに作りかえた。我ながら上出来で、子供たち自身、自分たちが大きくなったように感じたようだ。

2人のために2匹の子犬をもらってきて、ハイディとジンジャーと名付けた。ジャーマンシェパードとダックスフンドのミックス。シェパードの大きな足と、ダックスフンドの短い脚でおかしなペアーだった。バセットハウンドほどの大きさに成長して手に余るようになってから、長くは飼っていられなくなった。

保険会社で働き始めて2年ほどたったころ、郵便局からお呼びがかかった。海軍を除隊した際に応募した数種の求職の1つで、やっと雇用の口が回ってきたのだった。私は郵便物区分け係と配達人として2年ほど働いた。

郵便物区分け係で働いていたある日、たまたまブロンドで美しい同僚に家まで送ってほしいと頼まれたことがあった。それで私はそうした。ただそれだけのことで何もなかったのに、そのことにジュディがひどく動顛した。そもそも、もし、2人の間に何かあったとしたら私がどうしてその話をしたりするだろう。なんでもなかったことにそれほど嫉妬する彼女がわからなかった。

それとは別に、郵便配達をしているとき、わたしは馬鹿なことをしでかした。実在しない宛先で返送住所もない郵便物があった。開けてみると、その中に2ドルが入っていた。当時の2ドルは昨今の20ドルほどの価値があった。愚かにも、私は遺失金としてそれを懐に入れた。配達ルートを回って戻ってくると、それは仕掛けられた罠だった。

私は郵便物横領の嫌疑をかけられ、職を失い、3年間の執行猶予。嘆願したくても弁護士を雇うお金などなかったのはいうまでもない。

実際、その時期は、2つの仕事を掛け持ちで働いていた。郵便局とゴム会社。午後の2時半から夜の11時までは郵便局。夜中から、朝の７時まではカーキルゴム会社。

私はましな仕事を探し始めた。そして、ついになんとか電子工学分野の仕事を見つけた。アナハイムにある、レングエレクトロニクス社は、スタンフォード線型加速器に取り掛かっていた。この加速器は１０００の構成分子（単位）から出来ていて、私が働き始めた時には９００の構成分子を越えていた。１９６５年の1月からその年の10月までそこで働いたが、その企画が一息ついて終局に向かってきたので、別の仕事にあたる必要があった。同社の供給メーカー会社の1つ、ダンカンエレクトロニクス社に連絡すると、まずまずの条件で雇用の申し出を受けた。

既にレイオフが始まっていた。私はボスのオフィスに行って、私がゆくゆく最後にレイオフされる社員の一人だとすれば仕事を見つけるのは難しくてその時まで待てないので、２週間前の退職願いを出した。ボスは立腹して、２週間待たずとも直ちに退社していいと言った。その日は金曜日で、私のレングエレクトロニクス社での最後の日となった。それで、ダンカンエレクトロニクスに電話して早めに就職したい旨を告げた。

１９６５年の10月から１９６７年の4月まで、コスタメサ市にあるダンカンエレクトロニクス社で働いた。註文製ポテンショメーター（電位差計）を作る会社で、私は検査調査人として働いた。

そこで働いていた時期、私はG.I.Bill（復員兵援護法での教育資金給付）で、夜間、コスタメサ市にあるオレンジコースト大学に通っていた。そして、2度目の情事におちた。大学で同じクラスを取っていた女性で、弁護士の夫がいた。授業の後のなにげない会話から、やがてモテルで一緒に時を過ごすようになった。

1967年の4月に、2度目の双生児、今度は女の子たち、ジュリアとジェニファが生まれた。時を同じくして、アナハイムにあるノースアメリカンエービエイション（北米航空）の一部門、オートネティックス（電子工学自動制御）から人員募集の通知が来た。そもそも海軍を除隊したときに真っ先に応募した私にとっては本命の会社だった。採用されて、私はエレクトロニクステクニシャンとして働き始め、すぐに品質検査部門に移された。それを機に、車を1962製の車、シボレーコーベモンザを買った。

私は同社で、F-111アビオニクスやミニツマン11&111プログラムのほか国家防衛作戦、数種のミサイル誘導システムの仕事に携わった。また、アポロ計画のアポロ司令船モジュールの仕事に関わった。

熱の入る仕事だったが、残念なことにやがて一時解雇が始まった。会社はユニオンショップであるにも関わらず、私は解雇されずアナハイムにある工場からダウニ市にある工場、さらにそこからコンプトン市にある工場に移された。しかし、1968年の感謝祭の頃とうとうレイオフされた。

それと前後して、私は交通事故で危うく死ぬところだった。シボレーコーベに乗ってジュディの両親の家に向けてサンタアナ高速道路を走行中、前輪が破裂した。時速65マイル（100キロ強）で飛ばしているときに起こった。車は車線の方向転換を繰り返しはじめて、もしブレーキを踏むと車はひっくり返り、命取りになるのはわかっていた。ハンドルを取られないように必死にあやつりながら、ブレーキを踏んでも安全と思われるまで、車のスピードがしだいに落ちて低速走行になるのを待った。やっとブレーキを踏んでさえ、車は180度方向転換して、私は交通がぴたりと止まっている4

車線を目の当たりにしていた。私はすぐに車を路肩に押して、タイヤを交換し始めた。高速道路の反対側にいてその事故を見ていた警察がやってきて、車が反転して即死すると思っていたと言った。全く、危機一髪だった。

感謝祭の公休日のある時期に、オートネティックスからレイオフされたのは痛手だった。私は職探しに、地図上、５マイル以内、さらに10マイル以内にある会社という会社を全部あたってみた。そして、１９６９年の1月、レドンドビーチにあるＴＲＷ に就職できた。ＴＲＷ 社は航空宇宙防衛の人工衛星やＮＡＳＡ のアポロ計画に関わっていた。

それから2年後、１９７１年、航空宇宙産業は不況に見舞われた。多くの会社が従業員を解雇して、マクドナルドダグラス社などは1週間に ２０００ 人以上をレイオフした。ＴＲＷはユニオンショップではなく、また私は先任順位でなかったにもかかわらす、幸いにも社は私に目をかけてくれていて、そのあと人員整理が2度続いた折にもレイオフされなかった。そして、１９８１年、自発的に辞職するまで私は同社で働いた。その間、打ち上げの地フロリダに数回出張した。

ＴＲＷ社 の仕事に定着してから、ようやくにして生活の安定が叶ったのだった。

それまで住んでいた、袋小路にあり子供たちには安全に遊べるウェストミンスター市の小さな３ベッドルームの家が、５人家族となって手狭になったこともあり、１９７１年に、セリトス市に出来た新しい住宅地に4ベッドルームのある家を買った。トミーとタミーは彼ら自身の部屋が出来たが、5歳年下の妹たちジェニファーとジュリー２人には部屋を共有させた。この家も奥まった通りの突き当りにあって、子供たちはバイクにも乗れて安全に遊べる場所だった。

　私はいろいろと手を加えて見栄えのある家にした。家の表から裏までの片側にコンクリートの通路を造り、裏に大きなコンクリート床のパチオを造った。その上の覆いは格子を二重に掛けて風通しが良く、しかも濃い日蔭が出来るものにした。果物の木を植え、もう一方の片側には燐家との間に垣根を造った。それから、前庭の中央に、その周りに腰掛けられる高さの大きなプランターを造り、その中に大きなオリーブの木を植えた。

　古いタイヤを裏返しにして、V型の刻みを入れて着色し、スパニッシュ風の植木鉢にして、数か所に置いた。それから家の中は、玄関の入り口から廊下にスパニッシュタイルを敷き詰めた。息子トミーのベッドルームに二段ベッドを造り、下段の引き出しや家具に手で鋳造した装飾的な鉛の鋲を付けて骨董品のように見せかけた。

　その新居に移ってきて間もない頃、ウェストミンスター市に住んでいた頃に飼っていたバフィー、純血種犬コッカスパニエルを亡くした。ある午後、私がゴミを出しに表に出た時、前庭に犬がいた。私について出てきたバフィーがその犬を追掛けて、車に跳ねられた。近所の子供が向う側にいて、全く一瞬の出来事で、バフィーは間もなく抱きかかえた私の腕の中で死んだ。私は彼を箱に入れて、家の脇に穴を掘って葬った。

　日本からの輸入車、スバルを買ったのは１９６９年だった。全く斬新な作りの軽量コンパクト車だった。オイルタンクとガソリンタンク付きの小型のツーシリンダー、ツーストロークエンジンで、自動的にオイルとガソリンがミックスされる。ちょっとした車で、高速道路のスピードで1ガロン

（３・８ℓ）で50マイル（80㎞）ほど走行しただろう。ちょっぴりおっかなかったのは、自殺ドアー。前開き式のドアで、車の進行方向から開くようになっていた。座席にすわると、脚がフロントのバンパーに触れている感じ。トランクはフロントにあり、そのスペースはたぶん小型のスーツケースが入るほどの狭さだった。二、三年乗り回していたが、そのうち厄介になってきて、トヨタカローラとトレードした。

トヨタカローラは当分の間持続するはずだった。ところが、ある日、息子と週末のカブスカウトのキャンピングトリップに出かけて、その帰途で事故を起こした。大きな岩に激突したのだ。車を出てトミーの側に走り寄った。彼はヒーターで膝を切っていて、私は下唇をひどくやられていた。ハンドルにのめり打ちしたためで、数本歯が折れていた。その勢いに、シートベルトが固定場所からほとんど外れていた。誰かが救急車を呼んで、病院に運んでくれた。

車はめちゃくちゃに全壊だったが、ありがたいことに２人とも重傷ではなかった。

そのあと、私は車のローンと保険会社との解決処置で大きなしくじりをした。車のローン未払の額を保険会社に払ってもらうことで解決したのだが、似たようなスタイルやマイレージの車を見つけてくれるよう要求すべきだった。そうしなかったので、車自体も、それまで払ってきたローンの所有権も失くしてしまったのだ。

毎日のＴＲＷへの通勤には時間がかかった。ロングビーチとサンディエゴの高速道路が交差する近くに居酒屋があった。オレンジ郡に住む同僚たちの幾人かはそこで止まってビールを飲んだ。私たちはその店を、家までは半分の距離なので、ハーフウエイホーム、〝家路の半ば〟と呼んでいた。交通渋滞がやわらぐまで、ちょっぴりリラックスさせてくれた。

その店のホステスの一人はとても可愛い子ちゃんで、背が高く、赤毛で、カレンという名だった。その日はセントパトリックデーで、いつものように立ち寄ると、初めて彼女に会った。彼女はきれいな緑色のドレスを着ていて、そのドレスのボタンに「キスミー、私はブラーニーストーン（アイルランドのブラーニー城にある石で、これにキスするとお世辞がうまくなる言い伝えがある）」の文字があった。それならと、私はキスした！　私たちはおしゃべりし始めて、私は詩に似たものを書き始め、彼女はそれを気に入った。彼女は店の隣にあるアパートに住んでいて、小さな娘がいて、離婚していた。

それから、立ち寄る度に彼女とおしゃべりした。するとおかしなことが判明した。偶然にも、彼女の姉は、私が新婚でジュディと住んでいたロングビーチにある小さなカテッジの向かい側に住んでいたのだ。今より若かったカレンで、よくそこで見かけた水兵に片思いしたらしい。思いがけなくも、それが私だったようだ。そういったわけで、酒場でのただのおしゃべりが、ただのおしゃべりでなくなり、私は彼女に対しての思いが生まれ、一緒にいてお互いに楽しかった。週末に一度、彼女と幼児をサンタバーバラに連れて行った。

その頃、母は夫、ボブ・アンダーソンとレドンドビーチに住んでいた。彼は32フィートキャビンクルーザーを持っていて、カレンと私はそこで過ごせた。ある夜、そのボートにいてから、彼女を家まで車で送った時、彼女の前夫が拳銃自殺したのを知らされた。私たちがデートしているのを知っている誰かの一人が、その出来事を私たちに知らせようとしたが、居場所がわからずつかまらなかったらしい。

その後まもなく、私たちの関係は解消された形になった。

私はスペースクラフトプログラムの任務にあてられた。私たちは人工衛星を建造し、試験し、フロリダのケープカナベラルに輸送し、そこで打ち上げた。その時期、後にベストフレンドになったポール・ローズに会った。私たちはすぐに意気投合した。家族同士でのつきあいはあまりなかったが、フロリダに出張した折はお互い行動を共にした。私が最初の打ち上げを経験したのは１９７１年で、ひどく興奮したものだ。

その当時、ケープカナベラルはただの小さな町で、仕事以外のほとんどの活動は私たちが滞在するヒルトンホテルにおいてだった。そのヒルトンでの滞在は最高だった。宇宙飛行士もそこに滞在した。朝の無料朝食から始まって、夕べにはラウンジでバンド演奏。当地でわれわれはよく働いたが、うんと遊びもした。私は自分の弱みを認めざるを得ない。いわゆる〝七年目の浮気〟を地で行った。プレイボーイになり、ナイトクラブ、ダンス、大ぴらに遊んだ。

ある夜、ミサイルラウンジにいたダンサーの一人と一緒だった。しゃべっていて、私が言った台詞のどこかが気に入ったに違いない、彼女はホテルにもどってきて、一夜を共にした。どのような女なのか確かでなかったので、朝起きた時に財布がなくなっていることがないように財布を隠しておいた。私たちが眠りについたのは夜中の3時過ぎ。朝、7時前に起きて仕事に出なければいけない。私はその時間に起きて、君はそのままゆっくりしていっていいと言って、ホテルを出た。一度きりの事で、二度と彼女に会うことはなかった。

母も弟のジェリーもシカゴからカリフォルニアに移ってきていて、時々会う機会があったが、父とは永らくご無沙汰していた。それで、休暇に双方家族連れで会うことにした。まず車で、地図上シカゴとロスアンジェルスのおよその中間地点、ゴールデンコロラド（昔のゴールドラッシュで有名な金鉱の地）で落ちあって、そこからあちこちを一緒に見て回るキャンピングトリップ。

事故で全壊したトヨタカローラの次の車、シボレーベガワゴン車にルーフラック（屋根棚）を付けて私たちはＫＯＡ（ロッキー山脈地帯に点在するキャンプ場）のルートをたどってコロラドに向かった。アリゾナ州のグランドキャニオン（大峡谷）、流星クレーター、そして化石の森国立公園。それから4つの州（アリゾナ州、ユタ州、ニューメキシコ州、コロラド州）が一点に交わる地点に立てるところまでドライブした。さらにそこからメサヴェルデ国立公園（断崖を切り抜いて出来たブエブロインディアンの集落遺跡）、ロイヤルゴージ（峡谷）、それからゴールデン。

父と義母マーサ、義妹シェリーと彼女の夫と合流すると、ある日、フロリサントに行って頁岩で化石を掘り、セントラルシティを歩き回り、テラーハウスで〝バールームフローの顔〟を見た。〝神々の庭園〟を訪れ、最も高い尖峰を見て、巨岩を登ってエステスパークに入ると、そこにはまだ雪が残っていた。

帰りはルート70に乗り、ブリッキングリッジ、ベイル、アスペンを通ってユタ州に入った。そしてルート15に乗って、ラスベガスへと下った。

その頃から車がオーバーヒートしてきた。所々で車を止めては、おかしくなってきたラジエーターに水を注ぎ注ぎして走った。そのうちオーバーヒートが早くなるので冷房を切って車を走らせた。日が暮れてうだるような暑さの中を最寄りの町まで2、３時間、冷房の効いてない車の後席で子供たちにぶつぶつ文句を言われるのには気が滅入った。

モテルに泊まった翌朝、自動車部品の店を見つけてラジエーターに入れるアンティフリーズ（不凍液）をたっぷり買い、水袋もよけいに用意してまっしぐらに家路についた。子供たちにとっては初めての旅。道中、多くの事を経験した旅だった。

その旅のあと、テントトレイラーを買った。側面がファイバーグラスやアルミニウムではなく、スティール製でいい作りだった。ポップアップさせるクランクはいらないし、牽引車とは目立たなく連結でき、一番の利点は車庫に収められた。流しがあり、ガスのバーナーが2つに、ガス暖房器も付いていた。後ろには、広げると2つのフルサイズのベッド、下に下げると2人が眠れる食卓。バッテリー2つ、5ガロン（20リットル弱）のプロパンガスのタンクを2つ、50ガロン（２００リットル弱）の水タンク。かなりの貯蔵スペースをとったが、そうした設備のない場所でも不自由のない旅ができる。

私たちはそのトレイラーをよく利用した。カリフォルニア内ではバイセリア、ソルバング、ピズモビーチなどに行き、またビッグベアーレイクとレイクアローヘッド、さらに原子炉の近くのサンフォノフィー。完全に自給自足できたので原始的なキャンプ場でもキャンプできた。使うことはなかったが、まさかの場合のために持ち運び式便器さえ備えていた。

私たちはそのトレイラーではるばるシカゴまで旅した。そこに二、三日いて、父の家族に再会し、また叔父や叔母、従妹たちのところも訪ねた。

帰りはルート80に乗り、ネブラスカ州のオマハに出た。残存する屋根付きの橋々を渡って、それから北上してルート90に乗り、サウスダコタ州にあるラッシュモア国立公園（花崗岩に掘られたジョージ・ワシントン、トーマス・ジェファーソン、セオドア・ルーズベルト、エイブラハム・リンカーンの大統領4人の巨大な胸像が聳えている）と、その頃はまだ建築中だったクレイジーホースメモリアルに止まった。そこからイエローストーン国立公園に行き、南下して再びルート80に乗ってネバダ州のリノに出て、そのままカリフォルニアに入ってサンタクルーズで宿泊した。そこにいる間、サンホセに住む弟の家族に会った。それがトレイラーでの一番長いキャンピングトリップだった。


一度、夏に家族をフロリダに連れてきたことがあった。仕事で出張した折で、私の航空券、宿泊費、車代、ガソリン代、食費は会社持ちなので、ジュディと子供たちの航空券を買えばいいだけだった。子供たちは丁度夏休みに入っていたこともあり非常にいい機会だった。

現在はホリデーインとなっている場所、エグゼクティブスイートに滞在した。海辺にあり、砂浜に接したところにプールがあった。窓の高さは6メートルで、二階建て、下の階にはキッチン、ダイニング、ファミリールーム、そしてバスルーム。上の階にはマスターベッドルームとバスルームと仕切りのない部屋、そこからは一階を見下ろせた。じかに海に面しているのに建物と浜との間にスイミングプールがあるのだ。子供たちは嬉々としてはしゃぎ、楽しんでいた。

私は週日は仕事があったけれど、週末は一緒にすごした。一度などはフロリダ南端にある島、キーウエストまでドライブして、海辺のホリデーインに泊まった。

私は出張でフロリダには数回来ていて、その滞在期間は時には2か月間であったりした。家族ぐるみで滞在したのは後にも先にもその時、一度きりだった。


1975年までに、結婚生活は破綻していた。いや、ずっとそれ以前からその兆候が見えていた。スペースプロジェクトのためのフロリダへの出張がその原因の1つだったかもしれない。家庭から長期離れていると、緊張を強いる仕事の後の手近な慰安といえば、ビーチ、バー、ダンス、アルコールとガール。興味ありげな、好意的な目つきに遭うと拒めない。私もその例外ではなかった。

ある夕べ、私はバー〝麦わら帽子〟でライラに会って夜更けまでダンスした。そのあと私のコンドミニアムに連れてくると、skinny-dipping、真っ裸で泳ぎたいと言った。それでビーチに出て裸で泳いだ。まだ、映画、『Jaw』が公開される前だった。

ポールと私が借りているコンドミニアムに、同じコンドミニアムを2週間借りているミシガン州からグループできている女たちがいた。私はその中の一人、ジャンに目を付けていた。言葉を交わすと私たちはたちまち打ち解けてデートし始めた。彼女は12歳年下で、どうも私に対して非常に良い印象を抱いたらしい。私はそんな彼女にとても懇ろに接したので、彼女にとってハッピーな思い出深い滞在となったようだった。

その時期はライラとデートしていて、運悪く同じ日に2人がかち合う寸前があった。あわてて私がライラを外に連れ出そうとしている間、親友のポールが機転をきかせて、上がってくるジャンをとりなして急場を切り抜けることができた。しかし、ジャンがいる間は殆ど彼女と過ごし、まともに親しみを交わした。

私たちは手紙をやりとりして、翌年も会うことにしていた。その年はサテライトの打ち上げがなかったけれど、ジュディにはその仕事でと言って、私は1週間の休暇をとった。ジャンは先に来ていて飛行場に迎えに来てくれていた。私たちはまるで子供のようだった。

モテルでの最初の夜、彼女は恥ずかしそうであまりものを言わなかった。あいにく、メンスだったらしく、せっかくの逢瀬をスポイルするのをおそれていたのだ。私は大丈夫、私は気にしないと言った。私たちはセントオーガスチンに行って、何度も愛を交わす以外は、あちこち観光した。私の人生で心から満たされた経験のひとつだった。

おかしなことに、のちにジャンは1976年にミシガンで彼女の職場の同僚と結婚して、私は1976年に離婚して、その年の10月にアイナと結婚した。ずっと後になってわかったのだが、ジャンはその後しばらくして離婚して、私は1983年にアイナと離婚した。その間、お互い連絡が途絶えていたのだが、彼女のことを思うことがよくあった。

出張の際、親友のポールも私もよく飲んだ。ある夜、階下からポールの呼ぶ声が聞こえた。明らかに酔っぱらっていて、砂浜を這い回っている。シオマネキ蟹を追い回していて、大きいのを捕まえたが、大きなハサミに指を挟まれていた。「この獲物を逃したくないんだ！」と怒鳴った。私は駆け下りて救助した。

またある日、ポールが出勤していなかった。彼には心臓病の気があるので、我々同僚は心配だった。何度電話してもかからない。飲みすぎの問題も抱えていて、ひょっとして心臓発作に襲われ、コンドミニアムにぶっ倒れているのかも知れない。行ってみると、彼の車は駐車場にあった。私はドアを叩いたが、返事がない。彼が死んでるのではと気が気ではなく、私はキッチンのドアを何とかこじ開けて、侵入した。部屋に入っていくと、バスタオルを巻いたポールがバスルームから出てきた。一体全体、ここで何しているんだ！　と彼は私を見て驚いて叫んだ。

一方、生活の根拠地カリフォルニアにいても、私の行状は同じようなものだった。

サテライトの仕事の一端として温度検査があった。二十四時間ぶっ通しのテストで、それが２週間にわたって続く。夕方の７時から翌朝の７時までの交代勤務だった。記録されてくるデータをモニタリングするだけの、いわばベビーシッターのような役目だったので、そのほかは大してすることがなかった。昼休みにはたいていはバーでビールを飲み、そこで二、三のガールと落ち合った。

ある時、同僚たち数人と、ある女のアパートで飲んでいた。バリー・ホワイトのミュージックが流れていて、そこで私は上役のガールフレンド、ロイスに会った。彼女とデートし始めたが、長くは続かなかった。そのうち彼女は同僚の一人とデートし始めた。

私は私で同僚の一人と逢うようになっていた。彼女はコンピューターの部門で働いていた。彼女が結婚しているのは知っていた。彼女は黒人で、美しい女だった。しばらくの間だったが、一緒にいて楽しかった。よくモーターサイクルに彼女を乗せて飛ばし回った。彼女はひどく喜んだものだ。

ジュディは良い母親だった。彼女が子供のことにかかりっきりだったので、他の女性からの、私に向けての興味や好意の眼差しや言葉に逢うと、私はついその甘い罠に落ち込んでしまっていた。結婚していながら自慢できるようなことではないとわかっている。しかし、私は妻や子を養い、生活の安定をもたらした。その頃、ジュディが私の不謹慎な行状に気付いていたとは思わない。

私はモーターサイクル、ホンダ450を買って、それに乗って通勤しはじめた。

ある日、サンタモニカに住む同僚の一人に呼ばれていてそのバイクで行った。行ってみるとマリワナパーティーだった。私はそれまで一度も試したことがなかったが、2、3時間それでリラックスして、さらにそれ以上ハイ（恍惚状態）になる前に暇乞いした。半分酩酊した状態で高速道路をバイクを飛ばすのは今思えば冷汗ものだが、何とか無事に帰宅して、二度と薬はやらなかった。

が、そのホンダ450で一度ならず死の手前まで行った。ある夜、バーから家に帰るのに、高速道路を110マイル(170キロ強)で猛烈に走行していた。そのときまでに流線型構造が疾風に乗ってフロントが上昇し、トラックを離れるのが感じられた。すぐにスロットルを下げて制限速度の65マイル（100キロ強）に戻した。

レドンドビーチの桟橋のバーで、ある夜、サテライトプログラムのパーティーがあったときもバイクで行った。そこには大きなチェス盤があり、そのほかいろいろ腕比べのゲームがあった。私は上司とワインを飲みながらチェスを何番か指した。引き上げようとした時はかなり遅かった。外に出てバイクに跨った。エンジンをかけ発動させようとしたら足が滑って、バイク共々横倒れになった。気が付かなかったのだが、パトカーが近くに停まって、車内にいた警官が２人やってきた。大丈夫か、と聞かれたので、私はバイクを起こしてくれて走り出せば大丈夫だと言った。

住所を聞かれ、オレンジ郡と答えると、この近辺に知り合いの者はいないかと聞く。母が近くに住んでいると答えると、一晩そこに泊まったほうがいいと言って、バイクをバーの店内に駐車して、タクシーを呼んでくれた。午前2時近くだったと思う、タクシーで母のところに着き、8時出勤なので7時に起こしてくれるよう母に頼んだきり、ばたんきゅう。翌朝ポールに電話して迎えに来てもらって出勤した。

10時ごろに、バイクがあるだろうかとバーに電話してたしかめてから、すぐにポールと取りに行った。

取りに行く途中、ポールと前夜のことをしゃべっていて、どうも私はワインをビールのジョッキで換算すると5杯は飲んだようだった。大ジョッキではなかったにしろ、推定すれば半ガロン（約一升）は飲んだことになる。納得がいかなかったのは、泥酔していたのになぜ警官が私を連行しなかったかということだった。後にポールとそのことで冗談を言ったものだ。何の嫌疑がかけられただろう？バイクとレスリングしてて、私が負けたから？……冗談はさておき、私は警察署に電話して昨晩の警官を出してくれるよう頼んだ。どんな事情で？と聞くから、事の詳細を省いて前夜の助けのお礼を言いたいからと答えた。すると、ちょっと待って、じゃ、彼への表彰状の文句を書き留めるからという。ギョ。これ以上ややこしくならないまえに電話を切った。

バイクは2年ほど乗っていた。ある日、通勤で高速の追い越し車線を走行していたとき、隣の車線にキャデラック、眼前にはフォルクスワーゲンが走っていた。フォルクスワーゲンはキャデラックを追い越すと、急にキャデラックの後ろに移行した。彼は私を見てなくて、私はわずか15センチほどで彼の車のドアをかするところだった。私はレーンにバイクを倒してかなりの距離を滑って行った。

身体に大きな損傷がなかったのはよかったが、ヘルメットのスナップがちぎれ、革ジャンバーの襟が擦り切れていた。バイクはといえば、エンジン保護の熱棒が磨滅し、ファイバーグラスのサドルバッグの片方がひどく擦りむかれ、ターンシグナルは損傷していた。それでも私の相棒は走りつづけた。家にかえると、「なぜうちにいるの？」とジュディに聞かれた。会社に電話して欠勤の事情を説明した。

それからおよそ一か月後、サンディエゴフリーウェイに乗ってまた追い越し車線を走行していた時、タイヤがパンクした。フロントタイヤが大丈夫なのになぜ後ろのタイヤがパンクしたのか、後で調べて分かったのだが、散らばっていた建築用の釘を前輪がよけたが、その1つが後輪に突き刺さったのだった。その時私の背後を走行していた同僚が後で言うには、バイクが左右に揺れだすのを見て私が死に向かっていると思ったらしい。

私はガソリンのペタルから足をはずし、車体をまっすぐにして動きを正しく保ち、自分の車線から出ないようにしていた。そして、ついに私はなんとかバイクを放り出さないで停止させた。そしてバイクを同僚の車のトランクに乗せて一緒に出勤した。その日、タイヤを修理して、乗って帰り、車庫に入れた。それ以後、二度と乗らなかった。短期間で事故2回は、何かを告げているように思われたから。

数か月後、バイクはまだ車庫にあって、乗ってみたい気にさせられたが、まだ両手に残る派手に擦りむいた傷痕を見て、元に戻るのは馬鹿げていると思い、売った。

１９７７年製のポンチアックグランプリを買った。７０００ドルを超える値。買う前に、その途方もない値段に随分とためらったけれど。なんせ３０００ドルで買った前の車の値段からすれば信じられない値だったのだから。が、美しい車だった。ベイビーブルーのツードアで、インテリアはブルーのビロード、T-Tops のオープンカーだった。


あれは１９７７年の5月、人工衛星の打ち上げでフロリダに出張していたときだった。そのとき、初めてアイナと会って、彼女と関わりを持つようになった。

ポールと私が滞在しているコンドミニアムにある女性が住んでいた。あるとき、彼女と二、三人の彼女の友達がプールサイドにいた。私は丁度ビーチから戻ってきたところだった。彼女たちと軽い会話を始めると、コンドミニアムに住む彼女が、私が手にしたビールの入ったクーラーからひと缶を失敬した。私は彼女を抱え上げて、ざぶんとプールに投げ落とした。彼女はプールから這い上がってきて、何故よ、とぶつった。「欲しければお願いしなきゃあ」、と私は笑って言った。彼女の友達の一人がアイナだった。

私は初めて目にしたときから非常にアイナに惹かれた。付き合い始めると、彼女はココビーチのサーフサイド花屋で働いていた。その店はコンドミニアムの近くにあった。離婚していて、ティーンエージャーの息子と本土のココ市に住んでいた。ココビーチやケープカナベラルは本土と大西洋沿岸に出来た砂州の島で、本土とその中間にあるメリットアイランドを挟んで２つの高架橋を渡って往復する。

デートした夜、丁度、母の日が近づいていて花屋が忙しかったこともあり彼女の帰途が遅くなったので、夜間のドライヴを気遣って泊まっていくように促した。結果は、その週末をずっと一緒に過ごしていた。

私たちはデートしていても、お互いに違った相手ともデートしていた。ある夜、私はカクテルラウンジで演奏していたバンドの女性歌手の写真を撮っていた。声量のある素晴らしい歌手だった。その折、ほかの男と一緒にいるアイナに目が留まった。気が付かないふりをして写真を撮りつづけたが、二、三日たって、話題がその夜のことに触れた時、彼女がデートしていた男が自分たちの写真を撮られていると思ってひどく立腹していたと言った。それは当然だった、彼も結婚していたから。どうも、アイナは結婚している男とデートするほうが縛られないので安全だと思っていたようだ。

彼女と過ごす時が殆どとなるうちに、お互いの気持ちが深まった。打ち上げが終わってカリフォルニアに戻るときが来ると、いよいよ離れがたくなっていた。

その時期、私はココビーチのビーチ近くにあるアパートメントのビルが小さなコンドミニアムに変化しているのを見つけた。かなり安い値だった。出張してくる度に会社が費用持ちのコンドミニアムを利用するよりも、そこの一戸を買って自分に貸す形でそこで滞在することは良い投資になると考えた。毎月のローンの支払いは給料から差し引かないでもいい程度の額だし、出張で戻ってくる度に会社持ちの滞在場所としてそこを利用すればその分が浮くうえにコンドミニアム自体は自分ものとなるのだから。そう考えて、私はその一戸を買った。

７月、フロリダでの６週間の出張からもどってきた時、私は唐突に夫婦の破局を突き付けられた。ジュディは何かが尋常でないと感じていたらしく、はっきりと私の気持ちが決まるまで居場所を見つけるようにと言った。私は衣服以外の私物を全部残して、給料をもらってから適当な場所が見つかるまで母のところにいた。地下に駐車場があり、プールとスパーとエクササイズジムがあるアパートメントビルのワンベッドルームが見つかってそこに移った。

それからまもなくして、ある男から職場に、書類をどこに送ればいいかとの電話があった。私はどんな書類も受け取らないと言って電話を切った。すると折り返して電話がかかった。彼はジュディの弁護士で、ジュディが離婚申請書を提出していた。

家を出てからの二、三週間の間の出来事で、まだ自分の気持ちを決めかねていて、その電話がかかってくる前にジュディとの電話を切ったばかりだった。その時の会話で彼女は離婚のことにはひとことも触れなかった。激怒して、私は彼女に電話をかけ直し、不意打ちを責めると、何をもらえるかが知りたいだけだと言った。財産は半々だと答えると、それ以上を要求した。結果的に、彼女の弁護士代を払ったが、財産は半々で抑えた。

思えば、ジュディと私は要するにお互いを必要としなくなっていた。彼女は褒められていい素晴らしい母親だった。彼女の人生は子供を中心に動いていた。そして、私はといえば、ストレスを強いる仕事を長時間しても、出張で留守をしたりで羽根を伸ばせる私自身の時間があった。私たちの間には子供の福利を望む以外は何かが欠落してしまっていた。お互いにお互いから脱皮していたのだ。

その後、私はアイナに電話して、休暇を取ってカリフォルニアに出てきてほしいと言った。すると、彼女はフロリダで私の同僚の一人とデートしていた彼女の友達と一緒にやってきて、6週間、私と一緒にすごした。私の友達の一人がビッグベアーにキャビンを持っていて、そこでも私たちは二、三日楽しく過ごした。彼女がフロリダに帰っていったのは1977年の7月頃だった。

ジュディと私はまだ時々顔を合わせて性生活は続いていたが、別居して3か月後に離婚が決定した。私はその間、ナイトクラブで感じのいい女性に会った。学校で看護師をしている2児の母親で、ひどい片頭痛に苦しんでいた。なんとか彼女の力になろうとしたが痛み自体が癒えるのを待つまで手の施しようがなかった。ともあれ、私は誰かと一緒に居る必要があったのだと思う。アイナへの思いは何を断念してもいいほど強かったけれど、私はまだ胸の内の空虚感を埋めるために誰かを探していたのだ。

私は打ち上げでフロリダに戻る時を心待ちにしていた。ようやくその時がきて、フロリダに舞い戻った。

1978年の11月、アイナと私はメリットアイランドの小さな教会で結婚した。ココビーチに住む彼女の仲良しの友達の一人が自分の家でレセプションを催してくれた。ジュディは私たちより前に再婚していた。

アイナと息子ジェミーがフロリダから引っ越してきたとき、私たち3人は、ほんのしばらく例のワンベッドルームのアパートに住んだ。すぐに、レドンドビーチにツーベッドルームのアパートが見つかりそこに移った。

そこはジェミーが通うことになった学校にも近く、私の仕事にも近くて便利だった。二階建てで、二階にベッドルームがあった。

私たちが引っ越してきたばかりの日だった。私が階下で荷物を解いていて、ジェミーが階段を下りてきていると、突然、建物が揺らぎだした。ジェミーの目が大きく開いて、全身をこわばらせている。落ち着いて、と私は言った。小さな地震で、長くは続かなかった。彼もアイナも一度も地震を経験したことがなかったのだ。

アイナには以前からずっと胸に抱いていた夢があった。いつか自分自身の花屋の店を持ちたいという夢だった。私はその夢をかなえるために適当な場所探しを始めた。

ある地所の角に、古い家を見つけた。借りるのには手ごろな空きビルだった。私はアイナには小型車オパールを買い、私の車は花の運搬用としてのバンに買い替えた。

その古い家を自分の手で改造するのに、私はまず、おびただしいガラクタ類を片付けた。それから天井の下に二重に吊り天井を設けて、新しい蛍光灯備品をはめ込んだ。壁全体に杉の羽目板をこけら板のように重ね合わせた。棚を作り、正面に、入り口を挟んで大きな枠のガラス窓を双方に取り付けた。

そのガラス窓作りだが、私は周囲から注目されて話の種になりたくなかったので、取り付ける作業を日曜日の早朝にした。窓となる箇所の壁、漆喰、横木を、二、三箇所でかろうじて支えられる程度に保って切り取った。事前に、そこに新しく入る枠組みは仕上っていたので、それを切り落とした後、新しいのをはめ込むだけで出来上がりだった。友達のリチャードが来てくれていて、その取り付け作業は２時間程度で終わった。

次いで、カウンターを造り、建物の脇に引き戸を取り付けた。トイレを修理して、舗装レンガがセールだったので、小型車オパールのタイヤがひしゃげるほど買い込んで帰り、店内の床に敷き詰めた。それから、ガラス板の冷却庫を買った。

アイナはとても気に入って、イースター（感謝祭）の直前にグランドオープンした。私たちは花市場に行って、常に新鮮な花を買い込んだ。

〝アイナの花屋〟の看板を掛けて張り切っていたものの、客足ははなはだ芳しくなかった。彼女は人と親しむ人間で、花を生ける技量も、才能もあった。それにもかかわらず来る日も来る日も客が付かず、彼女が沈んでいくのがわかった。

彼女が思い描いていたのは以前ココビーチで働いていたようなちゃんと名の通った花屋の店で、ほんの初心者のような店ではなかった。数ある店の中で抜きんでるためには、仕事の信望を得なければならない。少しずつ、しかし確実に評判を得つつあったが、彼女がすっかり滅入っていくのが見て取れた。

丁度その頃、弟が結婚した。アイナと母と私は車でサンホセに行き、結婚式に参加した。花嫁はチャウという名のベトナム人で、彼女には前夫との間に女の子がいた。私はベストマン（花婿の付き添い人）だった。

私たちがそこにいる間、チャウの女友達、ジーナが私に興味を抱いてあからさまに気のあるそぶりを見せた。彼女は全くもって艶やかな面立ちをした女性で、アイナとの関係がなければ私はその機会を逃さなかっただろう。

アイナの息子、ジェミーがハイスクールを卒業した。彼は共に生まれ育った懐かしい友達や親類のいるココ市に帰りたがった。そして、ある日、アイナの車、オパールに乗ってフロリダに帰って行った。息子だけでなく、アイナ自身、住み慣れた土地に思いをはせていた。無理もない。大陸を隔てて太平洋岸と大西洋岸、彼女にとっては大変な生活の変化だったのだ。

私たちはフロリダに移ることについて話し合った。ココビーチに私が毎月ローンを支払っているコンドミニアムがあるし、探せば生活を維持していける仕事が見つかるかもしれない。私には６週間の有給休暇があった。それで、上司に事情を打ち明けて、フロリダで仕事を探すために３か月の欠勤期間をくれるように頼んだ。承知してくれて、うまくいかなかった場合は、いつでもＴＲＷでの仕事に戻ってきていいと言ってくれた。

不動産を売って、１９８１年、身の回り品一切合切を私の車バンに積み込んでフロリダに向かった。不動産にはかなりの頭金を払っていたので、５年間利息を払って、満期に多額の最終払いをすればよかった。

アリゾナを過ぎるころ、車が揺れだした。荷を積みすぎたからだと思って、ある町に停まってチェックした。積みすぎではないが、それに近いと言われたので、トレーラーを借りて、それにかなりの荷を入れ込んだ。おかしなことに、それでもバンは満載に見えた。私たちはゆっくりとロードトリップして、ケンタッキー州のパデューカに住むアイナの弟の所でも二、三日すごしたりして、７月４日、独立記念日にフロリダに着いた。

帰ってくると、さしあたって、ビーチ近くの小さな私のコンドミニアムに落ち着いた。

およそ3か月して、やっと仕事を見つけた。U.S.B.I. ソリッド・ロケット・ブースター社で、スペースシャトルプログラムに関わる会社だった。

その仕事が決まる前に、既にココ市のツインレイクに家を買ってコンドミニアムから引っ越していた。そしてアイナはケープカナベラルにある花屋で働き始めていた。

しかし1983年の9月までに、アイナとの間は行き詰まっていた。彼女は私との間に壁を築き始めていて、手の施しようがなくなっていた。

朝、出勤する前にハグすると、腕を両脇につけたままの無表情。その冷ややかな目つきは私の神経を参らせた。私はこれ以上我慢できなくなり、ついに離婚届けを出した。私は彼女のためにココ市に家を見つけ、その年の暮れ12月17日、離婚した。引っ越しの手伝いがすむと、私たちはそれぞれの道を歩き出した。

USBIに採用された当初から親しくしてくれていた上司は、てっきり私がカリフォルニアに戻っていくと思っていたらしい。何故そうしなかったのか私自身わからない。誰一人近親の者がいず、全くの一人になっていたのに。それにもかかわらず私が留まったのは、当地に愛着を覚えてきていたからだ。住み慣れたロスアンジェルス界隈よりもずっと住み心地がよかった。

年が明けてしばらくして、上司から、サンホセにある系列会社の1つ、CSD（化学システム部門）で臨時に働いてみる気がないかとの話がもちだされた。雑多な問題が生じていて、助けがいるらしい。私は即座に、もちろん、と答えた。サンホセには弟のジェリーがいることもある。

４月に発って、10月までそこで働いた。まったくもって強行軍の仕事で、一日10時間から12時間の勤務。良かったのは、３週間ごとにフロリダに帰ってきて留守中空き家になっているツインレイクの家をチェックできたことだ。その経費は会社持ちで、金曜日にサンホセを発ち、土曜、日曜はフロリダにいて月曜に仕事に戻ってきた。仕事場がジェリーのところから近かったので、立ち寄って一緒に過ごす時があった。ジェリーの妻が中国人のナンシー・クワンを紹介してくれて、彼女とよく一緒に過ごした。そんな折のある時、従妹のスーザンとその夫ジョージ夫婦がシカゴから車でやってきた。数年ぶりの再会で、その日の夕べは賑やかなつどいとなった。ジョージ、ジェリーと私は、我々の先祖の飲み物、スリボビッツ（東欧の李のブランディー）を飲みだした。飲みに飲んだその夜の後半は思い出したくないのだが、フリーウェイでアパートに帰る途中は自殺ものだった。レンタカーの片側が防護柵を派手にかすったりやなんだで、それ以来、飲む量を減らすようになった。

サンホセでの６か月の仕事を終えて戻ってくる前に、ツインレイクの家を売ってケープカナベラルに新しい２ベッドルームのコンドミニアムを買っていた。アイナと住んだその家は一人暮らしには不必要に大きすぎたから。新たにそのコンドミニアムを棲家にすると、自分自身への褒美として、初めて新品のスポーツカーを買った。日産３００ZX、フェアレディ、しかもレッドカラー！　サンホセでの超勤手当で現金で買えた。

それからは2年ほど、好き勝手な生き方をした。思い出す気にもなれないほどデートした。過去の経験に鑑み、特別に親密な関係を探していたのではなくただ楽しければよかった。デートの相手もそうで、一緒にいてお互いを楽しんだだけだった。

サンホセから戻ってきたとき、〝片親のダンスパーティー〟で日本女性、シュコと会った。垢抜けした未亡人で、私より5歳は年上だったが気が合った。たまたま彼女の息子が私の職場で働き始めていて、面白ことに彼は仏教僧志向、彼女はクラシカルミュージックの愛好者。気軽に友達として付き合えた。

それから、同僚のリタ。彼女については、職場では快活にさばけているのに奥に秘めているような、どこかはっきりとつかめないところがあった。交通事故で娘をなくしていた。夜間、灌木が生い茂った湿地を一筋に走るハイウェイ沿いの溝に、翌日、死体となって見つかったらしい。一方、息子は精神病院に入院していて、彼女にとっては試練の時だったようだ。精神病院まではかなりの距離だったので、独り運転していく彼女を思いやって、私はよく彼女を乗せて行った。多分、誰かの助けが必要だった時に、たまたま私がいたのだろう。

ベトナム人、ジュン。彼女とはシュコと同じくＰＷＯＰ（パートナーのいない親のダンスパーティー）で知り合って、ダンスした。翌日、彼女の家に招待された。子供が5人いて、どの子の父親も同じであるとは思えなかった。彼女は海老の加工処理現場で働いていた。ちゃんとした英語がしゃべれなかったが、大変な働き者だった。彼女が来るときはいつも海老を持ってきてくれるので、冷凍庫が海老でいっぱいになった。その時期、私は精管切除を決心していて、その手術を日帰りにしたかったので、オーランドに同行してもらった。彼女は行く行くはオーランドにベトナム料理のレストランを持ちたがっていて、その後、オーランドに引っ越して行ったようだ。

それから、ナンシー・ホール。彼女に最初に会ったのは１９７３年、私が打ち上げで出張してきたときだった。ビーチを歩いていると、小さなプードルと砂浜にすわっている女性がいた。立ち止まって声をかけると、彼女はマサチューセッツ州から休暇で来てオーランドに滞在していた。話していると私たちは同じく９月生まれで、そのために気が合うのか、どちらかが何か話し出すと、それを受けて相手がそれについて話をつなげてさらに話題を広げ、話題から話題へと話が尽きなかった。彼女のほうがいくらか年上だったが、そうは見えなかった。その時から十年来、音信を保っていた友達で、オーランドの友達のところにきている彼女をコンドミニアムに招いた。二、三週間、一緒に過ごしたが、困ったことに、彼女は私たちが毎夕、出かけてダンスするのを期待していた。私には仕事があり、いくらダンスが好きでも毎晩というわけにはいかなかった。ともあれ一緒にいる時は楽しかった。北部に帰る彼女をなぜ引き止めなかったかと思うことがある。

離婚しても、アイナとは時たま会っていた。お互いにまだどこかにお互いへの思いがあるようだった。彼女のことが念頭から離れず、忘れ去ることは難しかった。お互いにお互いを取り返しのつかないまで追い込んで行ってしまっていたのを残念に思う。

クリスマス前に、新車、フェアレディに乗ってシカゴの父を訪ねた。父と義母マーサのところで２週間ほどいて親類連中にも会った。帰る頃に雪が降り始めた。帰途、ジョージアで一泊するつもりだったが、どこもホテルが満員で、そのまま走り続けて戻ってきた。１２００マイル（約１９３０キロ）、およそ17時間、ガソリン給油のため４度止まっただけだった。

オウムを買って、サムと名付けた。彼と暮らしているうちに、コンドミニアムでの一人暮らしに慣れてきた。ビーチにつれて行き、砂浜を歩いた。彼は私の肩にとまって一緒に歩く。ときたま跳びあがって飛んでいこうとしても、それができない。遠くまで飛んでいけないように私が翼をトリムしたからだ。おかしいのは、あたりを飛び回っているカモメの群れが怖いのだろう、私の肩から首にすり寄ってくる。保護を求めているかのように。彼は実に頭のいい鳥で、鳥かごのドアの開け方を心得て、籠の外に出てはあれこれと悪さをする。壁にかけてある絵の額縁をかじったり、私にキスをしにきて、私を噛む。ある日、唇を噛まれて、私は怒って彼をつかみ上げ向かい側の壁に投げつけた。すると、翼をフルに広げて、壁にぶち当たる前にはたと、止まった。それ以後、私を噛むことはしなくなった。

第4章　キョウコを見つける

1　イントロダクション

　ケープカナベラルは沿岸洲の島で、ケネディスペースセンターから南に延びている細長い土地である。およそ2・5マイル（4キロ）の長さで、たぶん一番広くて1マイル（1・6キロ）の幅。それより南はココビーチで、ケープカナベラルよりも少し長いが幅は狭い。どちらも東は大西洋、西はバナナ河に挟まれている。非常に狭い生活空間なので、外部から来た者にはビーチかバー以外には人と出会える機会が限られている。

　2度にわたる苦い結婚生活経験のあと、私はビーチやバー以外で人と巡り会える機会を求めた。インターナショナルペンクラブ。環太平洋国際文通クラブ（本質的には、アジアの女性に外国の男性と文通できる機会を与える）に加入した。文化の異なるエキゾチックなオリエントの女性にめぐり会える可能性があると思ったからだ。

　十数人の女性のリストが送られてきた。フィリピン、マレーシア、中国、朝鮮、日本などの女性で、年齢は28歳から43歳まで。自己紹介の手紙を送った後にもらった返信の中で、一番相性がよさそうに感じられた女性は、43歳の日本女性だった。エアーメールが届くのに1週間かかり、気長でまだるっこい意思疎通の手段ではあったが、徐々に気持ちが熟してくると電話で会話したりして、およそ6か月の文通後に私は彼女に会いに日本に行った。

以下の追憶の文面は、彼女との交換レターである。

１９８５年5月16日

拝啓ミス　コサカ

一度も会ったこともない人に手紙を書くのは難しい。私にできることといえば、私について興味を持ってもらえそうなことを書いて、あなたからの返信がもらえることを祈るだけです。

私の名前はThomas James Zogaric. 背丈は１７７センチ、体重80キロ。髪の毛はブラウンで、目はヘイズル色。46歳。１９３９年の9月3日、イリノイ州シカゴで生まれました。

現在はフロリダに住み、ケネディスペースセンターで働いています。スペースシャトルのソリッドロッケトブースターを製造する会社で、私は品質技師です。

離婚してから18か月になり、一人暮らしを充分過ごしたので新しい関係を持ちたいと思っているところです。その相手はあなたであるかもしれません。

私には2組の双生児の子供があり、その1人は男の子、３人は女の子。彼らは彼らの母と共にカリフォルニアに住んでいて、最初の双子は独り立ちしていて、その1人は結婚しています。

私はいろいろなジャンルのミュージックが好きで、クラッシク、カントリー、ロック、その時のムードによります。魚釣り、狩りが好きでよくキャンプしたものです。フリーランスの写真家で、油絵、木彫もちょっぴりたしなみ、チェス、西洋すごろく、トランプ、そしてボーリングやゴルフも楽しみます。テニスやラケットボールもやってみましたがあまりうまくありません。

現在、2ベッドルームのコンドミニアムに住んでいますが、車庫が必要なのと、のんびりと気が向いた事ができるプライベートな空間が欲しいので家を探しています。

私が住んでいるケープカナベラルはとても小さな町で、大西洋とバナナ河に挟まれた堡礁の島です。車で高架橋ハイウエイを通って本土に行けます。

あなた自身について話してください。あなたの趣味や、あなたのホープや夢について。またどんなところに住んでいるのか。

ずっと昔の事だけど、私が海軍にいたころ横須賀にいたことがありました。ごく短期間でしたが、とても美しい国だった印象があります。

ところで、インターパシフィックについて何で知りましたか？

あなたからの返事を心待ちにしています。

敬具　　トーマス・ゾーギャリック

1985年5月26日

拝啓　ミスター　ゾーギャリック

お手紙ありがとうございました。とても興味深く、印象的でした。なぜ印象的だったかの理由の一つはコンピューターで書かれていたのと、もう一つはケネディスペースセンターで働いていられることです。残念なことに私は宇宙科学や科学技術、機械学などの知識が全くありません。

本当にそうですね、あなたが言われるように会ったこともない人に手紙を出すことは難しい。でも、ご自分についてよく言い表されていて、あなたのイメージがつかめました。はっきりとではありませんが。それでは今度は私がそうする番ですね。

インターパシフィックから私について何らかの情報をもらっていると思います。私は英語を教えています。と言っても正規の教師ではありません。夕方、自宅で中学生徒に教えていて、また数人の高校生の英語上達の手助けもしています。ところで、なぜ私がインターパシフィックを知るようになったかを聞かれました。それは、たまたま生徒の一人がインターナショナル・ペンパルのメンバーに加入しました。そのとき、彼女からインターパシフィックの大人用の申し込み用紙をもらったからです。

私は43歳、独身で、両親と猫と一緒に住んでいます。いえ、正確にいえば、我が家は庭を挟んで2つの家屋があり、その一家屋に一人で住んでいるのです。身長は155センチ、体重は42キロ。小柄です。去年の秋に撮った写真を同封します。毎朝2マイルほどジョギングし、15分体操をします。

私は創造的なことが好きで、読んだり、書いたりします。油絵もやっていました。また、ミュージックが好きで、一時は名もない作詞家でした。映画が好きで、またテレビで野球を観戦するのも好きです。私は静かな人間で、一人でいるのが好きです。でも気が合う人とはとてもおしゃべりになります。私は正直でない人、誠意のない人は嫌いです。私には姉と弟が2人います。弟たちは東京の近郊に住んでいて、一人は大学の助教授、もう一人は国家公務員です。

昔、日本に来たことがおありとの事。私はアメリカに3回行ったことがあります。最初は10年ほど前で、そちらは二百年祭を祝っていました。英語教師のグループに加わって、サクラメントにあるカリフォルニア州立大学での夏期セミナーで勉強しました。その時に、ヒューストンに住む、私が東京にいた頃に知り合った家族を訪問しました。彼らがNASAスペースセンターに連れて行ってくれて、月から持ちかえった石やスペーススーツなどを見ました。またグルベストンまで車を走らせてメキシコ湾を見ました。でも、大西洋は一度も見たことがありません。

日本はあなたが来られた時から大いに変わりました。驚かれるのではないかと思います。経済的に裕福になりましたが、その進歩開発の過程で、日本独特の良い面が失われてきていると思います。

ご存知かと思いますが、日本は沖縄を除くと、4つの本土の島で成り立っています。

私の住んでいる新居浜は四国と呼ばれる一番小さな本土にあり、約13万の人口を持つ市です。瀬戸内海に面していて、緑の丘や山脈に囲まれています。気候は温暖で、めったに雪が降りません。

そちらは一年中、太陽の輝きに満ちた美しいところなのでしょうね。これまでに見た映画を通じて想像するだけですが。でも、遠い、とても遠いです。正直に言いますと、ここからはあまりにも遠すぎるので、返信するのをためらっていたのです。その上に、私たちはお互いに非常に違っているように感じられますし。でも一方では何か共通なところもあるようで、あなたの書き方、いえ、話し方があなたのパーソナリティを反映しているようなので返信してみたのです。

私の希望や夢をお聞きになりましたね。それを話すのは難しいのですが、希望としてはアメリカ人かカナダ人と結婚したいと思っています。東京にいたころ、あるイギリス人を好きになりましたが、哀しい結末を経験しました。半ば夢の中でのようなその出来事がずっと私の中に住みついていて、もうたくさんになったのです。私は変わりたい。誰かと全身全霊で関わって、本当の自分自身を見つけたいのです。私の夢は、一生に一つの物語を書くことです。

長い手紙になりました。本当に充分すぎるほど書きました。

お聞きしたいことがあります。あなたの先祖はどこからきましたか？　なぜ、日本女性との関係を求めているのですか？　あなたの住んでいる街に日本人はいますか？　日本以外に外国に行ったことがありますか？　あなたやあなたの家族についてもっと知りたいと思います。

2通目の手紙を心待ちにしています。

心から

キョウコ　コサカ

1985年6月1日

キョウコさん

あなたからの手紙を嬉しく受け取りました。写真もどうもありがとう。とてもきれいな女性ですね。私も写真をこの手紙に同封します。去年、シカゴから義理の妹が来た時、デイトナビーチに連れて行った際の写真です。

この1週間かなり大変だった仕事のあと、今、プールサイドで太陽を浴びながら、リラックスしてこの手紙を書いています。

あなたからの手紙は6日で届きました。距離を考えれば、わりと早いですね。

宇宙科学の分野などの知識がないと懸念しているようですが、心配はいりません。私だってそんなに知っているわけではありません。私たちの仕事は造って、それがうまく機能できるようにするだけです。現在のところ私は自分が携わっている仕事をうまくこなしています。

あなたもあなたの2人の弟さんも教育を受けていて、インテリであることが窺われます。

あなたは小柄だけれど、活発で軽快な体をしてるようですね。私は走るのはあまり好きでないけれど、ビーチを歩いたり、サイクリングしたりします。

かつては名もない作詞家だったそうですが、断念したのですか？

私も詩を書いたりしたことがあったのですが、もうずっと何も書いていません。一時期、私も一人でいるほうを好みました。しかし、人が必要だということに気が付きました。あなたはなぜ一度も結婚しなかったのですか？

アメリカを訪問した際、どう思いましたか？　サクラメントにいた時、サンフランシスコに行きましたか？　私の会社にはサンホセに一部門があり、6か月ほどそこに派遣されて社が抱えていた問題を解決する手助けをしたことがあります。

私が日本にいたのは1959年です。現在、日本が生産している製品の品質の良さに感銘を受けています。

私が住むところは5つの市街が近接していて、およそ8万の人口です。大西洋岸にあるケープカナベラルとココビーチ、本土側にココとロックリッジ、その中間、2つの河に挟まれているメリットアイランド。雨について言うの忘れていたのですが、降る時はバケツを逆さにして水を流したように大雨になることがあります。

本当に、私たちは世界の反対側にいます。そして私たちは異なっていますね。しかし、共有することはたくさんあります。明日の事はわかりませんが、悪く見てもちょっとの時間と数枚の便せんを費やしただけです。たとえそれだけであったにしても、未知な人について何かを知りました。遠く隔てている距離については、時間的に考えれば、私たちは多分12時間離れているだけです。

哀しく終わった愛の関係があったそうですね。私にもそんな経験があります。

私の母の父親はスペイン人とマヤ族の混血で、母の母親はアイルランド人とイギリス人の混血です。私の父の先祖は現在ユーゴスラビアの一部セルビアから来ました。

私が日本女性との関係を求めているのは、私が日本女性に感じられる静かで穏やかな気質からです。

彼女たちが男性の良さを正しく認識している様子を高く評価します。当地には東洋人が少ないです。ある日本女性とデートしたことがありますが、お互いに相談相手としての友達で、ロマンティックなものではありませんでした。何かあると彼女は私にアドバイスを求め、私の方も同様にアドバイスしてもらいます。彼女は私よりも9歳年上で、彼女の息子が私の職場で働いています。軍人だった夫を亡くした未亡人なのですが、現在、既婚の男と付き合っています。私は彼女が話すことに耳傾けて自分が思ったことを忠告します。彼女が聞きたくないことを言っても、それが友達だからだということを彼女は知っています。

海軍にいた時、多くの地に行く機会がありました。カリブ海の西インド諸島やジブラルタル海峡を渡って地中海。フランスに駐屯していたので、イタリア、スペイン、ギリシャ、トルコ。それからパナマ運河を通ってサウスアメリカの沿岸、メキシコ、ハワイなど。

私には異父の弟と義理の妹がいます。父母は私が幼い頃に離婚しました。私はシカゴで育って、18歳で軍隊に入りました。21歳の時結婚して、カリフォルニアに落ち着き、除隊した時はエレクトロニクスの仕事が見つからず、郵便局や保険会社などで働いた経験があります。、2年後に、アポロ計画の仕事にたずさわることができました。これまで品質部門で22年働いています。

私は1977年に離婚して、人生を分かち合えると思った人と再婚したのですが、5年後に離婚しました。それで現在は一人です。父はシカゴにいて義母と義妹と一緒に暮らしています。母と異父兄弟の弟はカリフォルニアにいます。カリフォルニアに帰ることを考えているのですが、ここでいい仕事についていているのでまだ決めていません。

さて、なんだか1冊の本を書いたような気がするので、もうこのくらいで筆をおきます。

ところで、ミスター・ゾーギャリックではなく、トムかＴＪでお願いします。

それでは返信を楽しみにしています。

あなたの友達
トム

Ｔ・Ｊ・さん

１９８５年６月９日　日曜日

お便りありがとうございます。こんなに早く返信をいただくとは思っていませんでしたので驚いています。写真もどうもありがとうございました。とてもやさしそうですね。最初のあなたの手紙から謙遜で寛容、誠意のある人のように感じていました。

デイトナビーチって、とても美しい砂浜ですね！　ハワイに行ったことがありますが、どこか違った感じです。フロリダはハワイのように一年中暖かくて太陽がギラギラなのですか？　あなたの赤色の車、素敵ですね。

ところで、私は車を持っていません。したがって、一度も運転したことがありません。アメリカでは車は必需品ですが、日本のように小さい国土に人口の多い国では必ずしも必要ではありません。交通機関が発達していてどこでも自由に行き来できます。それでも、昨今は大都市だけでなく小さな町でも車であふれていて、時には歩いたほうが早い場合があります。私自身は市内のあちこちを自転車で行っています。

私も弟たちも教育を受けていてインテリだとうかがわれる、とありますが、弟たちは奨学金で東京の名門大学を出ていても、私は英語の専門学校を卒業しただけです。その頃、イギリス人に恋をしたのです。彼は英語の先生でした。プラトニックラブで、夢と現実のあいだで迷子になっていた私を彼が勇気づけてくれました。作詞を続けるようにと言ってくれたのも彼です。

私が作詞を断念したのは、才能がなかったのと、今から思えば世間に認められたい欲望、野望に欠けていたからです。それでも、私の作品の一篇が曲になり、レコードになり、二人でその小さな成功を祝いました。それはあるラブストーリー映画の別れのシーンに使われました。映画館の中で自分の名前が出てくるのを見て興奮したのを思い出します。英語での別れの歌です。それが行く行くは彼との別れの歌になるなんて思ってもみませんでした。とにかくもその短い期間は私にとっては人生で一番幸せな時でした。

でも、彼は私が彼を愛しているように私を愛していないのではないかと、絶望的に苦しい思いをしていました。そして、ある日、藪から棒に、衝撃的な出来事に直面させられました。知らなかったのですが、彼はある女性と同棲していて、その女性、日本人が自殺未遂をしたのです。大都会である東京にいた時期は無知でいろいろなことに幻滅させられましたが、破局した彼との夢はその後、長らく尾を引きました。

私には3つ年下の日本人のボーイフレンドがいました。彼との関係は7年間続きました。これまで数人の男性に出会いましたが、みんなただの友達で、美しい思い出だけが残りました。

なぜ一度も結婚しなかったかの質問ですが、私はあまり、現実的、実際的な人間でないからかもしれません。ながらく半分隠遁したような生活をしています。厄介なのは今はヒューストンにいる人たちや上記のイギリス人などを含めて東京で出会った英語圏での人たちとの経験です。この経験のために、私は2つの異なった見方、考え方、つまり、2つの異なった言語、文化、習慣、東洋と西洋、それに夢と現実のはざ間で、独立した一個の人間であろうと懸命に生きてきました。そしてその過程で、いつもどこかで誰か自分の面倒を見てくれる人をひそかに求めていました。

もう一つ私が独身なのは、子供が欲しいと思ったことがないからです。上記のイギリス人との間をのぞいて。

私はまだ言いたいことがあるのですが、とても疲れてきましたので、このくらいでおきます。私は英語ができると言っても、正直言って、英和、和英の2つの辞書なしでは書けません。その上、私は英語でうまく書くことができるほど英語がしゃべれません。日本語だけで生活している人たちに囲まれた日常で、英語を話す社会に生きていないからです。

とにかくも、今日はこのくらいで。2、3日したらまたお便りします。

あなたの新しい友だち、キョウコ

6月12日

T・J・さん

またあなたにお便りしています。

午前中は誰からも邪魔されることがありません。午後の4時から9時まで生徒たちに教えているので、たいていはその授業の準備などしています。

雨季に入っていますが、数日暑い日が続いています。日本にはどのくらいいられたのですか？　日本の雨季を経験しましたか？　曇り空で湿気が多く、黴がはえて食べ物が腐りやすい。時々、長雨にはうんざりします。カリフォルニアの空気は乾いていてクールですね。

ところで、あなたがカリフォルニアに長年住んでいたのを知って嬉しいです。日本にいたことがあるのに加えて、日本的な事物に接する機会が多くて馴染みがあるのではないかと思うからです。ことにロサンゼルスやサンフランシスコでは、日系のアメリカ人が多いし、日本人からの観光客も多い。だから、日本の女性をただ単に夢想してはいないと思うからです。

私はサンフランシスコに2回行きました。1回目はすでにお話ししたようにサクラメント大学のセミナーに参加した時で、2回目はほんの1か月前です。日本では4月の終わりから5月はじめにかけて、ゴールデンウイークという、祭日が続く公休期間があります。私は2年ほどどこにも旅していないので、その期間、カリフォルニアへの豪華なツアーを楽しみに行ってきました。ロサンゼルス、サンフランシスコ、ラスベガス。でもがっかりして帰ってきました。なんでも最初に受けた印象の方が良いですね。ロサンゼルス飛行場が巨大なのとスモッグのひどさに驚いたのと、サンフランシスコでも私の目には人々の身なりが10年前からすると品がなくなっているように見えました。ラスベガスのスターダストで、80ドル勝ちました。楽しかったです。名前は忘れましたが、ロサンゼルスで観光客に土産ものを売っている場所で撮った写真を同封します。

アメリカにいると2回とも解放されて自由で健康的な感じでした。と同時に、日本人であることを感じさせられました。人種の坩堝であるアメリカと違って、日本は長い単民族の歴史を持っています。それで民族内での集団志向があって、他民族に対して排他的です。日常生活ではプライバシーを重要視しません。私個人としてはグループで行動することは好きではありません。でも、私がグループツアーに加わったのは、臆病だからです。それにグループ旅行は断然格安だからでもあります。アメリカについて私が好きなところは、プライバシーを保てて、自由、多様性、そして開放された空間です。

それぞれの文化には異なった価値観があります。アメリカ人は個性を尊重し、真実や正直さを最も大事なこととみなします。日本人は共同体やグループ間の調和が最も重要だと思っています。多くの人口を抱えた小さな国が平和に生きるためにはお互いに親しみあう必要がありますから。日本人がより礼儀正しく、日本社会がより安全と認められても、このために個性を伸ばすという点では苦しさを強いられる場合が多い。

日本の男性とアメリカの男性との違いについては、一般に、アメリカの男性のほうが肉体的にも精神的にも鍛えられていて、大人で、より孤独で、より粘り強い。つまり、概してより苦難な人生を生きているようです。そういったところに惹かれます。

もう一つ、日本では、子供はとても大事にされることです。時には庇護されすぎるくらいです。今日でさえ、親は普通ただ子供のために生きています。子供ゆえに、自分自身が抱いている願望を犠牲にすることがよくあります。

あなたが2度も離婚したことに驚いています。アメリカではそれほど珍しいことではないことは知っていますが。あなたの家族の背景がとても複雑ですが、アメリカの歴史や文化を考慮すれば理解できます。過去、あなたには苦しい時期があったに違いありません。あなたは人生に対して楽観的な態度を持っていられるように感じられます。あなたは信仰をもっていますか？　私の父は敬虔な神道の信者です。

それではこのくらいにします。

あなたの友達
キョウコ

キョウコさん

雨天です。あなたの手紙が届いて、今日という日が明るくなりました。ほとんど今週中、雨でした。雨は良くもあり悪くもあります。雨だと何かと差しさわりがありますが、このところ空気が乾燥していて州内あちこちで野火があったので、それが鎮まる。月曜日にシャトルの打ち上げが予定されています。それまでに雨がやんでくれればと願っています。

当地の気候はハワイのようではありません。春と秋が温暖で爽やかです。夏はとても暑くて（30度から40度近い）むし暑い。エアコンのありがたさがわかります。

6月から9月にかけてはハリケーンシーズンです。冬は時として0度近く気温がおちて寒くなることがありますが、稀で、長くは続きません。日中は10度から20度ぐらいです。

そうです。アメリカでは車は必需品です。必要にかなった交通機関が整備されているのはごく少ない大都市ばかりです。私が日本にいた時、道路が狭くてあまり車が走っていなくて、歩いている人や自転車に乗っている人を見かけたのを憶えています。

自分に才能がないなんて思うべきではありません。あなたの詞が曲になり、レコード化され、映画に使われたことを誇りにするべきです。誰でもがそうできるわけではありません。そのレコードを聴きたいものです。

私はフリーランスとしてウエディング等の写真を撮ったものです。私は写真を撮るのが好きでそうするのですが、常にカメラの裏にいるので、自分自身の写真があまりありません。ご希望ならまた写真を贈ります。あなたの写真をもっと見たいです。

そのイギリス人があなたにとって初めて愛した人ですか？　プラトニックなものだったそうですが、彼が行くところならどこでも行き、彼と一緒ならなんでもする、ただ彼を喜ばしたいだけといったようにまで愛さなかったのですか？　私はプラトニックな女友達は持てても、プラトニッククラブには対処できない。私には誰かへの精神的な愛はそれに伴う肉体的な愛なしでは成就できそうにない。精神と肉体は共に補充しあうものだ、と信じています。

ハイスクールのころ女の子に注目されるといつも敏感に恋におちいり、彼女を崇めた。彼女のためなら何でもするつもりだったが、大抵は失恋でした。私は彼女たちをクイーンのように扱い、私の親友は彼女たちを汚物のように扱った。ところが彼女たちはどんな仕打ちをされても彼に首ったけだった。そうしたことが度々あったので、今度また傷つけられたら、もう誰にも捧げる愛はないと感じた。しかし、愛は自動的に補給される必需品で、枯れることはない。私はまだ異性への愛にはできるだけまともに対応していますが、もうあまり崇めることはしなくなりました。

海軍にいた時、寂しくて21歳で結婚した。結婚した夜、彼女は妊娠して、そして驚いたことに、私は一度に男の子と女の子の父親になっていた。足掛け17年間の結婚生活だったが、最初の6年で離婚すべきだった。ひとえに、子供たちのために留まったのだった。大西洋岸と太平洋岸と離れているけれど、子供たちは私を慕っていてくれています。

あなたはそのイギリス人とのことに悩まされたようですが、そのほかにあなたを悩ませて幻滅させられたことについては話してくれませんか？　日本のボーイフレンドとの関係は7年間続いたそうですが、なぜ結婚しなかったのですか？　人には2つのタイプがあって、与えるタイプと手に入れるタイプ。あなたは私と同じく与えるタイプの人のようです。東京での英語を話す人との経験やヒューストンにいる人たちについて話してください。

東洋と西洋、2つの異なる文化の相異は非常に大きいことは知っています。でも、それを乗り越えられないことはない！

言っておきたいことがあります。本当の自分を見つけたいのはあなたばかりではありません。私はある持論を持っています。さなぎは蝶になることができますね？　私たちのこの世での人生はさなぎのように思われます。どこかにそれ以上の何かがなければならない。その間に、私はこの人生からできるだけ多くの物を得たいと望んでいるのです。

なぜだかわからないのだけど、あなたに手紙を書く度に本を書いているように思えます。英語をある一つの言語として書いたり、話したりできる人を賛美します。あなたは書くときだけではなく、私の手紙を読むのにも辞書が必要ですか？

ではこのくらいにして、今夜、これを投函します。

同封の写真は私の仕事場、VAB、スペースシャトルの格納庫で、もう一枚は、月へのアポロ打ち上げに使われたロケット、サターンです。

トム

キョウコ　さん

どうもお互いの手紙が入れ違いになってきてるようです。返信したばかりなのにあなたの手紙が届きました。私の手紙は日曜日に投函したので、今週の土曜日には届くと思います。

まず、美しい切手。毎回受け取る度に、封筒には日本独特の素敵な切手が数枚貼ってあって快いです。あなたが送ってくれた写真の場所は、ロサンゼルスに近いオルベラ通りです。ロサンゼルスでは一番古い界隈で、チャイナタウンにも近い。私のカメラで拡大操作して、クロースアップ写真にしてみます。

スペースシャトルは無事に打ち上げられて、すべてうまく行っています。

雨の時期に入っているようですね。あなたが元気で何もかもうまく行っていますように。こちらでも湿気が多くて、ベルトや靴に黴がはえます。時どきは衣料室に明かりをつけたままにして黴が生えるのを防ぐのが良策です。カリフォルニアも暑くなることがあります。サンタアナの風と言って、砂漠の熱風が吹き流れてきます。それでも、当地フロリダほど蒸し暑くありません。しかし、フロリダには人混みがないし、スモッグも交通渋滞もありません。

そうです、私がカリフォルニアに住んでた頃は日本やそのほかアジアの国々の文化に接する機会がありました。近所に日本人の家族がいて、その子供たちはとても勉強熱心で学校での成績が良かった。私の弟の妻はベトナム人で、彼らはサンホセに住んでいて、私が仕事でサンホセに派遣されていた際、ベトナム文化の一端に触れました。

私は日本女性を夢想しているわけではありません。日本女性の気品ある魅力を高く評価します。また、優しさ、おとなしさが私の求めるところです。私たちがもっと早く文通を始めなかったのは残念です。断然、カリフォルニアであなたに会いたかった。

スターダストで80ドル勝ったんだって！　どんなゲームをしましたか？　何か気に入ったショウを観ましたか？

アメリカに来るたびに自由で、解放され、健康的になれると聞いてうれしい。あなたが言うようにあなたの国はグループ志向で、結束して外界の影響から距離を保ちがちなのは知っています。私は時々、彼らが、日常、ちょっとばかりのプライバシーでどうやって生きていかれるのか不思議に思います。アメリカは人種のるつぼですが、私たちはみんなアメリカ人です。残念ながら、ある人種や民族に対する偏見や差別を持っている一団がいます。しかし、殆どの場合、同人種はお互い同士見守り合っています。

私にとって一番肝要なのは、私が相手を大切に思うように私のことを大切に思ってくれる伴侶を見つけることです。私は口論やもめごとを嫌います。私は性質的にはとてものんびりとしていて、気の合った人と一緒ならハッピーです。真実と正直はどちらも褒められていい特性ですが、真実は無慈悲で厳しい。時として大いに苦しめられます。耐えることを学ばされる。それだから真実は親切なのでしょうか？

私の理想や考えは私の国の文化よりもあなたの国の文化に近いようです。私は外的平和だけでなく内面の平安を探しています。アメリカ人のほうが鍛えられていて、より苦難な人生を生きていると言われますが、私にはわかりません。私が2度離婚したことに驚いても、国柄として理解し、受け入れてくれているのが嬉しいです。どちらの結婚もうまくいくものと信じていたのです。いつかまた、今度は残りの人生を全うするような結婚をしたいと思っています。

私が子供の頃の生活はつらく厳しかった。母は私と父違いの弟を養うために働かなければならなかった。私は6歳の時、野菜売りのトラックに乗って配達の仕事をした。それが初めての仕事で、学校に行ってもそれ以来ずっと働いた。ハイスクールを卒業すると軍隊に入り、そこで電子工学を学んだ。一日8時間、10か月間ぶっ続けのクラスだった。海軍にいたために幸運にも、世界を見ることができた。カリブ海諸島やスペイン、フランス、イタリアなど地中海沿岸諸国。それから新しいミサイル巡洋艦に乗り組んでニューヨークから南米、パナマからカリフォルニア。それから極東。2年の兵役を終えて除隊した。

先週の週末、ナイスサプライズがありました。父の日で、子供たちからの電話があったのです。息子からは去年の8月から音沙汰がなかったのでとくに嬉しかった。長女は11月に2番目の子が生まれることになっています。あなたに送るため彼らの写真を探してみます。

またしても手紙ではなく本を書いているようになってきました。よどみなく書けてきているので、もう少し書きつづけます。

そうなんです、私は人生に関しては楽観的な態度をとっています。私は人生を愛していて、毎日、その日からできるだけの事を得ようと努めています。朝、起きるたびにその日を待ち望んでいます。仮に75歳まで生きるとして、毎日8時間眠れば、25年間寝ていることになる。人生は無駄に時間を過ごすには貴重すぎる。私の睡眠時間は普通5、6時間です。

私は自分の仕事を愛しています。挑戦的で、面白いからです！　もしそれが務め、とか役目といった感じになったなら、辞めて別な仕事を見つけるでしょう。私は持ち上がった問題を解決するために多くの調査、検査をします。それが得意なのです。ボスは私が問題解決に全力を尽くすこと、そしてその結実を得るのを知っているので、私のやり方でやらせてくれます。

これまでの人生で私は数多くの教会や寺院に行き、宗教について私なりの見解をもっています。第一に、様々な違った名前で呼ばれている絶対至高の存在があるのを信じています。第二に、どこにいてもその存在と意気疎通できると信じています。地上を見下ろす山の上にいるほうが、正規の礼拝の場よりその存在をより近く感じたことが時々ありました。過去に書いた詩をいつかあなたにお見せします。書いてた頃からもう何年もたっています。

ところで、忘れないうちに聞いておきたいのですが、こないだあなたに送った手紙の切手は郵便料金にかなっていましたか？　足りなかったようでしたら、お詫びして返済します。ついでに、あなたの手紙には毎回美しい切手が数枚貼られていますが、負担のようでしたら援助させてください。

もしまたグループツアーをするようでしたら知らせてください。私たちはいつかどこかで会うべきだと思います。職場で、韓国、日本、香港の16日パッケージツアーが２１００ドルとのメモをもらいました。かなりいい値で良さそうなツアーです。日本に行けるなら、実際、韓国と香港は割愛したい。

学ぶのに年齢は関係ない、それが私のモットーです。「日本語の話し方」のテキストとカセットを買ってきました。私には清涼剤です。あなたが英語ができるようには私は日本語をものにすることができないのはわかっていますが。

　独り住まいなのでペットがほしくなっていて、今日、すんでのところでオウムを買うところでした。犬が好きなのですが、私がいないあいだの8、9時間放っておくのは不当だし、その点では猫は独立性があっても、オウムか九官鳥はどうかと思ったのです。あなたは動物や鳥が好きですか？

　私はまだ家をさがしていて、コンドミニアムを売りに出しています。そしていまだにカリフォルニアに帰ろうかとも思っています。母や弟、子供たち、それにあなたに近い。少なくとも3000マイルは！　あなたとの文通を本当に楽しんでいます。あなたは私を喜ばせてくれます。私もあなたを喜ばせているといいのですが。あなたがここへ訪ねて来るとか、私があなたを訪ねていくとか、何とかして会えることを願っています！　急いでいるとは思わないでください。タイミングは将来のいつかです。

トム

　夜も遅くなったのでこれで閉じます。あなたを探すためにあなたの住んでいる島の地図を探していたのですが、見つかりました。

1985年6月23日　日曜日

T・J・さん

こちらも雨です。昨日、あなたからの手紙を受け取り、今日、土曜日にまたあなたの手紙が届きました。

映画を観に行こうと思っていたのですが、気が変わってお便りすることにしました。最近はあまり映画を観ていません。4月に『2010』を観ました。そして春休みに甥と姪が帰省していたとき、『ネバーエンディングストーリー』に連れて行きました。彼らはファンタジーの世界を興奮して観ていました。彼らと一緒に近くの丘にハイキングに行ったときの写真を同封します。

フロリダの冬は過ごしやすいようですね。でも夏は雨が多いみたい。何かで読んだのですが、フロリダのオレンジが水分が多くてカリフォルニアのオレンジよりもおいしいのはそのためだとありました。

あなたの手紙を読むのに辞書は大して必要ではありませんが、時々に綴りが読みにくくて、判断しかねることがります。でも、今では慣れてきました。

さて、2通の手紙を読んで、書くことがいっぱいあって、何から書き始めていいのかわかりません。あなたの手紙に、正直言って、振り返りたくない過去の出来事が呼び覚まされました。心が混乱していて、手紙で書きあらわすのには難しくて、とてももどかしい。もし、あなたがここにいて、あるいは私がそこにいたなら、話すほうがやさしいのに。とはいっても、英語での思考回路と日本語での思考回路が入り混じって、困難なのは同じだと思います。苛立って、ブロークン英語になるでしょう。やはり、手紙で話すのが最良な方法なのはわかっています。

まず最初に、私の作詞と映画の事ですが、大衆向きのラブロマンスで、ニュージーランドに行った日本の男性がそこで白人の女性と恋をします。残念にも彼らは結ばれません。歌はその時の別れの歌で、そのタイトルは〝Someday, Sometime〟。とてもシンプルな歌詞で、以下がそれです。

There is a song when we say hello
There is a song to part
As long as love is growing in your eyes
These beautiful things will grow
Someday sometime
We are dancing on the shore where we once met
Soft evening breezes caress your hair
Then your love returns again to me, my love

この作詞を手伝ってくれた、グレイ、そのイギリス人がどこにいるのか知りません。もう昔のことで、彼の顔さえぼんやりして、はっきりと瞼に浮かべることができません。写真を持っていませんので。最後に彼に会ったとき、南米に行くと言っていました。そこが最後の地、たぶん彼が住む地だと言っていました。彼はそれまでに30国余りの国を旅していました。もし、彼がまだそのレコード、私たちの合作の歌を持っていたら、私を思い出してくれると思います。

私の日本人のボーイフレンドは3歳年下で、それが問題でした。私たちは英語学校でクラスメイトでした。彼は同時に大学へもかよっていました。彼は私と結婚したくて中途退学して働き始めました。私は彼から逃げました。私たちの関係が7年間も続いたのは、彼が私をあきらめなかったからで、また、私にとっても彼の存在が貴重でした。初期のころ一時、会ってくれなければ自殺すると言って脅かされました。

数年後、彼は働いている会社のニューヨーク支店にとばされました。彼との文通が始まりました。会いに行く事になったのに、私は行きませんでした。文通は1年ほど続きました。そして、彼からの便りがぴたりと途絶えました。それから3年たって、彼が帰国した時、彼に会いました。私は圧倒されました。彼はとても変わっていて別人のようでした。私が好きだった彼のナイーブで清潔な印象が消え去っていたのです。傲慢で、エネジェチックな容姿、野性的で陽気な目の色。喫茶店のテーブル越しに、にやりと大きな笑みをうかべて言ったのです。目下、自分は20歳の結婚相手を求めているのだと。その言葉に傷つけられましたが、そう言われて当然でした。その時、私は31歳でした。隔絶された感じを強く受けたのですが、それと同時に何かから完全に解かれた感じでした。甘んじて報いを受けているような思いでした。

私が彼と結婚しなかったのはただ年齢の差からではなく、肉体的な理由からでした。

信じられないかもしれませんが、私のラブメイキングの回数は数えるほどしかありません。彼とではなくてほかの男性3人、みんなアメリカ人です。でも彼らは人生を分かち合える相手ではありませんでした。その一人とはただ肉体的に惹かれあっただけにすぎません。そして今はみんな友達です。もし、私が妊娠していたなら、私の人生は変わっていたでしょう。

だれでもその人なりの愛し方があります。グレイ、例のイギリス人、彼だけが私を本当に幸せな思いにしてくれました。彼と私は同類でした。私たちはとてもオールドファッションな人間でした。私たちはまた人を楽しませるタイプの人間でした。でも縛られるのを恐れていました。心の内で人を必要としていませんでした、失望させられるばかりだったからです。人は欲しい物ならそれを手に入れようとする。しつこく追いすがる。彼らは欲張りだけれど、ある意味では彼らは正当です。なぜなら、何かを、誰かを欲しくて得ようとするのは自然な愛し方です。人はお互いにお互いを必要とするのですから。

あなたはバーバラ・ストライサンドの歌、People who need people are the luckiest people in the world という歌を知っていますか？　その歌を聞くたびに私は涙がこぼれそうになります。私はグレイが本当に必要だったのかもしれない。あるいは彼も私が必要だったのかもしれない、私を妹のような関係にとどめていたけれど。でもよく考えてみると、たぶん私のグレイは私の心の中のグレイで、本当のグレイではなかったのでしょう。実際、現実には彼についてあまり知らなかったのだから。ただ、一緒にいた時の彼の気配、同類である気配だけは確かだっただけ。だから、例のショッキングな出来事があったあと、私は彼のあとを追わなかった。結局、肉体的な愛なしでは彼についてあまり知らなかったということなのでしょう。

「私には誰かへの精神的な愛はそれに伴う肉体的な愛なしでは成就できそうにない。精神と肉体は共に補充しあうものだ」とのあなたの言葉、よく理解できます。残念ながら、私にはそうした愛の経験がありません。たぶん私は利己的で、傷つくのが怖いのでしょう。そうかも知れない。とにかくも、一つだけ確かなのは、あまりにも長いあいだ夢見る人であり続けたことです。あなたは心と肉体とで結ばれた愛を結婚の形で2度経験なさったのでしょう。それなのになぜ、今一人なのですか？　あなたはまだ2度目の奥さんを愛していますか？　彼女たちは再婚していますか？

ヒューストンにいる家族のことについて訊かれました。私は2つの家族を知っています。どちらもゴルフオイル会社の東京支社に派遣された家族で、私の雇用主でした。私はメイドとして住み込み、掃除洗濯、そのほかの雑用をする代償として部屋、食事、毎月の報酬を得ていました。プロのメイドではなかったので少ない報酬でしたが、でもそれで英語学校へ通えたのです。彼らには祖国の大学にいる娘や息子がいました。それで、私のことを娘のように扱ってくれました。ジョンソン夫人とウオーターズ夫人（今はオズボーン夫人）は私にとって、恩人でした。私のアメリカの母でした。彼女たちから私はアメリカ人の生き方を学び、彼女たちも私を通じて日本について何かを学んだのだと思います。

T・J、あなたは私がとても困惑して幻滅した事柄について詳しく知りたいようですね。そうしたことはみんな私が東京にいたその時期に起こったのです。ウオーターズ夫妻の離婚、グレイとの別れ、父の仕事が破産したこと、そして姉が精神の病に陥ったことなどです。とても長いストーリーなので1日や2日では話せません。実際、4年間かかってその頃の物語を書きました。

父母のもとに戻ってきてから英語を教えることで何とか新しい生活ができてくると、心から離れない過去の事柄から解放されたいために、本を書く決心をしました。出来上がって、ある出版社に送ったのですが、送り返されてきました。非常に落胆しました。4年間を無駄にしたからです。でも、ただ1つの結実は、物語を完成することで、過去から切り離されたことでした。今ではおとぎ話のようで、またそうあるべきです。そうでないと長らく幻滅の空の下、死にたい気持ちに逆らって成長しようと懸命に奮闘してきた努力が水の泡になります。私は私の半生を描きました。死ぬまでに後半生を描きたい。その2つの物語をくっつけて1つの物語として完成させたい。

これに関連して、白状しなければいけないことがあります。インターパシフィックからあなたが得た私の情報では私は38歳になっていたと思います。正直言って、私は42歳です、いえもうすぐ43歳になります。嘘をつく気はなかったのですが、物語を書くのに費やした4年を数えたくなかったのです。それに、人はふつう私の年齢を信じません。実際の年よりも10年若くみられます。一度も結婚したことがないのと、長らく夢の世界にいて現実の世界にいなかったせいでしょう。私は1942年6月29日に中国で生まれました。戦後、家族は何も持たず着の身着のままで日本に帰ってきたのです。

雨のおかげで、殆ど一日かかってこの手紙を書くことができました。また激しく降ってきました。明日は晴れて、ジョギングができればいいのですが。2、3日、ジョギングしていないので雨がやむのが待ちどおしいです。

最後に、T・J、あなたのさなぎと蝶の理論は私の過去への妄念を解いてくれました。なんだかほっとした感じがします。

私は常に周りの人たちのために最善を尽くしてきました。どこにいても、誰からでも好かれました。

ただ、個人的に人生を分かち合う人がいないだけです。とにもかくにも、これまで懸命に生きようとしてきました。自分に忠実であろうと努めてきました。それなら、なぜ恐れることがあるでしょう？

では、このくらいで。長いお手紙でなくていいです、返信が早く届きますように。

キョウコ

追伸。写真を2枚同封します。

キョウコさん、こんにちは。


先週の週末は少なくとも一日に一回雨が降り、雷や稲妻が多く見られました。今週は4日の仕事日で、今日は7月4日の独立記念日。明日、金曜日は仕事に戻ります。

来週は、12日にまたスペースシャトルの打ち上げがあるので忙しい。

先週の日曜日、オウムのセールの広告が出てたので見に行き、買ってきました。彼も私もお互いに慣れるのに時間と忍耐が必要です。彼は立つと30センチほどで、全身白色、とさかだけがサーモンピンク色です。彼が新し環境に慣れるまで、2、3日、彼をほおっておいたほうがいいと思う。何か口が利けるようになるとは思えないが、教えるつもりです。

写真、ありがとう。あなたの姪と甥と一緒の写真はとても鮮明に撮れてます。もう一枚のご両親と一緒のあなたもとてもきれいです。ご両親は穏やかで、品のある夫婦に見受けられます。

私も「２０１０」を観ました。最初の「２００１スペースオデュッセイアー」も観ました。理解するのが難しくてどちらも２、３度見ましたが、観るたびに何か異なったことを学びました。こないだジェームスボンドの「００７　美しき獲物たち」を観ました。冒険とファンタジーがあって楽しめます。私は冒険が好きで、イアン・フレミングのボンドの本は全部読んでいます。また、サイエンスフィクション小説、信じられないような超自然ものが大好きです。

そうです。こちらインディアン河の辺りで産出されるオレンジはフロリダオレンジの中で一番です。カリフォルニアのオレンジは見た目にはいいけれど、フロリダのオレンジほど味がいいオレンジはありません。

あなたに過去の古傷をひらかせて、苦しい思いをさせたことをお詫びします。そうするつもりはありませんでした。お互いに会話として話すことができれば、すぐに応答や反応が帰ってきて、そのほうがやりやすかったかもしれない。

ニューヨークに４年ほどいて、あなたの友達は変わらざるを得なかった。環境がそうさせたのだと思います。こんなことは言いたくないのですが、東洋人がアメリカナイズされると、その人の多くの良質な面が取り去られる。

前にも言ったように、愛の関係では精神面と肉体的な面の相性がなければいけない。よくあることだけど肉体的に惹かれても、細やかな情緒的なものが伴わない。また、相手への強い思いがあっても、性愛でお互いをハッピーにできない。嘆かわしい場合です。

バーバラ・ストライサンドの「ピープル」、私の一番お気に入りのソングです。この歌はどの歌手よりも彼女が歌ったのが最高です。あなたは、身も心も満たされたトータルな愛を感じる機会がなかったようですね。私は傷つくのを恐れている時がありました。しかし、心の中に芽生える愛は、なくなりません。愛すれば愛するほど、あなたの内で新しく満ちてきます。この世の中には自分のためにただ一人の人がいる、と言った考えは真実でない。一人だけではない。探すのに時間がかかるだけ。私たちは往々にして愛する対象から余りに多くのものを期待しすぎる。もし、その愛をより確かなものにしたいなら、縛るべきでないと思う。

私の最初の結婚は、まだ海軍にいたころで、彼女は18歳、私は21歳だった。彼女は結婚した夜に身ごもった。彼女は一人娘で、両親と非常に緊密に結びついていた。家族を養うために収入の多い仕事にありつこうと必死だった私に、現状維持で満足できないの、とよくこぼした。彼女自身子供の世話に明け暮れる毎日で、それにかまけて私のことをかえりみなかった。口論が絶えなくなり何度も離婚の寸前まで行ったが、家族を失いたくなかったのでお互い歩み寄ると、2度目の双子が生まれた。それから11年間一緒にいた。1977年に離婚。彼女は1979年に再婚した。

私が2度目の妻に会ったのは、サテライトの打ち上げで当地に出張しているときだった。1年ほど交際し、その間一緒に住むようになり、1978年に結婚した。私が住んでいるカルフォルニアに移り住んだが、生まれ育って家族や親類、友達のいるフロリダの小さな市から来た彼女には、大都市のロスアンジェルスの風潮が肌に合わなくて、不機嫌になり問題が生じてきた。それで、私は会社を辞職して、当地に戻って職探しをした。運良く、スペースシャトルのブースターの仕事にありついて、私たちの仲は良くなってきていたが、そのうち次第に悪化していき、彼女は私を拒むようになった。

それで私は離婚を提起した。

私は、私の子供を産んでくれた最初の妻よりはるかに強く彼女を愛していたので、彼女をあきらめるのは非常につらかった。数か月間、その苦痛と悲嘆の中で考え抜いた末、あるがままに任せた。このことで悲しみ以外には何の悪感情も抱いていない。

何があっても、人生というものは続いていく。私にはわかっている。信じていさえすれば、いつか誰かと私の求める和合した人生を見つけることができると。

さて、あなたの質問に答えましょう。私はまだ彼女のことを心にとめ、気遣っていますが、愛してはいません。最初の妻は再婚したけど、彼女は再婚していません。

あなたの手紙に、すごく動揺させられた箇所があります。「長らく幻滅の空の下、死にたい気持ちに逆らって成長しようと懸命に奮闘してきた努力が水の泡となります」。私が誤解しているのかどうか知りませんが、死にたい気持ち、なぜ、死を口にするのですか？　命というもは貴重なものです。戦争にしろ、不注意や怠慢にしろ、自己破壊にしろ、無暗に浪費するべきものではありません。ＯＫ！説教はこのくらいで。

忘れないうちに言います。楽しい誕生日でありますように！　年齢のことなど気にしないで、でも教えてくれてありがとう。確かにあなたは年齢よりもずっと若く見えます。自分についてもそう言えればいいのですが。でも、私は人生を楽しんでいる。これまで生きてきたことに感謝していて、これからの年月に望みを抱いています。

「この世から生きては出られないのだから、人生をあまり深刻に考えないで」ということわざがあります。だから私はありのままの自分でその日、その日を楽しみながら、怖れないで外に手をさしのべます、何かを見つけることができるかもしれないと。

さなぎと蝶についての引用、気に入ってもらえて嬉しい。人生がその言葉どおりであるのを願っています。

日本語を習いたいのでテキストとテープをそろえたのですが、学んで覚えておくために必要なのは確かな知覚と記憶力です。もし電話があるようなら、電話番号を教えてくれませんか？　いつか電話してあなたをびっくりさせられます。たぶん、口ごもってしまうでしょう。

あなたが人生に幻滅していたのは遠い日々のこと。過去は過去で、変えることはできない。たぶんそこから学ぶことができるだけです。実際、私たちがコントロールできるのは、今、直面していることの時です。未来のことは誰にも分りません。

４年間、書くことに専念したそうですが、どんなプロジェクトであれ、それは長い期間です。語る内容が相当あったに違いありません。

トム

1985年7月2日　火曜日

T・J・さん

昨日の午後、お手紙届きました。街に買い物に行って帰ってくると、母が持ってきてくれました。先週の週末、長雨のせいもあって憂鬱だったのですが、これで気が晴れました。

今週は忙しくなります。来週、生徒たちの期末テストがあって、それに備える彼らたちの手助けをしなければいけません。期末テスト後、学校は8月の末まで夏休みになります。忙しくても、できるだけ早く返信します。私からの便りを待っていてくれるでしょうし、早くお便りすれば、それだけ早くあなたから便りがもらえますから。

スペースシャトルの打ち上げが成功したニュースを知りました。ご自分の仕事に誇りを持っていられるに違いありません。自分の仕事を愛していて、楽しんでいると言われましたね。いいですね。羨ましいです。時々、私は自分の仕事に嫌気がさします。騒々しい生徒たちに英語を学ぶことに興味を持たせつづける作業は非常に骨が折れます。それは大いに日本の学校教育制度のためでもあります。

ご存知だと思いますが、日本には受験地獄と呼ばれるものがあって、良い高校学校、さらに有名大学に入るために生徒たちは強制的に勉強させられます。学校が引けると、親たちは子供たちをプライベイトで教えている塾に通わせて余分に勉強させて彼らの将来に備えます。だから、子供たちは遊ぶ時間がありません。

私は子供たちに同情します。本当に英語を習いたい生徒だけに教えられればいいのですが。板挟みです。かれらに無理に勉強させなければいけない、英語に興味を持たせるよう努力しなければいけないから。

もう15年以上も前になりますが、生きていくために英語を教え始めたころ、彼らは私の救世主でした。話せば長くなりますが、彼らとの出会いが私を救ってくれたのです。初めは数人の生徒しかいませんでした。今では60人近くの生徒がいます。そして、こんなことを言うのは哀しいのですが、正直言って、私が働くのはあなたと違って生活していくためです。現在、彼らを教えることでかなりの収入を得ています。

私たち日本人は金銭について話すのをためらう傾向があります。でも、あなたが切手の料金を心配してくれているようですので、私の財政状態をお知らせします。私は月に約30万円の収入があります。ドルにすれば１２００ドルですね。私は両親にその3分の1を渡します、家賃と夕食代として。朝食、ランチは自分でしますが、夜の9時に塾を終えると、両親の食卓で夕食をいただくのです。

私はその残りをできるだけ多く貯金しようとします。でも、時々遣いすぎます。自分自身のためだけでなく両親、姉、甥や姪、親類、生徒にまで。カリフォルニアの旅では１０００ドルがツアーに、それに加えて、日本での交通費、衣服、お土産などに４００ドル遣いました。お金持ちではありませんが、かなり余裕のある生活をしています。ですから、文通費用の件、ご心配無用です。

あなたは子供さんや奥さんへの何らかの金銭的な義務を負っていますか？　あなたは料理をしますか？　上手ですか？

先ほど、高校のテキストに目を通していて、面白い引用文が目にとまりました。「男女は議論や口論によって学ぶ。もし口が封じられれば、過ちが手放しにのさばり、真実が説得力を欠いて活気を失う」

あなたは口論や喧嘩を嫌っておられるようですね。日本人もそのようです。日本人は真実よりもむしろ調和を求めます。でも2人の間に生じた見解の違いをうやむやにしたら、お互いを遠ざけ仲たがいになる。あなた同様、私も争いは嫌いです。でもお互いにとことんまで話し合うことは大事だと思います。そうすることがお互いをより深く理解し合える方法だと思います。

あなたと私との大きな違いは、これまでの人生の大部分、あなたは結婚していて、私は独身だったことです。この違いは、民族や国籍の違いよりも大きいように私には思われます。でも、面白いことに、あなたが、過去、「今度は間違いない、必ずうまくいく」との告白を聞いたことです。同じく私も誰かにめぐり会うたびにそう思いました。何度その同じセリフを繰り返し吐いたことでしょう。「彼こそは私がこれまでずっと待っていた人にちがいない。彼が私を幸せにしてくれる。私が愛してほしいやり方で私を愛してくれる。そして私を絶対に手放さない」けれど、現実では、結局、私はメランコリーな心をもった、美しい思い出の紡ぎ手でした。

あなたに言っておかなければいけないことがあります。私は容易に喜ぶ人間ではありません。ふつう、物事を安易に受け取っていい加減に扱えない人間です。それが何かにつけて私を失望させる主な原因で、人生に対して悲観し、時々、私をムーディーに追いやります。

家族の者や友達は時として、どうしたら私を喜ばすことができるのかわからなくて当惑します。一つだけ私が認めなければいけないことは、人にはそれぞれの喜ばし方があって、私が完全な人間でないように、完全な人などいないことです。よくあることですが、私が彼らを思う以上に彼らが私のことを思っていてくれていることに気づかされます。彼らは忍耐強く、物事をありのままに受け入れています。私は彼らの私に対する思いを拒絶し、実際はそのことでそれ以上に自分自身を傷つけています。

あなたは日本女性が優しくて穏やかだと言います。それは日本男性に負うところが多いと思います。伝統的に、日本の男性は家系の存続を重んじます。一般に、日本女性は結婚前は家族に、そして結婚してからは夫、そして子供のために存在します。一旦結婚すると、彼女は夫が自分を必要とし、彼女なしでは家族生活が成り立たない、決して自分を見捨てないことを知っています。それが彼女に安心感、心の平和を与えるからではないでしょうか。

それが私にも当てはまるかどうか、わかりません。私はこれまで相手がそう思ったように、はっきりと誰かに属する思いを持ったことがありませんから。私は長い間、自分の夢に属していました。私も、いつかあなたにお会いしたいです。今年中に会えればいいですね。もしあなたが日本に来られるようでしたら、歓迎します。

まだ書きたいことがあるのですが、今はこのくらいで。あとは週末に続けます。たぶん、私の犬と猫について、あるいはあなたが日本語を学びはじめたようですので、言語を学ぶことについて。

7月6日　土曜日

今日、郵便箱にあなたからの手紙が入っていなかったので、落胆しました。もう来ないのではないかしら、とさえ感じますが、来週の月曜日、少なくとも来週中には届くことを期待しています。

とても忙しい週でしたが、度々、あなたのことを思いました。あなたの手紙を読むたびにあなたに親近感を覚えます、実際に隔てている距離はとても遠いのですが。それにあなたに会ったことがないので確かでないのですが、なぜか、あなたを信頼できるような気がします。あなたの書き方、私の手紙への反応が気に入っています。私の写真を大写しにしたり、私の経済状態を気遣ったり、日本語を学びだしたり、私の過去の出来事を知りたがったりなど。何か安心感が生まれます。私たちがお互い、あまりにも違いすぎるからなのか、よく似てるからなのかわかりませんが。

7月7日、日曜日

あなたがペットを飼いたい気持ちがよくわかります。一人住まいは寂しい。もし私が夕刻から夜にかけて仕事することを選んでいなかったなら、私の生活はずっと違ったものになっていたでしょう。夕べは、個々が身近に過ごす相手と互いに深い関係を育てていく時ですから。夕べのそうした側面を味わっていないのは残念です。たいていはその代わりに私は、快活でやかましい生徒たちに全エネルギーと心を傾けて教えることですっかり疲れ果てています。

ええ、私も動物は好きです。トカゲや蛇のような爬虫類は嫌いですが。どんな生き物にもそれぞれの世界があるのだから、邪魔しないでそっとしておくべきだ、というのが私の意見です。ペットを玩具のように扱う人をどうかと思ったことがありました。でも、人間と動物が意思疎通できることを知りました。お話ししたように私は猫を飼っています。彼は私にとって喜びであり慰めであり、息子のような存在となっています。誇張ではありません。

2年前、彼が私の人生に入ってきた時のことを思い出します。6月の雨の夜でした。外で一晩中泣いている猫の鳴き声を耳にしました。そのしわがれたようなひどい鳴き声に悩まされて眠れませんでした。起き上がって、出てみると、寝室の窓近くにある庭木の下でとても小さな、小さな子猫がずぶ濡れになって全身の力を振り絞って助けを求めていたのです。とても汚くて、目が目脂で粘っていました。私は猫がきらいでした。犬の方が好きでした。でも私は彼の面倒をみました。彼は私になついてどんどん成長しました。しかしながら、彼は根が浮浪癖なところがありました。あるいは親猫が野良猫だったのかもしれません。

とにかくも、突然いなくなってとても心配させたかと思うと、1週間、時には2週間以上たって戻ってきて、痩せてまた目脂がたまっていました。注意して桶に入れて洗うと、まだ血が出ている傷を見つけました。やせこけて骨と皮だけになった彼を見るのはとてもつらかった。両手で抱くと、鼓動を感じました。何とか食べさせて彼の脇に横たわって寝ました。

ある時は浴槽で溺れかけている彼を見つけました。またある時は、炎天下、近くの学校の運動場で目脂で瞼がくっついてめくらのような彼。そしてまた顔中に傷を負って血だらけで帰ってきたときはショックでした。猫は命が9つあってなかなか死なないと言われています。本当に生まれ落ちてから困難つづきで、死の瀬戸際を何度も越えているのは明らかで、そして今、彼は成猫になっています。それでも彼はまだ塀を越えて外の世界を探検し、時々傷を負って帰ってきます。でも、傷はすぐに癒えます。

昨日の午後、彼を風呂場で洗いました。体にノミを付けていたからです。まだ目が悪くて度々目を拭いてやらなければならない。私は彼の命を救ったかもしれませんが、彼からのお返しの方がはるかに大きい。不思議なことに、私がいい気分の時、反対にブルーな時を感じ取って心なしか時に応じて異なった反応をするみたいです。母の話によりますと、私がカリフォルニアの旅をしていた間、彼は私のベッドの上にいて、あまり食べなかったそうです。

以前、私たちは犬を飼っていました。去年の8月に死んで、私たちには哀しい経験でした。名前はケン、雑種でした。生徒の一人が、まだ子犬の時、いえ、産まれてから1週間か10日ぐらいたっただけなのに連れてきて無理に置いて行きました。だから彼はお皿からミルクが呑めないので、私はスポイトを使って飲ませました。初めは醜い子犬だったのですが、成長するにつれてとてもハンサムになり、忠実な良い犬で私たちにいい思い出をたくさん残してくれました。彼はもっと生きられてたのですが、私たちの無知、不注意だったのかも知れません。死ぬ2週間まえ、あまり食べなくなったのを憶えています。獣医に連れて行くと、心臓を患っているようで、思ってもみなかったことでした。ケンに注射をしながら、獣医に2日以内に死ぬと言われたときのショックが忘れられません。

家に連れて帰って、しばらくしてケンは死にました。彼を抱きかかえて私はしばらく泣きました。私たちは彼をいつも私が彼とジョギングしていた川沿いの道を下りたところの乾いた川底に葬りました。今は彼なしで私は毎朝一人でジョギングします。彼が眠っている場所を通り過ぎるたびに、お早う、と呼びかけます。彼がいなくてまだ寂しい思いをするのですが、そればかりでなく、大きな古屋敷に一人住んでいるのが少しこわくなってきました。ことに夜は。

7月8日

今日もあなたからの便りがありません。どうか、お元気で何事もありませんように。お互いの便りが入れ違いになってきているので、あなたは私の便りが届いてから返信しようと思っているのかもしれません。私としては週に一通のわりで届いたらうれしい。ほんの短いものでも、絵葉書でもかまいません。あなたを身近に感じることができますから。会ったこともない人と知り合うのは本当におぼつかない。

ところで、海軍と海兵隊の違いはなんなのですか？

学ぶのに年齢は障害にならないと言われます。それでも、日本語を習うのはあなたにとってとても難しいことでしょう。多くの言葉の専門家、あるいは言語学者は日本語は習うのに一番難しい言語だと言っています。私は母国語である日本語以外に、英語の知識が少しあるだけですので言語についてあまり言えませんが、日本語と英語に関しては、日本語の方が他国の人たちにとって学びにくいと思います。たとえば、私という言葉、日本語では年齢や性別、年（子供、大人）、社会的地位あるいは職業の違い、方言などによって異なり、英語のように、私（I）一語ではありません。同じことが第二人称や第三人称にもあてはまります。もう一つの顕著な違いは、文字です。私は自分の名前を三通りに書くことができます。漢字、ひらがな、あるいはカタカナ。それにアルファベットでも書くことができます。

漢字には数えきれないほどの文字がありますが、ひらがなとカタカナはどちらも70以上のシラブル（音節文字）があります。一方、英語では26です。文章構造も思考回路の違いから、大いに異なります。

その上、日本語は曖昧なところのある言語で、英語は明確な言語です。

私たち日本人は即座にイエスとノーで答えられません。というのはイエスとノーの間に何かが存在していて、きっぱりとそれを無視できないからです。だから、雄弁よりも言葉少なくて控えめであることが評価されます。それが日本の文化に浸透していますから、そうした面を知らない外国人に誤解されることがよくあります。

外国語を学ぶということはその国の文化、その国の人々の思考や生活を学ぶことです。ある程度それを学ぶと、その学んでいく過程で内面が豊かになって、自分がただのアメリカ人、あるいは日本人でないことがわかってきます。と同時に、日本人であることの、あるいはアメリカ人であることの何らかの資質を失うことにもなります。

私の場合、育った土地に戻ってきてから何年もの間、普通の日本人になろうと努力してきましたが無駄であることに気づきました。そして、文通を通じて以外に、英語で自分を表現する道はありません。英語を教える者として英語を勉強していますが、勉強すればするほど、私の英語は貧しく、不完全になっていると感じます。もし、私がアメリカ人、あるいはカナダ人と長い、親密な関係を持つとしたら、彼に熱心に日本語を学んでほしいとは思いません。

それではこのくらいで、投函します。

キョウコ

第4章　キョウコを見つける　2　笑顔で目覚めて

キョウコさん

私たちの便りが入れ違いになってきているようなので、追いつかせるためにこの手紙を投函するのを遅らせました。今日、あなたからの手紙が届きました。

あなたが言っている日本の教育制度については知っています。こちらも東洋人の子供は宿題に時間をかけてそれをやってしまうまで遊びません。彼らが殆どの奨学金を勝ち取るのは当たり前です。教育の重要性はヨーロッパでも認識されている。怠慢なのはアメリカだけです。

あなたにそんなに大勢の生徒がいるとは思っていませんでした。数クラスに分けて教えているのですか、それとも一度に全員を教えているのですか？「正直言って、私が働くのはあなたと違って生きるためです」とあなたは言いますが、どういう意味？　私に飢えろ、とでも言うのですか？……冗談はさておき、私だって食べるために働いています。ただ、今やっている仕事が気に入っているだけのことです。

金銭については日本人だけでなく誰にも慎重を要する事柄です。私はただ、あなたにかかる経費を心配しただけです。

仕事がうまくいっていてかなりの報酬を得ていると聞いて嬉しいです。私に関しては、過去、常に自分自身よりも家族や子供の要求を優先させてきました。自分のために散財するようになったのは一人になってからです。誕生日にベッドルームの一式を買い、クリスマス前に新車を買いました。まだ下の娘２人への養育費を支払っていましたが、それも彼女たちが18歳になった４月で終わってもう払わなくてよくなりました。

もちろん、料理はします。飢えるわけにはいかない。缶詰を開けたり、ＴＶディナー以上のことはできます。焼いたり、炒めたり、煮込んだり、スープを作ったり、後かたずけまで何でもします。難しいのは一人分だけ料理することです。

口論についての面白い引用文。大体は私も同感ですが、口論は討論ではありません。討論なら私はどんな題目でもできますが、私が言いたいのは、相手に説明するチャンスを与えないで大声で叫んだり、怒鳴ったり、わめき散らしたりする口論です。私はお互いに受け入れられる解決案を求めて、双方が穏やかに、理性的に話し合うのを好みます。

私たちは、お互いに不幸な異性関係を通り抜けてきているようですね。ただ一つの違いは、私は結婚で破局を経験したのに対して、あなたはその前に破局を経験した。数通の手紙を通してあなたについて少し知ったことで、ほのぼのとした感情が湧いてきています。

ここに是非あなたが知っておく必要があり、理解してほしいことがあります。それは、あなた自身以外に誰もあなたを幸せにしたり、悲しませたりすることはできないことです。人はあなたに善いこと、あるいは悪いことをするかもしれない。でもあなたの感情や気持ちを取り仕切るのはあなた自身です。私が意味するところを解かってもらえることと思います。自分の気持ちは自分の心掛けしだいです。ですから私は職場や社交の場では努めて機嫌よくしています。気分よく人に接すれば、大抵は同じように気分よく接してくれます。丁度、鏡を見ているようで、投影されたものは映し出される。もし、日本を訪問するとしたら、あなたに会い、少しの間あなたと過ごすだけのためです。私たちはお互いを充分理解して、心が打ち解けてきていると思います。

金曜日の朝、息子から電話があり、土曜日にオーランド空港に迎えに来てほしいと言ってきました。去年の8月以来会っていないので嬉しいニュースだった。父の日に、初めて彼からの電話をもらったのです。とにかく、来週中、彼はここにいて12日の金曜日に予定されているスペースシャトルの打ち上げを見て、13日に帰る予定です。滞在2日目ですが、目下、当地を楽しんでいるようです。私は彼をスペースセンターに連れて行き、ビーチを歩きました。45分ほどだったのに彼には長すぎたようだった。というのは、彼の足、肩や顔が日焼けして真っ赤になってしまったから。

ここでは魚釣りや日光浴以外にあまりすることがないので彼がどう過ごすのか心配です。2日ほど休みを取ってどこかに遠出しようかと思っていますが、今のところ彼が何をしたいのか知りません。

この手紙があなたに届くころには、雨とあなたの沈んだ気分が晴れていることを願っています。

笑顔で目覚めましょう！

トム

１９８５年７月18日

Ｔ・Ｊ・さん

あなたからの便りを心待ちにしていました。すんでのところであきらめてしまうところでした。毎度の事なんですが、期待していたものは遅れて、しかも予期しない時にやってきます。

雨季が終わって、暑い日が続いています。あなたの手紙を読んだ後、頭の中でいろんなことが駆け巡っていますが、直ちにそれを素早く、自由に書くことができたらいいのに。ひどい蒸し暑さで、何をするにもあまり集中できません。あなたが私からの返事を待っていると思うともどかしく苛々して、何から書き始めていいのかさえわかりません。

およそ２週間音沙汰がなかったので、その間、文通について考えさせれられました。その不確実さ、非現実さ。たった２週間ではあっても、最後にあなたから手紙をもらってからもう２か月たったように感じられ、そこに戻っていくのに時間がかかりました。あなたのことを思わなかったのではなく、頭の中でいろんな所への内面の旅をしました。このことはわたしの一番の悩みの種で、外的な時間と内的な時間とがうまくかみ合わない。時々、一日が、一週間、あるいは一月、まるで一年たったようにさえ感じられるのです。

そうですか、ペットにオウムを飼いだしたんですってね。それでもうあなたが一人でないのは嬉しいです。どんな風に彼に話しかけているかが想像できます。名前を付けましたか？　私はよくネネ、私の猫に話しかけたものでした。

先週の週末に、アフリカの飢饉にあえぐ人たちを救うためのチャリティーコンサート、フィラデルフィアからの「ライブエイド」をサテライト放送で観ました。15時間に及ぶ長い番組でしたので４分の１ほど観ただけですが、とても興味深かった。観ましたか？

1985年7月19日

あなたは、「誰にもこの世の中にその人のためにただ一人の人がいる、といった考えは真実でない」と言います。たぶんそれは正しいのでしょう。それが現実で、実際はそうなのでしょう。私は長らく、人はただ一人の人を愛するために生まれてきて、それは運命づけられたものだという考えを捨て去ることができませんでした。今ではそれが、夢であり、歌であり、ファンタシーであると認めざるをえない。ある人は、「人生は片道切符だ」と言っています。過去には帰れない、そのまま未来の世界への旅を続けなければいけない。最初の出発点でうまが合う相手に巡り合った人たちは幸運です。悲しい時にしろ、幸せな時にしろ、お互いにすべてを分かち合いながら人生を楽しみながら、あるいは苦しみながら生きる。

私のように半分隠遁した尼僧のような生活をするのはたやすいことではありません。度々、死の影に付きまとわれ苦しめられました。私は自分の夢と一緒に死にたいと思いました。それだけが私のアイデンティティ、私が何であるか、誰であるかの。あなたが是認しない自己破壊の一種で、無辺際の不可思議な存在、あらゆるものを創造した至上な存在に対する、傲慢で、不敬な態度です。とにかくも、私にとってそれは現実の世界に対しての大きな挑戦でした。その結果、現実は私の苦しみや誇りを償ってはくれませんでした。それでも私は後悔はしていないのです。自分でそのように選んで生きたのですから。夢見る人は、往々にして無力で、どうしょうもない人たちです。それは彼らが頑固だからです。頑固でなければ、自分の夢を守ることができない。しかし、生き延びようとすればそのうち自分の夢を粉砕しなければいけない。そこが一番困難な時期です。彼らは内の世界からも外界からもどちらからも締め出されるからです。大抵の人たちの目には、この歳になっての私が精神的なびっこ、かたわに見えるかもしれない。でも、どこかに同じような夢の迷路にはまり込んだ人がいるかもしれない。その人こそが私が待ってきた人だと、度々思ったものです。でも、悲しいかな、それも所詮は夢、もしくは元の夢の一部となります。よく思うことだけど、人生それ自体が夢ではないかしら？　ともかくも私はこれまで自分の夢を生きたのです。

結婚に破綻したあなたの哀しみを真に理解して同情することができたらと思います。哀しいかな、私にはその経験がありませんので認識の域を超えていて、ただ想像できるだけです。丁度、あなたには私のこれまでの生き方を理解して同情することができないのと同じように。

毎日、毎日をだれかと仲睦まじく生きることがどんなに難しいかは想像できます。ちゃんとした結婚生活をおくるためには双方の努力が肝要なことでしょう。忍耐、尊敬、思いやり、献身、ことに相手への愛、どんなことがあっても相手を愛し続ける意志力が必要とされると思います。

私はとても神経質で、身も心も壊れやすい。どちらも訓練しなければいけない。その一方、どのような状況にも、はじめは強く抵抗しますが、順応できるようです。

「あなた自身以外に誰もあなたを幸せにしたり、悲しませたりすることはできない」とのあなたの言葉。そのとおりだと思います。ある意味では私は甘やかされた子供のような人間で、自分が相手の人のためにするようなやり方をその人からも期待して、それが裏切られるとがっかりします。ですから社会生活の場でのあなたの態度を尊敬します。またあなたのほかの面も尊敬します。あなたは内に強く、不屈なものを秘めた人だと思います。信頼できて、頼りになれるように感じられます。会ったこともないのに、安らぎを感じます。

しばらく息子さんと過ごせて楽しかったことでしょう。彼の職業は何ですか？　それとも、まだ大学に行っているのですか？

私は生徒を学年ごとに時間を分けて教えています。日本では中学校は3学年あり、そちらでのパブリックスクールの7年生、8年生、9年生に当たります。来週から学校は夏休みに入りますので、彼らを夕べではなく、朝に教えることになります。そのほうが彼らにとって勉強しやすいからです。

2人の弟たちの家族が毎年どおりに夏の休暇に帰ってきて一緒に過ごすことになります。甥や姪たちと一緒の騒々しくても楽しい夏になるでしょう。どこか涼しいところに逃げ出したいところですが、一年に1、2度の家族の集いは心待ちした行事で、父母にとっては孫と過ごせる喜びの日々です。

私の電話番号ですが、私のいる屋敷には電話がなくて、父母のいる家にあります。

不便なことに、誰かから私に電話がかかってくるたびに母か父が呼びに来てくれます。国際電話だと、その分よけい料金がかかることになります。その上、父も母も英語が話せません。でも、もしあなたから電話がかかったなら、かれらにはわかると思います。電話番号：Japan　0000-00-0000。

私はたいていは夜の９時から10時には彼らと茶の間にいます。ということはそちらでは朝の７時から８時で、あなたにとってはあまり都合がよくありませんね？　もし私が午後一時にかけますと、そちらでは夜の10－11時。あなたの電話番号もいただけますか？　でも、一度も会ったことのない人と電話で話すのは難しい。それも英語で話すことになるので、口ごもってしまうでしょう。ことに疲れているときは日本語から英語にスイッチするのは簡単ではありません。でも、なんだか胸がわくわくします！

まだ書きたいことがあるのですが、早くあなたに届くようにこのくらいにして送ります。気が向いた時にこの続きを書き始めます。

あなたのオウムによろしく。

Love
キョウコ

トムさん

１９８５年７月24日

どうしてますか？　オウムとはお互いに慣れてきて仲良くやっていますか？　たまたま週刊誌に、オウムの記事が出ていましたので、聞いてみたのです。私は鳥を飼ったことがありませんが、庭に小鳥がやってきてそのさえずりをよく耳にします。やってくる小鳥は季節によって違っています。すぐに今度は鳥ではなく、蝉の鳴き声、蝉の合唱を毎日のように聞くことになります。すでに今年初めての鳴き声を耳にしました。

夏の盛りです。気温は30度超えるときがあります。部屋には冷房がありませんが、あけっぱしにしていると、涼しい風が吹き抜けます。1時間ほど昼寝をしたところです。朝、早く起きて、午前中に教えて、夕べはＴＶで野球中継を観戦、食事は普通の時間にとり、夜は早めに就寝します。父母と同じ自然な日常生活になっています。

弟たちの家族が帰省して来る前に、一人の時をできるだけ楽しまなきゃ。彼らがやってくると、生徒に教える下準備をする時以外は確実に自分の時間が無くなりますから。甥や姪たちが私を一人にしてくれません。私はあまり子供が好きではないのですが、不思議にも彼らは私を好いていてくれるのです。たぶん、私の中にまだ幼稚な面があるからでしょう。

あなたとの文通が始まってから、私のなかで何かが変わってきているのを感じています。気持ちが落ち着いてきたような感じ。あなたに親しみを覚え、あなたと知り合いになれてとても嬉しい。これまで私は度々、怖れや懸念の狡猾な罠にかかりましたが、すぐにそれらが馬鹿げた怖れであったり、杞憂であったりしたことに気づきもしました。それは、手酷く傷つけられる前に自分自身を守る一種の自己防衛のようなものです。失望を味わいすぎたからだと思います。「怖れは危険よりも険悪」と言われています。「信じるよりも疑うほうがたやすい」ということも知っていますが、実際にはむつかしい。

真に愛するということは信頼するということ、忍耐と希望でもって信じることだということがわかりかけてきました。物事を悲観的に見ないで、好いほうに見て自分の気持ちを楽にしようと努めるつもりです。文通を通じて数か月知っただけですが、あなたは私にとって大事な人になってきました。ほっとした安全な気持ちをいだかせてくれます。

先週の土曜日、テレビの名画番組で、ゲーリー・クーパーとグレイス・ケリーの『真昼の決闘』を観ました。以前にも観たことがあります。観てて気が付いたことなんですが、昔の映画のほうが、最近の映画よりも英語がわかりやすい。

衛星中継の特別番組で、日本とアメリカの間の『貿易摩擦』を観ました。とても複雑で深刻な問題で、双方から多くの議論が交わされました。私は政治や経済についてあまり知らないのですが、興味深く観ていました。日本からの移入製品のためにシリコンバレーが不況になっているのを知ってびっくりしました。日本は多方面でアメリカに追いついてきていますが、宇宙工学の面はまだ太刀打ちできない分野の一つのようです。どこか平和な響きがして、あなたがその分野の仕事をしているのが嬉しいです。

トムさん、あなたは日本食が好きですか？　何か日本料理を食べたことがありますか？　鰻を食べたことがありますか？　私たち日本人は夏に鰻を食べる習慣があります。それを食べるとスタミナがついてうだるような暑さに打ち勝つと信じられています。普通、鰻は特別な味付けをした醤油のたれをつけて炭火の上で焼きます。鰻は蛇に似ているので、私自身は好きではありません。夏の私の好きな食べものは、冷ややっこで、冷たく冷やした豆腐です。豆腐を知っていますか？　乳状にした大豆をチーズのように凝結させたものです。擦った生姜と細かく刻んだネギを醤油に混ぜて、それに浸して食べるのです。軽くてシンプル、こってりした味ではありませんが、栄養があるのです。良質なたんぱく質を含んでいます。

　料理が上手みたいですね。自分で料理する男性に感心します。一般にお料理を楽しむ男性は、フェミニストで、理解があり、寛容で、人生や自分のプロフェッショナルな仕事を楽しんでいる。残念ながら私は料理がうまくありません。衣服についてはうるさいのですが食べ物について余り好みがないからなのと、夕食は仕事の後、母が作ったものを食べるので料理する機会がないからでしょう。でも料理を習いたいとは思います。あなたのお気に入りのメニューは何ですか？　私は日本の食べ物が好きですが、アメリカの食べ物も好きです。ドーナツをブラックコーヒーで食べたり、トーストしたパンにピーナツバターとジェリーを塗ったり。私は野菜をたくさん食べ、フルーツも好きです。あなたはワインをたしなみますか？　私はビールとワインを少しいただけます。あなたはタバコを吸いますか？

　去年、サンホセで6か月ほど働いたそうですね。その間に弟さんのベトナム人の奥さんを通じてベトナム文化に触れたことでしょう。私を知るにつれて、ベトナム人と日本人の違いを気づくことになると思います。実際、日本は、他の東南アジア諸国と異なっています。私たち日本人は近隣諸国について知りませんし、また知ろうともしません。これは遺憾なことです。アジア圏諸国によそよそしく振舞っているのを認めざるをえません。東南アジアの女性は活力があり、自然で、さばけた女性的な美しさを備えていて、それは不運で悲惨な歴史的背景からから来ているのだと思います。あなたの弟さん夫婦に子供がいますか？　ふつう、欧亜混血の子供はとても美しい。私も欲しいと思ったことが1度ありました。

ところで、私はサンホセに行ったことがあります。初めてアメリカを訪れた時です。そこには大きなキャンパスがあったのを思い出します。ジョンソン夫人の娘、ジュリーがそこを案内してくれました。彼女自身はサニーベールに住んでいてスタンフォード大学で働いていていました。

8月４日。

あなたからの便りがありません。たぶん今週は届くでしょう。

今日、弟の家族が帰ってきました。しばらくは何も手に着かないのでこのくらいで投函します。

お元気で。私のことを思っていてくれますように。

Love,

キョウコ

キョウコさん

土曜日にあなたからの手紙が届きました。あなた同様、私もあなたからの便りを待ちこがれていました。お互いに親しく慣れてきて、打ち解けた感情が持てるようになってきていると思います。「信頼できて、頼りになれるように感じられます。会ったこともないのに、安らぎを感じます」とのあなたの言葉。ありがとう。そう感じてくれて嬉しい。それは私たちが正反対な人間だからなのか、それとも似たもの同士だからなのかどうかわかりません。

先週、誰かが私の会社の駐車場に止めてあった私の車のドアーとフェンダーに鍵かナイフで引っ掛き傷を付けました。何の理由もなくそんなことをする者の気が知れません。自分の手に入らない物を持っている者に罰を与える心理でしょうが、もし私がそんな奴を目撃したなら、陽気な顔で彼の腕を捻じ折るでしょう。その修理にあちこち会ってみて、3つの見積もりの中で一番高いマネージャーが推薦する修理工に出しました。すべての引っ掛き傷と2か所のへこみで$675。ちゃんと元に戻る仕事をやってくれることを願っています。

私は猫よりも犬の方が好きですが、猫は依存度が少ないので猫を飼おうと思っていました。しかし、最終的にカッカツー（オウムの一種で全身が白色）にしました。あなたも知っているとおり、ペットは私たちに喜びをもたらしてくれますが、彼らは飼い主の性質を感じ取っているのは面白いことです。人間と動物の間に何が通っているのかはっきりとは理解できませんが、確かに何かが疎通しています。殆どの猫は室内で飼われるのに満足していません。ことに雄はそうで、去勢されている猫をのぞいて。

ケンはどうも心糸状虫にかかっていたようです。犬がよくかかる病気です。早期に気付けば、獣医が治療できます。コッカスパニエルを飼っていたことがあります。新しい家に引っ越してきたたばかりの夕方、私がごみ箱を出していると外にいた犬を追っかけて通りで車にひかれました。瞬時の出来事で、私は彼女を長らく腕に抱いていました。そして裏庭に深い穴を掘って埋めました。６か月後、私たちはウエストハイランドホワイトテリアを飼いました。彼は14年生きました。目が見えなくなり足腰が立たなくなったので眠らせたのです。飼い犬を亡くすことがどんなにつらいことだかわかります。

海軍と海兵隊の違いについてですが、双方大いに張り合っています。海軍は海兵隊を任地に輸送し、海兵隊は陸軍のように陸で戦います。海軍の戦いのほとんどが海上でなされるので、面と向かって敵と接することなく艦船と戦闘機の戦いです。そこへゆくと、海兵隊は敵と差し向かいで戦います。勇敢でなければ海兵隊員になれません。だから、私は海軍を選んだのです！

文通を通じて知り合うことの不確かさについてですが、地球の半分隔てていても、私たちは次第に近づいてきていると思います。あなたは、「私には一日が一週間、一か月、一年にさえ感じられる」、と言います。おかしなことに、私にはその反対で、一日がたつのが速すぎて、もう一年の半分が過ぎてしまっている。７月が始まってもう半分過ぎています。時間はどこに行ってしまったんだろう、との感があります。

ところで、オウムには「サム」という名前を付けました。サムかオリバーかどちらかにしようと思ったのですが、ひょっとして彼が話せるようになれば、サムの方がオリバーよりも言いやすいと思ったからです。床で遊ばせようとして鳥かごから彼を出そうとしたら怒って指を噛もうとしました。鳥かごは彼の避難所で、そこに手を入れると脅かさると思ったのでしょう。おとなしく出てこさせるために、止り木を作る必要があります。止り木から彼は私の手に上ってくるでしょう。

アフリカのためのコンサートがたくさんあって、私は「ライブエイド」を見逃しました。テレビでは「私たちが世界、私たちはその子供たち」の歌がしょっちゅう流れています。世界に数知れない子供たちが飢えているのは実に遺憾なことで、また救援物資が送られていてさえ、それを横取りして自己利益のために売る人がいるのは真実嘆かわしい。

私が海軍にいたころ、私たちは腹いっぱい食べられました。作りすぎてその残りを海に捨てていました。そして寄港するたびに、その地の人が小船でやってきてごみ収集をただでやっていました。我々は彼らがその中から食べられる残飯を漁っていたのを知りませんでした。そのことが私の心に引っ掛かりました。海外に出たことのない殆どのアメリカ人は自分たちがこの国に住んでいることがどんなに恵まれているか認識していません。

私の貧しい育ちざかりの頃を思い出します。そこへ戻って行くのはとてもつらく、過去は過去で、シカゴにはもう30年以上帰っていません。父は何もかも変わっているから帰ってこないほうがいいと言います。昔の思い出が、すっかり変わってしまった今の有様にこわされるよりも、そのままの姿で抱いているほうがいいのかも知れない。終わったものは終わったもの、こだわってはいられない。明日のことはなにもわからない、自分で何とかできるのは今、只今だけ。だから、私は今日という日からできるだけ多くを得ようと努めています。

毎日、今日が最後の日だと思って生きれば一日が幸せで満ちて、その日のすべてを味わうことができる。私は人生を愛しています。毎日、絞れるだけの感情を絞り出そうとします。あなたの過去の日々が困難だったのはわかります。しかし、あなたの言葉、「度々、死の影に付きまとわれ苦しめられました」には当惑させられます。

幸せ、満ち足りた安らぎ、誰かと人生を共有することを夢見ることは悪いことではありません。誰でもが夢見ることです。ただ、年取ってくると、あまり期待しなければ、落胆することもなくなってくるのです。人生は哀しみ嘆いているには短かすぎます。だから私はあまり気にしないようにしているのです。ただ何事にも、誰の中にも最上のものを見つけようとするだけです。これはナイーブな態度だとわかっています！　ことわざにもありますが、「一度だまされたら、それはだました者の恥、二度も騙されたなら、騙されたものの恥」一度傷つけられれば、傷つけた者が悪い。二度も傷つけられれば、傷つけられた者の非。

離婚の悲嘆は、長くは続きません。お互いにそれがベストだったのであり、お互いに怨恨はありません。愛が死んだのです。かつてお互いに抱いていた思いが時と共に消え去ってしまったのです。

あなたのこれまでの生き方を私が十分に理解しないだろうと、あなたは言います。

だからと言って、私があなたに同情しないと感じるのは間違っています。２つの個性が結婚を通じて融合することはとても意義深い経験です。一緒に住むこと自体が経験です。24時間単位で一緒に生活しない限り、相手の本当の姿を知ることはできません。その時初めて相手の真の本性が見えてくるのです。

息子はカリフォルニアのキャノン複写機部門に勤めていて、昇級したばかり。店のマネージャーになりました。

コンドミニアムを売りに出しています。もし売れたら、カリフォルニア、それもサンホセに移住しようと思っています。そうなると、３０００マイルあなたに近くなります。エアメールが届くのにさほど変わりがないでしょうが。電話についてですが、私は朝7時30分から午後4時まで働きます。いつか朝の7時に電話します。私の電話番号を教えますが、家にいないことが多いのでなかなか捕まらないでしょう。留守番電話がありますので伝言を入れてください。私から電話するほうが話せる確率が高いでしょう。

（×××）×××-××××

今日の午後、シャトルの打ち上げでカウントダウンを待っているところですが、遅れる様子です。打ち上げを見るために押し寄せたビジターや観光客で交通が渋滞するので帰宅するのが夜遅くなります。

それじゃ、元気でいてください。

笑顔で、目覚めて

トム

キョウコさん

今日にはきっとあなたからの便りがあると期待していたら、そのとおり、あなたからの手紙が届きました。とても嬉しい。待ち遠しくて、以前の手紙を読み返したりしていました……。

サムと私とはうまくいっていて、進歩してきています。指をかまれないで鳥かごから彼を出すことができて、ここ1週間、一度もかまれていません。オウムの類でも、この種のオウムはあまりしゃべりません。まだ一度もしゃべっていません。朝、鳥かごの中でエアロビクスをしますが、その姿がとても滑稽です。

そちらの夏の暑さはこちらに似ているようですね。フロリダに住んでいると、家でも仕事場でもエアコンが付いています。私は室内を25度にセットしていて、大抵は快適です。

夏休みに弟さんの家族が帰省して賑やかになっていることでしょう。あまり子供が好きでない人が、それでも子供を惹きつけるというのは面白い。私は子供たちを愛していますが、彼らとの距離は適当に保っています。それなのに彼らも私を好いているのはどうしてだかわかりません。

私があなたを少しでも幸せな心の状態へと導いていっているなら、とても嬉しいです。あなたは物事を楽観的に見るべきです。落胆しているときにそうするのは難しいのはわかります。しかし、どんなに悲嘆しても、常に明日があります。新しい出発、新しい始まり、新しい希望があります。私はそれを強く感じます。あなたも今がそうだと感じていると思います。あなたにとって私が大事な人になってきていると言ってくれて、ありがとう。引き続きあなたのその感情が表に現れますよう祈っています。私はあなたに幸せで安全でいてもらいたいのです。

そうです、日本経済は目覚ましい発展を見せています。アメリカでは日本からの輸入品が脅威的で由々しい問題になっています。日本人は望ましい製品、良質な製品の作り方を知っています。私は品質技師でその分野にいますので、彼らの技術を高く評価しています。

そうですね、昔の映画の方が理解しやすい。それは物語の筋がシンプルだからかもしれません。コンテンポラリーのものはテンポも速く、より複雑になってきています。

私は日本食が好きです。もっとも私はどんな食べ物も食べてみるタイプの人間で、口にしない食べ物はあまりありません。イカは食べたことがありますが、鰻は食べたことがない。食べる機会がなかっただけで、その機会があれば食べるでしょう。豆腐には馴染みがあります、柔らかいのもしっかり固まったもの、どちらでも。豆腐は料理の風味をしみ込ませるので、どんな料理でも使えます。スープに入れたり、野菜炒めに混ぜたりします。豚肉や牛肉、鶏肉の薄切りと混ぜて料理することで、肉の量を減らすと体にいい。豆腐のデザートも作れます！

あなたの場合のように誰か料理してくれる人がいれば、する必要がない。しなければならなくなればすると思います。ソーセージかミートボールの入ったスパゲッティ。バーベキューやステーキ、ローストした豚肉、牛肉、子羊。それから魚やエビ、貝柱などはたいてい焼いて、油で揚げたりはしません。油は良くありませんので。その他、メキシコ料理のタコスやブリート。ミートローフ、スウェーデン風ミートボール、ピザ、など時たま作ります。

社交で機会があれば、私は飲みます。時々、仕事から帰ってくるとビールかアイリッシュウイスキーを飲みます。食事の料理によってはワインを楽しみます。タバコは吸いますが、あまり多くはありません。私はタバコをパイプで喫煙します。でも旅行しているとき機内ではできません。

サンホセで６か月働きましたが、弟の家は距離的に遠かったこともあり、彼の家族と顔を合わせることは余りありませんでした。会社から家具、寝具、食器やタオル付きのアパートと車を宛がわれて、仕事を離れると、スイミングプールやジャグジー、テニスコートやバレーボールコート、ピンポン台や玉突き台、サウナや重量挙げ室などあり、気が向けば利用しました。時々、カヌーに乗って川を下ったりもしました。あなたは泳げますか？　カヌー乗りはとても楽しいのですがぐらつきやすく、ひっくり返って濡れてしまうことがあります。思い出すのですが、子供の頃カヌーに乗ってひっくり返って泳ぎを覚えたのです。

日本は他の東南アジアの諸国とは異なっているのは知っています。ほとんどの国が混合民族ですが、日本は単一民族で、そのままの民族の純粋性を保持しようとしています。

私の弟、ジェリーとベトナム人の妻には娘が３人いて、そのうち１人の娘は彼の妻の連れ子です。ジェリー自身も再婚で、最初の白人の妻との間に２人の息子がいます。一番下の娘は去年生まれたばかりです。

私も、白人と東洋系の混血は非常に美しいと思います。あなた同様、できれば私も欲しかった。ずっと前にあなたにめぐり会えていたなら。年齢的にその可能性は薄いですね。しかし、私たちには今というこの時があり、未来もあります。

あなたのアメリカのガールフレンドがサニーベールに住んでいるそうですが、サンホセに近いです。そこで弟が働いています。何年も前のことですが、私はスタンフォード大学のために線型加速器を造る会社で働いたことがありました。

私たちがもう少し近くだといいのですが！　望みを強く持ちさえすればかなえられる、というのは面白い。それは多分、そうなるように働きかけるからでしょう。私は計画を立てているのです。それに向けて時間をかけなければいけない。いつか、どこかで何らかのかたちで私たちは一緒に過ごすことになると思います。

それじゃ、このくらいで。

あなたを思いながら

トム

1985年8月10日

トムさん

長男である弟の家族が、東京に近い茅ヶ崎から車で帰省してきて1週間があっという間に過ぎました。朝のクラスの後、彼らと楽しい時を過ごしました。明後日、もう一人の弟、末っ子の家族が東京から帰ってくるので、家族一同みんなそろいます。それで私は来週、塾を休みにします。

期待していた通りあなたからの便りが月曜日に届きました。とてもいい内容で、それに最後のページのスケッチ画、素敵です。いつものように書きたいことがたくさんあって明日、日曜日に書くつもりだったのですができそうにありません。近隣の市に住む弟の義父母の家に招待されているからです。

ほとんど毎日、親戚のだれかが顔を見せ、普段は静かな日常が急に賑わってきました。弟たちが帰省する度に親戚連中が家に集まってくるんです。来週の火曜日、今年の夏も親類全員集まって大きなパーティーをすることになっています。と言っても、大抵の家族に比べて私たちの親族は少ないのですが。

焼き増ししたばかりの写真を数枚同封します。その中の一枚に映っている弟は42歳で私より1歳下。姉弟の中で一番年が違わないからか、子供の頃はよく一緒に遊んだものです。私はおてんばで、彼と近くの川に魚とりに行ったり、近所のガキ大将の後について行ったりしました。

私たちは彼の子供、甥と姪を連れて子供の頃のようにその川に魚をとりに行きました。鯉のいる庭の池にもっと魚を増やすためです。川には鯉はいませんが、鮒がいます。クニが20匹、私は４匹、甥が３匹取りました。もう一枚の甥の写真、陽気にとぼけた彼の顔をみて！　大きくなったら大したコメディアンなるかもしれない。でも、彼は目下、サッカーに夢中なのです。彼の家族の写真は、車で遠出した時にレストランで撮った写真です。門前で撮った写真、私たちの家は豪華に見えるかもしれませんが、実際は、裏の方は老朽していて、ガラクタが詰まっています。次回にもっと写真を送ります。

コンドミニアムを売りに出していて、もし売れたら、カリフォルニア、それもサンホセに移住しようと思っています、とありますが、ということは今働いている会社のサンホセ支社に勤めることができるのですか？　私もカリフォルニアなら近くに感じられます。弟にあなたについて話しました。父母同様に、フロリダはあまりにも遠すぎると感じているようです。彼自身はアメリカに行ったことがあります。彼が大学で教えている学生たちを引率して、主に、シカゴ大学に滞在しました。

最近の日本について英語で書かれた何かいい本をさがしてあなたに送りたいと思っているんです

が、新居浜市は東京や大阪のような大都市ではないので、今のところ見つかりません。その一方、そちらアメリカで騒がれている話題、フィラデルフィアで起こった無政府原始主義者たちの気味の悪い出来事や、エイズにかかってホモセクシュアルであることが暴露されたロック・ハドソンの情報など簡単に手に入ります。

あなたの人生観や信条が理解できます。それについては休暇が終わって、弟たちの家族が帰って家が空っぽになってから触れてみます。

忘れないうちに、頼みたいことがあります。毎回私の手紙を読んでいて、文法的な間違いやなにかおかしな表現に気が付いたことがあるかと思います。もし時間があり、その気になった折に、指摘、訂正していただけませんか？　私もできれば、日本語を習うあなたの手助けをしたいと思いますが、初心者の場合、習う言葉との直接な接触、その言葉を話す人の接触が必要ですので無理です。テープを聞いているようですね。私は英語学習のテープを１００以上持っています。まるでままごと遊びのようなもので、現実性、直の反応に欠けていますが、それでもヒアリングの勉強にはなります。

月曜日に便りがありましたら追加しますが、なければ投函します。

あなたの手紙はまだこちらに向かって空を飛んでいるのでしょう。あるいはあなたも休暇を取っているのかも？　あなたのそばに、００７のボンドの魅惑的なガールフレンドのような女性がいませんように。末っ子の弟家族が今夕、着きます。すると屋敷中がいっぱいになり、ますます賑やかになります。どこかで休暇を一緒に過ごすために、だれかここから私を連れ去ってくれないかしら。

それではお元気で。

Love,

キョウコ

コンニチワ、キョウコさん　オゲンキデスカ？

日本語は私の残りの人生を通じて習う言語です。個人教師が必要なんですが、ボランティアになってくれませんか？

サムのために止り木を作りました。彼は鳥かごから出ている時が多くなりました。まだ鳥かごの中にいるのが安全だと感じているようだが、少しずつ環境になれてきています。

いつかの手紙に、「私は容易に喜ぶ人間ではありません。私を本当に喜ばせるのは難しい。ふつう、物事を安易に受け取っていい加減に扱えない人間です」とありました。私はといえば、容易に喜ぶ人間だと思います。物事を気楽に受け取ろうとします。しかし、何ごともいい加減にはしません。ですから、たぶん私たちはお互いの良い面を補い合って、それがお互いのためになるようです。

スペースシャトルがカリフォルニアのエドワード空軍基地からどのようにしてフロリダのケネディスペースセンターに輸送されるかの写真を数枚同封します。また、娘たちの写真を複写しましたので、それも同封します。

あなたの住んでいる市は観光地ではないようですが、英語をしゃべる人は多いですか？

カリフォルニアから親友が仕事でやってきて2週間ほど当地にいました。以前の会社ＴＲＷでの同僚で、離れていて会うこともなくなりましたが、15年来のベストフレンドです。お互いに時間を繰り合わせてかなりの時間を一緒に過ごしました。それが私たちの友情が特別である現れです。どんなに長く無沙汰していても、すぐに前いた時点からお互いの近況へと繋がれる。相手のためなら何でもする気になれる。人生で多くの人たちと知り合いになれますが、真の友達が指で数えられるほどいれば幸運です。

過去2年間、私はただ人生を漂流しているような感じでした。

仕事面でも、カリフォルニアのサンホセに送られたとき、その先が不確かで苛立っていました。そこでの仕事はどのくらいの期間なのか、どんな仕事なのかが確かでなく見捨てられたような感がありました。以前、私は常に先の計画、その方向がはっきりしていたのに、こんなことは人生で初めての経験でした。現在、もとにもどりつつあり、あせらず一歩一歩その方向に進んで行かなければいけないことが分かっています。私はコンドミニアムを２つ持っているのですが、まずその1つでも売れることが先決で、売れた時点で、サンホセの例の会社に仕事の件で交渉することを計画しています。

それにかわるもう一案は、ロサンゼルス近くのレドンドビーチにあるＴＲＷ社に復帰できるか当たってみることです。どちらにしろ、家族とは近くになる。

長女と電話で話したところです。悪いニュースが２つ。彼女夫婦が借りている家が売りに出されていて、立ち退かなければならないらしい。彼女は妊娠していて2か月半後に出産を控えています。それにもってきて、つい先週、彼らは居間と寝室のペンキを新しく塗り終えたばかりでした。

もう1つの悪いニュースは息子が交通事故に遭って、脳震盪《のうしんとう》をうけ、目の網膜剥離になったかもしれないことです。事故の2日後、彼が自分のトラックを洗車していると、2人組の男が彼を襲って金をせびって彼を叩きのめしたそうです。不運続きの息子で、良いほうに運が傾いてくれますように。

あなたは危険、傷つけられるのを怖れて傷つけられないまえに自己防衛のために壁を築いていたけれど、「怖れは危険よりも険悪」でまた、「信じるよりも疑うほうがたやすい」と、言っていましたね。

私は、態度、心の持ち様がすべてだと信じています。ここに2人の人間がいて、半分水の入ったグラスを見ています。その1人はグラスには水が半分しか入っていないとみる。もう1人は水がたっぷり半分は入っていると見ます。一方は悲観的、もう一方は楽観的な見解です。

私はあなたが楽観的に物事をみようとしているのを知ってうれしい。人生を悲嘆な思いで過ごすよりも幸せな思いで過ごすほうが生きやすい。古いことわざに、「人生をあまり真剣に考えるな。この世から生きて出られないのだから」というのがあります。だから、人生を楽しみ、何ごとでも機会があればそれを無にしないこと。挑戦してみて失敗しても、何もやらなかったよりもまし。

昨日、便りをうけとりました。久しぶりだったので、嬉しかった。

インディアナ州に住む従妹から電話があって、フロリダに観光に来ているらしく、スペースセンターも訪れたいので立ち寄りたいとのこと。それで、彼女夫婦と息子を空きの部屋に泊めました。オーランドのディズニーにも行きたいらしく、さらに土曜と昨夜も泊まって、今朝、早朝に帰っていきました。弟さんの家族と楽しい時を過ごしたようでね。もう1人の弟さんの家族も帰ってきていて、火曜日の親戚が集ったパーティーはどうでしたか？　さぞにぎやかだったことでしょう。この手紙が届くころには、彼らみんなもう帰ってしまっているかもしれない。

写真をありがとう。鯉は知っていますが、鮒にはなじみがありません。

昨日、2人の年配の婦人がコンドミニアムを見に来ました。興味がありそうで、長らくいていろいろ質問されました。運が回ってきて、あるいは彼女たちが買ってくれるかもしれない。一方、以前働いたサンホセの会社に手紙を出しました。今私が働いている会社の異なった部門で、親会社はユナイテッド・テクノロジーです。

弟さんはシカゴ大学に学生を引率したとのこと。私はシカゴで生まれ、育って、兵役につくまでシカゴにいました。彼はシェアーズタワーやジョンハンコックビルディングに行きましたか？　シカゴでは2つの一番高いビルです。

あなたが送ってくれたオーストラリアに住むオウムについての記事、とても面白かった。サムは鳥かごの止まり木を噛んでいたのですが、革紐と鎖を巻き付けるとそれを噛みにかかって、止まり木はそのままになっています。

文法の間違いを指摘してほしいとのこと。鯉、カープは単数も複数もカープで、ａやｓをつけません。（a carp　2 carps ではなく、どちらも carp）　実際、あなたの英語の堪能さにおどろいているのですよ。トムボーイ（おてんば）、など、全くのアメリカンスラング（俗語）など使ったりして。

こないだ、イングリッシュ・ジャパニーズ辞典を買いました。二三の言葉を探したのですが、見つかりませんでした。

魅惑的なボンドガールが私のそばにいませんように、には笑ってしまいました。休暇にあなたをさらってどこかで一緒に過ごすだれかが、私であってほしいです。今回の休暇には遅すぎます！　パスポート申請について問い合わせています。これまで必要がありませんでしたが、遠からぬ未来に入用だと思って。

ある計画をあなたに伝えます。そして、それに関するあなたからの返答を聞きたいと思います。まず最初に、カリフォルニアに移ることを計画しています。そうした時、私は２つの案のうちの１つを実行する必要があります。私が日本に行ってあなたを訪ねるか、あるいはあなたをカリフォルニアに呼んでしばらく私と過ごしてもらうこと。それに絡んで私が知りたいのは、アメリカに移り住むことについてのあなたの考えです。手紙のやり取りを通して私たちはお互いに相性が合っているのがわかってきていますので聞いているのです。決心するのはあなたにとっては非常に困難だということはわかっています。しかし、あなた自身既にこうなるかもしれないことは考慮に入れていると思います。案じることはありません、これはいま直ちに決めなければいけない事柄ではありません。私はただあなたからなんらかの意見を聞きたいだけなのです。

それでは、このくらいでおきます。

お元気で。早い返信を待っています。

Love,
トム

8月19日

トムさん

8月12日付の手紙が届きました。これはこれまでもらった中で一番いい便りでした。読後、おもわず目が潤んできました。あなたに今すぐ会いたい気がしたほどです。私は人に会いたいと感じることはあまりありません。

弟たちの家族はみんな帰ってしまって、静寂が戻ってきました。独りに戻れて嬉しい。戸外はまだギラギラした陽光が舞っていますが、夏が去っていくのが微かに感じられます。早朝、ジョギングしてると大気が涼しくて心地よかったです。

休暇が終わると片づけなければいけないことがたくさんたまっていて、何から手を付けていいやらわかりません。あなたに便りをするのを怠っていて、ごめんなさい。弟たちや親類との交わりの期間、のけ者になるわけにはいかなく、いつもできるだけ彼らの一員であろうと努めていて、プライバシーを保つことは難しかったのです。

8月21日

両親の茶の間で父母と夕食を一緒にして戻ってきたところでした。あなたに手紙を書き始めたら停電になりました。２、３分のことだろうと思っていたら、15分あまり続きました。こんなことは稀なことです。普通、こんな風にいつ元に戻るかわからない状況のときは、よけい長く待っていたように感じられます。

30分も1時間もたった気がして、暗闇のなか苛々してきて、庭に出ました。美しい星空で、新月が出ていました。月を見ていると、大都会を彷徨していた頃に書いた詩集の中の一つの文句を思い出しました。

〝Moon Child〟

She is the Moon Child
Who lives in the hearts of dreamers
Many dreamers
Who had their dreams broken

She is very kind
With her smile so soft and tender
How sweetly she sings

A lullaby heaven above

Pale moonlight upon her face
Who could ever reach her sorrows so deep and pure?
Her grace would permeate the soil of dreams
If she lives or die

She is the Moon Child
Who lives in the hearts of dreamers
Many dreamers
Who had their dreams broken

この詩でもわかるように、私は古風な夢見る少女でした。でももう、その娘は逝ってしまいました。

あなたは、「何ごとにも、誰の中にもベストのものを見つけようとしている」、そして「毎日、今日が最後の日だと思って生きれば一日が幸せに満ちてきてその日のすべてを味わうことができる」と言います。その言葉は理解できます。でもそのように行動するのはたやすいことではなかったのではと想像されます。男として、夫として、父親として、社会で働く者として、あなたは現実そのものの真っただ中にいて、人生というものを充分に知っています。

私はこれまであなたの様に実社会に余りかかわってきていません。でも、そのことを遺憾に思っていません。毎日をこれが最後の日であるように生きようとは思いません。ただ、死んでしまいたかった自分がまだこの世にいるのだから、この日をできるだけ自分なりに生きようとするだけです。

それにつけても、思い出されるのは、私の恩人、ウオーターズ夫人が私のために英語テキストをテープに取ってくれた中の詩の一篇です。彼女自身、とても良い言葉だと言っていました。題は、Salutation of the dawn（夜明けへの挨拶）

Look to this day!
For it is life, the very life of life
In its brief course
Lies all the verities and realities of your existence
The bliss of growth,
The glory of action
The splendor of achievement
For yesterday is but a dream
And tomorrow is only a vision
But today well lived makes every yesterday a dream of happiness

And every tomorrow a vision of hope
Look well therefore, today
Such is the salutation of the dawn.
— Kalidasa —

今日というこの日を見据えなさい
まさに生きていく人生の命そのものだから
この短い行程に
存在の真実、現実のすべてが横たわっている
　成長することの喜び
　行動することの誇らしさ
　成し遂げることの輝かしさ
昨日は夢にすぎなく
明日は幻影にすぎない
しかし、今日という日を充実して生きるなら
昨日は幸せな夢となり
明日は希望に満ちた幻影となる
だから、今日という日をしっかりと見据えなさい

それが夜明けへの挨拶

私はこの詩を信じています。あなたの信条とほとんど同じですね？

「人生にはその人のためにただ一人の人がいるという考えは間違っている」とのあなたの言葉。それが私の念頭からはなれませんでしたが、いま、それが正しいように思えます。白状しますが、私はかなり気まぐれな人間でした。でも男性にめぐり会うたびに、私は真剣でした。たまたま愛が困惑したまま去っていったのです。私はあなたについてまだあまり知りませんが、これまで私が会った男性の中で、少なくとも精神的な面で一番男性的な人だと思います。寛大で、謙遜な、そしてやさしくて、決断力があるまともな人です。これまで私が知った男性はやさしかったけれども、そのくせ、自分が傷つくこと、プライドが傷つけられるのを怖れていました。そんな彼らに幻滅させられました。でも、あなたは違っています。なぜか私を安全で安心した気持ちにしてくれるのです。自分が変われそうな気がします。

小さい頃から、私は父の影響を受けてきました。彼は信仰に篤いひとで、一風変わっています。あなたには父にない性質が見られます。主な違いはあなたは人生を楽しんでいますが、父は人生を魂や精神の修練期間とみています。父が生きてきた苦難の道を思えば理解できます。そのことについてはいつかお話しします。父を嫌った時期もありましたが、彼が年取っていくのをみて彼への思いが違ってきました。できるだけ彼にやさしく接したいのです。

私たちがずっと前にめぐりあっていたなら、とのあなたの言葉。私も同感です。私たちがずっと近くにいるなら、あなたの言われるように会って一緒に時を過ごしたい。それもあまり遠い将来ではなく。

私は正規の先生ではありませんのでいつでも時間は取れます。

新しいフイルムを現像中です。次回にお送りします。

ところで、いつかの手紙で、愛車に傷をつけられたとのこと、お気の毒です。引っ掻き傷だけで、そのペンキ修理に675ドルもしたのですか？　高価な車なんですね。車については知識がありませんが、日本車ではないでしょうね？　以前もらった写真で見るとスポーツカーのようです。満足のいく修理がなされますように。

私は車の運転か、お料理を習おうかと考えています。ドライビングスクールに行って運転免許証を取るのにこちらではいくらかかるか知っていますか？　およそ1000ドルでもやってみようかと思っています。車と料理、そのどちらかにする前に、家の一部を修理しなければいけない。去年から考えていたことでまだ決心していませんでした。決心すれば、とても忙しくなります。

それではこのへんにします。早く投函すれば、あなたが待っている時間を縮められますから。

次の便りまで、さようならのキスを送ります。

Love,

キョウコ

キョウコさん

もう8月の半ば、この月ももうすぐ行ってしまいます。パスポートのための写真を撮らなければいけない。パスポートを取るのに6週間かかるらしいので今からやっておかなければ。

文通を始めてたった3か月なのに、ずっとずっと長くやっているような気がします。文面からあなたの気持ちや考えの表面をかすり取っただけだとわかっていても、あなたについて多くを知りました。

昨日、息子と電話で話しました。事故での網膜剥離についてはまだはっきりしていないようです。車の事故といえば、1970年に私と息子はすんでのところで死ぬところでした。サンバーナディーノ山に登っての帰りに、ハンドルがおかしくなって崖から落ちるところでした。大きな岩につっ込んでなんとか車を止めました。車は破壊され、私たちは傷を負いましたが幸いなことに重体ではありませんでした。

9月3日は私の誕生日で、あなたに電話しようと思っています。こちらの時間では午前7時から8時、そちらでは夜の9時から10時。うまく通じてほしい。誕生日を祝うのに、あなたと話せること以上に素敵なことはありません。それ以上に素晴らしい方法がありますが何しろ遠く離れすぎていますから。でも近い将来それが叶うことを願っています。

これまでのあなたからの便りを初めからみんなとっています。あなたも私の便りをとっていますか？　時々読み返し見るのは楽しい。お互いが書いてお互いが受け取る一通ごとに私たちの関係が進展してきているのがわかるからです。

写真を同封します。後でまた続きを書くか、あるいはこのまま投函します。

それでは、また。

Love,

トム

1985年8月23日。

トムさん

一昨日、8月21日に返信を出したら、あなたからもう一通の手紙が届きました。びっくりしたけど、嬉しかったです。

同封されたあなたの写真は以前もらった写真とすこし感じが違います。私は運転免許の写真が好きです。大きくて立派な鼻、目が優しそうです。年下の娘さんたち、双子に見えませんね。彼女たち、母親と義父と一緒に住んでいるのですか？

息子さんが交通事故にあい、上の娘さんが住んでいる家を立ち退かなければいけないとのこと。お気の毒ですね。同情します。

息子さんの場合は、交通事故にあったその上に2日後にひどく暴行されたとのこと。まさに、不幸は単独にやってこないですね。日本でそんなことが起こるのは考えられませんが、アメリカでは稀なことではないと聞いています。

「マッドマックス・サンダードーム」をみました。良い映画とは思えません。近年、すばらしいアメリカ映画をみていません。かつてアメリカの映画に感動させられたものです。内面を刺激される、印象深い美しい作品がたくさんありました。映画は社会を反映していると言われます。昨今の映画は品や美を欠いて、その代わりに暴力シーンが多すぎる。この傾向はアメリカ映画に限ったことでないのは確かです。日頃の出来事や人々の中に美を見つけるのはやさしくありません。どんなことでもどんなものでもいい、何かその中に美しいと感じられるものがみつけられないと、私は生きていたいと思えない、いえ、生きられない気がします。

8月25日

今週はとても忙しかった。部屋のあれこれを片付けて、頭の中もすっきりしました。

昼食後、あなたからの最後の2通を読みなおして、質問に答えたり、質問したり、話したい事を加えます。心に思っている特別の人がいて、書きたいことを何でも書けるのは本当に嬉しい。

私が泳げるかの質問。答えたくないのですが、正直言って、泳げません。６、７歳の時、海で溺れそうになって、それ以来、水が怖くて泳ぐことに興味を失くしました。3年前の夏、弟たちの家族や従弟たちの家族と大勢で渓谷の川にピクニックに行きました。その時、甥や姪が泳ぎを習っていて、私もやってみて、5メートルほど泳げました。甥や姪たちは学校で水泳教室がありますが私たちの子供の頃はそんなものありませんでした。今は当市でも、公共のプールが数か所あります。家にプールがあれば、ジョギング同様毎日泳ぎの練習をするでしょう。ところで、私はビーチが好きで、ビーチ沿いに住みたいといつも思っていました。

他のスポーツではテニスをやってみたい。弟と義妹はテニスが上手で、楽しんでやっています。豆腐で作ったデザート、食べてみたいです。砂糖を入れるのですか？　お米に砂糖を入れて料理する国があるようですが、日本では考えられません。そうですね、豆腐には良質のプロティンが含まれているので肉の代わりに豆腐を入れた野菜料理は体に良いですね。あなたは魚が好きですか？　生魚にワサビを効かせて醤油で食べる、刺身を食べたことがありますか？　日本人は魚をよく食べます。お蕎麦、日本そばを食べたことがありますか？　私はスパニッシュ・タコも、ピザも食べたことがありません。あなたの料理の幅は広いですね。

「どんな時でも、明日という日がある、フレッシュ・スタート、新しい始まり、新しい希望がある」との言葉。未来についてこれまで私は悲観的で厭世的でしたが、心のどこかでそれに似た思いを持っていました。もし、それを信じていなければ、インター・パシフィックの文通クラブに加入しなかったでしょう。

日本ジャンボ機の墜落事故のニュース、そちらに届きました？　524人乗客中、4人を除いて全員死亡で、飛行術史上、1機による最悪の惨事とありました。カリフォルニアにいればもうテレビか新聞で伝わっていることでしょう。日本についてのニュースや情報がどれほどそちらに伝わるのか少し興味があります。

日本には国際空港が2つあり、東京の隣の県にある成田国際空港と大阪国際空港。ただ一つの国際空港だった東京の羽田空港は国内空港になっています。愛媛には県庁のある松山に松山空港があり、当地から電車か車で約2時間のところ。ここから東京に行くには飛行機でなければ、電車とフェリーを使います。もちろん、新幹線、世界で一番速い電車、スーパー・エクスプレス、ブレットトレインはご存知でしょう？

カリフォルニアに戻る計画を立てているようですね。アメリカ人は常に移動していて、仕事やなんかで移住するのは普通なのを知っています。でもあなたはそちらでいい仕事があるのにそうするのは難しいのでは。たぶん知っていると思いますが、一般に、日本人はリタイアするまで同じ会社で働きます。多くの特典があるからです。でもあなたは優れたエンジニアで、自信があるからだと思います。

8月26日。

今日あなたからの手紙が来ると思っていたら、その通りに届いて、嬉しいです。写真もありがとうございます。愛車と並んで取った写真、すばらしい！　前回に言い忘れたのですが、ハンサムだと思います。奇妙なことだけど、あなたにはどこか日本人に似た性質があるのに気が付きます。

弟がシカゴに行った時、シェーアズ・タワーやジョンハンコック・ビルヂングに上ったかどうか知りません。話す機会があったら聞いてみます。彼は西洋哲学の学究で、ドイツ語ができますが、英語は余りうまくしゃべれません。もしあなたがこちらに来るようなことがあったら、喜んで会ってくれて、彼のところに2、3日滞在できると思います。

物事はあなたの計画に沿って進んでいて、カリフォルニアに移り住むことができそうですね。私としてはカリフォルニアにあなたを訪ねるよりも、あなたに日本に来てもらいたいです。あなたに現在の日本を見てもらいたい、もちろん私の家族に会ってほしい。でも、仕事の都合か何らかの理由で、私にそちらを訪ねてほしいようでしたら、そうします。

もしこの文通でのコミュニケーションが実を結んだ場合、アメリカに移り住むことを考えています。それが確信できればもちろん日本を離れますが、父母をはじめ弟たち、友達や親類、生徒たちは寂しい気持ちになると思います。そして私自身も彼らを残して行ってしまうのは。

アメリカは日本のように安全ではないので恐れや不安があります。でも、あなたを信頼して頼りにできることがわかったので、あなたと一緒なら大丈夫だという気がしています。これまでどの男性にも従ったことがありません。従う気持ちを起こさせてくれる前に尻切れトンボに終わってしまいました。あなたにはついていきたいと思います。でも、現実にそうなると、いま想像するよりも難しいことでしょう。すべては、どれほどあなたが私を愛し、私を必要とするか、どれほど私があなたを愛し、あなたを必要とするかにかかっています。とにかく、私たちは実際に会う前に便りを通じてお互いについてできるだけ知らなければいけない。お互いが気楽で身近に感じられるように。

それではこのくらいで投函します。追って、新しく書き始めます。あなたに会える日が余り遠い将来ではないとの期待に胸がときめいています。

Love,
キョウコ

8月29日

キョウコさん

仕事から帰ってくるとあなたの便りが届いていて、嬉しかった。先週、8月19日、20日、そして21日に書かれた長い手紙で、先週の週末、便りがあると期待していたのになかったのはそのためだとわかりました。

帰省していた家族が帰ってやっともとの日常に戻ったようですね。訪問者を迎えて一緒に過ごすのは楽しいけれど、彼らが行ってしまったあと一人に戻れたときの心地よい解放感はよくわかります。私も同感です。

停電はそちらでよくあるのですか？　こちらでは頻繁にあります。午後、激しい雷雨があるからです。そのあと、家じゅうの電気時計をリセットして回らなければいけない。それで、電気会社のことをフロリダ・フラッシュ・アンド・フリッカー（閃光・明滅）と呼びます。

車の修理代が高かったのは、メタルの引っ掻き傷の溝を埋めてその周りと調合して全体が新しく見えるようにマッチするペンキを塗らなければならないからです。車はDatsun(Nissan)３００ZXフェアレディです。あなたの推測どおり日本製で、かなり高価なスポーツカーです。よく修理しあがっていますが、完成にはまだ少し手を加える必要があります。

カリダサの詩、私があなたに言おうとしたことと殆ど同じです。煎じ詰めれば、毎日、その日からできる限り多く、最良のもの獲得しようとすること。子供が学校に通っていた頃、私は彼らによくこう言って聞かせました。成績がAであろうと、Cであろうとかまわない。自分のベストを尽くしさえすれば、それでいいのだ、と。

あなたが私について余り知らないのはわかっています。私の手紙があなたに投影されたものだけにすぎないのだから。私のあなたについても同じですが、私に投影されたあなたを私は好きです。お互いに自分が感じたような相手かどうかを知るために、とにかく、どうにかして会って一緒に時をすごさなければ。

「愛は盲目」ということわざがあります。私に言わせれば、愛は盲目ではない。愛は少ししか見えないのではなく、より多く見える。より多く見えるから、意志的に少ししか見ないように努める。この意味がわかりますか？　何年も前に書いた詩を同封します。あなた同様、私もdreamer（夢見るひと）だったのがわかるでしょう。

あなたが父親の影響を受けたことはよくわかります。たいていの女の子はアメリカでもどこの国でも、父親の影響を受けます。しかし、父親が娘の独自性をはばむようなことがあってはならない。ことに彼女の男性関係を妨げる場合がそうです。父親というものは娘が連れてくる男が我が娘に不釣り合いだと不満を感じるものです。また、彼にとって娘はいくつになっても小さな可愛い娘だと信じている。あなたも成長するにつれて父親に対する思いが違ってきて、彼への理解が深くなってそれが態度にあらわれるのは当然です。

パスポートを申請しました。２か月以内に手に入るようです。おかしなことに、これまでパスポートを必要としたことがなく、海軍にいた時は世界のあちこちを巡ったのに、一般市民になっている今、カナダとメキシコを除いてそれが必要となりました。

ところで、運転か料理かを習うなら、料理を選びなさい。運転教習に１０００ドルだなんて信じられない！　高すぎる。私が教えてあげます。料理教習だって、問題はありません、ただ、レシピの指示に従って料理すればいいだけなのだから。

では、これくらいでおきます。

お元気で。

前回の便りでキッスをもらいました。これからそれをためておくつもりです！

Love,

トム

第4章 キョウコを見つける

3 一通、一通が心のとびら

1985年8月29日

こちらはまだ暑くて蒸せるようです。夏の終わりに暑さが厳しい時があります。生徒たちは夏休みが終わって、あと3日で学校が始まります。私も元にもどって夕べに教えることになります。そうなると、自分の時間が、ことに午前中の大事な時間が戻ってきて、誰にも邪魔されることなく自分の事に集中できます。

一昨日、誕生日のカードと日本に関する本の入った小包を送りました。郵便局から帰ってきたら、あなたからの手紙がもう一通届いていていました。

あなたの誕生日に電話してくれるんですって！　素晴らしい。おかしなことに、なぜだかそんな気がしていたのです。実は、郵便局からの帰りにもそんな考えがひらめきました。テレパシー(第六感)、のようなものですね。電話、楽しみに待っています。

同封の写真、オールドファッションに見えます。でもいい、私はオールドファッションタイプの男性が好きです。カリフォルニアに住む人達は新しいタイプのアメリカ人が多く、そのライフスタイルはカジュアルで、多様性があり漸進的。ことにロサンゼルスやサンフランシスコには向う見ずにクレイジーだったり、異様な人が見られます。サクラメントは好きでした。サンホセ、好きになる気がします。

同封の記事は興味深いです。スペースシャトルについて少し知りましたが、まだぼんやりとしていて、辞書で調べなければいけない語彙があります。ところで、何人ぐらいの人がケネディースペースセンターで働いているのでしょう？

私もあなたからの手紙をとっています。これまでで10通です。これからもお互い、会えるまでに何通の手紙が交換されるのでしょう？

そうですか、あなたも車での事故を経験されたのですね。諸刃の剣のテクノロジー、という言い回しを習ったばかりですが、車は便利だけど致命的な凶器にもなる。私がまだ運転を習っていない理由は、第一に車が必要でないから。次に維持費にお金がかかるため。それから私は方向音痴。その上、時々ぼんやりすることがあるからです。でも、どっちみち習わなければいけないようですね。

まず、家の改修をして、そのあと考えてみようと思います。運転免許を取るのに2か月以上教習場に通わなければいけないようです。

当地、新居浜で外国人を街で見かけることがたまにあります。港に停泊した船からの船員や、化学工業の市なので在住しているエンジニアの家族、教会の牧師さんなどいるみたいですがよくは知りません。

あなたには長年の親友がいると聞いて嬉しい。女性の場合、日本では結婚すると友情は続かないようです。私の場合、大抵の女友達は結婚しているので、今交流している女友達は数人しかいません。みんな私よりずっと年下ですが、とても親しみやすい。教え子など故郷に帰ってきてくると訪ねてきてくれます。また一緒に旅したりする女友達もいます。

「西部戦線異状なし」の映画をテレビで観ました。あなたの海軍時代の日々はどうだったのでしょう。幸運にも、血なまぐさい戦場での戦いがなかったようですが。


9月2日。


あなたから電話があって、びっくりしました。かかってくるのはてっきり明日だと思っていましたから。そちら、労働者の日で、公休日だったのですね。初めてあなたの声を聞けて、とたんに私たちの距離がすごーく縮んだ感じ。おかしな表現でしょう？　でもそれ以外の表現が見つかりません。

最初に電話に出たのは私の姉でした。

姉についてはまだ話していませんでした。彼女は父の信じる神道、大本の聖地である綾部でボランティア奉仕と修行をしていたのですが、実は休みをもらって8月に帰ってきていたのです。大学生の時に精神の病に陥り、それ以来、精神病院を出たり入ったりを繰り返していました。家族にとっては、ことに父にとっては大きな試練でした。これについてはいつかお話しします。彼女はもう1か月家にいます。彼女が綾部に戻っていくまでに家の一部を改築するのに彼女の助けが要ります。あるいは、彼女はまた両親と住むことになるかもしれません。今のところ私にはわかりません。彼女はあなたの声を聞いて仰天したようでした。

十分間が10ドルですって？　かなり安いですね。そちらの電話料はこちらのよりも安いみたい。旅行ガイドでは、そちらとこちらの時間差は14時間とあります。つまりそちらで朝の7時だとこちらでは夜の9時。そちらでは夏場は時計を1時間早くセットするのではないのですか？　そうだと納得がいきます。

大工さんが今日の午後、下調べにやってきました。父と私はどのように改築してほしいかを説明しました。2、3日中にその見積書を持ってやってくることになっています。どうやら9月はとても忙しい月になりそうです。そちらであなたのほうもそうなるみたいですね。

お元気で。すぐにまたお便りします。

Love,

キョウコ

9月1日

キョウコさん

たった今、あなたと電話で話したところです。接続がとてもよくてあなたに触れることができると感じられたほどです。そうしたかった！

3日でなく、1日の今日に電話したのは、テレビで日本が台風に見舞われているのを観てあなたの事が心配だったからです。九州が一番ひどくやられたそうで、15人から20人の死亡者があったようですね。もう一つの理由は明日は早朝に仕事があるので電話できるかどうかわからなかったからです。あなたを驚かせたことになったけれど、あなたと話せてよかった。ところで、あなたは英語を上手にしゃべるではありませんか。電話に出た人は誰ですか？　あなたを呼んでほしいと、日本語で言おうとしたのですが、狼狽してしまってちゃんとなにも言えませんでしたが、私の声を聞いてあなたを呼びに行ってくれたんだと思います。

こちらも暴風雨がありました。ハリケーンははっきりした予測ができなく週末に数回コースを変えました。フロリダはゴルフ湾側が最もひどく、幸いにもこちら大西洋側は豪雨と暴風があっただけでした。ハリケーンは西に向って、結局はミシシッピー州のブロクシーに上陸しました。すでに強風や洪水など多大な被害が出ており、そのうえトルネード（竜巻）の被害も出ています。

今朝、あなたの声を聞けて嬉しかった。あなたは美しい声をしている。なにも不思議なことではない、美しい人の声なのだから。

14時間の違いではなく13時間の違いだったのに驚きましたが、こちらでは夏時間といって、夏場は1時間よけいの活動時間を定めているためでした。10月になるとまたスタンダードの時間に戻ります。次回に電話する時はもうへまをしません。

売りに出しているコンドミニアムを見にきた人が2人いましたが興味なさそうでした。不動産屋の話では不動産が売れるのには普通平均して11か月かかるそうです。根気よく待つより仕方ありません。

職業紹介所の数か所に履歴書を送っていましたが2、3の電話をもらいました。その中の1つはジェネラル・エレクトリック社で、1、2年契約。また、シリコンバレーは今はひどい不況で、高度に資格のある者が大勢失職しているそうです。私は一向に心配していません。何時でもどこかで仕事にありつけると信じているからです。カリフォルニアから当地に移ってきた時、私はどの会社で働くことになるのかは全然わかっていませんでした。ただ何らかの仕事が見つかることを知っていただけです。

以上は電話で話す機会がなかったのですが、話しておきたかったことです。あなたからの次の便りを待っています。たぶん明日届くでしょう。今日は、労働者の日、公休ですので、たぶん明日届くでしょう。

ともかくも、今朝あなたの声を聞けたことで今日一日が素晴らしい日でした。あなたがより近く感じられます。時に触れてまた電話します。その度にお互いに話しやすくなります。

それでは、これで投函します。

元気でいてください。

Love,

トム

9月3日。

愛しいひと

今日はとってもいい日でした。あなたからバースデイカードと本が同時に届きました。それに加えて、驚いたことにパスポートが届いたのです。これは何かを意味しているに違いない。

カードに同封されていたあなたの詩は美しい！　ずっと以前に書かれたそうですが、もしあなたがそう言わなければ、私のことを念頭に入れて書いてくれたものと思ったでしょう。大好きな詩です！　同封してくれてありがとう。また、同封された写真、あなたが立っている街路はカリフォルニアのどこかのようです。

そう、下の娘たちは双子なのに似ていませんが、赤ん坊の時は瓜二つだったのです。彼女たちは、現在、母親と義父と一緒に住んでいます。

マッドマックスの映画を観たそうですね。私も前回のを見ましたがセックスと暴力に傾いていてあなた同様にあまりいい映画とは思えなかった。夏場、「ランボー・ファースト・ブラッド」が大ヒットしました。「黄昏」や「愛と追憶の日々」のような優れた映画もありますが、ごく稀であるのは残念です。

水泳についてですが、5メートル泳げるなら、泳げないとは言えません。私が泳ぎを覚えたのはカヌーに乗っているときで、大人がそれを転覆させ、私たち子供は急遽手足をバタバタさせて泳ぎを学んだのです。こちらではプールで赤ん坊に耐水訓練させています。なぜプールに行くのをためらうのですか？　私が住んでいるコンドミニアムにはプールがあり、そこから3街区行ったところに大西洋があります。

豆腐のデザートですが、豆腐にレモンと蜂蜜を加えてミックスしたカスタードのようなものです。ライスに砂糖を入れるなんて、とのあなたの言い方は面白い。ライスプディングを聞いたことがないのですか？　私はどんな種類の魚も食べます。サメでさえ。刺身ではマグロや鮭などいろいろ。鶏肉はよく食べます。牛肉はあまり食べないようにしていますが、週に1回ステーキを食べます。蕎麦粉でできたそばも食べます。そちらにはマクドナルドのハンバーガーやケンタッキー・フライド・チキン、ピザ・ハットなどのチェーン店がありますか？

エアポートに関する情報、ありがとう。ブレット・トレイン（新幹線）については知っています。超スピード電車みたいですが、乗ったことがありますか？

あなたが私が言うところの、フレッシュ・スタート、新しい始まりといった態度を感じ始めているとのこと。それを聞いて嬉しくて、いい気分にさせてくれました。

はい、コンドミニアムを2つ所有しています。1977年に買ったのと、もう一つは去年（1984）に買いました。古いほうは貸していて、新しいのに住んでいます。

いま、両方を売りに出しています。運よく売れてくれればいい。同時にサンホセでの仕事が都合よく見つかればいい。あちこち問い合わせしていますが時間がかかるかもしれない。

2年間の漂泊後、やっと自分を見つけ、進むべき方向がわかりました。以前は、常に自分の進行方向や目的がわかっていました。過去2年間のような不確かな状態にいたことは稀です。当地に来るまで私は12年間ロサンゼルスのレドンドビーチにあるTRW Systems社に勤めていました。私はある会社に勤めれば、なんらかの大きな理由がない限り、仕事を変えることはしません。

あなたが私に会いにこちらに来るよりも、私のほうがあなたを訪問してほしいようでしたら、そうすることにしましょう。日本を再び見たいですし、あなたの家族の人たちは私のことを知りたがっていると思います。今ははっきりとはわかりませんが、12月にそちらを訪問するような運びに持って行きます。

今年は有給休暇をまだ使っていないので、少なくともその3週間を利用できます。それに無給の1週間を加えて、1か月の休暇が取れます。私の1か月もの滞在に我慢できるでしょうか?

文通での実りはすでに実っていると思います。あなたが国や家族の人たちと離れることはとてもつらいことだとわかりますが、時々、帰国して訪問することができます。アメリカに住むことになれば、常にあなたを守ります。私が愛する時は、その相手にわたしの全てを捧げます。私の欲するところのものよりも彼女の望みや気持ちを優先します。カリフォルニアからフロリダに戻ってきたのも先妻が住み慣れた当地に帰りたがったからでした。長年働いたTRWでのいい仕事を断念したのもそのためでした。

私たちはどちらも与えるものが多くあり、思いやりがある人間だと思います。お互いに与え合うように運命づけられていると思います。私が望んでいるのは、私のことを誠心誠意大事に思ってくれ、愛してくれること、そして、私もそれに誠心誠意応えることです。

それですから、もうしばらくは文通を通じてお互いの愛を知りあい、少なくともその基礎作りをしながら、運命の行方を見つめましょう。私は私たちについては非常に楽観的な気持ちです。
この気持ちでペンを置きます。また、すぐにあなたからの便りが届きますように。

Love,

トム

9月6日

トムさん

あなたからの便りを待っていました。今日こそは思っていましたが今日も来ませんでした。でも気落ちすべきではない。だって、月曜日にあなたの声が聞けたのですから。それでもなんだか落ち着きません。私は欲張りなのですね、あなたからもっと得たいのです。

タイミングが悪くて、あんまり話せなかったのは残念でした。電話があった日、そのあと便りを書くと言っていましたから、来週の月曜日か、火曜日には届くでしょう。もう2、3日待てばいいだけ。

トム、あなたのことを思ってばかりいます。口にするのがためらわれるのですが、あなたの腕の中に抱かれたい。私はあなたに恋しているのだと思います。あなたに愛されたい。おかしなことにあなたにまだ会ったこともないのに。

あなたが日本に来たとき私たちがどのように一緒に過ごすかを考えています。私は人を案内して回るのは得意でありませんが、数日、あなたと旅行したい。明日何が起こるかわからないのでプランを練るのはたぶん早すぎます。それでも、ここでは秋は旅行するのに一番いい季節です。私たちは一緒にいると、文通で感じているように気が合って幸せであることと思います。だから、あなたが日本を去るときが来たら泣いてしまうかもしれない。

9月8日

昨日、郵便受けにあなたの便りを見つけてとても嬉しかったです。8月29日付の返信、これを待っていたのです。この手紙を投函したあと、言ってた通りにあなたは電話をしてくれましたし。仕事場でのバッジをつけたゼロックスの写真、とてもハンサム。私がこれまで望んでいた全く私好みの顔です。

わくわくしてあなたの詩を読みました。とても素敵ですが、落胆しました。何年も前に書かれたものだからです。その詩の対象となった女性を想像して、嫉妬を感じました。それだからかもしれないのですが、お便りを読んだあと、なにかよそよそしい、あなたが数歩引き下がったような感じて。そのうち私たちの文通が困惑の中に終わるのではないかとさえ思われました。どうか私が過去に出会った男性たちのようには私を離さないでいてくれることを望みます。あなたを知っているので、そうしないとは思いますが。「また悲観的態度になってますね」、とのあなたの声が聞こえてくるようです。

あなたは、「愛は盲目ではない。愛はより少し見るよりも、より多くを見る。それだから意志的により少し見るのだ」と言います。その意味がわかるような気がします、確かでありませんが。愛は直情的になりすぎて現実的な判断が鈍るから盲目であるのではなく、愛はよく見えている。見なくていいものを意志的に見ないようにするだけ。それが愛だというのでしょう？　つまり、相手の素晴らしい面に歓喜するだけでなく、相手の好ましくない面をもちゃんと受け入れて確かな関係を築き上げようとするのが、愛だというのでしょう？

私は愛は、スパークで始まるのだと思います。そして、人の心は弱く変わりやすいから、意志によって育まれるべきなのには同意します。それを一般には諦めによって愛を保つ、と言われています。

私が好きだったラブソングがあります。エルトン・ジョンの曲でラニ・ホールが歌っています。

The words I have to say
May well be simple but they're true
Till you give your love
There's nothing more that we can do
Love is the opening door
Love is what we came here for
No one could offer you more
Do you know what I mean?
Have your eyes really seen?

You say it's very hard
To leave behind the life we knew
But there's no other way
And now it's really up to you

Love is the key we must turn
Truth is the flame we must burn
Freedom the lesson we must learn
Do you know what I mean?
Have your eyes really seen?

……

……私が言おうとする言葉はシンプルかもしれない、でも、真実。愛をささげない限り何も始まらない。愛は、（こころを）開く扉。愛は、私たちがここにいるためのもの。……あなたはこれまでの人生から決別するのはとても難しいと言う。でもそうするよりほかに道はない。そしてそれは全くあなた次第。愛とは、私たちが（心を）開かなければいけない鍵。真実とは、私たちが燃やさなければいけない炎。自由とは、私たちが学ばなければいけないレッスン。私の言うことがわかりますか？

しっかりと見据えていますか？……

前の便りで、あなたは過去2年間、人生を漂流している感じだったと言っていました。とても困難だったことでしょう。どんなに寂しかったことでしょう。私についていえば、これまでの半生、少なくとも内面的にさすらっていました。ですから、あなたの気持ちがよくわかります。幸せと感じるときは、ことに全く期待していなかった喜びがやってきたときは人は微笑むのではなく、目に涙があふれます。

私と父について話す必要があると思います。私は父のことを身近に感じたことはありませんでした。一方、姉は2歳年上ですが、ずっと父とは身近に関わっています。前の便りで姉の不幸についてふれました。大学にいる時にノイローゼにかかって退学し、それ以来精神病院の入院退院を繰り返しています。その頃、私は高校生でした。父の事業が倒産したのと重なって、家族にとってだれもが最悪に苦しい時期で、私の精神にも深いトラウマでした。父はそれ以来20年以上、献身的に姉の面倒を見ました。あなたには想像できないほどです。父を除いてみんな姉の回復を諦めていたのですが、父だけはその望みを捨てませんでした。病は不可抗力、神の計らいです。父の深い苦悩、悲哀を見ていて私は神を嫌いました。と同時に姉をも嫌いました。たぶん常に父の深い愛に保護されている彼女に嫉妬していたのだと思います。私はインデペンデントにならざるを得ませんでした。大都会でのさすらいのその時期、英語圏の人たちとのめぐり逢いがあったのです。私はこれまで実際面で父にすがったことはありません。彼と姉とのために自分でできるだけのことをしようとしてきたつもりです。

姉はここ17か月正常です。そして父の信じる神道系、大本教の聖地で修行と奉仕をしてきました。休暇を取って家に戻ってきていますが、このまま家に住みたいらしいです。私は時々父を嫌ったときがありましたが、母をとても愛しています。第二次世界大戦前、父と結婚して中国にいたのですが、敗戦後、4人の乳幼児を連れて帰国して父と辛苦を分かち合ってきました。彼女の場合、何ごとも、あきらめが、愛であるかのように見えます。2年後に彼らは結婚50周年を迎えます。

あなたのお母さんは再婚しましたか？　それとも1人で住んでいるのですか？　2国間には、根深い文化的な違いがあります。たぶん、私が経験したような困難はあなたの国での困難に比べれば比較にならないのかもしれません。

私が住んでいる家は2階建てで、とても古い建物です。父の事業が失敗した時、母は下宿屋をして家計を助けていました。2階に数人の下宿人が住んでいましたが、現在は空き部屋で、黴臭くなっています。1階にある昔風のキッチンとバスルームは使用不可の状態で、それに大きすぎます。それで、私が使っている部屋の裏手の部分を2か所増築してこじんまりしたキッチンとバスルームにしたいと考えていました。長年貯金してきたお金でそれができそうになったのでそうしようと計画したのです。それには2つの理由があります。その1つは、もし私がここを離れて誰かとどこかで住むようなことになったとき、貸家にすると、私が毎月渡していた部屋代と賄いの金額と同じほどの家賃が両親に入ることになり、彼らがこれまでと同じような生活が維持できるので彼らのことをあまり気遣わなくてすみます。彼は年金をもらっているのですが、それでは十分でありません。もう1つの理由は、私がこの先、一生独身で生きることになっても、改築された快適な家に住んで、友達を招いたり泊めてあげたりできる。

私が今そうしようとするのは、もし、あなたが私を訪問することになったら、ここに滞在してほしいからです。アメリカの家のようにあまり広くはなく、便利ではありませんが。

アメリカではパスポートの入手に2か月かかるのに驚きました。こちらでは2週間で入手できます。あなたはこちらでの運転教習の金額に驚いているようですね。でも本当なんです。中年で初心者だともっとかかるかもしれません。若いときは何でも覚えが速い。何かで読んだのですが、アメリカでは学校で運転の仕方を習うそうですね。あなたが教えてくれると言ってくれましたが、私は習うのが遅く、しかも機械類に弱いので忍耐がいると思います。お料理教室に行くことに決めました。料理の基本的なことを学んで応用したいと思っています。

あなたがこちらにやってくる時が少し延びたみたいで、それまでまだ長い日々となるようですが、今年中には会えることを願っています。

この手紙を書くのに殆ど半日かかりました。最後に一つだけ質問を加えてみます。かなりの難問かもしれません。あなたが最も女性に期待することは何ですか？

それでは、お元気で。

何ごともうまく行っていますように。キスでこの手紙を閉じます。

Love

キョウコ

追伸。私の写真を2枚同封します。これまで送ったどの写真とも違って見えるかもしれません。自分自身、どれが本当の自分なのかわかりません。あなたの写真についても同じことが言えますよね。写真というものは人の目を惑わします。ことに、サイズにおいて。

9月10日。

キョウコさん

元気ですか？　何か変わったことはありませんか？　病気で、あるいは怪我したのでもなくて、ただ忙しいだけなんですか？　9月3日から消息がないので心配になってきています。

私からの便りが遅れるとあなたがどう感じるかがわかりますので、前回は2、3日間隔をあけて続けざまに2通送りました。あなたと電話で話してからのと、あなたからの手紙が届いてからのもう1通。そして、今、3通目を書いています。あなた同様、私も便りを待ちこがれているので、ちょっと気がかりなのです。今朝、早めに出勤して、仕事の段取りをすると、コーヒーを飲みながら書いています。帰宅したらあなたからの手紙が届いていますように！

日が次第に短くなってきて、数週間前までは出勤時に日の出が見られたのですが、今は暗く、涼しい。日中はまだ暑くて、湿気があるけれど。

あなたが送ってくれた本、『日本タテヨコ（Japan as it is）』、『JAPAN TODAY』は非常に有益です。2冊とも日本についての興味深い情報が盛沢山。重ねてお礼を言います。

私があなたを訪問するとして、その折にこちらから持ってきてほしいものがありますか？　何なりと言ってください。たぶん日本で手に入らないものなど何もないかもしれませんが、何か買って持って行きたい。

自分のゴールとその方向が見つかって、非常によかった！　このまま順調に運べば、計画していることが達成される。

期待していたとおり、帰宅するとあなたからの便りが届いていました。仕事が芳しくない日だったので、気持ちが晴れました。

あなたが私にとって大事な人となり、最近いつも心の中にいます。

そうだったのですか、あなたは、私の誕生日に私から電話がかかってくるだろう思ったのですか。ということは、お互いに第六感の働きを経験したのですね。

どちらの私の写真がオールドファッションに見えるのですか？　ジャケットを着てネクタイをしている方？　カリフォルニア人は気楽で無頓着、しかしすごくせわしない。また、カリフォルニア人は、プラスチック人と名付けられたりしています。

あなたに会って一緒に過ごす日が待ちきれなくなってきています。でも、私たちのめぐり逢いをこれまで何年も待ってきたのですから、今待っているこの時はその延長上、必ずやってきます。

あなたに送った私のあの詩は、何年も前に数編の詩と同時期に書いたものです。それらの言葉を頭の中にしまっておいて、あなたに取り出してもらいたかった、と今、思います。あなたのためにだけ書いたものであったなら。だが、一つだけ言えることは、私が何年も前に持っていた愛の情感をあなたが呼び覚ましてくれたことです。

スペースセンターについてですが、ここではおよそ1万3千人が働いています。44社がスペースセンターと関連していて、数百人の従業員が働いている会社もありますが、一方、数人の代表職員がいるだけの会社もあります。

日本で運転免許を取るのにそんなにもお金がかかるのがわかりました。「JAPAN TODAY」によると、教習場では運転の仕方を教えるばかりでなく修理の仕方も教える、には驚きました。こちらでは、交通規則やサインを学んで、運転の試験を受け、筆記テストを受けるだけです。

家を改造するそうですが、どれほどの改修がなされるのですか？　話したと思いますが、私はかなりのハンディーマン(なんでも屋)です。カリフォルニアで花屋を造った経験があります。窓、ドアー、天井、そして電気の配線。ウォーキングイン・クーラーを造り、新しい屋根を葺いたり、羽目板や壁紙、そのほかいろいろやりました。

「西部戦線異状なし」を観たそうですね。そうなんです。私の海軍時代は本当に恵まれていました。私たちがキューバにいるとき、カストロはGOOD GUYで、丘の上に立てこもっていました。カリブ海の国々や中央アメリカにいたときは鉄砲を持った兵隊がわんさといました。が、どんな戦いもありませんでした。私は朝鮮戦争が終わった後とベトナム戦争が始まる前に除隊したので幸運でした。

ベトナムと中近東の国々の緊急事態を数度知らされはしましたが。

あなたのお姉さんはいい声をしています。私の電話にさぞ驚いたことでしょう。いつか彼女について話してください。

今月の電話料の請求書がまだ来ていませんので、どのくらいかかったのか知りませんが、アメリカから電話するほうが日本から電話するよりもずっと安いのを知りました。これもあなたからもらった本で知ったのです。それで、日本に出張しているアメリカのビジネスマンは日本から本国の本社に電話するのではなく、特定の時間を打ち合わせて本社からかかってくるようにすべきだとあります。

私が計画していることが順調に進みますように。とにかく、あなたに会えて、一緒に過ごす時を持ちたい。このくらいでおきます。

あなたが明るく、健康でありますように。

Love and a kiss、

トム

9月12日

トムさん

あなたからの手紙、9月1日付けと9月2日付の2通が同じ日9月10日に届きました。そして私が前の手紙を送ったのは9月2日でした。私たちの便りは度々、すれ違いになっているようです。太平洋とアメリカ大陸を渡るジェット機の中でお互いに手を振り、微笑みながら、ハロー、グッドバイ、と言っている光景を想像してみてください！

あなたの誕生日のカードに同封した詩を気に入ってくれて嬉しいです。それはまだ会ったこともない特別な人のために書いた詩です。ずいぶん昔のことで、私の恩人、ウオーターズ夫人以外には誰の目にも触れていません。彼女は私の英文を訂正してくれたことがありましたが、詩に関してはノータッチでした。詩というものは書く者の感情や心だからです。人生に迷子だったあの頃が懐かしいとは思いません。思い出すと胸が痛んで。ましてあの頃を繰り返したいとは断じて思いません。でも、あの頃の詩が私の心の中にいて誰かの心を喜ばせたなら嬉しい。ウォーターズ夫人は、「あなたは人に与えるものをたくさん持っている」と励ましてくれました。彼女はインテリジェントで、日本に来るまでは高校、そして大学で教えていました。

ヘンリー・フォンダとキャサリー・ヘップバーンの「黄昏（Golden Pond）」は観ました。感銘を受けました。ヘンリー・フォンダは亡くなったのですよね。「愛と追憶の日々（Terms of

Endearment)」も見たと思います。外国映画のタイトルは日本語のタイトルとは異なっているので戸惑います。シャリー・マックレーンとジャック・ニコルソンが出ていた映画でしょう？　彼はリタイアした宇宙飛行士を演じていました。

私が公共の水泳プールに行かないのは年相応に泳げないからです。実際、水泳教室やジャズダンシング教室もありますが、家からは遠い。車を持っていないのが不利な例の一つです。

お料理教室に週1回、通うことにしました。水曜日で、昨日が初めてのクラスでした。中国料理を数皿、作りました。個人的には中国料理は好きではありませんが、学ぶのは楽しい。午前10時から始まり午後2時に終わり、月の第1週目は日本料理、第2週目は中国料理、第3週目は西洋料理、第4週目はデザートや菓子類の作り方を学びます。初日でとても疲れましたが、料理した後、作ったものをみんなで味わいながら食べるのはとても楽しかった。それで、その中に、6、7年前に英語を教えた生徒と、今教えている生徒の一人の母親が混じっていたのです！　クラスの雰囲気が良くて、来週の水曜日が楽しみです。

大工さんが2日前に来ました。改造費の見積もりは260万円です（ドルに換算すると、110万ドル）。予期していた金額よりも少なくてよかった。早速、来週から工事が始まります。

9月13日

12月に会いに来てくれると決めたようですね。宙吊りになっていた予定をやっとカレンダーに書き込むことができたようで嬉しいです。その時を思うと胸がわくわくします。

実は、私としては秋祭りがある10月20日前後に来てほしかったのです。1週間ほどの休みが取れますから。そして、私が12月の下旬にあなたを訪問して、私が日本に戻ってくるまでには私たちの将来は決定されていることでしょう。でも、いろいろなことを考慮に入れると、あなたが12月に来てくれる方がよいかも知れません。少なくとも、家の改造が完成していて、その後片付けも済んでいるし、それまでには料理のレシピも増えているでしょう。

あなたは3週間か、4週間の滞在を見込んでいるようで、その間、私が我慢できるかどうか懸念しているようですね。私にはどうともいえません。というのは、あなたが退屈しないかどうかが心配です。車がないのであなたが興味のあるところをあちこち案内できませんし、2週間以上の休みはとれません。それに夕べは生徒たちを教えます。家に一緒にいるだけで楽しいとは思いますが、家にいてもあなたにはすることがなくて、檻の中にいる感じがするのでは。国際運転免許証を持っていれば、レンタカーを借りて探索できますが、道路はあまり広くなくてストレートでなく、また交通サインに戸惑うかもしれないので、難しく、危険かもしれません。その上、あなたが困惑するかもしれないので少し言いにくいことなんですが、あなたに知っていてほしいことがあります。当地の人たちや文化の違いに関してです。新居浜は東京のような大都市でないので、住民、ことに年配の人たちは狭量で、因習に縛られています。女性が異性の友人を家に長らく滞在させる習慣はありません、婚約していれば別ですが。

私の家族に関しては問題はありません。彼らはあなたに会うのを楽しみにしています。ただ、近所の家々が近接していますし、生徒がやってきますのでプライバシーを保つのはむつかしい。1週間ほどの滞在なら、アメリカからの訪問者とみなされます。

あなたははるばるフロリダから私に会いにきてくれるのですから、私も休みをとって一緒にあちこち旅行して、弟たちのところを訪ねることもできますし、また心行くまで一緒に家にいてもいい。でも1か月の休みはとても不可能です。私には仕事があることを理解してください。私の運命、私たちの関係がどのように定まるかが見えてくるまで。

あなたの場合も同じだと思います。「今年は有給休暇をまだ使っていないので、少なくともその3週間を利用できます。それに無給の1週間を加えて、1か月の休暇が取れます」と、いうことは、あなたはそこを離れてどこにも移住するつもりはないという意味ですよね。あなたが今の仕事を確保していたいのは理解できます。テレビの特別番組でシリコンバレーの不況の様子を観ました。誰だって、そう簡単に仕事を手放しません。それは大きな冒険ですもの。それに、あなたには前の奥さんとのことで仕事を断念した苦い経験があります。私はあなたに今の仕事を断念してほしくありません。あなたが今の仕事を気に入っているのははっきりしています。誇りに思っているにちがいありません。そのようなやりがいのある良い仕事を持っているあなたを誇らしく思います。でもその一方、私は何もかも捨てて見も知らない遥かかなたに移住しようとは思いません。それには私は年を取りすぎています。20代、30代の初めだったならまだしも！

お互いの思いが本当に切実に近づくまでにはまだまだ時間がかかるようです。あるいは、私が何かを誤解しているのでしょうか？　それが現実だと思います。

「私たちはどちらも与えるものがのが多くあり、思いやりがある人間だ」とあなたは言います。過去、だれもあなたが愛するようにはあなたの愛に応えてくれなかったようですね。私もそうでした。私はいつも私がその人を愛するようにその人から愛されたかった。「お互いに与え合うように運命づけられている。私が望んでいるのは、私のことを誠心誠意大事に思ってくれ、愛してくれること、そして私もそれに誠心誠意応えることです」とのあなたの言葉。実際はまだ会っていないのですから、私たちはまだストレンジャーです。でも、「私は私たちについては非常に楽観的です」と聞いて嬉しいです。

少し長い便りになってきました。このくらいでおきます。

朝夕が涼しくなってきました。秋、私の一番好きな季節がそこまで来ています。空は高く、乾燥して澄んでいます。どの学校も9月の終わりには運動会があります。ところで、サムはどうしていますか？

それではお元気で。あなたのことを思っています。

Love,

キョウコ

9月18日

こんにちは、いとしいひと

驚いたことに、今朝、あなたへの便りを投函して、夕べに仕事から帰ってくるとあなたからの手紙がメールボックスに入っていて、いい気分にさせてくれました。私たちの便りは入れ違いになっていて、しかも普通1週間の郵送がほぼ5日になったりして少し頻繁に受け取るようになっているのは実に好い。

トラベルエイジェンシーに電話してみました。松山へは東京経由と大阪経由があり東京経由だと往復143ドル、大阪経由だと往復76ドルだけれど、オーランドから東京と大阪の飛行距離の関係で全航空料金は同じようです。

どうやら料理教室を楽しんでいるようですね。またクラスに知っている人がいるそうでよけい楽しさが増しているようで。私は何でも喜んで食べます！　嫌いなもの、試食したくないものなどありません。香辛料の利いた中国料理が大好きで、週に1回は食べます。私は料理を習ったことがありませんので、いつか習うべきでしょうが、あなたが上達したら、あなたから習わなければいけない！

へえっ、あなたが改装、と言ったら、本当に改装なんですね。相当の金額ではありませんか。その金額でどれほどの改築がなされるのですか？　あなた自身はもっとかかると予測していたようだが。

そちらに滞在中、あなたと一緒でいられる限り退屈するなんてことは考えられない。大阪経由を取った場合、たぶん京都で合流して一緒に1週間ほど過ごせたらいい。それから後はあなたのところで過ごすことにして。

あなたの周りの人たちからどんな待遇を受けても、私は当惑しません。私が心配しているのは、彼らがあなたに対してどんな態度を取るかです。あなたに嫌な思いをさせたくはない。ここで、一つだけ知っててほしく、理解してほしいことは、私のゴールは私たちのためです。それが願いであり、夢であり、それが現実にかなうことを望んでいます。一緒に過ごすことは、２人一緒にいてお互いに幸せかどうかを確かめ合う助けとなります。

さもなくば、私の別のプランは、あなたに1か月ほどこちらに来て欲しい。10月の下旬に秋祭りがあって1週間の休みが取れるので、私にその頃来て欲しいとのこと。そしてあなたは12月の下旬こちらにこちらに来たいとのこと。もし、そうできれば、私はフロリダのあちこちを案内します。

はっきりさせたいことがあります。カリフォルニアに戻りたいけれど、当地の不動産が売れないとそれができない。あなたもフロリダよりもカリフォルニアに住む方を好んでいる。仕事のことは私には重要ではない。私にはどこに行っても仕事を見つけることができる自信があります。万一そうしなければならないなら、日本でだって見つけられる！　前の会社を辞めて当地で仕事を見つかる当てなど全然なかった。ただ自分では見つかるのがわかっていただけだ。私は自分が得意とすることに自信があり、その能力を試す機会さえ与えられれば証明してみせるだけです。カリフォルニアに戻りたい理由は、あなたがここよりも住みやすいと思うだけからではありません。そこに母、弟、そして子供たちが住んでいるからです。

あなたは「一方、すべてを捨てて全く見も知らないところに移り住もうとは思わない」と言います。私たちは今起こっていることを現実的に考えなければいけないのはわかっていますね。私は、私があなたを愛するように、私を愛してほしい。あなたも、あなたが私を愛するように、あなたを愛してほしい。私たちの文通が現実の愛、その成就になってきていませんか？　なってきていると思います。その認識の上で、今回の便りをおきます。

金銭のことについて話すのは容易でないのですが、あなたが12月の下旬にこちらにきたいようなら航空費を送ります。

ではこれくらいで。

笑顔で目覚めて。

Love,
トム

9月19日

トムさん
日曜に次いで月曜が公休日、「敬老の日」でした。その日、姉と近くにある山、金子山にハイキングに行きました。2日の休み、それ以外はたいして何もしなかったのですが、私の心はあれこれと思いめぐらしていました。混乱した思いをすっきりさせたかったのですが、まだすっきりしていません。
2、3のことが胸にわだかまっています。
あなたは「すべての感情をコミュニケーションするのが大切だ」と言います。それには賛成です。

あなたが1か月ほどこちらに滞在することについてはもうわだかまりがありません。でも、これを言っていいかどうかためらわれるのですが、あなたはカリフォルニアに移住する気持ちがないような気がします。あなたの言葉を疑うようで嫌なのですが、あなたとしてはそれには仕事探しやコンドミニアムを売るのに時間がかかり、忍耐を要すると言うことなのですね?

気にかかっているもうひとつのことは、人生は私たちが期待するほどロマンティックではありませんよね。もし現実的、実際的でなければ、往々にして失敗、敗残者となります。ある意味では私はそうです。それでも私なりの誇りをもってそれに甘んじるべきでしょうか?

実は私は、私たちの関係により真剣になってきていて、あることに苦しんでいるのです。あなたの息子さんや娘さん、そしてお孫さんのことです。離婚したとはいえ、彼らはあなたの一部で、死ぬまでそうでしょう。あなたを愛するように、私は果たして彼らを愛することができるかどうかということです。もし私があなたを完全に愛するなら、私とは全然関係のない彼らみんなをも愛さなくてはいけない。初めからは無理でも、そのうち、たぶん時が来れば愛するようになるかもしれない。でも、目下のところ私はそれができるほど成熟していません。もし、私自身も離婚経験者ならもっと理解ある態度が取れるかもしれない。

それから、もう一つ。これはこないだの手紙で話したかったのですが、あなたを失うかも知れないのを恐れて話しませんでした。ハワイのマウイ島にいるボーイフレンドがいつものように誕生日のカードを送ってくれて、それから便りを2、3通交換しました。数年前、私たちは恋人同士でした。ルックスや肉体的に引き付けられましたが、現実的に伴侶になる相手ではありませんでした。でも、性格的によく似たところがあり、彼も未婚で1人でいることを好む人間で、その点ではお互いに理解し合えるのでずっと友達でいます。ジョギングも彼の勧めでまだ続けているのです。彼はかつてブロードウェイのミュージカルアクターだったのですが現役を退いて、マウイに落ち着いて不動産の仕事をしながら、地元の観光ホテルのショウの〝South Pacific（南太平洋）〟などの演出をしています。彼にあなたのことについて話しました。彼は私に幸せになってほしいらしいのですが、もし私が結婚するようなことになると寂しくなるようです。彼のことを思うと、胸が痛みます、彼も幸せになってほしいから。私は運命について思いを巡らせています。

これまでどおり1人でいるべきなのか？　いいえ！　それではいけない。私は幸せになりたい、私は変わりたい。前回の便りであなたは、「私たちはお互い自身を与え合うように運命づけられている」と言っています。わたしもそう感じるのですが、同時に懐疑的になります。なぜなら、私にそう言った人はあなただけではないからです。あなたにそれを証明してもらいたい。いえ、私たちがそれを証明しなければいけない。

胸中に立ち込めていたもやもやを言ってしまったので、ほっとして、心がすっきりしてきました。おかしなことにもう何でもなくなってきました。今度はあなたの心にひっかかるのではないかと恐れています。どうかあまり真剣に取らないでください。一番大切なことは、全コミュニケーション、そうでしょう？

スペースセンターであまりに多くの人が働いているのに驚きました。44の会社、1万3千人の従業員！　広いところなんですね。

池の赤鯉を3匹失くしました。とても残念です。池自体が、赤色を失くして寂しそうです。赤、と言えば、こないだ、通りで日産３００ZXを見ました。でもあなたの車のように赤ではなく、グレイでした。いつか、あなたの車の助手席、あなたの隣に座ってみたいです。

それでは、このくらいで。

来週にはあなたからの便りがあると思います。

それまで、さようなら

Love,
キョウコ

9月20日

トムさん
お元気ですか？
そちら、なにもかも順調に行っていることを願っています。
大工さんが来て仕事に取り掛かってくれるのを待っているのですが、まだやってきません。彼らには仕事のスケジュールがあるからなのでしょう。こうしたこと、文化的な違いが度々私を苛立たせます。アメリカでは設定した日やその定められた時間に来てくれるのを要求できるようですが、こちらでは必ずしもそうではありません。できるだけ早く仕事に掛かってほしいとお願いしたのですが。今週、いつか来てくれるのを願っています。彼らは、「そうできるようにします」と言っても、「そうできない」とは言いません。絶対にできません、とは言わないで、笑顔で「たぶんできます」と言います。でもそれを期待してはダメで、大抵は80から90％、否定の意味です。概して、日本では直截な答えや決定を控えます。メンツをたてたり、相手の気持ちをおもいやっての返事なのです。時々、私は彼らがいろいろな不便や不能率によく付き合っていけるものだと理解に苦しむ時があります。国際間での政治的な交渉やビジネス上の取引の場にみせる日本人の不可解な笑みはあなたも知っての通りだと思います。日本社会は非常に複雑で間接的です。

9月21日

昨夜、あなたからの不意な電話があり、あなたのエネルギッシュな声を聞いて嬉しかったです。寝る前に、なにか書こうかと思ったのですが、とても安心し、満ち足りた気持ちになれたので何もする気がしませんでした。私はただソファーに座って、私の好きな歌手の一人、ナナ・ムスクーリーの〝Over and over〟を何度も聞いていました。あなたのことを想いながら。なぜか知らないけれど、どこか心の中で、あなたが電話してくれるのを願っていました。そしたら、あなたが電話してきたのです。

11月！　11月に来られるのですって！　1か月早く会えますね。その時に、このレコードを聞かせてあげます。

9月23日

今日は雨です。

今朝、大工さんが来ました。改装のためあちこちを測定して帰っていきました。雨なので彼らの仕事場で何らかの仕事をすると言っていました。

昨日は1日中、忙しい日でした。大工さんが仕事を始める前に私の部屋の物を移動させていたからです。それで、昨夜、私は2階で寝ました。

普段は昼間でも滅多に、がらんとした古屋敷の2階に上がることがありません。ちょっと怖くて、愛猫を連れて上がりましたが、案の定、彼はいつものように外に出たがるので出してやりました。まるで旅空で古い旅館に泊まっているように心細くなり、暗闇の中であなたの名前を小声で呼びました。階下の改築箇所の床が改装され、新しい畳が敷かれるまで2階に寝なければいけません。

日本を訪問する際、何かアメリカから持ってきてほしいものがないか、とのご親切な問い。日本では大抵のものは手に入りますが、母にアメリカのチョコレート、父にはウイスキーをお願いしたいです。母はチョコレートが好きです。日頃、美味しい菓子をもらっても、多くは食べません。毎日、味わいながら少しずつ食べます。父はお酒が好きで、毎夕、晩酌します。ウイスキーは珍しくて喜ぶと思います。あなたと一緒に呑むことを楽しみにしていると思います。

あなたの手紙は午後に届きましたが、これを夕食後に書いています。これから数日は書けなくなります。というのは大工さんが朝から夕方まで改築工事を続けるのと、もうひとつ、家屋の床下全体を白アリ駆除と予防作業がなされるからです。

電話で話しましたように、私としてはあなたが11月に来てくれる方が都合がいいです。その頃10日ほど休みを取ることができます。あなたが私の家に滞在することについては、心配する必要はありません。この近辺にはホテルや旅館がありませんし、また、車を持っていませんので、宿との往復は難がありますす。その上、ホテルや旅館の宿泊料は一日30から50ドルです。親戚の人たちにはできるだけ私たちのプライバシーを保つためにあなたの訪問については話さないことにします。ただし、あなたが彼らに会いたいというのでなければ。

成田空港か大阪空港で会うようにしたいなら、そうします。それよりも松山空港に迎えに来てほしいなら、もちろんお迎えにいきます。会って、新居浜に帰るまえに、松山で2人で過ごせます。松山は温泉と古いお城で知られています。あなたは私がどこか旅行したいところがないかと聞きました。ないことはありませんが、あなたに東京の近郊に住んでいる弟たち会ってほしいし、姉が奉仕修行者として働いていた大本の聖地が気に入ると思います。旅行者向けの観光地とは異なり、自然に囲まれた静かな所です。丁度その頃には秋の紅葉が美しいでしょう。父は、神道に属する一派、大本教の伝道師のような人です。訪問者のために設えた安い宿泊設備があります。もし私たちがそこを訪れれば、父は喜ぶでしょう。

あなたが滞在中、歩くのが好きなら、私がジョギングする公園や山に連れて行ってあげます。また、ダウンタウンのショッピング街にも。でも、夕方、私が生徒を教えている間は、別の部屋でテレビを見たり、何かしていなければいけない。11月は初旬はインディアンサマーで、小春日和の日がありますが、普通寒くて暖房が要ります。セントラルヒーティングはありません。でもガソリンストーブはあります。厚手のコートはいりませんがセーターとジャケットが必要です。また、背広とネクタイを持参する必要があります。日本人は、初めて訪問する時はかなりフォーマルですから。

私と弟たち、ことに年子の弟とは若い頃はよく話し合って親密だったのですが、結婚してからは彼自身の家族、生活があり、それに距離的に離れていることもあって昔ほど身近ではありません。でも彼らは私同様に母をとても愛しています。その点では、神の下部である父は、一風変わった孤独な人格者です。

彼にとって私たち子供は、自分の子供ではあっても、神様から預かった貴重な子供。私たちは彼のその信条にそって、親と言えども私たち子供の人格を認めて育てられました。また彼がよく口にしたことは、人生で一番立派な行為は、人のために役立つこと、尽くすことでした。

子供の頃、覚えているのですが、父は、夫に先立たれていた彼の姉の子供たち、私たちにとっては従兄弟たちの面倒をみました。彼は常に弱い立場にある者、あるいは不幸な者の味方でした。従弟たちへの父の真剣な態度に、子供心に割り切れない思いを抱いたことがありました。でも彼は私たちを愛していた、私が思うより深く愛していたと思います。

私は父を尊敬しています。でも、父のような人を自分の人生の伴侶として望みません。私は誰にも好かれて、また良い娘であるのに飽き飽きしているのです。

私が両親のいる家で夕食を食べて、そこの風呂を使うのは、私のいる裏の古屋敷の台所や風呂場は昔ながらの旧式の大きなものでずっと使用されていないからです。それでこじんまりしたキッチンとバスルームを家の一角を拡張して改築しているのです。

もう、これくらいにします。書くのに疲れてきました。もう寝ます。

外はまだ雨が降っています。また、ハワイの友達から便りがありました。もう返事は出さないことにします。どんなことも気にならないと言うあなたの言葉を聞いて嬉しいです。あなたのことを思っています。あなたに抱きしめられていることを夢みます。

次の便りをお待ちしています。それまで、愛をこめてさようなら。

キョウコ

9月23日

キョウコさん

もうまた月曜日です。今回の旅行の用意を全て整えようとしています。まず、ビザについてチェックしたのは懸命だった。パスポートばかりでなくビザが必要で、ワシントンD.C.のオフィスに問い合わせると、ジョージア州アトランタにある日本領事館を教えてくれて、そこに電話すると、ビザ申請用紙を送ってくれることになっています。

ロサンゼルスのアルヴェラ通り立っているあなたの写真を複写して、母に送りました。そして11月9日に日本に発つプランを知らせました。彼女はいつもどこかに旅したがっている。過去、数年、彼女はハワイ、カリビアン、そしてメキシコに行きました。普段節約してツアーの旅費がたまると出かけていきます。最近は、コロラドやアリゾナなど西部の州をバスで16日間で巡るツアーでした。

金曜日、あなたの声を聞けて良かった。ひどくあなたと一緒に居たい気持ちにさせられました。多分タイミングが良くなかったのか、あなたを狼狽させたようですね。ただ、11月にそちらに行くプランを知らせて驚かせたかったのです。また電話しますがあらかじめその日を前もって知らせます。ビザを手にして旅行手続きすべてが確認できてからにします（その時、私が松山飛行場に到着する時間がわかります）。

これは美しくあってほしい何かの始まりであると思います。お互いに自然で、気安くあれますように。私たちは人生に望むものをわかっている年齢です。私たちの便りの一通一通が、あたかも大きな邸宅のたくさんのドアのようです。その一つ一つを開けていくと、どの部屋にも明かりがともされ、すぐにその充満した明かりのもと、私たちはお互いを知るでしょう。

さて、私はこのプランを実行に移します。初めてこの目であなたを見て、あなたを抱きしめる時がとても待ちきれない！　ああ、この夢が現実になるのです！　写真で見るのではなく、実際にお互いを見つめ合うことができるまで7週間ほど。一日一日数えていきます。

私たちはお互いにとって好い相手だと信じています。今の時点では何も約束できませんが、まもなく婚約することになると思います。私は1人でなく誰かと一緒にこれからの人生を生きていきたい。その人はあなただと強く感じます。そしてこれは2人で結論を出すことがらです。

9月25日

今日は出勤してから退社するまでてんてこまいな日でした。忙殺されて帰宅するとあなたからの便りが待っていたので、良い日になりました。なんだかあなたからの便りがあると予感していたのがその通りとなり落胆しないで済みました。自転車でビーチに行って読みました。高潮だったので歩く範囲が限られたのですが、それでも1時間ほどいて、街を少しサイクリングして家に戻ると、鶏肉とライスの夕食を作って食べて、あなたに返信を書いています。

写真といえば、あなたの写真を会社のデスクに1枚、ベッドルームに1枚、そして残りは小さなホールダーに入れて携帯しています。

便りの交換で、あなたが私の英語と歩調を合わせているようなので、英語で便りを書くのに手こずって時間がかかるのを知りませんでした。お詫びしなければいけない。自分の考えや思いをまとめてそれを英語に移し替えることは大変なことだと理解します。ですからすぐに返信できなくてもどうか心配しないように。

私の家族についてはっきり言っておきたいことがります。懸念しているあなたの気持ちを和らげるかもしれない。まず、私は子供たちの近くに移住するつもりはありません。彼らがいるカリフォルニア南部でなく、カリフォルニアの北部に移りたい。彼らはみんな成長して彼ら自身の人生を生きている。時たま、彼らを訪問したり、また彼らが私を訪問することはあるでしょうが。ですから、あなたが彼らを愛さなければならないなどと思わないでください。私たちはみんなそれぞれの人生を旅していきます。もし彼らが私を必要とするときがあったら、私は彼らの助けとなるでしょう。あくまでも彼らに彼ら自身の生き方をさせることだと信じています。

もしあなたが私を真実愛しているなら、愛についてあなたが心配する必要があるのは、私だけです！彼ら自身の人生においても、同じことが言えます。

キョウコさん、あなたと一緒にいたい願望が日々強くなってきています。多分、過去に、私があなたに言ったような言葉を誰かがあなたに言ったかもしれない。しかし、彼がそれを証明するために９０００マイルを超えて会いに来るかは疑問です。だから、私たちについてあまり懐疑的にならないで！　もしあなたが誰か昔の恋人とも便りを交わしていても、私を失うことはありません。恋人が友達になった例を見てきましたし、私自身、過去にそんなことがありました。私はただ、私たちがお互いに肉体的にも精神的にも惹かれあうのを望んでいます。

ハワイにいる友達について何も話す必要はありません。彼がマウイ島にいて、あなたがそこにいる事実が大事なのです。今、あなたを幸せにしようと努めようではありませんか。彼もいつかは幸せになるチャンスが来るでしょう。過去は過去です。私たちが一緒になったとき、そのときが私たちの始まりです。心配しないで。私は彼のことを真剣にうけとっていません。そう、あなたの言うようにお互いの間での完全なコミュニケーションが大事です！

今週の週末、ケネディスペースセンターで〝オープンハウス〟があり、外界に公開されます。あなたを連れてきて、わたしの職場、スペースシャトルの格納庫ビルを見せてあげられたらいいのに。

それでは、これでおきます。すべてがうまくいき、私の愛がそばにいますように。

Love,

トム

第4章　キョウコを見つける

4　熟しゆくめぐり逢い

9月27日1985

トムさん

お元気ですか？

前に送った2通の手紙があなたを不快な気持ちにさせたのではと、とても気になって、心が落ち着きません。あなたにお電話しようかと思ったくらいです。

大工さんが工事に掛かっていて、家は乱雑、日中は騒音でやかましいです。ここ2、3日、父母と朽ちかけた倉庫に溜まっているがらくたを片付けるのに忙しかった。その倉庫の改修とともに、移動させなければいけない木や大きな石があって、それも大工さんにやってもらったので、費用が加算されます。

あなたが大阪経由で訪れた場合、1週間ほど2人だけの時間を過ごす案には賛成です。完全に2人っきりで、私たち以外のことは何も考えない。お互いに幸せであることが確認できたなら、私はここにある何もかも捨てて、フロリダに行きます。約束します！　数日そのことを考えていました。ことに夜、2階に1人でいる時は。私にとって、人生の大きな転換期となるような気がします。

9月30日

先週の土曜日9月28日、あなたに電話しました。あなたの声を聞いて安心したのと、電話の接続がとてもよかったのでまるでそばにいるように感じられました。

大工さんからは何の連絡もなく、ここ3日来ていません。週末が雨天だったためでしょうが、今日は晴れています。たぶん、彼らには別の家での仕事があるのでしょう。私の家に集中してくれればと願うのですが。足の踏み場もなく散らかった家にいるのは本当に落ち着きません。この手紙が届く頃には工事が進行しているといいのですが。そして、10月の半ばまでに完成していてほしいものです。

今日は、ピクニックに行きたいようなうるわしい秋日和です。朝夕は少し寒いほどです。夏の衣服をしまって、冬の衣服を取り出さなければいけませんし、扇風機をしまって、灯油ストーブを取り出さなければいけません。でも、改造中の今の状態では難しい。

あなたは、11月の11日に松山に着く予定で、40日したら会えると言っていましたね。待ちきれませんが、忙しい月になるので、その日はすぐにやってきます。

それでは今日はこれで。

Love,

キョウコ

9月30日

愛しいひと

土曜日の朝、なんて美しい目覚め。電話がかかってきてあなたの声を聞けたなんて。11月の9日発の予約をしたことをあなたに知らせるため電話するつもりだっただけに、不意をつかれて本当に嬉しかった。

目下のスケジュールは、午後4時40分に成田に着くと、1泊して、翌朝の羽田発の松山行き、10時25分発に搭乗すると、11月11日の11時50分に松山に着きます。あなたが東京まで迎えに来てくれなくて済むのでその方がいいと思ったのです。2、3日、松山で2人っきりで一緒に過ごすのはいい考えだと思います。お互いに慣れ合えて、またちょっとした観光もできる。どこか宿の予約をしてもらえますか？　そうしてくれれば助かります。

あなたが送ってくれた2つの記事と、2枚のポストカード、素晴らしい。温泉は興がありそうで、お城はファンタスティック。楽しみにしていますが、わけてもあなたに会えるのを！

帰宅すると、期待していた通りあなたの手紙が届いていて、それに加えて、日本大使館からビザの申請書が届いていました。それでただちにその申請書に記入するとパスポートを添えて返送しました。

やっと大工が仕事にとりかかったと聞いて嬉しい。あなたが自分の部屋を追われて、2階で不安な夜を過ごす日が長くないといいですね。こちらでもそうした不如意なことが起こります。ことに配管工や電気工はひどく独自な人間で、彼らには待たされることがあります。そうね、一週間で終えられるかもしれない、などと曖昧に濁して。

あなたのお母さんには喜んでチョコレートを持って行きます。どの種類のウィスキーを、お父さんは好みますか？　アメリカンバーボン？　それともスコッチ？

滞在中はきっと、あなたの弟さんたちに会えるでしょうし、またあなたのお父さんの信仰の聖地も訪問できると思います。

私は歩くことが好きです。若い頃に短期間、郵便配達人でした。それに海軍にいたころは船が停泊する度に、その地の市や街のあちこちを探索して歩き回ったものでした。

夜も遅くなってきたので、明日、この続きを書きます。それまで、グッドナイト。


お早う。

昨夜は眠れない夜でしたが、あなたの夢をみました。困ったことに、目を覚ますと、その夢の内容を思い出せませんでした。

あなたのお父さんは自分の信念に従った無私の人のようですね。彼が家族以外の人のために尽くすと言うことは、家族にはあり余る愛を抱いているのは確かだと思います。でもこちらでは、そうすると家族への愛はないがしろにされる場合があります。配管工は友達や近所の人たちの水道管を直しますが、自分の家の水道は水漏れしています。ですからそれも程度ものです。

たぶん私についてより理解してもらえるかもしれないことを言います。2人の人間が結婚したとき、お互いがお互いの人生で一番大切な人間になるということを信じています。自分の人生を一緒に生きるために選んだ人だからです。親は年取って引き継がれます。子供は成長して自分の人生を生きていきます。だからゆくゆくはお互い2人だけになります。人は自分の親族を選ぶことはできないが、友達や伴侶は選ぶことができます。

かつて私は先妻に、「君が私の人生で一番大切な人だ」と言いました。子供ができた時もそう感じました。それがいつかお互いの心が噛み合わなくなってしまうなんて思いもしなかった。今、あなたが私の人生で一番大事な人になってきています。以前の恋人のことは心配しないで。もう返信しないのではなく、むしろ私たちの間で何が起こっているかを説明したほうがいい。そうすれば、彼の方でもあなたが彼の手紙を受けとらなかったと思わなくて済みます。

今はこのくらいで。元気でいてください。あなたを抱きしめることができる日を楽しみにしてます。その時はもう長くない。

愛をこめて

トム

10月2日

こんにちは　トムさん

ここ2、3日、すがすがしい天気です。そんなに暑くもなく、そんなに涼しくもない。空が透明で雲はやわらかくて白い。青空を背景に近くの山々ばかりでなく、遥かかなたの山脈が見えます。

料理学校から帰ってきたところです。今日は数皿の日本料理を作りました。何とかその全部を自分で作れると思います。料理クラスを楽しんでいます。ただ単に料理を作るだけでなく、それ以上の何かがあります。とても楽しいです。

今日、大工さんが来ました。彼らは今仕事をしています。やかましいので、両親の家の部屋で書いています。どうしていますか？　あなたからの便りがありません。でも、たぶん明日には。

忘れていたのですが、あなたに質問があります。

あなたは「日本でさえも仕事を見つけられると思う」と言っていますが、どうやってかしら？　日本で働いている外国人のほとんどは任務をもって自国の会社から派遣されている人たちです。それに、私の知っている限りでは、帰化して日本人になりたいと願っている人がいますが、日本語を流暢に話せて日本の事物に精通していてもそれがかなうのは難しい。その主な理由は日本人は外国人を締め出す国民性があるからです、日本への訪問者は大いに歓迎されますが。それはひとえに日本人種の純血を保ちたいためのようです。帰化については、ある程度、日本社会にどれほど貢献できるかにかかっていると思われます。

10月3日

午後、2階で夕べの授業の準備をしていると、母があなたからの手紙を持ってきてくれました。読んでいてほっとしました、もう何も心配することなどないと。あなたが言っていること、納得できます。ますますあなたは私がこれまで長い間待っていた人だと確信させられます。

あなたが表現した、「私たちの便りの1通1通が、あたかも大きな邸宅のたくさんのドアのようです。その一つ一つを開けていくと、どの部屋にも明かりがともされ、すぐにその充満した明かりのもと、私たちはお互いを知るでしょう」は美しい。詩的です。あなたは詩人のようですね。詩を書く詩人ではなく、詩を生きている詩人。私自身、紙上に詩を書くのではなく、むしろ詩を生きたいと思って、そう心がけてきました。私の言っていること、わかりますか？　私は詩のための詩を信じていないのです。だから詩を書くのを止めたのです。そして自分自身の詩、夢を生きようとしました。その結果、思えば、恋人や友達との関係が不可解に終わりになりました。なぜなのか？　その理由は、詩は現実社会とはうまが合わないからです。私たちは本当に似ています。でも、あなたが詩的な人間であると同時に、私たちが生きている実社会の中で実際的な人間であるのが非常に嬉しい。私が実際的な人間ではないだけに。あなたが私を離さないことが私にはわかります。あなたを信頼し、全面的に明日を委ねて私はあなたについていきます。

あなたはあなたのお母さんについて初めて話してくれました。健康で屈託のない人みたいですね。彼女は節約して観光ツアーのためのお金をが溜まると、また出かけていく、とのこと。彼女は働いているのですか？　何歳ですか？　私は彼女を好きになれそうです。彼女も私のことを好いてくれればと願っています。あなたのお父さんについて話してください。

お願いしたいことがあります。私はどこにいても周りからある意味では甘やかされてきました。どうか、私を甘やかさないでください。何をおいても常にまず私のことを思い遣らないでください。あなたがしたいことがあれば、そうしてほしいのです。何かしたいことがあれば、話してください。そしてそれを実行してください。

10月4日

大工さんがここ3日間続けて仕事をしています。嬉しいです。夕方にかけて雨になってきました。どうやらまた台風がやってきてるみたいです。私たちは普段は余り心配しません。というのは日本ではこの地域は台風での被害は滅多にありません。私たちは四国山脈に守られているからです。トム、あなたがいつも私の傍にいてくれてるようで、もう何も怖くないように感じられます。

それではこのくらいで、投函します。

Love,

キョウコ

10月5日

キョウコさん

今日は土曜日。願っていた通りあなたの9月27日―29日の便りが郵便受けに入っていました。嬉しかった。混乱した工事中に対処しながら万事が順調に進んでいますように。

トラベルエイジェンシーから航空券を送ったとの連絡がありました。スケジュールに変更はありません。

まだ会ったこともない人を恋しがるなんてことがありうるのでしょうか？　そんな思いを抱かせられます。今回の旅を本当に楽しみにしています。

一緒にいて幸せなら、一緒にいましょう。あなたにとってアメリカに移住するのは難しいでしょうが、それしか一緒にいられる望みはありません。私に日本での勤め口が見つかるとは思えません。

すぐにカリフォルニアに落ち着けることを願っているのですが、その前に不動産を売るのが問題。あなたにまずこちらに来てもらって、ゆくゆくはカリフォルニアに移ることにする。二度手間になるけれど、そうしなければならなくなるのではと思います。あなたの言う通り、私たちにとってまさに転換期になるだろう。

先週、シャトルの打ち上げがありました。これまで私が見た中で一番美しかった中の一つです。

10月7日

こんにちは、愛しいひと

これは前の続きです。このカードを見て、あなたと私たちのことを思いました。まるで私たちのために書かれたようだ。

「私たちは個々の人間。それぞれ特別でユニークな目で世界をみて、自分自身を表現する。どちらも異なる考えを持ち、異なった感じ方をし、それぞれ異なった理想、特別な夢を抱いている。どれほど共通した面があっても、私たちは完全に同じではない。だからこそお互いに分かち合うものが多いのだ」

長続きする関係を持つために、私たちに乗り越えなければならい事物がたくさんあります。しかし、お互いを愛し尊敬し合うことによって定められたようにうまく収まっていくでしょう。

夕べ、やっと今年はじめての秋らしさを感じました。気温が13度に下がって気持ちよかった。シカゴにいた時は四季があって、今、それが懐かしい。カリフォルニアにいる時に山に登って以来、雪の中で遊んでいません。それがカリフォルニアの好い点で、雪の中で過ごしたければ車で山に行けばいいし、飽きれば運転して帰ってくればいい。シカゴで少年だった頃したように、ドライブウェイやサイドウオークの雪かきをする心配をしなくていい。とにかく、今朝は麗しい朝だった。あなたと分かち合いたかった。

コンドミニアムを貸している人から電話があって、今月の15日に出ていくようだ。それで、新たに借家人をさがさなければいけない。誰か買ってくれる人が見つかればいいのだが。そうすれば心配が減るんだけれど。できれば空き家にしておきたくない。といっても、誰に貸すかについては慎重でなければいけない。悪い借家人にかかれば、家賃の未払いやアパートの損傷でお金がかかることになるから。この件はこのくらいで。

今朝、日本大使館に電話して私からの手紙が届いたかどうかチェックしました。先週の金曜日には届いていないけれど、今日届く郵便物に混じっているかも知れないとのことでした。普通、2日で返送するらしいので、今週中には返送されてくるでしょう。いまこの両手に、空港券と共にビサのおりたパスポートを手にしていると安心するんだけど。カレンダーをみると、松山に到着する日まで、あと5週間。長く感じられるが、あれこれとすることがあるので時間はすぐに過ぎていくでしょう。

じゃ、このくらいで。

同封したものはあなたが興味を抱くかもしれないと思って。

心を込めてのハグ！

Love,

トム

追伸。笑顔で目覚めて！

10月9日

キョウコさん

帰宅すると、またまた予期しないあなたからの便りをみつけて嬉しかった。週末までに届くとは期待していなかったからです。

そちら万事順調に進行していて、大工が申し分のない仕事をしてくれていますように。

こちら、トロピカルストームが接近していて、万一に備えなければならない。夜11時現在、75マイル沖、1時間10マイルのスピードで、風速65マイル。今はこのくらいで、この続きは明日にします。

嵐はまだ50マイル沖ですが、尻すぼみなって、豪雨も和らいできました。

私のステートメント「日本でさえ仕事を見つけられる」についてですが、私はどこにいても仕事を見つけることができる自信があるので、その自信のほどを強調したかったのです。

また、詩人の言及について。ときたま、私の中の詩人が戻ってくる時があります。随分長い間息を潜めていたのですが、たぶんあなたが彼を呼び戻してくれたのでしょう。私を信頼してくれてありがとう。私にとっては何よりの励ましです。

母は10年前に身体障害でリタイアしました。社会保障と少額ながら州の補助金で生活しています。69歳ですが、まだちゃんとしていて、お年寄り向きのツアーに同行したくないと言って、活発な人たちとの中にいたがります。あなたを好きになると思います。長年、彼女は弟のジェリーを好んでいましたが、ここ数年は、私の方に傾いてきています。私には父がいますが、弟は自分の父親を知りません。いずれにしろ私にとって、母は母、弟は弟。それぞれが生きたいように生きています。

私の父はボイラーやパイプをアスベストで絶縁する配管工でした。2階から落下して、その後、仕事を辞める決心をして、7年前に早期リタイアしました。現在、67歳です。

父と母は私が赤ん坊の時に離婚したので、幼い頃、私は父と一緒に暮らしたことがありません。学校に通いだしてからは、折々、日曜日に父を訪ねて行ったものです。そして高校生になった最初の2年間、彼と彼の2度目の妻と一緒に暮らしました。彼女は1960年に亡くなりましたが、ただその時だけが私が父と長く接触した期間です。彼の3番目の妻には10歳の娘がいて、彼の娘として成長しました。

そういったわけで、私と父との間には強い絆といったようなものはありませんでした。私がカリフォルニアに移ってから彼と会ったのはこれまでに7回だけです。彼がカリフォルニアに行楽や所用で3度やってきて、それから、一度、私たちは共に家族づれでコロラドで合流して一週間の休暇を一緒に過ごしました。その後、私は3回シカゴを訪ね、最近になってやっと彼との繋がりができてきました。彼に電話する度に、会話の終わりに、私がI love youと言うと、彼はそれまでずっと無言だったのですが、はじめて、I love you, too　と応えてくれました。私が成長しているときはあまりいい父親ではなかったのですが、そんなことはもう済んだこと、私にとって、父は父です。

去年のクリスマスに、買ったばかりの300ZXフェアレディを走らせてシカゴを訪れ、彼の妻と娘と一緒に過ごしました。

どうやらそちらもこちらも同じ天候のようですね。タイフーンとハリケーン。

ところで、インターナショナルの運転免許を取得することについて問い合わせています。もしそれが取れたらそちらでレンタカーを数日利用できると思う。もちろん、そちらが東京のような大都会だったなら考えてもみない案です。アメリカでは右側通行でハンドルは左ですが、日本はその逆、左側通行でハンドルは右ですね。

早くあなたが階下の自分の部屋に戻って眠れますように。

笑顔で目覚めて。

愛をこめて、
トム

10月9日

こんにちは、トムさん

またお料理教室のある水曜日です！　もう1週間が経ってしまいました。好い天気が続いていて、大工さんたちの仕事がはかどっています。昼間はやかましくて何処にいても落ち着きません。実際、ここ2、3週間、父母もじっと落ち着いていられませんでした。

旅のスケジュールとあなたのお父さんの家族の写真が同封された、9月30日付けの手紙を受け取りました。ミネソタ州のミネアポリスの国際空港発とありますが、私はてっきりロサンゼルス国際空港からと思っていました。もちろん、松山での宿泊予約をします。西洋式ホテルがいいですか、それとも日本式旅館がいいですか？　もし旅館に泊まるなら、普通、夕食と朝食が付いています。でもホテルのように完全なプライバシーは期待できません。

あなたのお父さん、ハンサムで、健康そうですね。とても良い人みたい。好きになれそうです。なぜ、ご両親の結婚が破綻したのか聞いていいですか？　それはあなたの子供時代に大きな影響を及ぼしたに違いありません。それに触れたくなければ、何も話さなくていいです。

あなたの義理のお母さんも義理の妹さんも大柄な人みたいですね。あなたの前の奥さんたちのことは知りませんが、以前もらった写真では娘さんたちもみんな大柄みたいですので、私に会ったら、とても小さく感じるかもしれません。私の母は、私以上に小さい。姉は私と同じくらいな背丈ですが、少し太っています。

姉について話します。大学生の時、精神の病にかかって、それ以来ずっと精神病院を出たり入ったりしているのは話しましたね。入院する度に、精神を安定させるための化学薬品で太らされて帰ってきました。精神とともに次第に正常なときの体付きに戻りますが、痩せすぎると神経に支障がでて、病院に舞い戻りとなります。今のように少し太っているのが家族にとっては安心なのです。

元の彼女に戻ってから、今回は去年から大本の聖地での奉仕生活で落ち着いてきています。でも、今、私とあなたのことで、将来を恐れている様子です。私がここからいなくなるかもしれないと感じているからです。これまで長年、入院退院の繰り返しで月日が過ぎ去っていって、覚めて健康になってくると周りに取り残されていっているのを自覚して辛い思いを味わってきているので、ことさら、将来に希望を抱けず、全く自信を失っています。かわいそうだと思いますが、誰のせいでもありません。実際、苦しんできたのは彼女ばかりでなく、家族みんな苦しい思いをしてきました。言わば、彼女は家族の癌でした。幸いなことに、父母の死後、残された財産はすべて彼女に与えられることになっています。

彼女は色白でひとあたりが柔らかく、それに朗らかなところがあってとても女性らしいので普通だと男性から好まれます。正常に戻った時期が長かったとき、洋菓子屋で働いていたこともありますし、交際して婚約までした人がいたのですが、結婚する前に病院に逆戻りしたことがありました。

人並みの人生から取り残されてはいますが、彼女には一つだけ、誇りになる慰めがあります。それは茶道です。高校生の時からずっと続けていて、病気から回復する度に中断していた茶道に戻って稽古に通ってきました。彼女は戦前、父母が中国で豪勢な生活をしていた時に生まれた最初の子供でした。家には使用人が大勢いて、古い写真では、彼女は目がぱっちりとした小さなプリンセスでした。その写真で彼女と並んでいる私は醜いアヒルの子に見えます。

10月10日

昨日は料理教室で中国料理を数皿作りました。自分で全部作れると思います。問題は、ニンニク、です。私の家族はニンニクが嫌いで料理に使いません。特に父がその臭いを嫌うのです。あなたはどうですか？　私は生姜がとても好きです。

先週の日曜日、家族のために夕食を作りました。とても好評でしたので自信がつきました。やってみればできるのですが、あなたがここに滞在中、夕食を作れないのでは。疲れて、夕べに教えることに集中できないだろうと思うからです。それに10日間の休みを取ることにしているので生徒を疎かにはできません。

マウイの友達についてですが、返信しないのではなくて、私たちの関係が進んでいることをもうある程度知らせましたので、もう返事を書くのが難しいのです。彼は海辺に土地を持っていて、その中に質素な2階建ての家があり、呼び寄せた未亡人の母堂が階下に住んでいます。彼は私よりは10歳年上で、友達としては大好きです。オールドファッションで、洗練されていて、でもどこか変わった人です。この際、沈黙が察してくれると思います。いえ、彼自身、もう察していると思います。

ごめんなさい、字がひどくなってきました。布団の上で寝ながら書いているので。もう、真夜中です、疲れていて、明日も早起きしなければいけません。嬉しいことに、大工さんは半分以上仕事を終えました。もう1週間で終わるでしょう。

会えるまでに、もうひと月。いま、あなたの腕の中にいればいいのに。怖いのです。階下の入り口の戸や窓の全部が全部閉まっているわけでないし、まだできてない窓もあるのです。でも大丈夫。正直言って、私たちが肉体的な愛についても相性が良ければいいのにと思います。私にはその経験が少ない。私はこれまでいつも思っていました。男性は外界を旅して、一方、女性は内界を旅する。

じゃ、このくらいで。おやすみなさい。

Love,

キョウコ

10月15日

こんにちは、トムさん

また1週間が過ぎました。お変わりありませんか？

こちら、改築工事は殆ど完成しました。10月16日から18日までが秋祭りなので、その間、工事は中断で、明日の料理教室も休みです。大工さんの仕事のほとんどが終わったのですが、先週の土曜日から、左官屋さん、タイル工、電気屋さん、配管工が仕事にかかっています。そしてまだ大仕事が残されています。朽ちかけた倉庫を壊して、その跡をきれいにしなければ、排水工事ができないのです。まだ、畳職人がきて階下に新しい畳を敷いてくれていませんので、今週いっぱい引き続き2階で寝なければいけません。精神的にジプシーのようなその日暮らしに慣れてきています。ですので、あなたのことを思うと、あまり現実味を感じません。改築が完成したら、家中をちゃんと整えるのにますます忙しくなるでしょう。あー、あなたの到着前にしなければいけないことがあまりにもたくさんあります。

この間の手紙に同封されていたカードの文句。そうですね、私たちがお互いにどんなに違っているかをよく言い表しています。でも、「それぞれ異なった理想、特別な夢を抱いている」の箇所ですが、そのような2人がどのようにしてうまくやっていけるのでしょう？　私には疑問ですけど。人生について、あなたにはより広い視野、展望、より確かな見通しがあるのでしょうが、わたしには、私たちの関係を追及していくのに大きな困難が待ち構えている気がします。その困難に圧倒される思いです。あら、またまた、まだ会ったこともないのにおかしな話ですね。

茅ヶ崎の弟と電話で話したのですが、滞在中、彼のところに歓迎すると言っていました。あなたをどこかに連れて出て男同士で行動したい、とさえ言っていました。私といつも一緒にばかりいるのであなたには息抜きが必要でしょうから。これが日本式です。彼はまた、一応インターナショナルの運転免許証を持ってきた方がいい、何らかのテストを受けなければいけないかもしれないけど、ただの形だけのものかも知れない、と言っていました。

トム、丁度いい時に電話してくれました！

朝から工事で乱雑、騒々しく、夕刻になると入れ替わりに生徒たちがやってきていらいらする日々が一か月続いていたので、全くもってうんざりしていたのです。あなたの声が、ほっとさせてくれました。

いつもの決まった日常に戻りたい。静かで、誰にも邪魔されないでいられる空間。

その一方、やっと、ちゃんとした台所と風呂場が持てるのが嬉しい。ここ数年、生徒の母親たちからお中元やお歳暮でもらったギフトの中から台所用品をそのまま使わずに貯めてきていました。でもまだその他の家庭用品が必要で、幸いなことに、これからの2週間、あなたがみえる前にいろいろすることがあって忙しくなり、すぐに時間が経ってしまうでしょう。

あなの方も、またシャトルの打ち上げがあるので忙しくなると言っていましたね。お互いに好都合ですね。

それでは、これで投函します。

Love, キョウコ

10月17日

キョウコさん

今日、あなたからの便りが届いていていて、嬉しかった。

また、火曜日、電話であなたの声が聞けてよかった。コネクションがよかったのではっきりと身近に感じました。今週は沢山のレポート書きとその提出に追われて、瞬く間に日がたっていきます。

どうやら大工の仕事は順調に行っているようですね。この手紙が届くまでにはあなたは階下の部屋に落ち着いていますように。

電話で話しましたが、オーランドからミネソタのミネアポリスに飛び、国際線に乗り換えてノースウエストオリエント007便で東京に発ち、ノンストップで成田空港に午後4時に着きます。翌朝、羽田空港から全日空585便に搭乗し、11月11日の月曜日、松山空港に午前11時55分に到着します。成田では成田市のホリデーインにブッキングしています。

ところで、なぜ両親が離婚したかについてですが、その時はなにしろ私が幼児だったの何も知らないのです。

義母も義妹も背が高いほうで、170センチ近くあります。父はとても背が高くて、6フィート2インチ（188センチほど）です。長女のタマラも先妻たちもおよそ160センチです。

ガーリックが嫌いなのですか？　私は好きです。中国料理だけでなくイタリア料理にも使います。あなたは辛い、スパイシーな料理は好きですか？　フーナン（湖南）、スーチョワン（四川）タイプのチャイニーズ料理のような。

私がそちらに滞在中、料理の心配をする必要はありません。外食すればいいのだし、私が料理できるのを忘れないで。

やっと今日、国際運転免許証を取得しました。準備万端何もかも手元に揃えます。

以前にもあなたは、性愛の経験があまりないと言っていましたね。お互いに身近に感じてきているので、会えば肉体的にも自然な結ばれ方になってゆくと信じています。

あなたは、「男性は外界を旅し、女性は内界を旅する」といいますが、どんな意味ですか？　説明してください。

夜も遅くなってきました。もう寝なければ。

元気でいてください。もうすぐ会えると思うと嬉しい！

ではそれまで。

Love,　トム

10月20日

トムさん
昨日から誰も仕事にやってきません。今日が日曜だからではなく、改築が終わったのです！　ただ、畳屋さんの畳替えの仕事が残っているだけです。鎮まった家に1人でいることの、この安らぎ！　それに、まさに秋たけなわで、気候は完璧です。

トムさん、夏の終わりからもう一年が経ったような気がします。そして、この春に文通をはじめてからもう2、3年経ったようにさえ感じられます！　お互いに知り合ってからまだ半年もたってないというのに。

今日、買い物の半分を済ませました！　姉が付いてきてくれて買い物に一日暮れました。彼女は選ぶのを助けてくれたり、買ったものを持ってくれました。残りの重い品物は、明日、配達人が届けてくれます。お金というものは本当に、普段は節約貯蓄して、必要となった時に使うものですね！

成田に着いたあと、羽田近くに宿泊するホテルの名前を教えてください。そして、その11月10日の夜、そのホテルから電話してください。私は翌朝、電車で松山に行きあなたをお迎えします。

それから、電話するときは少しゆっくりと話してくれませんか？　正直言って、これまでの電話での会話、あなたが言っていることをはっきりとつかめていないときがありました。理解の反応が遅くて、戸惑っても聞き返せませんでした。会って、面と向かって話すようになればましになると思います。それでも、私の英語に辛抱してもらわなくては。あれこれと頼みごとを言いましたが、わかってくださいね。

ところで、いつかのカードの言葉に絡んでよく考えてみたのですが、大まかに言って、男性と女性との違いだとの結論に達しました。男性の夢や理想は、女性のとは違います。同じ事物に直面しても考え方や感じ方が違います。まして私たちの場合、人種的なものを含めて生きてきた背景が全く違います。それだからこそ、お互いに与え合ったり、分かち合うものが多い。あなたと私はとても違っている。だから、私は安心できるのです。なぜって、お互いに補うことができると思えるから。

10月23日

畳替えが延期されました。

どうやら9月と10月は建築業者にとって一番忙しい時期みたいで、今日、棟梁がやってきて明日には新しい畳を敷き終えると約束して帰っていきました。彼はまた、10月29日に古い倉庫を壊して排水工事も終えると約束しました。ですから、新しいキッチンとお風呂が使えるのももうすぐです。家の改築した部分に慣れるのにあまり時間がないみたい。でも、考えてみますと私たちの状況に似合っています。これと等しく、実際のお付き合いの始まりに、私たちもお互いにどこかぎこちない、でも新鮮な感じになるでしょうから。頭の中に入れておいてください、キッチンもバスルームもここにある何でもが、日本の国のようにコンパクトであることを。

あなたからの便りを待ってからこれに書き加えようと思っていましたが、まだ届きませんので、このくらいで投函します。

ちょっとした記事の切り抜きを同封します。可愛いでしょう。そう思いませんか？

With my love,　キョウコ

10月28日

キョウコさん

今日、月曜日、あなたからの便りが届きました。土曜日には届くと期待してたのですが、それでもいつもながら便りをもらって嬉しい。こちらは日曜日にスタンダードタイムに戻って、私たちの間の時差は14時間となりました。

さて、あなたに会えるまで、あと11日です。そちら、どうやら平常に戻ってきているようですね。あなたは嬉しいに違いない。あなたが嬉しいと私も嬉しい。

松山からあなたのところまでどのくらいかかりますか？　松山には正午前に着きます。ここからあなたに何か持って行きたい。スペースセンターの何かと言っていましたね。発つ前にまた電話します。この手紙が届く頃に。この手紙があなたに会う前にあなたのもとに届く最後の手紙になると思います。

電話での会話で私が早くしゃべりすぎるとのこと。申し訳ない。これからはゆっくりと話すように心掛けます。つい、忘れてしまっているのです。あなたが英語を理解できても、英語が母国語である者との会話でヒアリングが困難な時があることを。

私がそちらで日本語で話しかけられたら、ほんのちょぴり言葉が理解できても、また相手がゆっくりと言ってくれても困惑するでしょう。忍耐が必要で、またあなたと一緒でなければいけないかもしれない。

例のカードの言葉への言及からして、あなたはとても直感力がある人ですね。確かに、全く同じ事柄についても女性と男性では考え方、感じ方に違いがあり、またそれ以上の何かがあるようです。お互いに分かち合うもの、与え合うものがたくさんあります。私たちにとって、これからが非常に興味深い時間になります。

キョウコさん、あなたは本当に喜びをもたらしてくれる人です。あなたには美しいユーモアのセンスがあります。物事を無邪気に述べますが、それがユニークに聞こえる。例えば、「頭の中に入れておいてください、キッチンもバスルームもここにある何でもが、日本の国のようにコンパクトであることを」まるで、私が、『ガリバー旅行記』の、リリパットの国にいるガリバーのように感じさせられます。私は楽しんであなたの家に慣れていくでしょう。あなたに慣れていくほど楽しくはないでしょうが！

めぐり逢いの時が、秒読み段階に入ってきています。到着の2、3日前の電話を待っていてください。あなたに会って、抱きしめて愛する時を楽しみにしています。

今はハグ、キッス、そして私の愛で。

Love,　トム

10月29日

トムさん

あなたからの10月17日の便りが届いたのに、机の前に座って返信する時間がないほど多忙です。しなければいけないことで頭の中がいっぱいで、今日の料理教室を休もうと思ったくらいでした。でも、11月いっぱいは欠席する旨を先生に知らせなければいけないので参加して、アップルパイ、クレープその他を作りました。

そうなんです、やっと改築された家に落ち着いたのですが、困ったことに、あなたが到着する前にますますすることが増え、買い物も増えてくるのです。時間をもう1か月ほしいくらいです！　それで、頭の中のリストのいくらかはそのままうっちゃっておくことにしました。そうでないと、病気になるか、あるいは文無しになってしまいますから（笑い）。

　成田に到着した翌朝、羽田空港に行くのにあまり問題はないと思います。成田のホリデーインに宿泊してもそこから羽田空港へのリムジンサービスがありますから。弟と電話で話しました。あなたの訪問を楽しみにしています。そちらから持ってきてほしい物と言えば、10歳の甥がプラスチックモデルが好きなので、スペースセンターの土産物セクションでロケットとかスペースマンのモデルを見つけてくれませんか？　あるいはスペースの絵葉書でも構いません。今では、例の日本についての本から、日本では人を訪問する時、何かギフトを携えていくのが習慣であることを学んだことと思います。

　前回の手紙にあった質問についてですが、みえてから説明します。もうすぐ、話す時間がたくさんあります。目下、その意見に集中して書くことができないのです。松山で一緒に過ごす2日間は、私にとって多忙で疲れた日々の後での特別な休日です。

　これはあなたがそちらを発つ前に受け取る最後の便りとなるかもしれません。あなたのクローズアップの写真を枕元にして休みます。

　どうか無事に私を訪ねてきてください。お待ちしています。

Love，キョウコ

第4章　キョウコを見つける　5　人生の不思議

12月2日
愛しいひと

まだ時差ボケに参っています。成田から発つ前におよそ4時間待たされて、機内で4時間ほどで日が暮れてた。午前1時に日の出を見て、3時間半後には日没。シアトルでは2時間の乗り継ぎ待ち。ミネアポリスでは視界ゼロ、濃霧と雪とで気温7度。嵐がやってきているとのことで乗り換えが危ぶまれた。1時間の乗り継ぎ待ちで、やっとオーランドに着いたのは夜の10時45分。（そちらでは日曜日の午後12時45分）。気温は20度。土砂降りだったので、車を運転して帰るのに時間がかかった。3時に床についたが、7時に目が覚めて、眠ろうとしても眠れず9時に起床した。

昨夜は昨夜で、夜の11時に寝たが2時半に目が覚めてから1時間ごとに目が覚めた。ああ、あなたが恋しい！　あなたがそばにいたのに慣れたからだと思う。とにかくも、6時30分に起きて、出勤しました。

午前中は、デスクに積まれた仕事全部にざっと目を通した。同僚たちに迎えられて、旅はどうだったか聞かれての談話が続き、疲れて、引きずられるようなとても長い一日だった。この手紙を書き終えたら、今夜は早く床につきたい。

昨日、預けていたサムを迎えに行った。私が行ってから1週間目で鳥籠の中にあったブランコや止まり木、そのほか目につくものは一切食べたそうで、よほど腹を立てていたのだろう。私が帰ってきたので嬉しいのか、おとなしくして物音を立てない。

彼も私同様、再調整するのに数日かかるだろう。

ねえ、あなたに会えて、愛し合うことができたことが私にとってどんなに大きな意味を持つか言いつくせない。一緒に過ごした時間が３週間以上だった気がするのに、帰ってきた今、２、３日だったように感じられる。これからの２、３か月がすぐに過ぎていってほしい。ああ、あなたを抱きしめ、キスし、愛したい。

私の頭の中はいろんな思いが巡っている。今は書くのはこれくらいにします。

あなたのお姉さんはどんな様子ですか？　気持ちが落ち着いてきてくれているといいのですが。ご両親には、改まって、歓待してもらったお礼を言う機会がなかった。どうか、あなたから心からのお礼を伝えてください。

それじゃ、私の愛しいひと、これでおきます。

笑顔でめざめて。

All my love,　トム

12月5日

トムさん

私たちが婚約してから1週間になります。たった1週間なのに、私には1か月、いえそれ以上たった気がします。しなければいけなかったことや生徒たちのことで、毎日が忙しい。彼らは来週期末テストがあるので、この学期に学んだことの復習を手伝っています。

夕食も両親のところではなく、自分のキッチンで食べています、姉に歓迎されないからです。彼女とはあれから一言も言葉を交わしていません。顔を合わせてさえいません。母の話では、日曜日に彼女が異常、常軌を逸した気配があった時、すんでのところで父が姉を病院に連れて行く決心をしたほどだったそうです。年老いたその年でまだ苦しまなければならない父母がとても気の毒です。まだここにいる間、できるだけ2人によくしてあげたい。一方、私がここでひとりで食事するのは、2人にとって私がいなくなった状況に慣れるための時間となるのでよいようにも思われます。

昨日は料理のクラスがある日でしたが、今月も参加しないことにしました。期末試験が終わると、お話ししましたように、各学年ごとに、クリスマスと新年を兼ねた恒例のパーティーをします。もうすぐにその準備に取り掛からなければいけません。

朝のジョギングを再開して、とっても爽やかな気分になっています。慢性の蓄膿症で臭覚がなくなり医者に行っても漢方薬を飲んでも余り効き目がなかったことはお話ししましたね。それが、匂うのです！　ここ３、４日、敏感に臭覚が戻ってきたのです。まるで奇跡。すごく嬉しい。
発つ前に風邪を引いたようでしたが、もうよくなりましたか？　肩の方も痛みがなくなりましたか？

あなたも私同様、いつもの生活に戻っていることと思います。でも、私にはもう何もかもこれまでの日常ではありません。私にはあなたとの将来があります。夜、疲れているのですぐに眠りに落ちますが、夜中に目を覚ましたりすると、あなたの腕の中にいないので寂しくなります。

写真を現像しましたので、数枚同封します。

それではこれで。

Love,　キョウコ

12月６日

愛しいひと

前の手紙が短かったので、今回は腰を据えてもう少し長い便りを書くつもりです。

今週は仕事が山積しているのと、時差の調整で失くした時間を取り戻そうとして余り芳しくない週だった。おまけに風邪が悪化して、１日欠勤し、家で寝ていなければならなかった。

ああ、あなたが恋しい。遠く離れているのがたまらない。

カタログで婚約指輪を見ているのですが、あなたの意見が必要です。同封したリスト中、真珠の＃46か＃49、あるいはダイヤのソリティア、＃20か＃23を考えています。ダイヤのソリティア＃20が一番素敵だと思うのだが、あなたはどう思いますか？　あなたの指輪のサイズはこちらでは4・5だと思います。

2、3日、気温が下がって5度ほど。丁度、そちらにいた時と同じ気温で、昨日は一日中雨でした。家で休んでいて、昨夜、やっとよく眠れて、出勤したのですが、気管に詰まったものが肺に流れ込んだ感じ。これが長く続かないといいのだが。

クリスマス前に着くように、母や子供たちに例の物を小包ですべて送りました。

水曜日に、カリフォルニアにいる親友からの電話があって、仕事で1週間こちらに来るようだ。彼の名はポール・ローズ。彼について以前話しましたね。彼に会うのを楽しみにしている。2日は私のところに泊まっていくだろう。

帰ってきてから家族のみんなに電話しました。弟は一時解雇になるようだ。あいにくクリスマスホリデー前だけに余計いい話でない。

あなたのお姉さんはどうですか、私が発った後、彼女と話ができましたか？　授業の方はうまく行っていますか？　まもなく休みになりますね？　あなたにはやるべきことがいっぱいあるのは知っている。こちらに来るずっと前にそのすべてが処理できればいいのだが。ああ、今、あなたがここにいてくれれば！

空き家になっているコンドミニアムに行ってペンキの塗り替えをしなければいけない。そして、新聞に貸しコンドミニアムの広告を出さなければ。今のところ、どちらのコンドミニアムも買い手がないので根気よく待つより手はない。多分来年の春にはと願って。

週末に電話するつもりです。だから、この手紙で質問したことを繰り返し電話で訊くことになると思う。

写真を現像しました。こうしてあなたの笑顔を見ていると、あなたがそばにいるようだ。この恋しさは口には言い表わせられない。

今はこれくらいにして、電話した後にこの続きを書きます、書き足すことがでると思うから。ではそれまで。

あなた自身でいてくれて、ありがとう。私を愛してくれてありがとう。

明日の朝、電話します。待ちきれない。おやすみ、私の愛しいひと。

お早う。あなたの声が聞けてよかった。

電話の取り次ぎをしやすくするために、これからはこうします。私が電話してすぐに受話器をおきます。そして、２分してまたかけ直します。その合図が私からの電話だとお母さんやお姉さんにわからせて、あなたを呼んできてもらう。たいていは週末にかけるようにします。

お姉さんがあなたに対して機嫌をそこねているのは残念だ。お父さんはどうですか？　ご両親は私たちのこと承諾してくれましたが、その気配がより強まっているようですか？

あの夜、仮祝言の式の後、お父さんが私に何か言いましたが、何を言っているのかわからなかった。

あなたが席を立っていたので。彼は私の頭に手を伸ばして、軽くこづいておおいに笑いました。あなたが1人で食事しているのは気の毒だけど、彼らがあなたがいなくなることに慣れるのにはいいかもしれない。私たちがお互いに愛し合っていて、私たち自身の人生を築きたい旨を理解してもらいたい。時折、里帰りして彼らと過ごすことができると思うから。

ではこれぐらいで、愛しいひと。そのうち状況がよくなることを祈っています。寒さに気を付けて健康でいてください。私のことを思っていて！

ああ、これからの2、3か月が瞬く間に過ぎますように！　今年のシャトルの最後の打ち上げは今月の18日。前回はそちらにいたので見られなかったが、同僚の話では満月の夜で、とても美しかったそうだ。じゃ、おやすみ。ベッドのそばのあなたの写真が実物のあなたに代わるときまで。

All my love,　　トム

12月12日

こんにちは、別嬪さん（beautiful）

昨夕、郵便受けにあなたからの便りが入っていました。ありがとう。

同封された写真もありがとう。私が送った写真、良いコンディションで届いているといいのだが。

その中の２枚は約20センチ×25センチの大写し。着物姿のあなたとお母さんとの一緒の写真でとてもいい。

オフィスのデスクにあなたの写真を４枚飾っている。その中の一枚が、あなたが最初に送ってくれた写真、そして後は、それぞれ違った着物を着た３様の着物姿のあなた。

写真を見るたびに、胸が痛む。ああ、今、あなたがここにいてくれたら。

臭覚が回復したとのこと。それは良かった！　本当に奇跡みたいだね。食べ物にしても何にしても、香りが戻ると味わいが増す。

お姉さんとの折り合いがよくなってくれればいいのに。12月１日、日曜日に何があったのですか？彼女の態度が異常だったそうですが。

愛している！　早く時が経ってくれればいいのに。あなたを置いていくのが辛くて、どんなに連れて帰りたかったことか。

いつか話した未亡人、日本人の女友達、シュコに電話して話しました。彼女の息子はカリフォルニアのバンデンバーグエアーホース基地に転任されたようだ。彼女は私たちのことをとても喜んでくれて、あなたに会いたいそうです。多分、あなたにとっても時々日本語でのいい話し相手になると思う。

風邪はよくなってきているけれど、まだ肺がうっ血してるみたいだ。そのうち治るだろう。肩の方はどうも圧迫された背中の神経からきているようで、まだ痛みが引かない。しかし、以前にもあったことで、厄介だが大したことはない。

同封したカード、あなたも気に入ると思って。それから拡大した写真。ご両親が気に入ってくれると思う。ことにあなたとお母さんの写真は。母にあなたと一緒の写真を送りました。私がなんて美しい女性を見つけたかがわかるでしょう。

惚れることは素晴らしいことだけど、私はあなたに惚れているのではなくて、あなたを愛しているのです！　あなたとの将来を持つと言うことの素晴らしさ。ここでそれが始まるのが待ちきれない。もう始まっているけれど、あなたに会う前からすでに始まっていた。初めて会ったその時に確かになった。

ポールが数夜、泊まって行った。仕事を終えて来週の火曜日にカリフォルニアに戻るが、それが待ちきれないようだ。なんといってもすぐにホリデーシーズンにはいるのだから。

クリスマスまで13日なのであちこちにクリスマスカードを出している。ホリデイ郵便物の増加で、私たちの文通が遅延をきたすだろう。

週末に電話するつもりだけれど、もし、電話がなかったら、次の週末に。送った婚約指輪のリストの中で気に入ったのを知らせてください。それからそちらでのサイズをチェックしてください。

この手紙があなたのもとになるたけ早く届いてほしいので、これでおきます。元気でいてください。

アイラブユー。

All my love, トム

12月13日

トムさん

お元気ですか？　今日は風が強くてとても寒いです。

郵便局から帰ってきたところです。クリスマスカードと、プレゼントにネクタイと財布、そして本を１冊送りました。ネクタイを選ぶのが難しく、あなたのあのブルーの背広にマッチすると思うのが２本あってどちらにするか迷った結果、両方手に入れました。本ですが、私自身学び直したい自国についての本の英訳版です。

土曜日の電話、本当にびっくりしました。遠く離れた地で愛され、恋しがられているのがわかって嬉しかったです。毎土曜日に電話すると言っていましたから明日、またかかってくるかも。話しましたように、週末も、私は一人で食事しています。慣れてきて、落ち込んでいる不幸な姉への心配に直接邪魔されなくて、いいくらいです。午後、何か料理して、それが美味しいと、彼らに試食するように持っていきます。普通、母は塾の後に食べるように私のために夕食を残しておいてくれます。生徒たちが帰ったあと、門に閂《かんぬき》をかけ、母がとっておいてくれたその夕食を書斎でテレビを見ながら食べます。

母はいつもと変わらず私によくしてくれます。そして、父もそうなんです。以前同様、自然に話をして、私が何か頼むと喜んでやってくれます。でも、姉とはいまだに一言も口を利いていません。姉がなんとか、自身のみじめさから立ち直ってほしくて、何か私にできることがないかと思うのですが、どうしていいかわかりません。

私の鼻はまだ臭います！　とても嬉しい、もうずっとこのまま大丈夫だと思います。何の薬もなしで癒えました。あなたが治してくれたような気がします。あなたが私の懸念、心配、不安を減らしてくれたから。本当にそう感じます。私はもう独りではない。ありがとう。

12月16日

願っていた通りあなたからの2通目が届きました。うれしくて、安心しました。毎週電話すると言っていましたのに先週電話がなかったので、心配になって、私たちの関係が現実である感覚さえ失くし始めていたのです。文面と写真がぐいと連れ戻してくれて、あなたを身近に感じます。でも、あなたの身に何かあったのではないかと少し懸念しています。

あなたが恋しいです、ことに目覚めの時。あなたの腕の中にいたい。

指輪ですが、ソリティア＃20がいいです。あなたが一番いいと言っていたように。真珠のように丸いから。ダイヤだから、高いでしょうね。

12月前半にしてはひどく寒いです。夜は摂氏0から5度、昼間は8度ほど。教室にガソリンストーブを3台おいていますが、風が強い日はそれでも足りません。

「気管に詰まったものが肺に流れ込んだ感じ」とありますが、どういう意味ですか？　呼吸が困難になるのですか？　説明してください。とても心配です。

あなたの弟さんが職を失くしたそうで、とてもお気の毒です。お子さんが数人いるようですし。

昨日の日曜日、叔母たちがやってきたとき、結婚祝いに何が欲しいかと聞かれました。彼女たちはあなたが優しそうな人で、私に幸せになってほしいと、言っていました。未亡人の叔母は、将来いつかアメリカに旅して私たちを訪ねるとさえ言ってました。母は三人姉妹で1番年上。母と叔母たちは、3人つれだって買い物にでかけました。そして、母はあなたにも、半纏、法被（着物のジャケット）の生地を買ってきました。母は着物仕立てではプロ並みなのです。

今週、生徒たちのために学年ごとに分けて3つのパーティーをします。クリスマスと忘年会をかねたパーティです。半分は母に簡単なスナック料理を援助してもらい、大きなクリスマスケーキを予約して私が準備しますが、生徒たちには彼らの好きな駄菓子類や飲み物をスーパーマーケットに買いに行ってもらって、みんな手分けしてことに当たります。ゲームや、グループの寸劇や手品などの隠し芸を各自披露しますが、なんといってもパーティーの呼び物は男生徒と女生徒に分かれた歌合戦です。そして、クリスケーキを分配していただき、「サイレントナイト」を合唱してパーティーを締めくくります。毎年、生徒たちはこのときを楽しみしています。それでここずっと忙しくなります。

明朝、これを投函します。今夜、今あなたがここにいてくれたら。昨日の朝、ベッドであなたの腕を探して寒さの中ぐずぐずしていたのでジョギングしませんでした。

おやすみなさい、私のトム。

Love,　キョウコ

12月16日

キョウコさん

また、週の始まり。先週の週末、思いがけず寒波がやってきて、夜、零下に下がりました。ひょっとして今週もそうなるかもしれない。

残りの写真が現像されてくるのを待っています。引き延ばした写真数枚はフレームに収めて、ドレッサー（鏡付き化粧台）に飾りました。

長女のタマラから小包が届いたとの連絡がありました。彼女の話ではレイクウッドで雪が降ったそうだ。あの辺は雪など降ったことのない地域なので、これは実際気候の変化のせいに違いない。

ここ2週間のうち、ポールと2日ほど一緒に過ごしました。彼は火曜日にカリフォルニアに戻ります。水曜日の朝は、シャトルの今年最後の打ち上げがあります。来年は12回の打ち上げが予定されています。

今住んでるコンドミニアムを貸して、家を買おうかと考えています。魚釣りができるように運河沿いの家。そして3ベッドルーム、2バスルームと車が2台が入る車庫つきの家。暖炉があるのもいい、どう思いますか？　あなたがくるまで待って、お互いが気に入った場所を一緒に探すべきだろうが。

ああ、キョウコ、あなたが今ここにいてくれたら！　来年の2月より早く来てほしい。それまでがあまりに長すぎる。できるだけ早く一緒にいたい!!

風邪がぶりかえしたようで、肺に流動体が溜まっている。医者に診てもらってすっきりさせてくれる処方箋をもらってこようと思う。しつこく長引いているようだから。

クリスマスプレゼントとして子供たちに送った鎌倉で買った土産物が届いて喜んでいます。タマラはあなたのお母さんの手製の品物をとても気に入って、お礼を言ってほしいそうです。

このくらいで。あなたからの便りを楽しみにしている。それ以上にできるだけ早く再会できるのを心待ちしているのです。一緒に過ごしたあとの別れが堪えられているのだと思う。

アイラブユー！　アイラブユー！　アイラブユー！　あなたは私に再び未来を与えてくれた。できるだけ早く私たちの人生をスタートしたい。

12月18日

あなたからの便りがありませんが、明日にはと願って続きを書くことにします。

外は雪景色でなくても、どこでもクリスマススピリットの生気があふれている。クリスマスツリー、家々や街路のクリスマスライトの飾りつけ。人々はお互いに普段より親切。このクリスマススピリットが1年中続かないのは残念だが。

あなたをこの腕に抱きしめたのはたった19日前なのに、そのたったが、一生のようだ。昨夕、ビーチに行って、サムが食べない砕けたトウモロコシをカモメにやりました。曇り空で、風が吹いていてかなり寒かった。丁度、私たちが松山城に行ったときと同じような天候。

あなたが気に入りそうな写真を数枚同封します。アルバムに写真がもう一杯になりました。まだ便りが届かないので、このくらいで投函します。ふと思ったのだが、私のシャツをナイトガウンにして着ていますか？　ああ今、ここにいてくれたら。
それじゃ、私の愛しい人。

All my love，トム

12月19日

キョウコさん

今朝、便りを投函しました。はたして、夕方、仕事から帰宅したらあなたから美しいクリスマスカードが届いていました。

昨夜はクレイジーな夢をみました。かたわらのもう一つの枕の上にあなたの写真をおいて眠っていて、夜中の2時30分に目が覚め、それからなかなか眠りにつけなかった。そして、朝にシャトルの打ち上げがあるので早めに起きなければならなかった。

秒読みあと15秒のところで、コンピューターがシャットダウン。今回のシャトルの任務が中止された。およそ10時に、マネージャーから電話があって、カリフォルニアでクリスマスを過ごすのはどうだい、ときかれた。びっくりして、本気ですかと聞き返すと本気だという。どうやらバンデンバーグ基地に行ってテストする者が必要になったようだった。何時ですかときくと、今日の午後だと言う。

だとするとクリスマスに子供たちに会えることになる。俄然、活気づいて、留守中にサムの面倒をみてくれる人を探してあちこち電話した。ところが、3時間後、その話はお流れになった。私ががっかりしたのは言うまでもありません。

そのあと半日がまた似たようにクレイジー。テストの手続きを書き上げるように言われて、書き上げると、それもまたキャンセルされた。だから、今日はもうこれで沢山の思いで帰宅した。すると、売りに出しているコンドミニアムを見にやってきた人がいて、案内してみせると、買いたいようだった。全く、今日1日、忙しくてイライラさせられた日だった！

ところで、キョウコさん、endearments（愛情の言葉や呼びかけ）はあなたには戸惑いがあって、口にするのが難しいのはわかります。ですから無理しなくてもいい。でも、わたしがそれを口にするのを嫌がらないでほしい。一緒に過ごした期間に私たちが愛し合う基礎を共に築いたと信じています。

あなたが恋しい！　来年の2月前に君に会いたい。何とかその時よりも早くこちらにくるように取り計らえないだろうか？　あなたは完全に私の心も精神も、愛も、魂もとらえた。離れている毎日が、1週間、ひと月のように感じられる。

カードにある雪景色の中の金閣寺が美しい。フレームを探して、壁に飾ろうと思う。いつか金閣寺だけでなく、その他できるだけいろいろなところを一緒に訪れたい。

キョウコさん、私は日本語を習いたい。ご両親をはじめ家族の人たちと会話ができればどんなにいいだろう。あなたが私に愛されていて幸せだとを感じているのを知って嬉しい。あなたを愛し、守り、気遣い、幸せにすることにベストを尽くつもりだ。あなたが私をもっと愛すようになり、お互いに成長していく過程で、私たちの愛が肉体も、精神も魂も一体となっていくことを願っている。この便りが届くころには、そのずっと前に既にあなたと電話で話していることでしょう。元気でいてください。できるだけ早く来るようにしてください。

All my love, トム

12月22日

トムさん

今朝、母があなたからの電話を取り次ぎに来てくれた時、悪い夢の中にいたのか、夢と現実の間を彷徨っていたからなのか、あなたの耳に私がしゃべっていることがさぞおかしく聞こえたことでしょう。

電話でも言いましたようにとてもあなたのことが心配で、恐れていたのです。1週間に1回電話すると言ってたのに、2週間も電話がなかったので夜眠れず、取り交わした手紙や、ここで一緒に過ごしたときのこと、あれこれと反芻していました。私に会いに来て、3週間過ごした後、別れる前に婚約した人。私たちの関係ってなんだったのだろう？　ここからはるかに遠くに離れた見知らぬところにいる人。また、ひょっとして病院に入っているのかもしれない、とも考えました。そして、突然、あなたの身になにかあったのかを知りたくても連絡すること、何の手立てがないことに気が付いて愕然として怖くなったのです。いえ、たぶんあなたは子供さんたちに会うためにカリフォルニアに行っているのでは、とも思いました。そしてクリスマスには私に電話するつもりなのかもしれないとも考えて、眠ろうとしましたが眠れませんでした。そんなわけで、電話口で、混乱、転倒していたのです。ですから、必ず、週に1回、電話してください。私は人との関りで何かに直面すると、人や物事をあきらめるのが速い人間です。真に人との深い関わり合いを持ったのは、今回が初めてです。もうこれまでの自分に戻れないし、また戻りたくありません。

父母のところで夕食を食べてきたところです。ここ2、3日、姉は機嫌がよくてほがらかです。姉の目がテレビにいっているとき、母が、「あなたと仲直りしたいらしいよ」と、私の耳にささやきました。「このままの方がいい」と私は笑顔で答えました。そのあと私たちは、今日は上の弟で長男のクニの誕生日なので電話しました。私は義妹のイスズ、姪のアキチャンと話しました。甥も姪もあなたが大好きです。アキチャンが「ケンタッキーチキンがおいしかった。今度トムさんがやってきたら、また食べに行きたい」と言っていました。

私はマウイの友達ににクリスマスカードを送った際、婚約したことを知らせました。彼からのクリスマスカードにはお祝いの言葉が添えられていました。フロリダには彼の叔母がいるようで、「来年のクリスマスまではふさわしくないかもしれないが、住所を知らせてほしい」、とありました。口数の少ない人で、友達として私は彼が大好きです。

明日、最後のパーティーがあります。私は生徒たちから半分解放される思いです。誰か私に代わって彼らを教えてくれる人が見つかるかどうか。父母は私が住んでいる家を貸す気は毛頭ないようです。一階の半分、教室のある部分を除いては。私が行ってしまった後、彼らは年金とその教室の貸し賃で生活できます。それに弟たちが毎年2回彼らに送金してきています。私としても、今住んでいるところを貸したくない彼らの意見に賛成です。私たちが日本に帰ってきた時にそこに滞在できますから。

お早う、トム。

昨夜はよく眠れました。いつものようにジョギングして、新鮮な気持ちです。朝食にハムエッグ、トースト、オレンジジュース、そしてコーヒー。今日は最後のパーティーをする日です。朝食のあと、これを投函するつもりです。

お元気でいてください。アイラブユー。

キョウコ

12月23日

トムさん

あなたからのクリスマスカードと写真が届きました。10日もかかっていました。クリスマス時期で配達が遅滞したためでしょう。カードの美しい言葉が印象的で、あなたの私への思いが感じられ暖かい安らぎをおぼえました。写真、どうもありがとう。中でも、拡大した母の写真がとってもいい。彼女、とても可愛いと思いませんか!? とても自然な感じで。父母に見せると、どの写真も非常に喜んでみていました。松山城の天守閣でのあなたの写真が気に入って、書斎の机の上に飾りました。眺めていると、あなたがここにいるように感じられます。オフィスのデスクに私の写真を4つも並べているんですって? トム、それはクレイジー、気違いじみています! 少なくともその2つは除いたほうがいい。

パーティーは全くの盛況でした。生徒たちみんな、大いに楽しんで、私もとても楽しかった。私を囲んだ生徒たちの笑顔ともうすぐさよならすることになるのがつらく思われたほどです。以前こんな感情を抱いたことがありませんでした。生徒たちが来年はもっと楽しいパーティーにしょうと言いました。まだ何も話していないので、生徒たちはこれが最後のパーティーだと言うことを知りません。年が明ければ、彼らに打ち明けなければならないでしょう。マウイの友だちが言っていました。「あなたの新しい出発は、あなたの家族の人たち、友達、そしてあなたの生徒たちにとって涙ぐましい別れになるでしょう」全く、そうなるみたいです。

指輪についてですが、あなたがいいと思うソリティアダイヤがいいです。私のサイズはこちらでは9みたいです。

12月24日。

今夜、あなたからの電話を待っていました。９時半頃まで待っていましたがかかってきませんでしたので、週末になるかもと思ってすっかり諦めていると、姉が取り次ぎに来てくれました。あなたからの電話である合図がわかったようです。

頭の中で日本語と英語が混ざり合って、うまく話せませんでした。言いたいことが三つ、四つあったのですが話しているうちにすっかり忘れてしまっていました。でも、あなたが私をとても愛してくれているのがわかって嬉しい。

指輪を買ったんですってね。郵送しなくてもいいです。送ってきてもらえば、みんなに見せて婚約したことを確証、安心させられます。でも、あなたがそうしたいように手元に置いておいて、私が来た時に私の指にはめてください。

トム、あなたが望むように私が予定したよりも早くそちらにいけるように考えています。日本では新学期が始まるのは４月で、最終の期末テストが終わるのは３月の半ば過ぎです。それまでに生徒たちに別の塾、新しい先生を探すように告げようと思っています。２月の半ばまでに残りの授業を全部教えることができますが、そうすると２月分の月謝を要求するのは心苦しい。月謝の半分だってもらえない。それが日本流です。彼らたちと誠実な終わりを迎えたいなら無料にすべきだと思います。だって、長年これまで私を生きさせてくれたのは彼らだったのですから。ことわざに、「立つ鳥、後を濁さず」ということわざがあります。あとにいい思い出を残したいのです。わかってもらえますね。それに父母とはできるだけ長く一緒に過ごしたい。毎日が彼らにとっては貴重な日です。彼らの態度からそれが察せられます。

ところで、ネネ、愛猫がもう5日間、行方不明です。私たちは心配しています。なにもこれがはじめてのことではないのですが。突然いなくなって、忘れたころにひょっこり帰ってきたことが何度もありましたのであまり心配しないようにします。2、3日したら帰ってきますように。

明日、母とお正月に備えての買い物に行くことになっています。

疲れたのでもうこのくらいで。お風呂に入って、休みます。

離れていても、あなたをとても身近に感じます。ベッドの中であなたを探します。

12月26日

今日は打って変わって暖かく、小春日和のような天気。本当に買い物にはもってこいの日でした。母は実に久しぶりに私と連れ立っての外出で嬉しそうでした。帰ってきますと、あなたからの12月19日付けの手紙と写真が届いていました。

私があなたのことを話す度に、母は私と同じく嬉しそうですが、父はそう嬉しそうにみえなくて、むしろ悲しそうなのが不思議です。なぜか男性は女性よりも寂しがり屋であるのだと気づかされます。あなたもたぶん私があなたと一緒でなくて寂しく感じる以上に私を思って寂しがっているのでしょう。もしそうならば、できるだけ早く再会したい。できるなら今、飛んでいきたい。本当にそう思います。

引き続き、年末は忙しい。まだ年賀状を出していません。

便りがあなたのもとに早く届くために。これくらいでおきます。再会するまでにはまだ何日もありますが、便りを交わし合い、電話で話し続けているうちに時は速く過ぎていきます。なるたけ早くあえるよう計らってみます。

お元気で。毎日、心からあなたのことを思っています。

Love,　キョウコ

12月24日

こんにちは、私の愛しいひと
さて、今日はクリスマスイブ、こちらは摂氏23度で、麗しい天気。

あなたからの小包が届きました。キョウコ、どうもありがとう。ネクタイはとてもいい、財布は早速使い始めました。拡大した写真とその他の写真、そして手紙が届いていることと思う。今夜、ちょっと便りを書くつもりだったのだが、明日の朝、電話するつもりなので、書けば重複して、古い話になるだろう。

ああ、今、一緒だったらいいのに。でも、OK。来年のクリスマスには一緒だから。それからもずっと。

指輪を買いました。例の6ポイントセットの丸いダイヤのソリティア。郵送しようかと思うのだが、そちらで税金をとられるのかどうか。できるだけ早くあなたのもとに届けたいけれど、一方、私が直接あなたの指にはめたい。

12月25日

クリスマス。

今朝、あなたの声が聞けて素晴らしかった。接続がよくてあなたを間近に感じることができた。手を伸ばして引き寄せられたらよかったのに。お姉さんとの仲がよくなってきているようで、それを聞いて私としても気持ちがよくなった。郵便物がややもすれば遅配されるクリスマス時期、少なくともカードだけは届いているようで、そのうち手紙も届くだろう。

話したように七面鳥を料理しました。紙袋の中に入れて！　そう、ブラウンペーパーバッグの中に入れてです。申し分なく焼けました！　そのうちのいくらかは冷凍にして、あとは1週間、食べることになります。

あなたが到着する前に何もかも準備万端するために、たまっている部屋の不要なもの処理し始めています。

アイラブユー！　アイラブユー！　アイラブユー！　これを口にする前に丸２ページを黙らせました。ほめてくれますか？

思えば、実際、あなたに会うまでは、1日、1日、ただ存在しているだけだった。あなたは私に希望を、未来へ向かう理由を連れてきてくれた。私にはあなたが必要だ。それをわかってほしい！　毎晩、受話器を取っては電話したい気持ちを抑えている。

私の車、フェアレディにクリスマスプレゼントを買った。新品のタイヤ―4輪を付け替えました。1年前に買ったばかりの車だが、２８０００マイル（4万5千キロ）走ったので。

パーティーやなんかであなたがどんなに忙しいかは理解できます。でもそのうちあなたからの便りが届くだろう。多分、明日にも。

もし、便りが届いたら、書き加えます。もし便りがなかったら、明日投函します。じゃ、元気でいてください、愛しい人。

笑顔で目覚めて。

All my love,　　トム

12月27日

今日の午後、やっと13日と16日付けの便りが届きました。待ちあぐねていたので、嬉しかった。ホリデーシーズンで郵便が遅配しているからだろうが、もうすぐ平常にもどるだろう。

クリスマスに電話で話しましたね。間近に感じられたので、電話線を通して抱きしめてキスをしたかった。今週も電話するつもりです、たぶん、明日。そうすると、この便りもまた古いニュースになるだろう。

体の調子はずっとよくなってきて、もう風邪は治っています。肺に液体が溜まっていると言いましたが、痰、粘液のことで、あたかも溺れるような感じだったのです。あなたも、そちら、寒いだろうから病気にならないように。

クリスマスプレゼントの、本もネクタイも、財布もとても気に入ってます。もう一度、お礼を言います、ありがとう。

シュコから電話があって、息子のブライアンも帰ってきていて、加えて、目下ドイツで働いている従弟が日本から来ているらしくて、夕方、招待されています。

両親のところで夕食をしていると聞いて嬉しく思っていました。ただ、お姉さんがどうにか立ち直ってくれるのを願うだけです。これは彼女自身の問題で、あなたには助けたくても助けようがありませんね。

ところで、同僚の１人が香港に行って、私が日本にいる時に東京にいたらしい。彼が帰ってきたおりに話したのだが、彼はオーランドからニューヨーク、ニューヨークからノンストップで日本に飛んだそうだ。だからあなたがこちらに来るときは飛行経由が数便あります。一旦、あなたがやってきたら、それからは旅行するときはいつも一緒です。

臭覚が戻ってきて、匂うようになったと聞いて嬉しい。本当に素晴らしい！　どうして癒えたのかわからないが、私があなたに何本も注入したたんぱく質が功を奏したのかも知れない、はあ、はあ！　実際、私があなたが抱いていた不安や心配の霧を晴らすことができたからかもしれない。不安や心配が臭覚が奪うと言うのは考えられる。私たちはお互い、もう独りぼっちではない。

キョウコ、私の身に、何ごとも起こりはしない。また私たちを裂くような何事も起こりはしない。どうか、心配しないでほしい。

仕事場での友達が電話してきて、コンドミニアムはまだ空いているかと聞かれた。彼の友達が借りたいようで、さっそく連れて行ってみせると、借りたいと言った。これでこの件は心配がなくなった。

12月28日

昨夜、シュコのところで愉快な時を過ごした。持っていた写真全部見せると、みんな驚いていた。あなたがあまり若く見えるので、「ゆりかごからさらってきた」ようだと言った。それで、私はあなたがシュコやブライアンが推測する年齢よりも少しだけ年取っていると言わなければならなかった。あなたからのプレゼントのネクタイから、シュコがあなたのことをセンスのいいひ人だと言ったので、そうですとも、私を選んだ人だからと応えた。

今朝、あなたの声を聞けて本当によかった。私の19日付の手紙が16日付の手紙よりも早く届いたとは。やはりこの時期の郵便物渋滞の表れだね。

パーティーがうまくいったようで嬉しく思う。休みに少しくつろいでほしい。

もう3日で今年が終わる。今年は私にとって良い年だった。めぐり逢いが私たちを身も心も結びつけてくれた。再会して一緒に新しい人生を歩みだす来年が楽しみだ。

今、あなたがここにいてくれたら。私がそこにいてあなたを抱きしめていられたら。

じゃ、今はこれで。元気でいてください。

笑って目覚めて。

All my love,　トム

12月31日

私のトムさん

新年、1986年まであとたった2時間です。父母のところで大晦日の御馳走を戴いて戻ってきたところです。テレビではどのチャンネルでも楽しくもてなす特別番組をやっていました。

1週間の休みを取るつもりでしたが、昨日も教え、今日の午後も教えました。生徒たちにそちらに行く話をしましたので、スケジュールが詰まってきたのです。新年の三日間だけ休みを取ります。それにもってきて、親族間での新年の挨拶、そして大本の祭礼が父母のところで催されることになっています。父を喜ばすために私も参加すべきだと思います。

先週、あなたは3回電話してくれました。12月19日付けと12月16日付けの手紙、そして今日、拡大した写真が同封された12月23日付けの手紙が届きました。それで、ずっと気持ちが落ち着いて、とても幸せです。あなたにとって私が必要なほど、私にとってもあなたが必要です。ああ、トム。アイラブユー。

あなたは家を買うことを考えているようですが、私としてはその地に慣れるまで少なくとも数か月はコンドミニアムに住む方を選びます。あなたが出勤している間、家にいるよりもコンドミニアムの方が安全だと感じられます。

それはそうと、母はあなたがお土産に持ってきてくれたチョコレートを、一個も口にしていません。彼女はその箱入りのチョコレートをお正月まで取っておいていたのです。こちらではお正月は、そちら西洋諸国でのクリスマスに相当します。前にも言ったと思いますが、彼女はあなたが大好きなんです、あなたが私を幸せにしてくれるからだと思います。私が幸せだと、彼女も幸せのようです。マウイの友達も、私が幸せなので彼も幸せだと言ってくれました。それだから友達として彼が以前よりずっと好きになりました。

本当に、人生って、不思議ですね。去年の大晦日、今年、私があなたに巡り会って、こうなるなんて夢にも思っていませんでした。オーストラリアの人との文通が始まったばかりで、彼は美しいイラストのあるダイアリーブックをプレゼントに送ってきました。その時、私は今年の年末まで日記を書き続けると自分に誓いました。私はこれまで一度も日記を書き続けたことがありません。彼と私はまもなく文通をストップしました。私としての理由は彼はドイツ系の人で、あまり英語が達者でなかったのと彼の住んでいるところは、タウンズビル、とても暑いところだったからです、素敵な農園を持っていましたが。それでも私はそのダイアリーに毎日ではなくても、少なくとも何か特別なことがあった日に短いメモを書き留めてきました。そして、この美しいダイアリーは、あなたから拡大された写真が送られてきたニュースで終わることになります。

離婚後、あなたも数人の女性とめぐり逢い、別れたに違いないことが想像できます。過去3年余り、私は数人の男性と文通しました。3人が会いに来てくれて、あなたがその最後の人です。もう待っていることの不安がなくなって嬉しい。以前も言ったと思いますが、私は人を喜ばせても、人が私を喜ばせるのは難しい。あなたとは打ち解けた楽な気持ちになれて、一緒にいるとなんだか甘やかされた子供のように振る舞える気がします。私たちはお互いにとても違った人間ですが、それと同時に、とても似通っています。お互いに、お互いが必要です。私はここに過去の私のすべてを残していくつもりです。あなたが必要だからです。あなたの愛、あなたのやさしさ、あなたの保護、そして私を欲し、必要とするあなたの寂しいこころが。

1月1日　1986年

ハッピー・ニュー・イヤー、トムさん

いつもよりは少し遅く起きて、ジョギングしてきたところです。車も人影も少なく、空気は身が引き締まるように爽やかで、どこか荘厳な気配が感じられました。これから、父が司る祭礼に参加するつもりです。今年が私たちにとって最良の年でありますように、そして私が行ってしまった後も、どうか家族が大丈夫でありますようにと。昨日から姉は機嫌がよく、今忙しそうに台所で母の手伝いをしています。今日が彼女にとって過去の不幸から立ち直って、未来に向けて前向きな態度でいま自分ができることに集中する事始めの日であってほしいと願います。そうすることによって、家族の者を幸せにし、彼女自身幸せになるのですから。

あなたからの小包が届いていました。真珠に小さなダイヤをあしらったネックレス、とても気に入りました。早速、身に着けています。セーターは私には大き過ぎますが、今はバルキーなのが流行していて、寒いときはその下にブルー系の格子柄の厚手のシャツを重ね着できます。どうも、ありがとう。婚約して仮祝言する前日、あなたがデパートで買ってくれたブルー系マルティプルカラーの羊毛のスーツ。プレゼントはそれだけでよかったのに。

ああ、驚いた、あなたからの電話があるとは期待していませんでしたから。

そうですね、今年が私たちにとって最良の年、何年も経ってから思い出したとき、もっとも意義深く思い出深い年になるでしょう。私にとって今年ほど幸せなスタートを切った年はありません。一緒に幸せな人生が送れるような気がします。

じゃ、これで。明日これを投函します。

あなたへの愛が強く育って行っています。どうか、お元気で。

キスを送ります　　キョウコ

第4章　キョウコを見つける

6　幸せの公平と不公平

12月31日

キョウコさん

１９８５年の最終日。私たちの始まりをもたらしてくれた年の最後の日です。

22日付けのあなたからの手紙が届きました。今ではもう、あなたが抱いてた恐れや不安が一掃されていることを願っています。

まず最初に、私の身に何かが起こったときにこちらフロリダで連絡できる人と住所を書いておきます。彼は私の職場のマネージャーで、友達でもあります。彼の名はロバート・ハロウェル。住所は○○○ セントラル通り メリットアイランド フロリダ。電話番号は＊＊＊－＊＊＊－＊＊＊＊。彼の妻の名は、エリー。もし私に何か起こったとき、あなたに連絡するようにと彼に頼んでおきます。これであなたの気が安まるといいのですが。

私たちが今居る状況のなかで、あなたが困惑、懸念しているのはわかります。「私たちの関係ってなんだったのだろう？　ここからは遠隔の見知らぬところにいるひと」と書かれています。私にはそれに答えられます。私は私たちの関係が育っていくのを見てきました。初めはためらいがちな文通からお互いを知るようになり、それにつれてお互いを気遣うようになり、それが恋心となってお互いを求め合うようになった。丁度、花の最初のつぼみが、ゆっくりと開いて、美しく咲き始めたように。文通を通じてお互いをできる限り言い表わした後、これがただの夢、ファンタジーなのかを確かめるために一緒にいる時を過ごした。飛行場であなたを初めて見た、その瞬間、私は自分があなたを愛しているのを知った。3週間一緒に過ごした後にそう感じた以上に。

あなたは私が期待していた以上だった。ずっと、ずっと。私たちはまるで何年も前から知っているように自然に感じられた。あなたは私を幸せにしてくれた。わかっていますね。私は一人でもやっていける自足した人間だが、あなたが必要だということも知っていてほしい。

どんな理由があってもあなたの泣き声を聞きたくない。幸せで泣くのでなければ。私たちが今いる関係はどちら側からでも断念することはできない。約束したのだから。あなたが元に戻れないように、私も戻れない。一緒にいて私はあなたを愛し、守り、気遣いたい。あなたからも同じ反応を得たい。あなたと同様に私もあなたが必要で、あなたがほしい。

あなたのなめらかな肌に触って、愛撫し、あなたの中にいてあなたを愛したい衝動とどんなに強く闘っていることか。

いけない、冷水のシャワーを浴びる必要があります！　それも2回ほど。

とにかく、私たちは大丈夫だ、愛しい人。大丈夫だとも。このままの状態を続けていける。あなたの身にも、何事も起こってもらいたくない！　ハッピー・ニュー・イヤー、愛しい人。

明日から始まる１９８６年は、私たちの年だ！

じゃ、これを投函します。郵便状況がノーマルになってきたのでスムーズに届くだろう。便りと電話が時が経つのを早くしてくれるだろう。

じゃ、おやすみ、私の可愛いひと。

笑顔で目覚めて。

All my love is with you、トム

1月2日　1986年

キョウコさん

新しい年が好調に始まっている。仕事から帰宅したら、24日付けと26日付けの手紙が届いていて、今日という日を申し分なくしてくれた。今、読み終えたところなのだが、あなたからもらった中で一番心ひきつけられた便りです。ますますあなたを身近に感じられ、再会の時を心待ちしています。

写真、気に入ってくれて嬉しい。そうね、あの写真のお母さん、とても可愛いく撮れている。かつて私はフリーランサーでウエディングなどの写真を撮っていたことがあるので、被写体が気取りのない自然な姿で写真に収まるのだろう。

イエス！　オフィスにあなたの写真を4枚、飾っています。その2枚は机の上、あとの2枚は壁にかけている。その通り、私は「クレイジー、気違いじみている」、あなたに首ったけなので。でも、

恥ずかしがらないで。同僚達から、こんな美人がどうしてお前のような者と恋に落ちたのだろう、とからかわれる。ルックスではなくて私のやさしい人柄があなたを勝ち得たのだ、と答えています。

パーティーがとても盛況だったと聞いて嬉しい。あなた自身も楽しんだそうでよかった。

この手紙にはあなたの心が、あなたの気持ちがよく言い表されています。私があなたに多くを要求していることはわかっています。あなたはそこでのあなたにかかわるすべて、家族や親戚の人たち、友達や生徒たちを残して見知らぬ人たちの住む未知の土地に来ることになるのだから。しかし、それも短い期間で、こちらで新しい友達ができます。確かに涙の別れとなるでしょうが、私との喜びの再会となるのです。それに彼らとはもうそれっきり会えなくなるのではない。私たちは彼らに会いに行くのです。約束します！

キョウコ、あなたへの愛は言葉に言い表わせない。

ところで、指輪ですが、私が買ったのは大きなダイヤではありません。私はサイズよりも鮮明さとカラーに重きをおいて選びました。ダイヤモンドには４C、選択の基準があって、それらはカット、クラリティ、カラー、カロット。カットは、いろいろカットとされたもののなかで、丸くカットされたものが一番輝きがあります。鮮明さ（クラリティー）はダイヤの中にカーボンのスポットがないこと。カラーはブラウンまでいろいろあり、白がベストで一番望まれる。キャロットはカットした後の重さ。

何らかの理由で気に入らなければ、あなたが気に入ったのと交換できます。いずれにしても、あなたにハッピーであってほしい。あなたがハッピーだとそのことが私をハッピーにしてくれるのだから。

１月、２月、３月になるのか、あなたが来てくれることさえわかっていたら、いつまでも待ちます。

これからの数週間、ご両親とお姉さんといい時が過ごせますように。私はあなたのご両親が好きになりました。

何とか言葉を習ってゆくゆくは彼らと会話できるようになりたい。私を迎えてくれた彼らの態度、滞在中にみせてくれた快いもてなしをどんなに美しく感じたかを言葉に言い尽くすことができない。忘れることなくずっと私の心に残るだろう。あなたの弟さんたちはどちらも素晴らしいことにクニさん。彼がサバティカル研修休暇を取るときになったら、英国ではなく是非、アメリカの大学を選んでほしい。彼と彼の奥さんに彼らの家での2、3日がとても楽しかったと伝えてください。

いつか彼らから受けた歓待のお返しができればと思う。

ネネが戻ってきたのを聞いてうれしい。彼の怪我は大したことでなければいいのだが。猫にはよくあることだけど。

遅くなったので、これくらいで。明日また書きます。そして、今週の週末に電話します。

それでは、明日まで、私の可愛いひと、おやすみ。

1月3日

お早う。起きると暖かい、靄のかかった日。あなたがそばにいてくれたらと願いながらずっとベッドにくるまっていたかった。あなたの両親はあなたにこのままそこにいてほしいことでしょう。お母さんと一緒に買い物に行く機会があったと聞いてうれしい。お母さんが私たちのことを喜んでいるほどには、お父さんがそうみえないそうですね。あなたは真実を学んだのです。そうです、元来、男性は女性に比べてずっとさびしがり屋。私があなたを恋しがる気持ちは、あなたが私を恋しがる以上のものだとはあなたにはわからないだろう。実際、誰もいない家に帰宅するのにもううんざりしている。

家といえば、あなたが来てから一緒にお互いに気に入った家を探しに行きましょう。

今住んでるコンドミニアムの買い手がなければ、貸してもいい。もう一方のコンドミニアムに借り手がありましたが、彼らは犬を飼っていたのでペット禁止のルール違反でだめになりました。できれば、本当に売ってしまいたい。また、新聞広告を出さなければ。将来、また不動産に投資するなら家に限りたい。

じゃ、これでおかなければ。この便りが届くまでに2度ほど電話で話してることになるだろう。少なくとも土曜日には。

私のために体に気をつけてください。

All my love, トム

1月4日

トムさん

3日間の休日は瞬く間に過ぎました。今日から教え始めました。今夜、電話が掛かってくると期待していました。掛かってこなかったので、たぶん明日には思うけど、今夜、電話してほしかった。

2日、親戚の人たちが新年祝いに集いました。その席で、姉が不機嫌な顔をして奇妙に振る舞いました。彼女がいなければみんな和やかで楽しい時を過ごせたと思います。彼らが御馳走のあともカードをしたりして真夜中近くまでいたのは半分は礼儀で、私たちを思い遣ってのことだと思います。

次の朝、昨日の朝、9時頃、門がまだ閉まっていました。そしてどの部屋のカーテンも。こんなことは滅多にないことです。母はいつも早起きでどんなに遅く床についても翌朝はちゃんと決まった時間に起きます。おかしいなと思いましたが、すぐにわかりました。親戚の人たちがみんな帰ったあと、姉が母に酷く当たったのです。母はちょぴり話してくれましたが、私にはそのときの状況のものすごさが察せられました。眼前の母は、一夜にしてやつれ果てた90歳の老婆に見えました。私は姉に対して激しい怒りを感じました。姉は私を含めて周りにいる幸せな人たちの間にいて、彼女自身のみじめさに耐えられなかったのでしょう。でも年取った両親をこれほど悲しませるのは許せない。

名古屋に住んでいる従妹がいます。彼女の夫はトヨタで働いています。（ケンタッキーにトヨタの新しい工場が建設中であるのを知っていますか？）彼らは去年の春に結婚したばかりで、この春、赤ちゃんが生まれます。彼女は里帰りしていて、新年祝いの集いに叔母と一緒に来ていました。大晦日にも私に会いに来てくれました。姉はこの従妹をとても嫌っています。私と従妹が仲が良くて、今2人とも幸せだからです。

昨日、彼女と彼女の母である叔母、そしてもう1人の叔母から、隣の市の神社に新年の願をかけに行かないかと誘われて、同行しました。従妹の夫が車を運転してその神社にお参りしました。そこで私はお守りを買いました。斧槍の形をしたもので、魔除けと家運繁栄をもたらす守り札です。あなたも気に入ると思います。帰途、素敵なレストランに連れて行ってくれました。

叔母の家で、弟に電話して2日の出来事を話しました。母を気遣って、そのあと弟は母に電話しました。姉は暴君です。ことわざに、「泣く子と地頭にはかてぬ」と言うのがあります。仕方がない、病気なんだから、と父が言うように、彼女に優しくして、辛抱強く見守るべきでしょうが、それにも限度があります。

私は憤りから、父に酷な提案をしました。彼女にはみんなを不幸せにする権利がない、病院に入れるべきだと。

従兄と叔母たちが2月に私のために送別会を計画しています。でも、その親切な招待を断ることにします。私の出発の準備については父母の手助け、姉からの助けさえ頼みにしていました。でも、父母は姉のことが手に余っています。大丈夫、自分で何とかできます。考えてみれば、実際、姉は本当にかわいそうです。私は自分の幸せをみつけたのですから。時として幸せを家族全員で分かち会えないのは残念ですが。叔母のところから帰ってきたら、あなたからの12月25日付けの便りが届いていました。

1月6日

昨日、寒波が日本を襲いました。今朝、起きると、池の水面が凍っていました。風がとても強くて昨日と同じくらい寒い。今は大学に行っている教え子と、映画「コクーン」を見ての帰途、凍えてしまいそうで、歩くのではなく走りました。それでも寒くて喫茶店に入って暖かいココアを飲みました。

これは昨夜、電話で話しましたね。

あなたが行ってから、昨夜ほどあなたの腕に抱かれたいと思ったことはありません。

とても寒いのと、あれこれと悩まされていて。もう、大丈夫だと思いますが。電話で話しましたサンフランシスコの友達には、ただ短いお礼の手紙を書くことにします。彼は、最近、なにもうまく行っていないようで、沈滞状態です。でもそれはもう私には関係がないことで、彼からプレゼントをもらう理由がなくて、驚いたくらいですから。私からの友情が必要みたいですが、私にはいまその余裕がありません。彼が私たちの関係について警告じみた忠告を書いてよこすのは無礼だと感じます。

私は両親が今いる状態を心配しています。まるで、家中が姉の個人病棟のようです。

人生で一番悲しいことの一つは、人は自身の幻想から解放されないことです。自分自身の面倒がみられない、自身の幻影や懸念に窒息させられて。そして、自身の幻影や懸念に苦悶するひとたちは、往々にして周りから奪おうとするだけで自らは何も与えようとしない。確かに、非常に不運な星の下に生まれた人たちがいます。その存在は私たちの理解の及ばない、不可抗力の現象です。

現時点では、私は自分のこと、あなたと私のことを考えるようにします。ここを出てゆくための準備に専念しなければいけない。荷づくりをし始め、そのほか必要な手続きをしなければいけない。できるだけ早くそちらに行けるように。全部ここに残して、今、あなたのもとに飛んでいけたら！

じゃ、これで。どうか、お元気でいてください。

I love you,　キョウコ

1月6日

キョウコさん

早朝、打ち上げのために出勤したのですが、発射までの1分足らずで、またシャトルの打ち上げがキャンセルされました。2つの些細な支障は解決されたのですが、次いで生じた3番目の問題のため今日は取りやめになったのです。

土曜日は全くもって麗しい日でした。気温はおよそ27度。ビーチを歩いて、スノーバードたちが日光浴しているのを眺めました。スノーバードと言うのは冬場バカンスでフロリダに北から降りてくる人たちのことです。日曜の朝は打って変わって曇り空、雨が降り出してから後は殆ど雨天でした。そして昨夜は温度が4度に下がって、今朝は7度で強風、そのためそれ以上に寒く感じられた。テレビでフットボールのプレイオフがあり、来週はセミファイナル、そして月の終わりにスーパーボール。日曜にあなたの声が聞けて素晴らしかった。あなたを抱き寄せて大きなキスをしたかった。話しているとあなたの声がいつもと違って変にきこえたので、なんだか私の予感が当たっていた。

こちらに来るまでにあなたの身にいろいろプレシャーがかかっているようですね。お姉さんのこと、サンフランシスコの友達の私たちの関係への口出し。「気が変になったのじゃないでしょうね。はやまってはいけない」と言われてあなたが掻き乱され、懸念するのはわかる。第一、速すぎはしない。私たちは私たちなりの自然な段階を経て決めたことなのだから。それはあなたもわかっていることと思う。

あなたに言いたいことが言葉では言い表せない。アイラブユー、でさえ不十分だ。私にわかっているのはこれからの残りの人生をあなたと過ごしたい。2人して幸せな人生を築きあげて、一緒に歳を取っていきたい。やっとあなたをみつけたのだから、絶対に失いたくない！　一緒であること、それが最も大事なことだ！　過去にお互いが回避してきたすべてを見つけることができる、これが私たちにとってのチャンス。私たちはお互いに与え合うものが多い。私にはあなたが必要で、あなたも私が必要だと思う。

基本的には私が、あなたが安全と感じているライフスタイルから未知な人生へと踏み出してくれるように頼んでいるのですから、あなたが苦しい立場でいるのはわかります。私に言えることは、あなたのそばにいて、あなたを守り、あなたを愛し、幸せにするのにベストを尽くすと言うことだけです。私たちの関係に、お互いに多くのことを注ぎこんでいくことになりますが、お互いに幸せになれることは私にはわかっています。

あなたがとても必要としている時に、タイミングよく私の便りが届き、電話してよかった。私としてはそれよりもそこであなたのそばにいられたらよかったのだが。

次女のジェニファーから良い便りをもらった。彼女は四人兄妹で一番賢く、今大学生だが成績は全部AかB。目下、車を買うために仕事を探している。

こないだ父と話した。2、3日電話してもつかまらなかった末に、やっと。冬になるとこれまで何度も避寒のためしばらくフロリダに下りてくるように説き伏せようとしたのだが、相変わらず興味を示さない。どうしてだか、私のところへ来る気がない！　私がカリフォルニアにいたときも、来てくれたことがない。父も義母もリタイアしているのだから、断る理由がないはず。まあ、いつかそのうち来てくれるだろう。

それじゃ、このくらいで。ジェニファーに返事を書いて、私たちの写真を同封したい。

もう、寝なければ。明日は6時までに出勤しなければいけない。

明日、また書きます。ああ、あなたがそばにいてくれたら。

1月7日

昨日に続いて今日もフラストレーションの日でした。打ち上げがまた取りやめになったのです。今回は天候のためでした。打ち上げ再開の試みまでに、少なくとも48時間待機していなければならない。このシャトルは再び飛び立ちたくないようだ。名は「コロンビア」。改修に2年間かかっていて、これが初の再発射。

キョウコ、そちら少し状況が和らいできていればいいと願っている。気を落ち着けて、その日、その日、何ごともあまり気にしないようにすればやっていける。ここ2、3週、そばにいて必要に応じてあなたの支えとなれればいいのだが。

数枚の最後の写真を同封します。気に入ってくれればいい。ここのところ私が使っている切手をどう思う？「LOVE」、美しい言葉、美しい感情。アイラブユー。私のために元気でいてください。笑顔で目覚めて。

All my love, トム

1月7日

おや、ワンダフル　サプライズ！　あなたへの手紙を投函して、帰宅するとあなたからの便りが届いていた。

大晦日まで忙しくて、新年3日しか休みが取れなかったようですね。お母さんが私からのプレゼントのチョコレートをまだ食べてなかったと聞いてびっくりしました。お姉さんはどうですか、彼女は全部食べてしまっていますか？

そうです。あなたが想像したように、私は過去2年あまり、数人の女性と出会って、別れました。どの人にもあなたの質が備わっていなかった。私自身、自分が探し求めているものが何なのかはっきりわからなかったが、あなたの中にそれを探し当てた。あなたは私にこれからの人生を一緒に生きていきたい気持ちを起こさせた唯一の人です。私たちは相性が合っていて、お互い気が楽になれる、お互いに自分自身でいられる。とにかく装わなければいけない人が多いけど、私たちは装ったことがなく、これからもそうする必要がない。ずっと前から知っていたように感じられて、まるで、しばらくどこかに行っていてあなたの元に帰ってきたよう、としか言い表せられない。

今年が私たちの年、最良の年、少なくとも来年になるまでは。そしてそのあとも、またそのあとも……お正月に電話してびっくりさせたようですね。あなたの声を聞くことなしで新年をスタートしたくなかった。

先月は時の経つのがかなり速かった。こちらに発つ日がわかれば、こちらで航空券の値段が調べられる。片道切符であっても往復航空券の半分よりは高いだろうと思う。

ねえ、私があなたをどれほど愛し、いとしく思っているか、そしてあなたを欲しがり、必要としているか、わかっていますね！

それでは、これで。

何もかもうまくいきますように。そして、私のために元気でいてください。私への愛が強まってきていると聞いてどんなに嬉しかったか、あなたにはわからないでしょう。

よく眠って、笑顔で目覚めて。

All my love, 大きなハグとキス、　トム

1月9日

トムさん
お元気ですか？
ここ3日間、買い物をしています。少し休んであとは来週にするつもりです。あなたはそちらに何でもあるからと言いましたが、そちらでは手に入らない物を念のために買わなければいけないのです。

12月31日付けのあなたの手紙が1月7日に届きました。これまでの中で一番胸に響いた手紙でした。私のあなたへの思いはより確かで、より強く、ぐらつかないものとなってきています。あなたのことを誇りに思います。今私たちが立たされている3か月の別離はある意味ではいいことです。お互いがどんなに必要かを認識させられますから。そう思いませんか？

知人や友達などから、「夢のようですね」などとたくさんお祝いの言葉をもらっています。大学生になっている男の生徒から「先生の人生は映画のように波乱万丈ですね」との言葉に笑ってしまいました。また、旧友は、「まだ十分若くて子供が産めますよ」と。彼女自身には、子供がいません。彼女とは中学、高校と一緒でした。彼女は日本では最も名門大学の一つで医学を専攻しました。彼女とその夫は共に国立医療研修所で働いていて、インフルエンザのビールスを研究しています。ジョージア州のアトランタに研究に行くことがあるので、、私たちを訪ねてくるかもしれません。

もう1人のガールフレンドは親友で、私より12歳年下なのですが、高校の英語の教師です。彼女と私は10年前アメリカでの英語研修のツアーに行ったとき友達になりました。サクラメント大学での夏期講座で半分はドーミトリーに滞在、半分はあちこち旅したのです。彼女も子供がいません。夫は外資系のビジネスマンです。

日曜日に、叔母たちが荷造りを手伝いに来てくれることになっています。あれ以来クニと話していません。父母のところから電話できませんので。姉の神経に触るからです。家の電話で話すのを控えなければいけないなんて、全く以って厄介で、ばかげています！　実を言いますと、あなたからの電話が姉に悪影響を与えています。でも、私はかまいません。あなたからの電話がなければ不安になります。だから電話してください。

東京にある、エコーと言う旅行会社に手紙で、航空券について問い合わせてみました。その社からだと世界中どこでもの航空券がより安く手に入ります。まもなく情報が送られてくるでしょう。それから、いつ日本を発つかを決めるつもりです。

それでは、これで。この便りが届くころまでには、再会までには45日ほど。

お元気で。

Love, and kiss　　キョウコ

1月14日

キョウコさん
1月4日と6日付けの便りが着きました。
土曜日に電話したとき、あなたの声は元気そうだったのでよかった。こちらは朝で、そちらは夜。朝起きたら、君がそばにいる日を楽しみにしている。
状況がよくなってきて、あなたが気を楽にして事に当たっていますように。仕事をしながら、代理の教師を探し、また荷造りをしていて大変なようですね。お姉さんのことは言うまでもないことで。彼女がお母さんに酷い仕打ちをしたのが遺憾でならない。暴力的なものではなかってほしい。

トヨタの工場がケンタッキーにできるのは知っています。また2、3の自動車工場がテネシーに移ってきています、ここから900マイル北です。

叔母さんや従妹さんと神社に新年のお参りに行ったとのこと。魔除けと繁栄のお守りを買ったんだってね。私たちの家にそれを飾るにぴったりのところを見つけましょう。あなたが選んだのだから、気に入ると思う。

ところで、暴君のようだとあなたが言うお姉さん。私も、やはり病院で何らかの助けを受けたほうがいいと思う。ご両親にはこれからの日々を平和で静かに暮らしていく権利があります。悩みの種を助長させるようなことがあってはいけない。

叔母さんや従兄さんが計画しているという、あなたのための送別会ですが、それはあなたばかりのためでなく、彼らのためでもあるのです。彼らがしたいようにさせてあげなさい。お姉さんのことがあってご両親のところでするのがまずいなら、あなたが教えている教室とか、どこかほかのところでやればいい。

そうだね。幸せが家族全員で分かち合えないのは残念だけど、いつかそうなることを願うしかない。そちら、気温が少しは上がって寒さがそれほどひどくなければいいのだが。こちら、夜は零下近くに下がることがあっても、昼間は15度ほどなので、気に入ると思う。ただし、夏はあなたには暑すぎるでだろう。

映画「コクーン」はどうでしたか？　知ってるかとも思うが、あれはフロリダで撮影されたのです。私は6か月前に観ました。

私の腕の中にいたかったそうだけど、私は別れてから毎晩そう感じている！

さて、数回延期されたあと、日曜日、午前6時55分、やっと、スペースシャトルが打ち上げられました。夜明けの空に美しい発射だった。

1月15日

サンフランシスコの友達のこと。あなたは彼について以前にも触れたことがあったと思うが、詳細に言及していなかった。これまで文通した男性のひとりなのですか、それとも？　どんな事情であろうと、わたしはあなたの見解と同じで、彼が私たちの関係に忠告めいた言葉で口を挟むのはどうかと思う。

私が利用したトラベルエイジェンシーに電話して、あなたの航空券の値段を問い合わせてみました。東京―ロサンゼルス―オーランド、およそ８３０ドルで、現在の為替相場では16万円です。比較したいのでそちらでの場合を知らせてください。それと、出発の日が決まったら、できるだけ早く知らせてほしい。

たとえあなたが2月の末までに来られなくても、私たちはすでに半分の道のりに達している。別れてから45日たち、2月28日まであと45日。ここまで来たのだから、後半の時間はより早く経っていく。ああ、今、あなたがここにいてくれれば！　時間は一向に早く過ぎていってくれているようではない。

今年は、15のシャトルの打ち上げが予定されています。次の打ち上げは今月の24日。あなたはシャトルが発射される光景を楽しんで観ることと思う。とても素晴らしい経験。これまでたくさん見てきたけど、どの打ち上げも始めて見た時と同じくひどくわくわくさせられる。この気持ちをどう言い表したらいいのかわからないけれど、サテライトやシャトルに何年も精魂傾け専念してきているので、打ち上げ台から火煙を噴いて舞い上がってゆく姿が胸に迫って、感情的になるのです。もちろん、失敗した時はひどい気持ちにさせられますが。

ねぇ、可愛い人。長い歳月の末、私たちはお互いに的確な判断を下した。ただ一つ残念なのは、人生の今の時点まで来てしまっていること。ずっと、ずっと前に巡り会える運命だったらよかったのに。これはどうしようもないこと。しかし、これからの私たちの将来は2人でどうにでもできる。ああ、今そこにあるすべてを捨てて飛んできてくれたら！

そちらのみなさん、みんな元気ですか？　彼らが計画している送別会、是非受け入れることだ。独りの人間のために台無しにさせてはいけない。おや、同じことを繰り返して言っていっているようだ。じゃ、これでおいて、投函します。

事情があなたにとって楽になっていきますように。何事にもあまり意気消沈させられませんように。あなたに残されたそちらでの日々がもめごとのない気持ちのいい日々でありますように。

今週の週末に電話します。私のために元気でいてください。

With all my love,　トム

1月16日

トムさん

今週はとても忙しいです。日曜日に叔母たちが来て、荷造りを手伝ってくれました。中身10キロの荷が7個。

火曜日、運送屋に電話して問い合わせたのですが、手続きがとても複雑で厄介なので、郵便局を通じて送ることにしました。新居浜の郵便本局に行って尋ねますと、船便と航空便があり、船便では40日以上かかるみたいで、おまけに荷物が紛失したりするケースがあったりしてあまり確実ではない。それで、二倍以上の郵送費がかかっても航空便にした方が良いと考えます。約2週間で着くので速いのと、安全だから。

そんなわけで、既に荷造りしてある荷の中身を減らして、そちらで絶対必要な物だけに絞ることにしました。それにまだ、送る時にはかなり複雑な税関の手続きを通過しないといけないようです。

このことにつけて、あなたにちょっと言いたいことがあります。もう済んだことですが、あなたに失望したことがあります。実は婚約指輪のことです。あなたは指輪を買ったら送ってくれると約束しました。今ではあなたが送りたくない理由を納得していますが。私がそちらに送るものについて、私はあなたの場合以上にためらわれるのです。なぜかと言うと、私が送る物の中にはいくらお金をかけてももうどこでも手に入らないものがあるからです。でも、指輪は買い替えができます。あなたが私の指に入れたいから私が来るまでとっておきたいのはわかります、むしろそうしたほうがいい。でも、ここで私があなたに知っていてほしいのは、私は約束を守らない人がきらいだということです。一旦約束したら、私はどんなに困難なことになってもその約束を守ろうとします。このことを持ち出すのはいやだったのですが、母が私を手放すのを心配していて、叔母にも事情を説明したらわかってくれました。私が言いたいのは言葉やお金ではなくて、誠実さ、信頼であるのはわかってもらえると思います。

あなたの方でも、私に失望したところがあると思います。言ってほしいけど、あなたは言わないでしょう。ふつう男の人は言わないようだから。ともかくも、このことがわたしのことをより理解する助けになってくれれば。

今週、私に代わって生徒たちを教えてくれる人とインタビューします。月曜日にその1人と会いました。38歳の独身で教えた経験がないのですが、去年大阪にある会社を去ってから仕事を探していて、とてもこの仕事を得たがっています。明日、会うことになっているもう1人の男性は、30歳でこの仕事に5年間の経験がありますが、自宅とほかでも教えていて毎日は来れない。生徒や彼らの両親のためにどちらを選んでいいかわかりませんが、私にとって一番重要なことは、私がいなくなっても引き続き両親に毎月の貸し部屋代が確実に入ることです。

昨日、従兄のところで仏教の祭式がありました。姉も含めて私たちはみんな参加しました。お坊さんが帰ってあと宴会となり、姉は楽し気でした。成人の日で祝日でもあったのですが、私は教えなければいけないので、午後3時に帰ってきました。その後みんな夜遅くまでずっとそこで賑わっていたようです。そして、今朝、どういう風の吹き回しか、姉が起きていて、洗濯をしていました！　新聞を取りに行った時彼女の笑顔を見たのです。まだ、そんなに楽観的にはなれませんが。

クリスマスに、意外にも母や姉にさえ贈り物をしてくれたサンフランシスコの友達。ただ、「ありがとう、さよなら」とでは済まされないので返信したのです。私の中に芸術的な才能を認めてくれ、追求するようにと勧めてくれた人で、書くことを放棄しないようにと言われていました。彼自身、その分野の才能があります。私は現実の中で生きたい。言葉の世界ではなくて、外の実社会の中であなたと美しく生きたい。私は彼を尊敬し、彼のある面を賛嘆していますが、愛していない。彼はあまりにも理想主義者で、ついていけない。彼と私に共通点があります。それは2人とも神経過敏であること。彼はエレメンタリースクールの校長で、黒人です。黒人ゆえに私は彼を傷つけたかもしれない。でも彼は全く不可解に私を傷つけました。彼については今もよくわからない。彼からの手紙の結びの言葉は、「結婚しても日本人であることを忘れないように」、でした。

トム、私はあなたのこともよくわからない。でも、愛している。愛というものがどんなものだか知らないけど。あなたと一緒にいたい。あなたとは気が楽になれるから。だから何もかも捨ててここを出ていくのです。あなたが私の中にいる時の感覚を殆ど忘れています。ただ、あなたの腕の中に抱かれたいと思うだけです。

夜、生徒を教えていると、どうしてかわからないのだけれど、目に涙があふれてきました。私はそんなに不幸せでもなく、また幸せでもなく、ただ、この世から消えてしまいたかった。あなたはこのような感情にとらわれたことがありませんか？　たぶん、プレッシャーとフラストレーションが多い状態にいるからでしょう。とても疲れています。よくはわからないのだけれど、自分がひどく欲張りな人間に思える。人生に欲張りすぎているのだと思う。だから、現実では欲張りではない、実際、何にもほしくない。そのことが私の問題、疾患だと思う。自分が本当に欲しくて、本当に必要としていなければ、何も欲しくないし、何も必要としない。だから簡単に断念してしまう。

あなたがいまここにいてくれれば、大丈夫だと思うけど、まだ1か月以上もある。

旅行会社から返信がありました。10％値引きで、ノースウエスト航空、22万円。2月27日か2月28日発。この航空券を購入しようと思います。

今日はもうこれで。

おやすみなさい、トム。アイラブユー。

キョウコ

1月16日

愛しい人
帰宅すると、郵便箱にあなたからの便りが入っていて、全く、今日という日を美しく締めくくってくれた。ナイスサプライズで、9日付けだから順調に届いてさえいる。
何だって、3日続けて買い物したんだって!? また明日も行くんだって？ どうするつもり、街全体でも買っちゃう気？ はっ、はっ。その分だと、こちらに荷が着いたら家に運ぶのにトラックを借りなければならなくなる。ここでは手に入らない物を買うのはわかるけど、大抵のものはここでも手に入ると思うよ。

あなたは私をとても幸せ者にしてくれた。まるで20歳に戻って再び人生を始めるような気持ちにさせられる。私たちの人生を始めるのに興奮してくる。まさに若者に帰った感じだ、将来への期待でいっぱいで。

「私のあなたへの思いはより確かで、より強く、ぐらつかないものとなってきています。あなたのことを誇りに思います」その言葉がどんなに私の気をよくさせたか、あなたにはわからないだろう。「今私たちが立たされている3か月の別離はある意味ではいいことです。お互いがどんなに必要かを認識させられますから。そう思いませんか？」全くその通り。あなたの姿を最後に見てから30分後、あなたなしで機上にいた時、その辛さを切実に感じました。今日で、会えるまであと43日。2月の最後の日、28日まであなたが到着しないとして。それよりも早いことを願っている。

たくさんの祝辞をもらっているようですね。その中で、あなたの旧友が、まだ十分若くて子供が産めますよ、とあなたに言ったとのこと。あなたはどう思いましたか？　知っての通り私は精管切除しているが、もとに戻す反転手術もある。子供ができたとしても、その子がハイスクールに入る頃にはもう私は60歳に近い。それに子育てで2人でやりたいことができなくなるのを恐れる。あなたとの子供はほしい。しかし、それが私たちお互いの愛の延長となるのが苦になる。複雑な気持ちです。ああ、運命がもっと寛大で、10年前にめぐり会えてたら。だが、巡り会えてお互い愛し合うようになれただけでもありがたいことだ。

あなたのその旧友がアトランタでインフルエンザの研究にくることがあるそうだが、アトランタなら、ここから車で8時間。近いので会えると思う。また、クニがサバティカル研修では、イギリスではなくアメリカに来てほしい。

およそ同じ時刻に電話します。土曜か、日曜日に。会話中はお姉さんのことを気にすることはない。私たちが話していることは彼女にはわからないだろうし。あなたには気になるだろうけど。もし土曜日にかかってこなくても気を悪くしないで。日曜日にはかかってくることはわかってるね。

それから、そちらを発つ日が決まれば、知らせてほしい。航空券はそちらで買うよりもこちらで買った方が安く買えるかもしれない。

あなたの頭の中にいろいろなことが詰まって、毎日忙しい様子。私にはどうしてもあげられない。どうか、私のために元気でいて下さい。この手紙が届くころまでにはあと35日。

手紙では大きなハグもキッスもままならないが、その時まで取っておくしかない。

All my love,　あなたのトム

1月22日

私のあなた

昨夜、生徒たちが帰った後門を閉めてた時、郵便箱に14日付けのあなたからの便りを見つけました。

最近郵便屋さんは定刻に配達しないようで、午後に2回チェックしましたが入っていませんでした。

私の仕事を引き継いでくれそうな人のこと、電話でも話しましたね。その2人のなかで、30歳で5年間の経験のあるシライシさんに決めました。新婚でとてもハンサム、愛想がよくてユーモアのある人です。彼自身自宅と、その他数か所で教えていますが、一旦、私のところで教えることになるとほかを辞めて自宅とここに集中することで、同意しました。ここへは週3回来ることになります。

今日の夕方、生徒たちに会いにやってきて、私の授業を見学することになっています。明後日にもやってきて今度は別の生徒たちに会います。そして、彼が実際に引き継ぐまでに私たちは1週間に1回は会って話し合い、詳細を取り決めることとしています。彼は子供が好きで教えることに情熱を持っていて、塾を大きくより良い塾に発展さたい意気込みが見られます。ですから私には生徒たちを彼に託すのに懸念はありません。私がいなくなった後も、この教室は夕方、陽気で快活な生徒でいっぱい、毎夕ではなくなるけれど。そして父母には教室代としての収入が毎月入る。とても嬉しい。弟たちに話したら、喜んでいました。親戚の人たち、生徒の親たちも喜んでいるみたいです。

姉でさえです。彼女はもう1日中寝ていることがなくなりました。気が向くと、料理をしているみたい。このままじわじわと回復していってくれればいいのですが。

この手紙では、オーランドからロスアンジェルス経由で東京への航空券が830ドルでおよそ16万円。電話では別のトラベルエイジェンシーでの値段を言っていましたね。聞き取りにくかったのと、わたしは数字に弱いので即座に英語で数字の反応ができません。ヒアリングを上達させる必要があります。そうでないと厄介なことになります。それはそうと、あなたが航空券を送ってくれると聞いて嬉しかったです。

1月23日

今日買い物に行ってきました。高価な下着（と言ってもあなたが買うかも知れないセクシーなものではない）と、靴を二足、そして分厚い辞書、和英、英和、そして国語辞典を買いました。8万円ほど。これで必要な物はほぼ揃いました。空港便で送るので急ぐことはないのですが、2月に入ると送り始めます。ということは2月の中旬にはそちらに着きます。

電話では言い忘れましたが、祝辞だけでなく、たくさん祝儀をもらいました。叔母たちから、義妹イスズさんのお母さんから、弟たちから、そして生徒の母親からも。どれも気前のいい金額です。

電話で少し触れたジョンソン夫人のこと。私にとって東京にいたころの、オズボーン夫人（旧ウオーター夫人）とともにもう1人の恩人。彼女に出したクリスマスカードが「差出人返送」で戻ってきたのがひどく気になっているのです。引っ越ししたためでしょうが、転送先が不明だったようで。英語研修でサクラメント大学での夏期講座に参加した際にヒューストンにいるジョンソン夫妻を訪ねました。滞在中、ジョンソン宇宙センターや、アストロドーム、メキシコ湾沿いのガルベストンに連れて行ってくれました。あれからもう十数年たちます。彼女から返信がないので、あるいは亡くなったのでは、と恐れています。これは私のせいで、私が悪かったのです。毎年、少なくともクリスマスカードを交換していたのに、ここ6年間無沙汰していて、彼女から2、3度カードが届いても私は返信しませんでした。そちらに行ったとき、オズボーン夫人に連絡して何とかして探しあてたい。ヒューストンで、その頃はまだウオーター夫人だったオズボーン夫人にも会いました。彼女はその後、離婚してオズボーン夫人なのですが、いまはノースカロライナに住んでいます。彼女に送ったクリスマスカードにあなたとのニュースを伝えましたら、大変喜んでくれてお祝いの返信をもらいました。ジョンソン夫人にも喜んでもらいたかった。英語研修の旅で彼女の娘、ジュリーとはサニーベールで会いました。スタンフォード大学で働いていて、離婚の瀬戸際でした。今、あの頃のことが鮮明に思い出されます。

それではこのくらいで。

私は2月27日に発つつもりです。だからこの手紙が届くころには3分の2の時間が過ぎたことになります。

アイラブユー、あなたのキョウコ

1月24日

キョウコさん

夕方、あなたからの1月16日付けの便りを読みました。

状況がよくなってきていてあなたの気持ちが楽になってきているといいのだが。明日の朝、電話するつもりなのでその時に詳しい様子がわかるだろう。

あなたは人生の賭け、大きな冒険に乗り出していこうとしてるのだから、様々な思いやフラストレーションでいっぱいなのはわかる。私としては、あなたが必要で、もう一度この腕に抱きしめる日までとても待てないと言う以外今は何もできない。

航空券を買いました。手元に届き次第、郵送します。ノースウエストオリエント航空、フライト2、2月27日、成田空港4時30分発。木曜の午後です。ロサンゼルスに着き、そこでおよそ5時間の乗り継ぎなので、税関など通過するのに充分時間がある。娘、タマラと話して、あなたを出迎え、国内線デルタのターミナルに連れて行ってくれることになっている。デルタの国内便でロサンゼルスからオーランド。途中テキサスのダラスに止まるが、乗り換えなくそのままオーランドには木曜の夜11時に着く。

タマラは母も連れて行って、あなたに会わせると言っている。あなたにとって、少なくとも私の家族に会う機会ができて、また国内線への乗り換えの助けとなるだろう。

こちらに送る荷のことだが、掛け替えのない物だけを航空便で送って、その他は船便で送ればと思う。と言っても、あなたがベストだと思うようにすればいい。

婚約指輪について。約束を守らなくてすまない。だが、その理由はわかってもらえたと思う。それに、あなたがこの指輪が気に入らなければ、あなたの気に入ったものと取り換えができる。どうか、お母さんには、「私たちが一緒になる」と安心させてください。

それにつけて、言いたいのは、もし私があなたに落胆させられたことがあったら、あなたに話します。これまでのところなにもありません。あなたが自分の思っていることや感じたことを述べるのはいいことだと思う。そのことでお互いをよく知るようになり、受け入れるようになるから。少なくとも、お互いに一緒にいる位置がわかるから。

ご両親を少しでも楽にしてあげるために何かできることがあればいいのだが。あなたを手放した上に、さらに経済的に暮らしがきつくなるようなことにならないように。お姉さんが少しよくなってきているようなのが嬉しい。これから徐々に正常になっていくのを願っている。

私たちが愛し合ったときのあの素晴らしいフィーリングを忘れないでいてほしい。これまでにあなたほど素晴らしいフィーリングを与えてくれ女性はいない。あなたのどの部分も懐かしい。

私たちは美しい人生を生きるのです、キョウコ。私はそのためなら何をするのもいとわないつもりだ。あなたもそうしてほしい。私たちは、お互いとても仲良しになれる。私にはそれが感じられる！

これからはあなたが涙を流すようなことは起こらないことを願う。ノー、私はこの世から消えてなくなりたいなどと思ったことは一度もない。時々、死について考えて、ひどく不安な気持ちになることはあるけれど。自分が愛するものがもう見られなくなる怖れからだと思う。時折、未知というものに圧倒される。

あなたに知っていてもらいたいのは、あなたを気遣い、愛し、幸せにするためにベストを尽くすということです。あなたは私にとってとても大事な人。一旦、一緒になれたら、すべてが大丈夫。この便りが届くころはその日が30日以内になっている。

今は、これで置くけれど、明日電話した後、たぶん書き加えるだろう。

じゃ、おやすみ。

1月25日

お早う。

ああ、とてもいい会話だった。あなたの声の調子がとてもよかった！　あなたの笑い声に爽やかな気持ちにさせられた。あなたの笑い声を聞いたのは、ここに戻ってきてから初めてのこと。お姉さんがよくなってきていて、そちら何もかも順調にいっているのを知ってとても嬉しい。

あなたの後を引き受けて生徒たちを教えてくれる人が決まったとのこと、またそれでご両親の暮らしが金銭的に助かることになるようでよかった。

生徒たちが送別会をしてくれること、あなたが私の助言を聞いて従兄や叔母さんが計画していた送別会もやってもらえるようになったこと。

あなたとの会話が、今日と言う日の明るいスポットライト。午前中、ずっと雨で曇り空。まだどんよりしていて、予定されている明日の打ち上げが問題になるかもしれない。

もうこのくらいにして投函しよう。来週の金曜日か、土曜日に着くと思う。2、3日中に航空券が届くので、届いたら直ちに送ります。

この便りがあなたの手元に届いたらあと30日で会える。なんだか少なくとももう一年離れているような気がする。

All my love と大きなキス、トム

1月29日

私のあなた

今朝、〝チャレンジャー〟が爆破した悲しいニュースを聞きました。ジョギングに出かけようとした時、母がそのシャトル打ち上げの事故を知らせてくれたのです。私は普通朝はテレビを見ないので、ショックで、しばらくは何もできませんでした。こちらで午前10時に電話しましたがかからなくて、よけい心配になり落ち着きませんでした。

何てひどい惨事！　私たちみんな衝撃を受けて、亡くなった宇宙飛行士やチャレンジャーに同乗して宇宙から授業することになっていた女性の先生に対して遺憾な思いを抱きました。そちらでは、非常に大変な事後を経験していることでしょう。

トム、あなたのことがとても心配だけれど、何もできません。もう一度電話したい気持にかられますが、土曜か、日曜にあなたから電話があるまで待たなければいけない。たぶん、それが一番良いように思えます。

午後、生徒のお母さんの1人、新居浜での親友と昼食をともにすることになっていました。生徒の母親たちの小さなグループが私のため送別ランチョンを計画している話でした。彼女は心配顔でした。私がチャレンジャーの事故のことを気にしているようだったからでしょう。

ミスター・シライシが生徒を教えにやってきてきました。彼と生徒たちは自然に打ち解けた感じで、安心しました。ミスター・シライシは去年の12月、新婚旅行に東京のディズニーに行ったそうです。

私はロサンゼルスのディズニーに行ったことがあります。オーランドのディズニーに行きたいし、ゆくゆくはあなたとヨーロッパにも旅行したい。

先週の日曜日、叔母たちがやってきて荷物の詰め直しを手伝ってくれました。少し減らしましたが、それでもあなたの愛車フェアレディでは一度に運びきれないことでしょう。荷物については来週、ミスター・シライシが車で手伝ってくれることになっています。初めは税関のオフィス、それから郵便本局。

トム、わたしがそこにいて、この悲しい事故のニュースを分かち合えることができればいいのに。もう「あなた」と「私」ではなく、「私たちが」始まるのです。と、あなたは言いました。何事が起きても、覚えておいてください。アイラブユー。あなたについていきます。

With all my love,　　キョウコ

1月29日

キョウコさん

愛しいひと、スペースセンターでの悲劇的事故についてはもうそちらでも報道されたことと思う。チャレンジャーとその乗組員を失くしてこちらはまだショック状態。昨日は最悪の日で、全くもって信じられない。

打ち上げは午前11時38分に予定されていて、発射をみるために私たちはみんな外にでていた。とても明るく澄み切った、身が引き締まるように冷ややかな日で、発射は実に美しかった。ゴー！　ゴー！　ゴー！　私たちは万歳の歓呼を上げた。ゴー！　ゴー！　美しい青空に一直線に突き進んでいて、突然、恐ろしい弾丸となって爆破した。傍にいたマネージャーが私に双眼鏡を手渡した、私の方がよく見えるので。最初、シャトルが大火から抜け出たと思ったが、そのうち見えてきたのは2つのブースター（私たちが造っている）が外れて、多くのくすぶった破片が大海に落下していた。そして、私たちがVAB（ロケット組立格納庫）に引き揚げていると、打って変わって当たりは静寂に包まれていた。

昨夜はテレビのどのチャンネルでも繰り返し、繰り返し悲劇のニュースが流れていて、観てると気分が悪くなった。

眠れなくて、今朝、出勤すると昨日と同じような状態だった。全データがロックアップされて殆どの品質技師が原因究明の任務を負わされている。心身共に消耗させられる過程となるだろう。調査は長引くと思うが、それでも実際に何が起こったのかわからないかもしれない。私たちにできることはただ任務遂行しかない。

快い話題に変えよう。帰宅したら、あなたからの22日、23日付けの手紙が届いていて気分が高揚した。何分にも早く届いたのがよかった。

キョウコ、ああ、あなたが恋しい。本当にあなたが必要だ！　この言葉を使うのは私にとってあなたが初めてのひと。これまで私は自分で何でも切り抜けてきたが、あなたが一緒でないともうそれができないかもしれない。アイラブユー！　お互いを見つけ合って、この先一緒に暮らせることが私にとってどんなに幸せなことだか、この気持ちはあなたにはわからないだろう。

あなたの手紙は幸せと喜びがいっぱいで、それが私をとても幸せにしてくれる。後釜の教師が見つかったことで、ご両親は引き続き何らかの収入が入ることになるようだし、彼は生徒たちにとって良い先生のようだし、わけても、お姉さんが回復してきているようす。それが、一番大事なこと。

疲れているので、このくらいにして、明日、仕事から帰ってきたら続けることにする。

おやすみ。私のために元気でいてください。アイラブユー、あなたのトム

1月30日

お早う。

思っていた通り、長い日だった。最終的に事故原因を調査するチームの人員が選出されて、私もその一人だった。来週月曜の午後までに、提出されたすべてのデーターに目を通さなければならない。

と言うことは、週末を通して1日少なくとも12時間その仕事にかかることになる。電話するのは、土曜日でなくて、たぶん日曜日に。その時に話すことになるので、この便りが届くころにはあなたはもう既にこのことを知っていることになります。

叔母さんたちから、義妹イスズさんのお母さん、クニ、そして生徒の母親からもギフト（お祝儀）をもらったそうですね！　みんな親切な人たち。

今日で、あと残り29日！

おやすみ。

笑顔で目覚めて。

All my love, あなたのトム。

2月3日

ハロー　エンジェル

夕方、帰宅したら、嬉しいことにあなたの便りが待っていた。

また、土曜日に電話できてよかった。事故の後ひどくきついスケジュールだった。金曜日の夜はよく眠れなくて、朝早く起きたので電話した。あなたが心配しないように電話しなければいけないと思ってたから。あなたの声が聞けて良かった。そちらの状況がよくなっているのがわかってうれしい。

私のことは心配しなくてもいい。仕事場はてんやわんやでうんざりだが、私たちはやりぬくだろう。まだ海底に沈んだ爆破されたシャトルの破片の収集作業が続いている。何マイルもの沖に散らばった破片もある。

ディズニーと言えば、オーランドにはディズニー、エプコットセンター、シーワールドなどそのほかにもいろいろあって、楽しめるよ。

電話くれたそうだが、伝言として何か言わなきゃ！　電話をかけると一分ごとに料金を請求されるのだから。何か一言でもしゃべったほうがいい。

航空券が無事にあなたの手元に届いたと聞いて、気がずっと楽になった。もうあまり心配することがなくなったので。

じゃ、これくらいで投函します。

ありがとう、最後のパラグラフ、「何事が起きても、覚えておいてください。アイラブユー。あなたについていきます」それを聞いてどんなに嬉しかったことか……。

アイラブユー、キョウコ。

All my love,　あなたのトム

2月5日

私のあなた

今日、やっと荷物を送りました。ミスター・シライシが彼の車で運んでくれました。彼はとても親切で助けになり、ありがたいと思っています。

お礼にお昼を御馳走しました。塾のことでまだいろいろ話し合わなければいけないことがあったので、そのあと喫茶店に移動しました。お互いに出し合った条件がスムーズに同意できました。彼は熱意をもって塾の仕事に打ちこんでいるようでした。新婚で奥さんのサポートがあり、新居を買ったばかりで毎月ローンを払わなければいけないし、また新車を買うつもりらしいので、彼が真剣なのは当然です。彼は週に3回、夕べに私のところに来て教えることになります。

あなたからの1月24日付けの便りが2月3日に届きました。読んでいると私の1月16日付けの便りがあなたを悩ませたようですね。私に対してとても寛容であってくれて、ありがとう。私にはあなたがなぜ私をこれほど愛してくれるのかわかりませんが、これまで出会った男性のだれもあなたほど私を愛し、私を欲し、私を必要とした人はいないと思います。それだから、私たちの出会いが運命的なものだと感じさせられるのです。あなたが言っているように「ああ、運命がもっと寛大で、10年前にめぐり会えてたら！」多くの幸せな出来事や時を分かち合えたのに。私たちの美しい子供も含めて。でも、人生とはこういうものですよね。不幸にして、過去のどこかで、私たちの可愛い子供、たぶん男の子を失くしたのだと思うことにしましょう。

事故原因究明の調査は進んででいますか？　こちらでは悲劇をもたらした原因は、ブースターかもしれないと報道されています。ブースターのどこかにひびがあったに違いないと。あなたの仕事に影響がなければいいのですが。

先週の日曜日、従兄キヨカズさんが来て、私の送別会について話していきました。2月15日、土曜日、キヨカズさんの宅ですることになりました。それで私は土曜日の夜はいないので、日曜日に電話してください。それから、私は2月の27日（私が発つ前の日）は弟、クニのところです。2月26日、そちらの時間で夜の8時か9時、こちらでは午前の10時か11時に電話してください。クニのところの電話番号は、××××-××-××××です。

生徒たちがしてくれる送別会は2月19日。ミスター・シライシも招待されています。土曜日には、生徒たちのお母さんたちのグループとランチで会うことになっています。

姉はとてもよくなってきて、もうほとんど正常な状態といっていいほどです。今では私たちは話ができます。と言っても父母の前だけだけれど。私は彼女が要るものを買ってあげました。彼女が投げて返すかもしれないと恐れていたのですが、笑顔で受け取ってくれたのでほっとしました。とても、嬉しかった。彼女はひどい孤独感と闘っていたのだということがわかりました。私がいなくなり、年取った父母と取り残される思いにさいなまれながらも、何とかしてそんな自分をどうにかしようとして。彼女が最悪の時を通り抜けたことを願っています。私が行ってしまってからは、徐々に彼女自身の生き甲斐をを見つけていってほしい、自分自身で。誰かが彼女のために見つけてくれるのを期待するのではなくて。

昨日、銀行に行って、貯金の残りをトラベラーズチェックに替えてきました。一ドルが１８９円。ここのところ円の価値が上がってきてこれまでは最高。えらいでしょう？　去年の11月にあなたが来たときは、１ドル２０５円と言っていましたっけ？　ところで、荷物を送るのに10万円ほどかかりました。

2月6日

もう一通のあなたからの手紙、1月29日、30日付けの便りがさっき届いたところです。こんなに早くつくとは期待していなかったのと、あなたが私を必要としていることを知っていたので、嬉しかったです。

チャレンジャーの悲しい事故についての描写がとても鮮明なので、その時のショックがものすごくひどいものだったに違いないと感じられました。連日、調査の仕事に疲れ切っていることと思います。まだ週末も働かなければいけないのですか？　今ではその疲労から回復してきているといいのですが。こちらのテレビニュースでは、6月頃にシャトルの打ち上げが再開されると報道されていますが、そうなんですか？

あなたの腕に抱かれるまでに、あともう29日です。ずっと忙しい日が続いていて、これからもあれこれと忙しくなってくるので、もっと早く日が経って行くでしょう。

元気でいてください。アイラブユー。

あなたのキョウコ

2月11日

わたしのあなた

あなたの声が聞けてよかった。とても疲れているみたいでしたけど。当然ですよね。早く調査の仕事が終わって、ノーマルな日課に戻ってくれますように。

航空券のお礼を言うの忘れてたかもしれない？　どうもありがとう。それからロサンゼルス国際空港の構内地図と写真ありがとう。あなたの娘さんとお母さんが私に会いに来てくれるそうで、国内線乗り換えの長い待ち時間をつぶす助けになります。あなたのお母さんが私を気に入ってくれて、娘さんと友達になれればと願っています。

明日、最後の荷物を送ります。ミスター・シライシがまた手伝ってくれることになっています。そのあと、彼に父母を、姉をもよく知ってもらうために両親のところでの昼食に招待しています。

2月12日

ミスター・シライシと昼食前に私の書斎で話しているとき、あることでいやな思いをさせられました。塾の教室代が高いというのです、先日話し合いで同意したはずなのに。私の近所に彼の親戚が住んでいるらしくて、それで1年したらそこで教えたいというのです。部屋代としては高いかもしれませんが、生徒たちはもとより、教室として備わっているもの、黒板や机、教材や暖房器具など一切が含まれているのです。私が十五年ほどかかって一心に築き上げてきたものを彼に譲ってゆくのです。ただやってきて教えればいいだけで、彼にとっては好都合な条件なので同意したはずだったのに。それが覆されることになり、あと二週間で別の人を探さなければいけなくなるとは。ここにきて生徒たちや彼らお母さんたちを落胆させることなど断じてできません。

昼食の席で、もし父が同席していなかったらこの話は決裂していたでしょう。妥協案として、父が教室代を、同意していた額の20%さげることを提案しました。新婚で、新居や新車の支払いなどでお金が要るのはわかりますが、それは彼自身の問題です。私はお金に支配される人を見るのが嫌なんです。話していると彼自身は悪くなくて、彼の親戚の人が彼に入れ知恵したようでした。彼は周りの人に容易に影響されるようでした。父母も私も彼が何年もここで教えてくれることは期待できなく、続いても2年が限界だと感じました。でも、大丈夫、父母には弟たちがついています。クニもヒロも年2回のボーナス時には必ず送金してきていますから。

2月13日

今日はいい日でした。女友達から電話をもらい、その1人は東京の友達でした。午前中訪ねてきたもう1人の伯母からお祝いをもらい、午後には大学生になっている教え子が2人会いに来てくれました。1日中、笑顔が絶えない日で、とても疲れました。

明日はここでのベストフレンドとまたランチすることになっていますし、明後日は、従兄のキヨカズさんのところでの送別会。日曜日は、電車で40分のところにある義妹の実家を訪問することになっていますし、来週の水曜は生徒たちが送別会をしてくれることになっています。ミスター・シライシも招待されています。私は自然に接して、彼の良い面だけ見ようと思います。毎日のようになにかがあって、日が早く経っていってくれます。

あともう2週間！　これが、やっとあなたの腕に抱かれる前の最後の便りとなるかも知れません。私にとってこちらとはことごとく異なる新しい生活、あなたとの人生が始まるのです！　トム、どうか、私のことを大目に見てくださいね。そちらでの生活に慣れるまでに時間がかかるかもしれません。でも、ベストを尽くすつもりですから。

ではこれでおきます。あなたが元気で、仕事のほうがノーマルに戻っていますように。

アイラブユー、　あなたのキョウコ

第5章　郷に入っては郷に従え

あれから18年になる。

キョウコとのめぐり逢いは私の人生において、最良の出来事だった。毎日、毎日が挑戦の日々で、非常に生き甲斐があった。その間、生活の変化にともない、お互いに相いれない屈折した影に度々悩まされた。だが、一貫して、彼女が私の命であることに変わりはなかった。そして、今、私の不治の病が新たな挑戦となって、私たちの行く手にたちはだかっている。もしそれが可能であるならば、この先さらに18年一緒に生きたい。


6か月余りの文通後、1985年の11月、私はキョウコに会うためフロリダを発った。果たしてそれが追求するに値する出会いになるのか、便りの文面に表現されたものが、ファンタジーなのか、それとも現実なのかを確かめるための旅だった。

11月13日、午後6時に成田空港に着き、ホリデーインへのバスを何とか見つけ、チェックインすると、ロビーでキョウコに電話した。日本語が読めなかったけれど、電話ぐらいは掛けられると思って10円玉を入れてダイヤルを回した。しばらくして彼女が出たが二言も交わさないうちに電話がきれた。それで今度は数個を入れてかけ直した。彼女が出ると、彼女に教えられた通りにすぐさま百円玉を2、3個入れたのでやっと話ができた。

その夜は時差ボケで眠れなかった。翌朝はシャトルで一旦成田に戻って、バスで羽田空港に行き、そこで松山行きに搭乗しなければならない。朝6時に起きた。警備が厳しく、シャトルは成田空港につく手前で止まって乗客の荷物の検査、パスポートのチェックまでされた。私は切符売り場で羽田行きのバスの切符を買って、バスを待った。

車窓から目に入る朝のラッシュアワーの光景が、ロサンジェルスを思い出させた。松山行きの便に間に合わないかと恐れていたが、間に合って15分余裕があった。ANA機内のサービスは最高だった。富士山の素晴らしい景色が展望され、機は殆どその上空を飛んだ。

松山空港に着いた。私の方が先に彼女を認めた。

初めてこの目にした時のキョウコを忘れることができない。これからも忘れることはないだろう。小さくて、華奢な姿。43歳とは信じられなかった。ティーンエージャーの顔、12歳の少女の身体、いや、よく発達した12歳の少女の体躯。私は、胸の内ではたと狼狽した。

手荷物を持ったままエアポートのレストランに行き、そこで軽食を前にして初めて向い合って話していた。

タクシーでキョウコが予約していたホテルに向った。一番上の階の部屋で、そこから松山城が見渡せた。部屋に入ってから私は複雑な感情にとらわれていた。彼女を引き寄せ、抱きしめてキスをし、愛したかったが、文化の違いを恐れてそうすることがためらわれた。

だから、彼女から、愛したい？　と聞かれてびっくりした。もちろん、でも、どうも勝手がわからなくて、と私は呟いていた。はじめはちょっぴりぎこちなかったけれど、すぐにやわらかく、やさしくお互いが似合って溶け込んでいった。まさに驚きだった。横たわったままお互いの腕の中で、青空に日没の金色が広がってきて、やがて茜色を帯びてくるのを見ながら過ごした。

日本にはモールのようなところがあるが、アメリカのとは違っていた。通りの両側に商店が並んでいて、それが数区画のびている。交差点にくると道はさらに枝分かれして、ほとんどのレストランはその道筋にあった。

歩いていると、あたりに駐車している夥しい数の自転車に驚かされた。鍵をかけていないのが多く、なかには後ろに買った物がバッグに入ったままにしてあった。自慢できることでないけど、もしこれがアメリカだと、バッグはもとより自転車がすぐになくなっている、と話すと、日本ではここだけでなくどこでも盗みはないと答えた。

キョウコはマクドナルドで夕食したいようだった。本当に世界のどこにもいきわったている！　フロリダからマクドナルドを食べに5千マイル（8千キロ）を旅してきたのではない、私たちの最初の夕食は日本食にしたいと言った。静かな店を見つけて入った。手の込んだとてもおいしい料理だったのに手ごろな値段だった。

翌朝、早く目が覚めた。キョウコがすりよってきて私の腕に顔を埋めた。朝食がブランチになり、そのあと、松山城に行ってほぼそこで1日過ごした。寒い日で、風が冷たかったが、私たちは城の頂まで登った。天守閣から眼下に市街が見晴らせた。そして遠くに内海が望めた。

ホテルに戻ると近くの映画館で映画を観て、商店街を歩いた。キョウコが素敵な男性用のセーターを見つけた。寒かったので、私は試着してみて買うことにした。すると、彼女が買うと言ってどうしても私に支払いをさせない。変な気持ちになったが、私のために買ってくれるのが嬉しくて態度を和らげて彼女に払わせた。

次の朝、ホテルのフロントに行って支払いを済ませようとすると、彼女が予約したときに既に支払われていた。その額を彼女に手渡そうとすると、それが日本的なやり方だと言って受け取らなかった。

小さな家屋やアパートメントが密集していた。それぞれのバルコニーの手すりに外気に晒すために布団が干してあった。私は多くの家が鉄道の線路間近にあるのに驚いた。市の大抵の家は木造で、甍の屋根をしていた。後で知ったのだが、この国ではセントラルヒーティングのない家が殆どで、エアコンのある家も少ない。ちゃんとした佇まいなのにフラッシュトイレでなく、じかに地下のタンクに通じている便器を使っているのにも驚いた。住居には日本の富が顕れていないようだ。

日本の生活水準はすくなくとも我が国アメリカと同じほどに裕福だと思う。例えばキャノンＡＥ－１カメラはアメリカでは２１８ドルなのに日本ではドルに換算すると４００ドル。ＶＣＲはアメリカでは３４９ドルに対して日本では６００ドル。それでも日本人はそうした値で買っているのだから、疑いもなく生活水準が高いといえる。

松山からキョウコの住む新居浜までは電車で数駅に停車しながら約3時間だった。

道中、眼前に地形がはっきりと望めて興味深かった。日本がこれほど山の多い国だとは知らなかった。内海の沿岸、山中のトンネル、渓谷や川、田畑や人家の集落が車窓から眺められた。

昼下がりに新居浜に着き、タクシーで彼女の家へ向った。駅から一キロほどの距離だった。門前でキョウコの母に迎えられた。全くもってチャーミングな婦人で、キョウコよりもさらに小柄だった。英語はしゃべれなかったけれど、とても可愛らしい笑みを浮かべ、きらきらした目が私を歓迎してくれていた。

両親の地所には、表に両親の家、裏に以前は下宿だった2階建ての家があり、池のある美しい庭が2つの建物を隔てていた。

裏の2階建ての家は相当に古く、老朽していて修理が必要にみえた。キョウコが住むのはその一階の半分で、洋室の書斎、キッチン、畳の間が二部屋、そしてバスルーム。書斎のモダンな窓や、新しいキッチンとバスルーム。それらを改築するのに彼女がかなりの額を出費したことは文通で聞いていた。1階の別の半分は彼女の仕事場、塾に使われていた。

私の部屋は2階に用意してくれていた。畳の間で家具がなかった。大小の2つの窓が向かい合っていて、両方の方角にある景色が見られた。押し入れにしまわれていた布団が私のベッドだった。マットの上に布団が重ねられていてキルトの上布団が掛けられていた。柔らかいのよりも少し硬いベッドを好む者には適していて、寝心地は悪くなかった。滞在中、その部屋で過ごすことは殆どなかったけど。

翌朝、7時頃ごろだったろうか、突然、拡声器のマイクロフォンをトントンと打つ音が響いた。そして音楽が流れ、次いで誰かが大声でしゃべっている。肝をつぶされている私に、キョウコが説明するところによると町内放送のマイクで、連絡すべき事項を町民に伝達するらしい。スピーカーのある建物は通りを隔てたところにあるため、ボリュームいっぱいの直撃を受けたのだった。騒音公害、と彼女が言った。全く、同感だった。

料理は下手だと言っていたが、キョウコが作った朝食はまんざらでもなかった。食後、私のために自転車を借りに自転車屋へ行った。1日、たった300円だった！　はじめはキョウコについて近辺を巡ったが、2、3日すると、独りで神社や市の中心街、その他興味深い場所を探索し、無事帰ってこられた。新居浜市は10万ほどの人口で、主に化学工業で成り立っていたが、近年、不況で活気がなくなってきているそうだった。

一度一緒に、山の麓にある公園に行った。自転車を停めてその山の背に登ると、そこからははるかなたの港、役所や病院のビル、学校、鉄道駅など市全体が見下ろせた。帰りに日曜大工の店を見つけた。少し経って、キョウコは私がその店だけでなくどの店でも買い物して帰ってこられるのにびっくりしていた。

キョウコは夕べに中学生に英語を教えていて、授業は2回あり、5時から7時までと、7時30分から9時までだった。ある夜、書斎で本を読んでいるとキョウコが入ってきて、生徒が玄関に脱いであるカーボーイのブーツを見て私に会いたいのだと言う。喜んで、と私は教室に従った。1度もアメリカ人を見たことがない生徒がほとんどで、私にサインを求めている。まるでムービースターになった感じだった。ノートや本や、ランチボックスまで差し出してくる。自分の名前を書きながらそうして10分か15分くらい彼らと過ごしただろうか、愉快な経験だった。

テレビで相撲レスリングを観た。勝ち抜き試合で、2週間続く。勝負する前の儀式が勝負と半々に興味深かった。土俵を片足、片足、大きく踏みつけては、塩箱に行って塩をつかんでひと握りばらまき、中央で相手を睨んでかまえる。闘いが始まるかと思うと、力士の1人がふいと足場を離れる。それが何度も繰り返されて、実際に勝敗がつくのはほんの数分、数秒なのに、それまでの準備がずっと長い。また、体の大きさ、重量だけで勝ち負けが決まらないのも面白い。自分よりもはるかに大きな相手を次々と負かして勝ち進んでいる力士を見た。苦戦で、勝負は普通よりもずっと長引いた。最終日、彼の最後の相手はなかんずく巨大な図体で、手ごわい相手だった。私の応援が役立つはずがないのはわかっていたが、彼が勝ち抜いて優勝したのは実に痛快だった。それから30分ほどは、大きなトロフィー、クリスタルカップなど入れかわり立ち代わりの表彰式だった。

ある日、キョウコの父、キョウコと私は数日一緒に旅行した。キョウコの弟、クニを訪ねるのが主な目的だった。電車に乗って隣県の港に行き、そこからフェリーで本州に渡った。その頃はまだ瀬戸内海に掛かる大橋が出来ていなかった。キョウコの父は神道、大本の敬虔な信者で、ローカル線に乗った私たちは鬱蒼としたその神社に立ち寄り、信者の修行部屋の一室でその夜を過ごした。キョウコの父は英語をしゃべれないので、キョウコの通訳でわたしたちは長い会話を交わした。

翌朝、またローカル線に乗り、途中で新幹線に乗り換えて、東京近郊にあるクニの家族が住む市に着いた。駅にクニが迎えに来てくれていた。

アメリカの水準からすれば小さな家だが、モダンな良い造りのホームだった。2階建てで、2階はベッドルームが3つとバスルーム、階下にはリビング、ダイニング、キッチン、バスルーム、そしてゲストルーム。近所の家もそうだが、車庫がなくて、車は入り口の車回しに駐車していた。

私たちはクニのところに2日泊まった。鎌倉に連れて行ってくれて、巨大な仏像や2、3の神社を訪ねて回った。帰ると、クニの妻、イスズがたいそうな御馳走を料理してくれていた。

夕食の後、みんながテーブルを囲んで団らんしているとき、私は片言の日本語で、キョウコをアメリカに連れていき、妻にしたいと、キョウコの父に頼んだ。40過ぎた娘なのに父親の許可を願うのはおかしいと感じていたのだが。一瞬、彼は憮然とした面持ちになった。かなり動顛していた。クニがその場の気まずさを和らげにかかって、私はそっと席を立った。彼らは夜遅くまで話し合っているようだった。

翌日、まだすこし緊張した空気が漂っていた。クニが駅まで見送ってくれて、私たちは帰途についた。新居浜に着いたのは夕べの8時頃で、私とキョウコはそのままキョウコの部屋に引き上げた。

2日ほどして、キョウコの父は穏やかな表情に戻っていた。

キョウコの母がキョウコの着物を数枚出してきた。私たちはその中の3枚ほどを選んだ。母親に着せてもらった着物姿のキョウコを、私は、室内でも戸外でも撮った。掛け軸が掛かっている床の間の前に座っているキョウコ、庭の木立の下のキョウコ、高い石積の間から水が流れ落ちる池のほとりを背景にしたキョウコ。母と娘が並んで笑っている写真。そして、私も背広を着てキョウコと並んで神棚の前に正座しているのをタイムスイッチして撮った写真。キョウコの横向きの大写し、全身の大写しの写真……フィルム一巻きは撮ったと思う。その中で、水が流れ落ちる苔むした池のほとりに佇む彼女の大写しが特に私のお気に入りの写真となった。40過ぎていても、まるで18歳のようで、真に彼女の美しさをとらえていた。

両親が私たちのために親戚の人たちを招いてパーティーを催してくれた。その席で彼女の従兄弟たちに会った。賑やかな集いで、通訳をしなければいけないキョウコにとっては疲れる夕べだった。従兄弟たちが私の酒カップやビールのグラスに、ひっきりなしに注ぎ足すので、飲みすぎないようにと気を付けていたが無理で、よく飲んだ。彼らは陽気に私の背中を小突いて、翌年、キョウコがアメリカに行くことを了解し、祝福しているようだった。

帰国前の数日は瞬く間にすぎた。私はキョウコをデパートに誘い、セーターを買ってもらったお返しに、ドレッシングなスーツを買った。藍色を主に赤とグリーンと白が混じっているマルチカラーで、柔らかいウール地なので暖かい。彼女によく似合った。

その夜、神棚のある座敷で、神道の礼服をつけたキョウコの父が婚約の儀式を(仮祝言)司った。キョウコはそのスーツを着て、私も背広でネクタイを付けて臨んだ。

松山のビジネスホテルで私たちは、また会えるまでの最後の夜を過ごした。キョウコが塾を翌年新しい学期が始まる前まで続けて、２月の末にアメリカに来ることに同意していた。

飛行場での別れの時、乗り遅れないように駆け出すと、日本に着いてからキョウコに電話するときに使ったコインの残りが上着のポケットの中でガチャガチャ鳴って、キョウコが笑っていた。

その日から、翌年の２月の末まで、わたしは最後の１人の日々を過ごした。

１９８６年2月28日、夜の11時に、キョウコがオーランドに着いた。

私は花束を持って出迎えた。彼女は、恥ずかしそうな笑みをうかべていたが、長旅でひどく疲労していた。

ロサンゼルスで国内線に乗り換えるのに数時間の待ち時間があったので、私はアナハイムに住む長女のタマラに、飛行場でキョウコに会い、彼女を母のところに連れて行って合わせるように指示していた。そのとおりに、キョウコは2人にあった。

後で知ったのだが、母が、勧められても座るのがためらわれるようなむさくるしいトレーラーに、毛の長い黒猫と住んでいるのに非常な衝撃を受けたようだった。

路地裏の原っぱのような空き地にあるモービルホームで一人住まいの母の暮らしぶりに次いで、コンドミニアムの部屋の壁に掛かっている子供たちの写真にもそれとなく不快の色を見せた。あきらかに困惑、抵抗を感じているようで、数日してはっきりとそれを口に出した。この2つが後々まで私たちの間に尾を引いた。

到着してから2、3週間、週末は観光に連れて行った。ケネディスペースセンターのビジターズセンター（観光客センター）。そしてオーランドにあるシーワールド。どちらも彼女は笑顔で楽しんでいた。

フリーマーケットにも連れていった。あちこち珍しそうに歩いていた。またある日、浜でアリゲーターとレスリングする男のショーがあると聞いて、観に行った。大変な人だかりで、そのためかキョウコは見ていなかった。その帰りに、ふざけ半分で、主なメニューはキャットフィッシュ（ナマズの類）だが、アリゲーターの肉、蛇、カエルの脚、亀などゲテモノ料理がでる古いレストランに連れていった。案の定、胡散臭い顔つきで、どれも試食して見ようとしなかった。

私が仕事に行っている間は、日本から届いた荷物を整理したり、自転車で近辺のスーパーマーケットを覗いたり、まっすぐに一本線の通りＡ１Ａをそのまま走らせ、ケープカナベラルからココビーチまで行き、日ごとに少し距離をのばしているようだった。

私のボスの妻、エリーの誘いをうけて、ケープカナベラルの埠頭にあるシーフードレストランでランチに連れていってもらっていた。エリーは小学校の教員なのでさして緊張しなかったようだ。

普段は立ち入り禁止のスペースセンター内を、そこで働く従業員の家族が参観できる機会があって、私の仕事場、スペースシャトルのＶＡＢ（組み立て格納庫）を見せた。建物内の高さ、その空間の広さに瞠目していた。

近くに元同僚だった友達、ジュリー・ベーコンが住んでいた。フリーランサーになってローカル新聞に寄稿している彼女に紹介すると、気が合ったようで、時々彼女のところに行くようになり、今日は、所用で本土のタイタスビルに行くジュリーの車に同行したとか、彼女から最近テキサスから引っ越してきたらしい新しい友達を紹介された、などとその日の出来事を報告した。１、２度、誘われて、私たちはジュリー、そしてパーキンソン病にかかっている彼女の夫と外食した。

夕暮れどき、２人でビーチを歩いた。クラッカーを持って行って、飛び交うかもめにふるまった。

また、マリーナ近くでフィッシングをした。

キョウコが魚釣りをする姿は滑稽だった。屈んで一方の手で釣り竿をもち、もう一方で日よけのために日傘をさしていた。ある日、最高で、最悪な日があった。彼女は大きなブルーフィッシュを釣った。８ポンド（３キロ半ほど）はあっただろう。ブルーフィッシュは釣り上げるとすぐに血抜き始末をしないと腐敗する。興奮している彼女は写真に撮りたくて、私にそれをさせなかった。家に帰ってから、釣った魚を必死で持ち掲げているキョウコの記念写真を撮ると、私は内臓を取り除き、オーブンに入れて焼いた。焼いた魚を大皿に盛って、テーブルに並べると見るからに美味しそうだった。ところが、切って、一切れ口に入れひと噛みすると、立ち上がり、まるごと流しに捨ててしまった。不味かった。彼女の失望した顔といったら！

キョウコにとっては大きな生活の変化なので、婚約はしていても、結婚を決心するまで、ここでの私との暮らしに充分に慣れる必要があると思った。日本の家族、友達、日本の国自体が恋しくなっているのではと案じていた。ところが2か月余り経って、彼女がいつ私たちは結婚するのかと聞いた。日本で婚約した時、それは仮祝言と言って、内輪では結婚したことになっているので、事実上結婚したことを知らせたいようだった。

その年の5月5日、私たちはバハマ行きのクルーズシップ、オーシャニック号の処女航海の船内で、治安判事と証人一人の立ち合いで結婚した。

プライベートな式にしたのはたぶん私の間違いで、友達グループをかき集めるべきだったのかも知れない。ともあれ、バハマはいいところだった。観光し、土産物屋台を巡り、ちょっとばかりギャンブルをし、夜は岸辺でのローカルショーを観て、豪勢な御馳走を楽しんだ。

バハマの海で船客に指定された浅瀬に浸かっていたキョウコは、泳げなかった。一度、子供の時に溺れかけて以来泳いでなかったらしい。それで私はコンドミニアムにあるプールで泳ぎ方を教えた。溺れさせないようにしていると、彼女はすぐに泳げるようになり、飛び込みもできるようになった。

ある夕暮れどき、ビーチを歩いていると、私たちに似たカップルに出会った。グレンとゼニ。私たちと同じく文通で知り合った夫婦で、グレンはスペースセンターで気象の仕事をやっていて、その妻ゼニはフィリピン人で、香港でオペアガールをしていたようで、キョウコよりも半年前に当地に来ていた。私たちはただちに打ち解けて、観光でサイプラスガーデンや、セイントオーガスチンに一緒にでかけた。

すぐに、もう1組の夫婦が加わった。ゼニが親しくなった韓国人、ワイソンとその夫、電気技師の仕事をしているデニス。３組の夫婦は週末に、順繰りに夕食に招待し合うようになり、映画館で待ち合わせたり、外食に連れだったり、釣りに行ったりした。彼らは私たちより若く、まだ30歳代だった。ワイソンはキョウコやゼニと異なり、十数年前に家族全員でアメリカに移民して来ていて、両親や兄妹はカリフォルニアにいた。既に市民権をもったアメリカ人で、キャシーというアメリカ名があった。永住権を得たばかりのゼニは次には市民権獲得に勇んでいた。キョウコは永住権は取っても市民権を取る気持ちはないようだった。

彼らと並行して、日本人の友達も出来ていた。ある時、私は有料道路の料金徴収所で働いている東洋系の女性に日本人かどうかと尋ねたことがあった。彼女はタイ人だったが、日本人を知っていると聞いて、それがまわりにまわって、ある日、メリットアイランドから日本女性がキョウコを訪ねてきた。ヒサコだった。東南アジアで仕事しているアメリカ人の夫は年の半分は家を空けていて、彼の留守中、２、３か所ある不動産を彼女が管理していた。私たちと同じ年配で、彼女の夫、ディックは口数の少ない酒豪で、後に一緒に飲む機会があったが、その乱れのない飲みっぷりには感服した。

親しくなると、ヒサコがキョウコに勧めたことは、自動車の運転免許を取ることだった。それまでもキョウコは運転を習いたいと言っていた。いつでも、どこに行くのも一緒なのだからその必要はないとは応えていたのだが、折りをみて私は近くの駐車場で教え始めた。じれったくなる私にキョウコは耐えられなかったようだ。あなたの大事な日産３００ZXに傷がつけられるのが怖いんでしょう、と言って練習を放棄した。その後、ヒサコがやってきて彼女自身の車で教えてもらっていた。

キョウコにとって当地での生活は日本とは全く異なった日常経験なので、順応するのは難しいのはわかっていた。彼女が教えていた英語はテキストブック英語で、生のアメリカ英語ではない。英語が上手に話せても、実社会での理解は60パーセントほど。それに加えて、困ったことに私が言っていることがはっきりしなくてもわかったふりをしていることだった。そのことが誤解や欲求不満を募らせる原因となった。

日頃、何かあるごとにキョウコは、私は日本人でアメリカ人ではないと言った。私はそれを充分心得てはいても、時として、ついそれを忘れてしまっていた。それで、不機嫌な様子でふいに彼女がいなくなったりすると、動顚した。大抵はジュリー・ベーコンのところか、ビーチに行っていたようだった。

一度ならず、私から逃れようとして、脅びやかされた。ある時、車中での会話中、急に黙りこくり、車を降りて通りを歩き出した。ゼニとグレンのところに夕食に呼ばれていた夕べで、何度車を止めて乗せようとしても、頑としてそのまま長い道のりを歩き続けた。優しくゼニになだめられてその場は収まったのだが。２か月に１回はそうした脅かしにあった。

キョウコが初めてバーベキューの店〝ファットボーイ〟で食事したとき、バーベキューリブを見て、なんて野蛮な料理、とコメントした。ところが食べてみてまんざらでもなく、それ以後はその言葉を撤回した。そしてそれ以来、私が血が滲み出ているステーキを食べてるのを見ても何食わぬ顔になっていた。食べ物ばかりでなく、彼女なりにこの地に同化しようとしていた。

アラバマ州のハンツビルに出張した折、キョウコを連れていった。仕事を終えると、そのまま車でシカゴまで父に会いにいった。父と義母のマーサ、そして義理の妹、シェリーに会った。シェリーと連れ立ってダウンタウンにある巨大なショッピング街、ウオータータワーとシェアーズタワーに行った。伯父や叔母など長年無沙汰していた親戚の面々にも会った。キョウコには父の印象がよかったようで、臆したところがなく自分の両足が入るほど大きな父の靴に片足を突っ込んで陽気にふざけたりしていた。

10月に子供たちや母と弟に会いに飛行機でカリフォルニア行った。ホテルに泊まって、アナハイムに住む長女タマラとその夫ダンの家を訪ねると、子供たちみんなが集っていて、母もそこにいた。キョウコが日本から渡米したとき、ロサンゼルス空港で待合時間にタマラがキョウコを母に合わせたが、その折に連れてきていた３歳になる孫のメリッサがキョウコを覚えていて、キョウコに懐いた。翌日、弟ジェリーと３人でロサンゼルスダウンタウンのオルベラ通りに行って、リトル東京やチャイナタウンを見物した。また、ＴＲＷ時代の親友、ポールを訪問した。彼にも新しい連れ合いができていた。

感謝祭のディナーに、キョウコがジュリーを介して友達になったナンシー一家を招待した。彼女の夫、バーブはテキサスでいい仕事に就いていたがレイオフされて求職中で、ティーンエージャーの子供が3人いた。提案したのはキョウコだったが、コックは私だった。10キロほどの七面鳥を焼き、添え料理も全部一人でこなした。焼きあがった七面鳥をオーブンから取り出してテーブルにすえるまで、私はその丸焼きをキョウコに見せなかった。彼女の四分の一ほどのサイズ！　七面鳥を一度も見たこともなく食べたこともなかった彼女は目を丸くして見つめていた。

それから間もなくして、クリスマスパーティーを催して、同僚の2、3組夫婦とキョウコが友達になった全員を招待した。オリエンタルの友達はとても打ち解けた様子で、誰からともなくゴーゴー踊りをやっていた。キョウコは、ロサンゼルスのチャイナタウンで買ったチャイニーズドレスを着ていて、それがよく似合っていた。

1987年、4月。日本に帰って、1か月の休暇を過ごした。

2人で観光の旅をして、キョウコの弟、クニ、ヒロのところにそれぞれ2、3日滞在した。その間、彼らは近辺の名所を案内してくれた。

休暇の半分は両親の下で過ごした。キョウコの父の属する神道の支部会館にある祭壇のまえで、日本式の花嫁、花婿の衣装で写真が撮られた。私は袴なるものを初めて身につけた。かつらを被り、白い白粉を付けた厚化粧のキョウコは別人のようだった。両脇に両親と一緒の写真も撮影された。いつもは写真を撮る側の私は、重ね着の着物や帯の窮屈さから解かれたあとの白い襦袢姿のキョウコを辛うじて写真に撮ることができた。

キョウコの姉、ユキが精神病院から退院してきていて帰国前からいささか懸念されていたが、初対面から難なく打ち解けていた。私がキョウコに会いに来たときに会った従兄弟たちや親類の連中がまたみんな集っての、和気藹々のパーティーが催された。


私たちがお互いにより近づき合えるには、コンドミニアムでのアパートメント暮らしのような生活ではなく家に住んだほうがいいのではと感じた。どこか新しい場所で、新しい出発ができる、私たちの家と呼べるような家。そんな家を探そうとして、私たちはあちこちに売りに出されている家をくまなく見て回った。私がかなりいいと思った家でも、キョウコが頷かず、２人共々気に入った家はなかなか見つからなかった。

数か月経って、やっとそれらしい家をメリットアイランドに見つけた。大通りから奥まったところにある、運河沿いの家で、３ベッドルーム、２バスルームで、プールがあり、ボートドックがあった。

１９８７年9月にその家を買って、コンドミニアムから引っ越した。裏庭にレモンの木と、おおきなグレープフルーツの木があった。種無しのルビーレッドグレープフルーツは甘く汁液たっぷりで私がそれまで食べたグレープフルーツでは最高の味だった。

閑静な周辺が気に入って、キョウコは日本にいたときのように、朝、ジョギングをはじめた。また、念願の運転免許を取って、臙脂《えんじ》の車、ＩＳＵＺＵが彼女の車となった。それから間もなく、GED（ハイスクールの卒業証書と同等）のテストを受けて、それにパスするとココ市にあるコミュニティカレッジに、週2回、通い始めた。

運河沿いの家なので、魚釣りに行くためにボートが必要だと思った。私が意図していたのはセンターコンソールボートだったのだが、キョウコはバスルームが要ると言った。時間をかけて探した結果、船首にキッチンとキャビンのある中古のウェルクラフトを手に入れた。それに乗ってよく釣りに行ったが、河だと大丈夫なのに、沖に出るたびにキョウコは船酔いした。それで、もっぱら河にしぼられた。

ある日、バナナ河を巡っていた時、気が付くとボートが浅瀬に乗り上げていた。水路に引き入れるために、私は船を下りて渾身の力を振り絞ってロープを引っ張った。まるで〝ボルガの舟歌〟のボルガの漕ぎ手さながらだった。また、デニスとワイソンはセールボートを持っていて、よく彼らと一緒にバナナ河でセーリングして過ごした。キョウコが沖に出られないので、行く行くはそのウェルクラフトを手放した。

翌年、1988年、4月。運河に沿った裏庭に、私はプールと並行したテラスを造った。裏庭を広くするためだった。プールサイドから裏庭は急勾配なので、誰の助けもなしでは非常に難しい企てだった。運河の対岸の家の主がその工程をずっと見ていて、私がすべて自力で成し遂げたのに驚いていた。まず全支柱を垂直に打ち建てる。次に一方に板を取り付けると、片方に行って水平の高さに釘を打ち込み、一方の側に戻って水平であるのを十分確かめてから釘を打ち込む。4メートル掛ける6メートルの長方形の床と、見晴らしのための手摺りができると、ドックへの階段を造った。

10月にオープンハウスを催して、友達や同僚、キョウコのオリエンタルの友達とその夫たちを招待した。キョウコが作った巻きずし、餃子、串カツなど日本料理が好評だった。家の中、スクリーンポーチ、プールサイド、そしてテラス、大勢の客で賑わい、盛況だった。
時を前後するが、その年の6月、キョウコはパスポートの更新をしなければならなかった。その頃、日本領事館はフロリダになくて、ジョージア州のアトランタにあった。アトランタまで行くなら、この際ついでに数日休みを取ってバケーションを計画した。

アトランタの街を車で巡っていて、偶然、日本工芸品を商っているオリエンタルの店をみつけた。陶磁や彫り物、掛け軸など日本の雰囲気がしているかなり大きな店で、墨や硯のある習字のコーナーが興味深かった。私たちは土産に小さな青銅の仏像を買った。

アトランタから、巨岩の山肌に南北戦争時代の英雄、ストンウォール・ジャクソン、ロバート・リー、ジェファーソン・デービスのレリーフが刻まれてるストーンマウンテンを見学した。それから、ノースカロライナ州のブラックマウンテンに住む、キョウコが東京で働いていた時の恩人で、一年前に未亡人になっていたオズボーン夫人を訪ねた。夫人とキョウコは東京にいたころの思い出、それからヒューストンで再会してから十数年の間にお互いの人生に起こった出来事を語り合っていた。夫人を夕食に連れて出て和やかなときを過ごした。

彼女の家で一泊すると、翌朝、私たちはワシントンＤ・Ｃ・に向かった。その途中、バージニア州にある南北戦争で有名なマナッサス戦場など2、3か所観光をした。

ワシントンＤ・Ｃで二日過ごした。そこでリンカーン記念館や、ワシントンの記念碑、アーリントン墓地や、ヴィエトナム記念碑などを見学し、ペンシルバニア通りを通って、ホワイトハウスを眺めた。

それから、イギリスの植民地からアメリカ革命の発祥地となったヴァージニア州のウィリアムスバーグに行き、その街を歩いた。そこからジョージア州のサバナに下って、イギリスの植民地だった時代の名残が残っているユニークな街を見物し、夕食はサバナで一番古いレストラン、〝海賊の家〟で夕食を楽しんだ。

キョウコはペットに猫を欲しがっていた。ある日、動物保護施設で白い毛で青い目をした子猫を一目見てキョウコが気に入った。もらい受けてくると、キョウコは、まだ両手の平に抱えられるほど小さい子猫をサラと名付けた。

私のペット、オウムのサムに紹介すると、サムはサラを脅かした。スクリーンポーチに放し飼いにされて我が物顔で闊歩しているサムは、サラにこっそりと近づいて彼女の尻尾をひっつかんだりした。ところがそのうち情勢が変わってきた。サラが成長して大きくなるにつれて、まだサムを怖がっている様子だったが、サムが自分に向って飛んでくると、身構えて、後ろ足で立ち彼に応戦しかけた。彼女はサムが飛びかかってくるときだけその必死な対戦のポーズをとった。それ以外のときは彼との距離を保っていた。普段サラをスクリーンポーチに出さないようにしていたが、そのうち結局はサムを手放して、ペットはキョウコにとっては娘のような存在になっているサラだけになった。

１９８９年、私たちは日本に1か月滞在した。１９８７年についでそれが2度目の里帰りだった。私はキョウコと両親に、隔年ごとに日本に戻ってそこで1か月過ごすことを約束していた。ということは、1年に2週間もらえる有給休暇をためておいて次の年の休暇を加えて1か月の休暇を取ることができた。ある年はやむえず1週間の休暇を買ったりして、これまで9回帰った。あちこち旅したり、違った経験ができてその年ごとに変化があってよかったが、私にはストレスと退屈を強いられた。と言うのは日本語が少ししかしゃべれないので、どこに行っても誰と会ってもキョウコの通訳に頼らなければならなかったから。1か月も、そんな立場で過ごすのは難儀だったけれど、キョウコにとって家族や親類、友達と過ごす時間を持つことが大事だと思ったから実行した。

それで、2度目の里帰りでは、少し回り道をして1週間、香港で過ごした。そこでは食べ物以外は大体において素晴らしい時を過ごした。通りを歩いていると、店に鴨の全身が逆さに吊り下げられているのをあちこちで目にして、キョウコは全く食欲を失った。ディムサムのレストランに連れて行っても、あまり喜んで食べている風でもなかった。仕方なくマクドナルドに入ったりした。日本料理の店ではさすがに別だった。

滞在中に仕上がるテーラーメイド専門の洋服仕立ての店で、それぞれのレザージャケットと、キョウコの緋色の革スーツ、私の薄手の背広と羊毛のブレザーを注文した。そして、寸法を確かめるためと仮縫いのために2度仕立て屋に足を運んだ。

本土中国との境界線と、香港全体がつかめるヴィクトリアピークとの2つのツアーに参加した。夜、散策していると、人力車が通り、サイドウォークは多くの夜店で賑わい、絹のネクタイからロレックスの時計まで売っていた。そこには歯医者までいて古式な器具で歯の治療をしていた。

私はキョウコが婚約指環のダイヤモンドが小さくて不満なのを知っていた。それで、買い得な場所に来ているのだからこの際に、と貴金属の店をあたってみた。私はダイヤモンドについてはかなりの知識があったので、ワンキャロットと聞いて店主が選んで並べた数個の品の中から、一つを手持ちの鑑識レンズで品質吟味して書き留め、店主にその評定を聞くと、そのノートを見せた。双方、鑑定が一致していたので、値を交渉して手に入れると、セッティングを選んだ。出来上がったのは香港を発つ1日前だった。

飛行場で移民局を通過する時、イギリス人の役員に引き留められた。アメリカ人のビサでは1か月滞在できても、日本のビザでは1週間で、1時間オーバーしただけなのに1日超過とみなされた。香港貨幣を持っているかと聞かれて、ノーと答えると、アメリカ紙幣は？　と聞く。結局、20ドルの罰金を払って片が付いた。

日本に向かっている機中で、キョウコが新しい指環のセッティングに不平を漏らした。ダイヤの真価が浮き立って見えないというのだ。新居浜に着いて2、3日してから彼女の馴染みの宝石店に行った。店主はそれを優れた最新のセッティングで、堅固にダイヤを支えると言った。それを聞いて、満足したようだった。

前回里帰りした時に精神病院から退院していたキョウコの姉は、ずっとそのまま正常に戻っていた。彼女は10代から茶の湯に親しんでいるらしく、抹茶を入れてくれた。

ある日、両親と私たちはユキを加えて5人で隣県にある神社、金毘羅に行った。電車に乗って、日帰りの旅だった。千段ほどある石段を、キョウコの母は真っ直ぐにではなくはすかいに上っていた。そのほうが上りやすいようだった。両側に土産物屋がずっと並んでいて、私は侍の刀の複製を買った。

帰途、駅を出てから歩いていると、突然、モーターサイクルに乗った日本の警察官が私の前に来て、行く手をふさいだ。ストップのサインをして何か言っている。何を言っているのかわからないので、後から両親とユキと並んで歩いてくるキョウコを呼んだ。警官は、私がさげている刀を指さしているので、これは複製で刃はシャープでないと言って鞘を抜いて見せようとすると、彼は目をむいて後ずさった。キョウコの介入でしばらくしてことが収まった。後でわかったことだが、丁度その時期、ある俳優が映画を撮影している最中に人を斬った事件があって、誰もが神経質になっていたらしい。

キョウコの従兄がゴルフに連れて行ってくれた。ゴルフ場は山中にあり、駐車場からクラブハウスまでトラムに乗っていった。かなり高い山なので眼下に美しい景色が眺められた。日本ではゴルフは1日がかりの娯楽のようで、９ホール回ると、ビール付きのランチでくつろぎ、それから残り９ホールを楽しむ。ゲームが終わると風呂に入って身も心もくつろがせる。

ＪＲの国内周遊券を利用して茅ヶ崎のキョウコの弟たち、クニとヒロの家族に会いに行った。クニの勤める大学の職員用の別荘が熱海にあり、クニの妻、イスズ、そしてヒロ、みんなでそこに宿泊して熱海の町や海辺を逍遥した。クニの家からの帰りに名古屋でキョウコの従妹夫婦とあって、名古屋城など見物して彼らの家に一泊した。それから広島に行って、原爆ドームや平和記念資料館を訪れた。生々しい被爆痕跡の展示物を見た。その一つ一つがまさに胸をかきむしられるような痕跡だった。

キョウコの父から将棋を習い覚えて、以後、帰省の度に徐々に腕が上がった。また老朽した家の修理や家電の取り付けなどして重宝がられた。

１９９０年のクリスマス。私たちはカンクーンで過ごした。オーランドエアポートからでなく、メキシコ湾岸のタンパからカンクーンに飛んだ。

車でタンパまで行き、そこからセイントピーターズバーグにあるとても趣のある有名なレストランで夕食をとった。翌朝、カンクーンに着くと、検問所でキョウコのパスポートを訊かれた。アメリカ人はメキシコに入国する際パスポートは必要でないので、私と一緒のキョウコはグリーンカードを持参していればパスポートは必要ないと思っていた。それじゃ、どうすればいいのかと聞いた。結局、10ドルを手渡し、誰かに聞かれると失くしたと答えるようにと言われた。小銭ではあっても、全く地獄の沙汰も金次第だ。

ホテル、クリスタルパラスに宿泊した。沿岸にあり、部屋から美しいビーチが見渡せた。そこに滞在中、２度、周遊観光ツアーをした。チチェニサにあるマヤ族の廃墟をめぐり、一番高いピラミッドの神殿に昇った。その天辺まで上がって辺りを見わたすと実に壮観だった。下りるとき、エレベーターはどこ？　とキョウコに聞かれて、登ってきたときと同じように今度は下りなければと答えざるを得なかった。尻込みするのは無理なかった。石段の幅は20センチほどだったろうか、高さが30センチほどだから、下りていくのは易しくない。足場を失うと遥か眼下に転がり落ちていく。キョウコは後ろ向きになって手と足をつけて降りはじめた。鎖の手すりが取り付けられている所までくると、それに掴まって無事に地面に着いた

付近にマヤ文化時代に人身を生贄にして放り込んでいた、聖なる泉と呼ばれる深い井戸が数か所あった。

次の日、海岸沿いにあるやはりマヤ族の廃墟、トゥルムの遺跡を見学した。海の淵にあった。そのあと、カラフルな熱帯魚がわんさと泳いでいるまるで水族館のような浜辺の海水浴場もツアーに組み込まれていた。シュノーケルは初めてで、キョウコはことのほか楽しんでいた。

モールの中を歩いていると、中央広場に、いわれ付きのマリンバの古い名器が展示されていた。シカゴの〝子犬の瞬き〟というクラブ、ファン・ロハスのバンドでマリンバを演奏していた祖父が思い出された。

夕べには民族衣装をつけたフォーク歌手やダンサーのショーを楽しんだ。歌も踊りも歴史的背景が織り込まれていて興味深く、私がこれまで過ごしたクリスマスとは異なった趣があった。

１９９１年、３月。キョウコの教え子の一人が数人の大学生友達とアメリカにやってきた。彼女たちは格安なスタンドバイの航空券で来たらしく、アメリカに到着すると分散してあちこち各自の旅を予定していて、それでキョウコの教え子はキョウコに電話してきたのだった。オーランド空港に迎えに行き、彼女は私たちと2日ほど過ごした。

丁度、ケープカナベラル港に、昔の珍しい船のレプリカが停泊していて、その1隻が、16世紀に建造され世界周遊した、ゴールデンハインド・サー・フランシス・ドレーク艦だった。私はその軍艦が実際はことの他小さいのに驚いた。甲板から艦内に下りる時、天井に頭を打たないように屈んでいなければならなかった。

私たちは彼女をメキシコのレストラン、エルチャーロに連れて行った。彼女の父は仕事でメキシコに単身赴任したことがあり、そのためか彼女は香辛料の辛さに馴染んでいて、私とどっこいの度合いだった。

彼女たちめいめいは連絡しあって全員飛行場で会うことになっていたようだが、マイアミに行った1人からの連絡がなくヤキモキしていた。私は時間をかけて電話で行方を突き止めるのに手を尽くした。断念しかけた時、ひょっこりと連絡が入ってきた。しばらくは本当に肝を冷やされる思いだった。

5月に、弟のジェリーがガールフレンドを連れてやってきた。私がボーリング大会で当たったドアープライズ、ビーチ沿いのホテルでのウイークエンドゲッタウェイ券を使わせた。それで四六時中彼らを接待しなくて済んだのでキョウコはほっとしていた。3、4年前に離婚してから電話で話す度にガールフレンドの名が違っていたが、今回は日系のアメリカ人、エバリーン。ホリデーインの魚料理のブフェイで、彼女は蟹の脚を食べ始め最後までそれだけを食べていた。キョウコは彼女とおしゃべりしていた。キョウコが聞いたところによると、ジェリーが彼女と当地で住処を買う心づもりをしているとのことだった。以前は私よりいい給料を取っていたが、レイオフされて長らく職についていない彼だからエバリーンにその金を出させたかったのだろうが、冗談もいいところ。彼は離婚後の子供の養育費も払っていない。エバリーンはちゃんとした仕事を持った女性で、彼女なりに生活の算段をしているはずだった。

5月17日から6月11日まで、私たちは日本に帰省した。

今回も、以前キョウコが塾をして住んでいた裏の家はそのままだった。空き家にしておくのは不合理だと思えた。貸家にして毎月家賃が入れば両親は切り詰めた生活をしなくて済むはずなのに。キョウコの話では、彼らはいつか私たちが戻ってきてそこに住むことを願っていているので貸すつもりは毛頭ないらしく、そのままの姿で維持しているらしかった。キョウコの姉のユキは、近くの洋菓子屋でパートタイムで働いていた。前回と同じく彼女を交えて5人、氏神に参ったあと、街にでて昼食をとった。

私たちはキョウコの父に伴って大本教の修行道場に行った。そこで1泊すると、翌日、綾部にある本部に行く父と別れて、私たちはそれから2人で旅を続けた。まずは京都、天橋立、金沢、それから茅ヶ崎のクニのところで2日過ごした。

私はこれまでクジラ肉なるものを食べたことがなかったが、それを知ったクニが鯨のステーキを食べさせてくれるレストランに連れて行ってくれた。あんなに美味しいステーキを食べたことがない。

次に訪れたのは日光の東照宮。徳川1代目の将軍が祀られている、煌びやかな神社で、数々の神社やパゴダが付随していた。華厳の滝も見た。日光ではキョウコの末の弟、ヒロが手配してくれた旅館に泊まって、京都や金沢でと同様に、日本料理をはじめ日本独特の旅の情緒を満喫した。

帰りに名古屋駅の構内で、夫がトヨタに勤めているキョウコの従姉妹夫婦に再会した。娘のケイコを連れてきていた。

前回は、古くなった部屋部屋の照明を取り換えて喜ばれた。今度は老朽した2階の漆喰がはげているガラス戸の桟を修理した。彼らは洗いと水切りのスピンが別々についている旧式の洗濯機をまだ使っていたが、スピンの方が壊れて、水はけをしなくなっていた。修理してみると元通りに動くようになった。また、テレビにビデオデッキを取りつけたばかりで、ユキがその操作にてこずっていた。

それにも手を貸した。見たかったビデオテープが観られるようになったと喜んで、〝何でも屋のトムさん〟と呼ばれた。キョウコの母はキョウコの書斎だった部屋で、私に、あいうえおの書き方を教えてくれた。キョウコの父とは前回と同じく晩酌を楽しみ、私の将棋の腕も少し上がった。

12月、1年間のサバティカル（研究休暇）で、インディアナ州のパデュー大学で研修していたクニがやってきた。彼の妻、イスズは数日後に日本から合流し、クリスマスを挟んで私たちと1週間過ごした。近くの入り江に行列してくる、クリスマスライトで飾りつけられクリスマスソングが流れるボートパレードを見て楽しみ、私が焼いた大きな七面鳥に目を輝かせていた。

オーランドに伴って、エプコットセンターとユニバーサルスタジオに行った。家との往復を避けるためにホテルに泊まって部屋を分かち合った。

ユニバーサルスタジオで　呼び物の一つ、「Back to the Future」の列に並んでいると何かの故障があってか延々と待たされた。やっと入れるまでに3時間は待っただろうか？　デロリアンタイムマシンにクニと五十鈴が前席、私とキョウコが後席に乗った。かなりスリルに富んだ冷や汗のでそうな飛行で、終わるとキョウコは席から這うようにして出た。飛行中に見たからくり全部を本物に感じたようだ。一方、イスズは何事もなかたような表情だった。それというのも、乗っている間中、目をつぶっていたから、と白状した。あれだけ待って、何も観なかったとは。クニも私も大笑いした。

帰りはオーランドからデイトナビーチに行った。フリーマーケットをのぞいてそぞろ歩きで買い物もした。それから車を砂浜に乗り入れられるビーチに車を止めて、大西洋沿岸の広い浜辺を歩いた。

みんなは用意していた塩入りのクラッカーを手にかざしてカモメと戯れながら楽しいときを過ごした。

1992年はキョウコにとって実りの年だった。

コミュニティカレッジに通っていたキョウコは人文科学の準学士号を取った。週2日通うパートタイム学生だったので5年かかったが、優等生で卒業した。実際は前年に卒業できていたのだが、卒業試験のマルチフルチョイス（多岐選択式）問題で、選んだ記号を回答欄に書き写していなかったために一年ふいにしたのだった。ともあれ、在学中に大学での必須科目にスポーツがありゴルフを選んで、やっているうちに興味がわいたようでゴルフゲームに病みつきになっていた。卒業と並行して、最寄りの庶民向きゴルフ場、サムスニードのレディースリーグでクラブチャンピオンになった。私は卒業式に参加して、黒いガウンに黒い角帽を被った彼女の卒業式の写真を撮り、時を殆ど同じくして我が家に持ち帰った大きなチャンピオンシップのトロフィーを抱えた彼女を写真に収めた。

卒業後、オーランドのUCF（中央フロリダ大学）で宗教哲学を専攻したかったらしいが、私は反対した。車で小一時間かかる毎日の長いドライブが理由だった。本人は納得したようで、それに代わってて絵を描くことに切り替えて、絵に熱中し始めた。

卒業と言えば、カリフォルニアで仕事のかたわら、「GI Bill」（復員兵援護法）の特典で大学に通っていた昔、そのまま籍をおいたままだった私は、キョウコに押された形で重い腰を上げて通信による学業再開して、学士号、それに次いで修士号も2年前に取得した。私は自分がやっている仕事が気に入っていて、毎日勤勉にこなし、その結果に満足していた。学位を取ったといったって専攻は経営学だったので、書斎の壁の飾りにはなっても昇給して懐が豊かになるわけでない。

ところが、３年後、それが必ずしも無駄ではなかった。というのは、たまたま親会社（Platt & Whitney）の環太平洋地域のプロジェクトで名古屋支社に欠員ができて、その後釜を求めているのを知った。そもそもその仕事に乗り気になり応募する動機となったのは、私の卒業論文、ジャパニーズビジネスに関してで、「日本とアメリカにおける従業員に及ぼす文化的影響とその効果的な動機付け」だったのだから。キョウコにその話をすると、興奮して目を輝かせ、もし採用されて日本で働くようになったら、いつか私が日本に帰化できるチャンスがあるかもしれないと言った。私も乗り気になり早速応募した。最終的に２人に絞られたが、私が日本語がしゃべれないので没になった。残念至極だったが、ともかくもビジネスの学位が多少なりとも役に立ったのだ。

卒業で、キョウコの日常生活に一区切りがついた。そして、週末の私たちの楽しみといえば、フィッシングから専らゴルフにとって代わっていた。サムスニードゴルフコースはクラブの会員費が安く、しかもゴルフカートを使わなければグリンフィーはただの1ドル。上がり下がりがあって平坦ではないがパースリーコースなので、ゴルフバッグを積んだカートを引いて歩いて回れる。キョウコは私と一緒の週末を加えて、週4回はやっていた。

私の赤色の愛車、フェアレディ３００ＺＸが少しおかしくなってきたので、新車を買うことにした。ゴルフ場での顔なじみ、キョウコと親しくなっていたキャシーが欲しがっていたので安い値で売って、紺色の車体で内装がグレイの革製の、ポンチアックボンネビルを買った。ムーンルーフや　計器を見下ろさなくてもフロントガラスにその表示が映って見えるヘッドアップディスプレイ等、特別な機能を備えている魅力的な車で、トランクにはパンクしたときのためのコンプレッサーさえついていた。セダンだし、トランクに２つのゴルフバッグを積んでもスペースにまだ余裕があり、ロードトリップが快適になった。

第6章　ジェットコースター

1993年

カリフォルニアから母が1月3日にやってきて、1週間程私たちと過ごした。それが私には予想もしなかったことの始まりだった。

母が滞在中の週の半ば、私が出勤している間、キョウコが母とダイニングルームテーブルを挟んで会話していた際、母が自分の生い立ちや私がどのように育てられたかを話したようだった。母が口にしたある事柄がキョウコにひどいショックを与えたらしい。その事柄については私にはまったくの初耳だった。

金曜日、私たち3人はバナナ河の河淵にあるレストラン〝ギャツビー〟で夕食をした。私は久しぶりに会う母の相変わらずとめどないおしゃべりを聞いてやっていた。キョウコの様子がよそよそしくなったのはそのときからだ。食後、私たちはレストランから出ている遊覧船に乗ってバナナ河を巡った。上甲板に行こうと誘うと、キョウコは1人でそのまま頑なにデッキに佇んでいた。

その夜、彼女は私たちの寝室の床で眠った。

一体、母が彼女に何をしたというのだろう？　久しぶりに息子にあって嬉しいだけなのだ。ナンバーワンの息子の妻からそのような扱いを受けて、傷ついたのは母の方だ。母のせっかくの訪問を、母に対しても私に対しても見事に台無しにしてくれた。私には彼女がなぜそうまでも母のことを嫌っているのか理解できない。理解できることはないだろう。いや、母ばかりではない、私の家族、子供たちのことはまだしも、ことに弟、ジェリーを毛嫌いしている。

土曜、日曜はゴルフをする日と決まっているので、母をおいてゴルフに出かけたが、私たちは別々の車で行った。

毎土曜日はスクランブルゲームに参加するのだが、たまたま私たちは同じチームに割り当てられた。彼女は他のチームの者と交換を望んだが、うまくいかなくて仕方なく一緒にプレイをした。皮肉にもすんでのところで賞金にありつけるところだった。

家に戻ると、私は母と共に彼女が帰ってくるのを待った。帰ってきても相変わらず母と私に何の応答もしない。母の前で面目をつぶされた私は、真っ向から声高に彼女の態度を咎めた。

その夜、彼女は車庫に行き、自分の車の後席で寝ようとした。私が意見すると、車から出て、書斎に駆け込み、床の隅に縮こまって眠っていた。

日曜の朝、私は母を飛行場に送って行き、キョウコは毎日曜日に常連のゴルフ仲間と楽しむスキンズゲームに行った。夕方、早く帰って来た。私たちは殆ど口をきかなかった。同じベッドに寝ても両端にわかれ、触れることも言葉を交わすこともなかった。その状態が水曜日に私が仕事から帰宅するまで続いた。

彼女はやっと口をひらいて、離婚したいと言った。私を愛していないし、過去これまで私を好きでない時さえ度々あったと言った。そして、その夜、彼女は再びゲストルームで寝た。

私たちの結婚が間違いだったという気がした。以前からうすうす感じてはいたのだが、キョウコには姉のユキ同様に精神病の気があるように疑われる。これまではユキのように精神病患者として入院に至らなかっただけに過ぎないのではないのか。これまでそれを裏付けるような言動が何度となくあった。それがこの出来事に顕著に現れていて、彼女の振る舞いにことさらその感を抱かされた。

彼女のムードスイングにはまったく心を搔き乱される。努めて大局的に見ようとしても、まるでジェットコースターに乗っているようだ。

普通、週末や祭日前に起こり、私が家にいる時にやってくる。何か身体的なものが原因なのか、精神的なものが原因しているのか。あるいは日本人であるための文化的なものが原因していて、打ち明ける人もいなくてストレスとなり内から吹き出しているのか。

私は常に人を喜ばせようと努める性向があり、ことに女性に対してはそうだ。キョウコを幸せにしようとしてきた。実際、甘やかし過ぎたかもしれない。私は甲斐性のある扶養者であるばかりでなく、平穏な家庭生活保守に務めてきた。隔年ごとに1か月彼女が日本で家族と過ごせるように休暇を取っている。日常、彼女はしたいことはなんでもできているにもかかわらず、さらに多くを要求してくる。このようなことは彼女の中に植え付けられた日本文化の一端ではないと信じる。どうも、彼女には結婚について異なった信念を抱くようになったようだ。

結婚した時、私は四つの言葉をモットーに願った。Love（愛情）、Happiness（幸福）、Harmony（調和）、Eternity（永遠）。同意したキョウコにそれらの単語を、愛、幸、和、永、と一漢字に書かせて、宝石商に持っていてその文字を彫ってもらって私の結婚指環にした。いささか幅が広くてごついが、ユニークな、この指輪。貧しい時も富めるときも、病めるときも健やかなときもと誓って私に連れ添っていながら、いつだったたか、諍いの折に、結婚というものを経験したかっただけ、と言ったことがあった。今となっては彼女にとってはこれが将来に終止符が打たれる人生の1クラスなのだという思いを抱かされる。

彼女には子供のようなところがあり、守ってやりたい気持ちにさせられる。もし、私たちが離婚した場合、この地、アメリカで彼女が生きていけるかどうか。何とかこの結婚を持ち堪える、維持する道があるはず。彼女がどうなるかの恐れと、私自身がどうなるかの恐れ。私は自分がそのどちらをより恐れているのかわからない。

私はサバイバーだから生きながらえるのはわかっている。離婚を2回潜り抜けてきた。たぶん、私は母と同じなのだろう。数回結婚した母は自分は運命的に結婚するべき人間でなかったと言っている。確かに私にも欠点がある、しかし、私の言行は一致している。私は見せかけをしない人間だ。私は私だ！

その年、1993年の4月。キョウコの母が脳卒中で倒れて入院したとの電話を受け取った。急遽、航空券を手配してキョウコを帰国させた。

私は仕事があるので一緒に行けなかったが、キョウコがいない間、床をタイルにする作業で自分自身を忙しくさせた。キッチンとリビングルームのリノリウムを剥ぎ、玄関の小石タイルを削り取り、バスルームとベッドルーム以外にタイルを敷いた。滑りを止めるために表面に細かいギザギザの利いた淡いピンク色の花模様のタイルで、キョウコが発つ前に2人で選んだものだった。そのほか家の周りの雑役に時間をかけた。

キョウコの母は意識がなかったようだったが、キョウコが手を握って話しかけると、頷いたらしかった。1か月後、キョウコはひとまず帰ってきて、しばらくすると日本に戻り今度は母のそばに長期いる心積もりをしていた。ところが、帰ってきて間もなく亡くなったとの電話があった。知らせを受けた時にはすでに葬儀もすんでいた。キョウコはそのままずっと母のそばにいなかったことをひどく悔やんでいた。

私は残された彼女の父と姉を元気づけるために2人して帰国すべきだと思った。その年の10月、日本を発ち、10月14日から11月の2日まで、ほとんど彼らと過ごした。キョウコの母の墓は、内海を見下ろす小高い山の上にあった。クニとイスズが帰省していて、一緒にお参りした。キョウコが描いた水彩画の母の肖像を座敷の祭壇脇に添えた。

秋に日本を訪れたのは私には初めてで、秋祭りの行事があった。、豪華で勇ましい十数台の太鼓台が繰り出すパレードが見られた。地区の色と名前のついた鉢巻きをもらったのでそれを額に巻いて、私も混じってちょっとばかり垣棒を担いだ。

クニたちが引き揚げた後、父とユキ、私たち4人で旅をした。例によって大本、今回は本部の聖地に行った。途中、偶然、電車の中で教主の弟と出会って紹介され、英語ができる彼と立ち話した。修行講座では、言葉のハンディがあるため教えに耳傾けるのは難しかったので、私は習字に取り組んで、手本を見て、「うぶごえ」を書き写した。自分の名だけはカタカナで書けるようになった。

帰りはユキの希望で倉敷を訪ね、運河と白壁の家、昔ながらの日本の街並みを見て歩いた。従兄がゴルフに誘ってくれて、今回はキョウコも一緒にゴルフをした。庭木の剪定をするキョウコの父に手を貸し、彼と将棋を指した。それまでは飛車、角の大駒を抜いてもらっていたが、もう互角に打って勝つこともあった。ユキとキョウコが作った夕食を囲んで、晩酌を共に楽しんだ。

１９９５年。新しい年が始まった。年末からキョウコの不機嫌なムードが持ち越している。

私たちの興味がフィッシングからゴルフに移ってから、親しいゴルフ友達が出来ていた。子供のない夫婦、ジムとリコ。ジムは私と同じくスペースセンターで働いていて、リコは日本人。彼らも、毎週、サムスニードでゴルフを楽しむ顔ぶれだ。

去年、２、３度、キョウコはリコに誘われて、ロックリッジにあるゴルフ場、トータルクリークでゴルフをした。庶民向きのサムスニードとは違って本式のコースでグリーンフィーはすこぶる高い。そこでプレイしたいので小遣いを少し上げてほしいらしい。ということはそのレディースリーグに入ったリコにならって自分もそこのメンバーになりたいの意味だった。

ショートコースのサムスニードでは飽き足らなくなっているのはわかる。私は1月に1回、会社のリーグであちこちでゴルフをやる機会があるが、２人で時々、近辺の他のゴルフコースでやるようにもなっているのだ。リコが親しくなったというトータルクリークのオーナーが日本人なので、そのためもあるのだろう。私はふざけた口調で、毎週そこでゴルフするんじゃないだろうね？　と言った。それが発端となって金銭についての口論になった。

独身の時は自分の思うままにお金を使っていたのに、結婚してからはそれができないとこぼす。ジムとリコ夫婦の間ではリコが家計を取り仕切っているらしい。それで金銭面で自分のように不自由な思いをしていないと言う。私は彼女が欲しい物を買うのを止めたことはない。毎月の小遣いで足りなければ、クレジットカードか、小切手を使えばいいのだというと、いつも細かい経費まで締まっている私をみているとそれができないという。

将来を見越して予算を立て、家計を維持してゆくには経費の節減が必要で、私自身、自分の割当額を切り詰めているのだ。若い頃に東京で働いていた時期以外は、塾の収入で生活をしていたといっても両親の下で暮らしていたのだから、彼女に実際の全面的な家計の切り盛り、金銭の扱いなどできるはずがないのだ。

一か月前から、ユキが精神病院に入院している。数年正常が続いて家族が安心していたのに、思いがけない病の再発。そのため、ひとりになった父が、料理、掃除洗濯、買い物など身の回り一切を自分でしているらしい。彼女の沈んだ気色はそこに起因していることもあると思う。老いてきている彼女の父にとっては大変困難な状況だろう。本人自身は、これも日々のつとめ、修行だ、と言っているそうだが。

多分、私は無神経な人間なのだろう。彼女を不快がらせるとは知らないで、気に障ることを言っているのだろう。そのあと夕食を外に出て食べているとき、私は、今夜は料理しなくてよかったね、と言った。軽い気持ちで言ったのだが、彼女は明らかに曲解した目つきをしていた。

それからしばらくして、1月17日、神戸と大阪で大地震があった。その被害は甚大で広範囲に及んだようだ。

朝の8時にオフィスにキョウコから電話があった。父に電話したらしく、地震の影響はなかったようだった。加えて、ユキが退院してきていると知らされて非常に嬉しそうな口振りだった。

その夜、キョウコはラブメイキングを率先した。やさしい誘いだったが、残念ながら、私はあまりその気になれなかった。彼女は私を満足させたが、私が彼女に応えられたかどうか。


バレンタインデー。なんて嬉しいサプライズ！　思ってもないプレゼント!!　キョウコから美しいバレンタインカードに添えて、水彩で描いた私の肖像画をもらった。私に気付かれないように隠して描いていたのだ。

２年前、父とユキ、私たち４人で大本に行ったとき、電車の中で教主の弟と出会ったときに彼と並んだ姿をキョウコが撮った写真。その写真を元にして描かれた、鳥打帽を被っている私の笑顔。

ところが、事態はあっけなく急転した。３日後には彼女は狂ったように、お互いに交換し合ったバレンタインカードを破り、私の肖像画を真っ二つに引き裂いた。それも、前夜、私が頭を洗わなかったという理由で。20秒間も言葉を交わすこともない出来事で、全くあきれて理解に苦しむ。

仕事から帰宅すると、キョウコがゲストルームに横たわっていた。気分が悪いらしい。しばらくして起き上がってバスルームに行きトイレにしゃがんでしきりに吐こうとする。私は背中をさするが胃液しか出ない。頭痛がするようで、彼女はそのままゲストルームで寝た。

翌朝、会社から電話すると、少し気分が良くなったようで、何もかも精神的なものらしい。夕食を食べているとき、彼女が引き裂いた私の肖像画をどうしたかと聞いたので、元通りにしようと糊で張り付けたのを見せた。もちろんもう元通りではない。が、彼女はそれを元に、もう一度描き直したいから聞いてみたのだと言った。

それから数週間、似たり寄ったりのパターンが続いた。

居間で一緒に映画を観ていても、〝It could happen to you（あなたに降る夢）〟は一緒に笑いながら楽しんで観ていても、〝Shadowlands（永遠の愛に生きて）〟を観ていて私が後半で居眠りし始めたと言って腹を立てる始末。

口論をした後はゲストルームで眠る夜が増えた。平常な時でも彼女がそうするのは、私がいびきをかくから眠れないからだとか、ただひとりでいたいから、だった。明らかに私を拒んでいるのがみてとれた。私が起きているのにベッドを抜け出てゲストルームに移っていく。起きている者がいびきをかくはずはなく、見え透いた言い訳だ。またある時は、自分はあなたの妻ではなく、小遣いをもらっている住み込みのコック、メイドだというので、料理や掃除洗濯のために結婚したのではない、私は何でも自分できる誰の助けもいらない人間だ、と受け応えた。

また離婚したいと言い出すので、カウンセリングを受けようと提案すると、自分にはその必要はない、その必要があるのはあなたの方だと言い張る。つとめて冷静に話していても、たちまち気がふれたような口吻《くちぶり》、顔つきになる。

私が気遣う者をそのように狂気じみた言動に駆り立てるのは、一体、私の中の何なのだろう？

アイナから受けた仕打ちが思い出される。朝、出勤前に行ってくるよと彼女にキスしようとすると、彼女はただ無反応に突っ立っていた。ハグしても胸元で両腕を組んで突っ立ったままだった。私の人生がどんなに彼女からの愛情の感応に依存していたかを知っていて、その私の欲求、要求が拒否されたとき、結婚に終止符を打たざるを得なかった。

キョウコの中にそのような拒否の反応が発展していないことを願う。もし、そうなれば、私たちは別居しなければならない。

4月9日、日曜日。私は月1回の会社のリーグに参加して、ロイヤルオークゴルフ場でプレイした。キョウコはサムスニードで常連仲間とスキンズゲームをした。

私が戻ってくると、彼女は10番ホールでホール・イン・ワンをしたと言った。グリーンはゆるい傾斜の上にあるのでティーオフ場から見えないが、9番ホールのフェアウエイにいたものがそれを見て、手を振って大声で知らせたらしい。彼女にとって2度目のホール・イン・ワンだった。初めては二年前、距離は短いが左手に池のある4番ホールに入った。その時は、私もそれを目撃した。その時同様に、記念に同じく小さなトロフィーを手配して祝った。

4月17日、月曜日。月曜はサムスニードのレディースリーグがある日なので、会社から帰宅すると私はいつものように、プレイはどうだったかと聞いた。出だしが悪く3番ホールでもう4オーバーだったけど、バックナインはまあまあ満足できるスコアだったらしい。そして、第6番ホールで、またホール・イン・ワンをだした、と言った。8日の間に2つのホール・イン・ワンとは！　またトロフィーを作らなきゃと言うと、今回はレディースリーグでプレイしていたのだから、リーグからトロフィーが贈られると言った。

4月、この月は瞬く間に過ぎた。概して、毎日が波風のない気持ちのいい日々だった。こんな後は往々にして急変しがちなのだが。キョウコが何かしら起こし始めた気配。まるで地震の前兆、地響きと煙の立ちのぼりが見えるようだ。

5月2日。毎週土曜日サムスニードでスクランブルゲームに参加していたグループは、今回からタイタスビールにある正規のゴルフコース、ベントオークゴルフ場ですることになった。ゴルフ場に行く途中、ゴルフドクターの店に立ち寄って、キョウコに新しい7ウッドと前々から欲しがっていた11ウッドを買った。いずれもグラファイトシャフト。クリーブランドのVASクローンアイロンのセットがセールだったので、私にはそのセットを買った。3日すれば5月5日の結婚記念日。2人のアニバーサリーギフトにした。

キョウコのチームにロンとプロゴルファー並みの腕をしているスティーブがいて、11アンダーで1位になった。先週サムスニードでのプレイ中、雨で中止になり次回に持ち越されていて持ち越し金が加わって、勝ったチームの分け前の額は大きかった。キョウコは自分はチームの助けにならなかったとすまなそうな顔をしていた。ロンの話では、8番ホールに来た時、キョウコが気分が悪くなってロンがキョウコをカートでクラブハウスまで送ってきたらしい。そのあと、しばらくクラブハウスで休んでいたが、14番ホールでチームに合流したようだった。帰りの車の中でのキョウコの話では、急に気分が悪くなって吐き、下痢で苦しんだらしい。

翌週の土曜日もベントオークでスクランブルがあった。顔を見せたのはわずか28人だった。また、キョウコのチームが11アンダーで勝った。私はどちらのホールもニアピンで賞にありつけた。翌日、日曜日、私たちはサムスニードでプレイしたが、これがサムスニードでの最後となった。キョウコはレディースリーグを辞めて、水曜日にトータルクリークのレディースリーグでやりはじめていて、私たちはあちこちのゴルフ場でゴルフして、ゆくゆくはココビーチカントリークラブのゴルフリーグに加入することにしていた。

５月27日、土曜日の朝、シカゴに向けて家を出た。およそ８時間のドライブでジョージア州のカルフーンまで来た。そこで１泊して、日曜の夕方、６時（イースタンタイム）にインディアナ州のハイランドに着き、モテル〝ラキンタ〟に部屋を取った。義妹のシェリーがやってきて２時間ほど一緒に夕べをすごした。日曜日には父のところで過ごし、月曜日は、モテル〝ラマダ〟にチェックインした。私たちは母の妹で、従姉妹のジューンとスーザンの母親である叔母のジェニーを訪問した。夫に先立たれて、ひっそりと一人住まいをしていた。キョウコは叔母のジェニーにことのほか好意の色をみせていた。彼女の静かで家庭的な雰囲気が自分の母に似ていて、母を思い出すらしかった。そのあと、シェリーがやっているゴルフ場でゴルフをした。火曜日、再び、父のところで過ごして、水曜日の朝、帰途についた。短かったが、満喫した旅だった。

夏場に入ると、ゴルフのグリンフィーが下がる。未知のゴルフ場でプレイできるいい機会なので、私たちもゴルフツアーに出かけた。

第１日目、ジョージア州のカーターベールで１泊して、マラードポイントゴルフ場でプレイした。まるで借り切ったように私たち以外に人影がなかった。美しいコースで、良いスコアーが出せた。私はブルーティーから打ったので、キョウコは少なくとも１００ヤード有利だった。そこからジャクソンビルに下って、1泊して、翌日は正午前にデイトナビーチにあるＬＰＧＡ・インターナショナルゴルフコースのティータイムを取ってあった。

デイトナビーチ近くになって走力が落ちてきて、オルターネーターがおかしくなった。惰力走行して、インターステイトハイウェー95の出口87から1マイルほどのところで路肩に車を止めた。親切な紳士が車を止めて、私たちをデイトナの自動車部品店までバッテリーを買いに乗せて行ってくれた。

この車、ポンチアックボンネビル、私の愛車だった日産３００ＺＸの後に手に入れた新車は、買ってから二年ちょっとしか経っていない。車体はダークブルー色で、インテリアは革製のグレー。ムーンルーフ、ヘッドアップディスプレイなど追加機能が備わっていて魅力的な車だが、いささか失望させられた。

タクシーで自転車部品店との間を2回往復した。修復作業中、車が絶え間なく風を切って疾走してくるハイウェーの路肩に立たされ無聊《ぶりょう》でぼんやりしているキョウコに車線から遠く離れているよう注意しなければならなかった。やっと元通りに動き出したころにはティータイムは過ぎていた。キョウコは間にあったら是非ＬＰＧＡゴルフコースでゴルフしたかったらしく、明らかに残念そうだった。

その夜、デイトナで1泊して、翌朝、インディゴレイクスゴルフ場でゴルフして、午後、帰途についた。インターステイトハイウェー95を下りるころからガソリン切れになってきたが、インディアン河の架橋を渡ってメリットアイランドに下りたところにある普段行きつけのガソリンスタンドまではもつと思った。だが、そのガソリンスタンドが目と鼻の先まで来て、ガソリンが尽きてしまった。キョウコにハンドルをとらせて、私はそこまで車を押して行った。

6月に入ってからのある夜、弟のジェリーが電話してきて、19日に来ると言った。去年の秋に彼がやってきた時は、私がボウリング大会のドアープライドで当たったウイークエンドゲッタウェイ券を使わせて、ビーチ沿いのホテルに滞在させた。彼はいまだに職に就いていない。今の新しいガールフレンドとうまくいってるらしいが、真相のほどはわからない。カリフォルニアでは運転免許を更新するのには保険がなければできないからフロリダの運転免許を取りたいため、とやらの理由で彼への郵便が私たちの住所宛になって届いているのを、キョウコから不機嫌な顔で見せられていた。2度目の離婚後レイオフされて以来、ずっと職なし。友達や知人の所を渡り歩いている情報が入っている。聞いても、昔から秘密主義で自分に不利なことは口をつぐんでいるので、はっきりした身辺状況はわからない。夕食に連れて行くと、値の張るメニューやワインを注文するし、客間をホテルのように乱雑にするのでキョウコが嫌がるのもわかる。5歳年下とは言え、実父を知らない弟だから、子供の頃から兄と父を兼ねる役回りをしてきた。しかし私と違って常に身近に母との繋がりがあったのだ。4日ほどの滞在が限度だろう。

仕事から帰ってくると、キョウコの様子がおかしい。どこか悪いのかと聞くと、どこもと言った。明らかにジェリーがやってきて1週間滞在することに取り乱している。どうしてここへ来るの？ と何度も聞く。彼女はジェリーや母を毛嫌いするが、父やマーサ、シェリー、叔母のジェニーには好感を抱いている。ジェリーがやってくれば､母に見せたと同じ態度をとりかねない。ジェリーが来たら、休みを取ってちょうだいと言う。そうすると答えた。すると、1週間も彼と一緒に休暇を過ごすの？と聞く。2つの方向から責められて、どうして彼女のお気に召すことができるだろう？

金曜日の夜、キョウコはまたこの件を持ち出した。私がジェリーを弟としてでなく息子のように扱っていると言った。ジェリーは父親の名も顔を知らない。姓は私の姓をもらっている。それで私は5歳違いだが小さい時から彼をかばう習慣がついているのだろう。キョウコは、私と母とジェリーは肉親だ、と言う。もちろん、私たちは血がつながっている。私には彼女が一体何を言いたいのかわからなかった。すると、ジェリーがいる間、自分はホテルに泊まると脅した。私は、ジェリーに電話して来るのを断ってもいいが、その理由として何が言えるだろう？　とは言っても、その期間、彼女を家から出させる羽目になれば。

ジェリーは火曜日の夜に着いて、次の週の月曜日の朝に帰った。

彼が滞在中、大半が雨天だった。キョウコは水曜日はトータルクリークのレディースリーグでゴルフをしに行った。木曜日、2人はメルボーンに行って熱帯魚や珍しい小鳥類で賑やかなペットショップをのぞいたりしたらしい。私はキョウコのもてなしの労を省くために金曜日は休みを取っていた。午後はケープの近くのゴルフ場、サバンナに打ちっぱなしにつれて行った。毎週金曜日は社が引けたあと会社の夏場のリーグで9ホールゴルフする日なので、その行事の様子を見物させた。土曜日、スペースシャトルの打ち上げがあり、それを見るのが目的でもあったジェリーだったが、残念にも、雨でキャンセルされた。ケープの打ち上げの見晴らし台に座って待っていたのだが。これまでジェリーはついていなく、やって来るたびに打ち上げがキャンセルされまだ1度も見ていない。

それから1か月ほど凪いだ日が続いたが、私たちの間にまた波風が立ち始め、彼女の態度が冷たくなった。何が気に障っているのか、私が恥を知らない、浅はかな人だとの台詞を口にした。潔さがない人だ、とさえ言った。そうしたけなし言葉がどんなに私の心を傷つけるかわかっているのだろうか？夜、ベッドで、お休みのハグやキッスを、眠たいからと言って拒む。簡単に応えられるはずなのに拒絶されるのは遺憾だったが、それ以上何も言わず私は眠りについた。

次の夜、映画「ネル」を一緒に見た。そのあと、彼女は別の部屋に行ってテレビを見ていた。私は入っていって、彼女に触ると、跳びあがった。そして、私が彼女を怖がらせた、と言った。なぜ私が彼女を怖がらせるだろう、ここには2人しかいないのに、と聞くと、あなたが怖いのだ、と答えた。なぜ、私が怖い？　一体全体私が、彼女の中にそのような恐れを抱かさせるような何をしたのかと聞いた。彼女はその問いに答えようとせず、両耳に指で耳栓をして私が言うことを聞こうとしなかった。私は私たちの不和の原因を正すためにカウンセラーの助けを得ようというと、何も答えない。彼女は立ち上がって、書斎に行き、暗闇の中、手で耳を覆ったままデスクの端にしゃがみ込んだ。君は精神病者になってきていると言い捨てて、私は寝室に戻った。

翌朝、彼女がキッチンに入ってきた時、お早うと言うと、返事がなかった。私は再び、カウンセラーの助けを受けることを考えてみたか、とおだやかに聞いた。それには答えず、自分は精神病者ではないと言った。

私は繊細な人間ではない。無神経に彼女を傷つけることをしているのかも知れない。しかし、彼女の方は故意に私を傷つける言葉を吐く傾向がある。軽蔑の台詞や、愛していないなどの棘のある言葉は、充分に意図して言っている。

夕食後、7時半過ぎ、彼女は黙って車で出て行った。帰ってきたのは9時過ぎていて、もちろん彼女はその夜も客間に寝た。そうした行動は私には全く無分別にみえた。私には彼女のその精神的病根がわからず、ひどく消耗させられる。

次の日の夕べ、私たちは美味しい夕食を食べた。あまりしゃべらなかったが少なくとも、真心が感じられた。その後、書斎に入ってきて、彼女自身が何をどのように感じていたかを書き留めた手紙をくれた。


1997年2月29日。義母のマーサから電話があり、父が危篤だと言うので、シカゴに飛んだ。

二日後、3月1日に父、死す。


その年、1997年の春、キョウコの父と姉に会うために日本に帰った。

クニ夫妻と子供たち、ヒロ夫妻も帰っていて、家族一同、キョウコの母の墓参りをした。そのあと親戚連中を交えて、中華料理店の貸し切りの間で和気あいあいとしたパーティーになった。

私たちは4月25日から5月9日まで2週間日本にいて、帰りはキョウコの父と姉、そしてもう大学生になったクニの娘、アキちゃんをアメリカに連れてきた。

週末にディズニーワールドの近くの3ベッドルームのコンドミニアムを借りて、シーワールド、エプコットセンターに行った。キョウコの父が車椅子が使えたので、特別に設けられた列に入れてもらえて、どの出し物にも長い列に混じって待っていなくてもよかった。何もかもが珍しく、楽しかったようなので、私はキョウコの父にどのショーが一番印象に残ったかと聞くと、北極の白熊だといった。また、エプコットセンターの最終時の花火に感動したらしく、年に何回、花火があるのか、と聞いた。毎夜だ、と答えるとびっくりしていた。

クニとイスズが来た時と同じように、車が乗り入れられ、カモメと戯れられるデイトナの砂浜にも、フリーマーケットにも連れて行った。また、家から近くにあるスペースセンターのビジターズセンターにも連れて行った。キョウコの父はスペーススーツを付けた宇宙飛行士の顔のないダミーのところで、言われたとおりに真面目な顔をのぞかせた。

それから、私たちがゴルフしているココビーチカントリークラブのゴルフ場にも連れて行った。キョウコの父にちょっとした事故があった。朝食の店、ケープカナベラルのムーンハットで朝食をすませて外に出てきたとき、彼は車の駐車枠を踏み外して倒れ、手の裏の皮膚を擦りむいた。ココビーチの救急クリニックに連れて行くと大したことがなくてほっとした。

私が仕事に出ている日は、プールで泳いだり、ランチにはスイートコーンが美味しいらしく飽きることなく食べたようだ。夕食に蟹の脚がどっさりでた時には、みんな大喜びだった。２か所ほど風変わりなレストランにも連れて行ったが、意外と何でも食べていた。

彼らがデトロイト経由のノースウェストで帰国したのは良かった。飛行場内には英語と日本語の標示がどこにもあったから、ゲートを見つけるのに戸惑うことがなかっただろう。

１９９８年、９月。私たちはサウスカロライナとノースカロライナに行って、１週間のゴルフの旅をした。

私はココビーチカントリークラブのメンズリーグに加入して、毎土曜日、そこでゴルフをしていた。水曜日にトータルクリークのレディースリーグでゴルフしていたキョウコもそこを辞めてココビーチレディースリーグのメンバーになり、日曜は2人して専らココビーチゴルフコースでゴルフするようになっていた。そこで知り合った、ゴルフの先輩、ジャックとベティに誘われてお供したのだった。

私たちはまず、ヒルトンヘッドゴルフコースでゴルフした。それからサンティに行ってゴルフした。ホリデーインでの宿泊には朝食とゴルフのグリンフィーが付いていた。私たちはそれからノースカロライナのヘンダーソンビルとマギーバレーに行ってそこでもゴルフと夕食を楽しんだ。

帰途は果樹園に立ち寄って、リンゴ狩りをした。そこには数種類のリンゴの木があり、それぞれ好みのリンゴをもいで車に積んだ。楽しかったゴルフ旅の思い出土産となった。


1999年、四月の終わりに私たちは再び日本に帰った。

前回と同じく、家族みんなでキョウコの母の墓参りをして、その後親戚連中が合流して前回と同じ中華料理の店でパーティーとなった。

クニ夫妻が私たちを北海道の旅に招待してくれて、札幌、小樽、函館を観光した。古い運河のある小樽、函館の夜景が印象的だった。札幌のホテルでは屋上にある露店温泉に浸かった。

帰途、飛行機に乗る前のランチでクニと私はよく飲んだ。飲みすぎてキョウコとイスズを懸念させたが、羽田からのクニの車の運転は無事だった。

何と言っても今回の帰国のハイライトは、国技館で相撲を観戦したことだった。これもクニの招待で、クニとイスズと私たち４人はやっと４人が座れるほどの方形に仕切られたせせこましい座席に陣取り、入れ替わり立ち替わり土俵に現れる力士たちの奮闘をじかに見物した。立ち合いの技だけでなく、観戦中にだされる御馳走や飲みものも心ゆくまで楽しんだ。おまけに素敵なギフトまでもらった。

私たちはキョウコの父とユキを連れて高知へ行った。車で山脈を超えればそんなに遠い距離ではないが、電車を乗り換えての迂回の旅だった。高知城を見学、太平洋の広い白浜を歩いて、素敵な旅館にとまった。豪勢な夕食が出て、朝食も美味しかった。

私たちは今回もゴルフをした。日本に来るたびにキョウコの従兄の招待で一緒にゴルフしてすっかり顔なじみなり、良いゴルフ友達になっていたケイイチと彼の妻、クニコが、夕食に招待してくれた。門構えで庭のある高級日本料理の店だった。翌日、ケイイチの車で新しくできた内海の架け橋の半分までドライブした。それから、サムライ時代の甲冑や刀剣が展示されている博物館に連れていってくれた。

私は目の当たりにした本物の刀剣にすっかり魅せられた。

日本を発つ２、３日前。もう一度、今度は私たちだけで自転車でお墓にお参りに行った。途中、キョウコがお母さんが好物だったという食べ物をお供えに買った。小高い山道を時々自転車を押して上がり、行き帰りに１時間以上かかったが、２人水入らずを楽しめてよかった。

２００１年の10月。キョウコの姉、ユキに事故があった知らせを受けた。

彼女は洗濯物を干していて後ろにひっくり返り、排水して干上がっていた池に落ちて頭を打って死んだらしい。

年老いて1人になったキョウコの父を思いやってどうにかしなければと、私たちは25日に発ち、11月の18日まで日本にいた。

ヒロと彼の妻のエミコがやってきて、これからの父の身の置き所に関してクニと相談してきた案を施行することになった。みんな一緒でクニたちに会いに行くのだと説き伏せて、私たちとヒロ夫婦は彼をクニのところに連れて行った。長年住み慣れた我が家から彼を離れさせるのは残酷だった。かと言って、親類がいるとはいえ、俄かにめっきり老衰した彼に1人住まいはさせられない。誰にとっても悲哀の時だった。これからは廃家になって誰も戻ってくることもなくなるだろう。騙されていることも知らず私たちと新幹線に乗っている彼の顔はとても穏やかだった。クニのところに預けると、2、3日一緒にいて、私たちは関西空港にとって返して、日本を発った。


日曜日は大抵、ココビーチカントリークラブのゴルフ場でゴルフをした。その頃、ゴルフ場に近接した閑静な土地に新しいコンドミニアムが建設されることを知った。バナナ河の岸辺で、たった12所帯が居住するコンドミニアム。その見取り図の1つが私たちの目を引いた。4ベッドルーム、3バースルームで、ベッドルームの1つが北向きでバナナ河に面している。その部屋はキョウコの絵のアトリエにするのにもってこいだった。

キョウコの水彩画は人気が出てきていた。トータルクリークのゴルフ友達の一人から孫の肖像画を頼まれてから、ゴルフのサークルで注文が来るようになっていた。今ではココビーチカントリークラブのラウンジに彼女が描いたプロゴルファーの肖像画が飾られている。熱中すると夜中に起きだして、客間のバスルームにこもって描いていたりする。彼女は確かに才能に恵まれている。私がインターネットで宣伝しようとすると、素人の域を出ていないと言って頑固としてそれをさせない。それでもネームカードだけは作らせたが。それに次いで私は彼女の作品のポートフォリオを作って、作品が仕上がるごとに写真に撮ってそこに加えた。

ともかくも、私たちはその1戸を買うことにした。２００１年にはまだ建設が始まってもいなかったが、それが始まると、毎日曜日にゴルフした後に立ち寄って進行具合を確かめていた。

２００２年の7月に完成されると、私たちはメリットアイランドの家を売って、8月に移ってきた。家を売る時、護岸堤とボートドックにケチをつけられて買値に応じたが、私としては少なくとももうそれらに気をかけなくて済んだし、プールの手入れや芝刈りをしなくてもよくなった。

スペースシャトルでの私の仕事は、過去数年間、シニア品質技師から売手シニア品質監査技師に変わっていた。供給業者の製品の品質を監査する仕事で、従って国内各地に出張が多くなった。最初の1年は38週間もの出張だった。社では長らくその残務が蓄積されていて、私はエレクトロニクスの分野でも機械分野での訓練も積んでいるので、必要ならばどんなことをしても最新の状態に戻すとボスに言った。実際、それは大変な仕事であったが、どうにか1年で達成した。

私は月曜の朝に出張して、金曜の夜に帰宅した。キョウコは喜んでいた。私に煩わされることなく、いつでも好きなことができたから。夕べになっても料理するなどで中断することなく絵に集中することができた。ボストンやバファロウに出張した時は、キョウコも絵具を携帯してついてきて、週末は2人で観光した。ボストンの名所を巡ったり、バファロウから国境を超えてナイヤガラの滝を見たり、カナダのトロントで美術館を訪れたりした。

カリフォルニアへの出張は、母や子供たちに会えるいい機会だった。生活保護施設に入れられていた母は嬉しがっていた。ロサンゼルスに行くと私はまずトレーダージョーズでお寿司を買って持って行った。ランチか夕食に連れ出したり、モールや彼女の行きたい所に連れて行った。

その頃にはキョウコの私の母に対する態度はすっかり変わっていた。絵で入ったお金を数回、母に送っていた。そのことを私は母からお礼のカードが届いて知ったのだが、現金送金を戒めると、逆に、年取った母に何の援助もしない私を咎める始末だ。

私は私で、母に海外ツアーを勧めて、その費用の援助をしている。去年はインドネシアのツアーに参加してバリ島からのポストカードをもらった。来年はインカの遺跡のある地、チリーのマチュピチュに行くのだと言っている。マチュピチュにはいつか私たちも行きたい。

ともかくも、私たちの生活は好ましく変化していた。

第7章　リタイアメントと私の癌

２００３年の3月、私は早期退職した。

これは生活の大きな変化で、新しいライフスタイルへの調整がチャレンジだった。毎日が日曜日、何をしてもいい、縛られることのないリタイア生活。退職まえから、キョウコはその自由時間を私がどのような実りあることにあてがって過ごすかを懸念していた。私は、もちろんゴルフをする回数は増やすし、釣りも再開するつもりだが、長年の緊張を強いられた勤労から解放されてゆったりとしたこのくつろぎの気持ちを、専らしばらく味わいたいと言った。

同僚や親しいゴルフ友達を招いてリタイアパーティーをした。盛況だった。後輩のジャックがコンドミニアムのドックで大きなトラウト（鱒）を釣って興をそえたり、またローンの支払いを終えるのにまだ五年働かなければならないとこぼすゴルフ友達に、望ましい環境で悠々自適のリタイアメントだと、うらやましがられたりした。

それから4か月ほどたった7月、声の調子がおかしくなった。しわがれた濁声になってなかなか治りそうにない。加えて、右腰にしつこい腰痛を覚えた。放っておいたが、3カ月ほどたって、主治医、ドクターマリノの診察を仰ぐと、咽頭専門医、ドクターホルトのクリニックでの検査を勧められた。

検査の結果、左の声帯に腫瘍が見られ、それが濁声の原因だった。生体組織検査をしなければならないと言われたとき、わたしは生検をしなければならないなら、ついでにその腫瘍も取ってほしいといった。そうすると2度手間がはぶけるからだ。

11月7日、ロックリッジ市にあるW総合病院で手術をした。その前の診断の折に、手術後、口頭を失い声が出なくなる可能性があると言われていたので、私は2度としゃべれなくなるのを恐れていた。

手術はうまくいった。気管切開して穴があいた喉にチューブが挿入された。

朝、キョウコが見舞いに来ると、私はメモ帳に言いたいことを書いて渡した。彼女はそれに応えて書いてよこすので、私は笑って、君はしゃべれるだろう？　と書いて返した。

それから2日たって、チューブの1つが外されてその跡がふさがれたとき、私には声が出るのがわかった。朝、キョウコがやってくると、私はお早う、と言って彼女をびっくりさせ、目を丸々にして喜ばせた。親友のジャックやゴルフ友達ジムなど見舞いに来てくれて、13日に退院した。

退院する前に、癌専門医ドクターパレモの指示で右腰の骨のレントゲン検査がなされて、損傷が2か所みられた。それは形質細胞腫と診断された。

18日にW総合病院でこんどは右腰の生体組織検査がなされた。金曜日にその結果が知らされることになっていたが、私はその結果を自分自身が恐れているのか、キョウコのために恐れているのかわからなかった。

生体検査の結果、喉の腫瘍も右腰の形質細胞腫も同じもので、マルチプルミエローマ（多発性骨髄腫）と呼ばれる骨を蝕む液体癌、骨髄癌だと知らされた。

キョウコの様子に変化が生じた。生活意識に変化をきたして、口をつぐむ日が多くなった。また、過去に見られた私を愛していないし尊敬もしていないと言った風なイラついた表情が見られた。ゲストルームで寝る夜が多くなったが、大晦日までには機嫌がよくなり、私たちの寝室に戻ってきた。

親しくなっているトータルクリークゴルフ場のオーナー夫婦、タヨとジョーのところでニューイヤーズイヴパーティによばれた。新年２００４年が明けて、この一年が良い年であるようにと願った。だが、キョウコのムードスイングは繰り返された。

10日間の放射線治療を終えると、予後、直ちに化学治療を受けなくてはならなかった。癌専門医ドクターパレモから、アーカンソー州のリトルロックにある大学病院での治療を勧められた。そこには多発性骨髄腫の治療研究所があり、そこはこの特殊癌のためにはアメリカばかりでなく世界でも最良の治療所だと太鼓判を押された。

1月20日の朝、8時に私たちはリットルロックへ向かった。

片道2日間を見越して、ミシシッピー州のゴルフポートに午後3時に着くとホリデーインエクスプレスに宿泊した。そのあたりや、メキシコ湾岸のビロクシーまで車で散策して夕食をとった。翌朝、ゴルフポートを9時15分に出て北上し、メンフィスに午後の3時に着いた。そこでグレイスランドやエルビスプレスリーの住んでいた家など少し観光して、リトルロックに着いたのは5時半、ダウンタウンにあるコンフォートインにチェックインした。

翌朝、ホテルよりも安いので短期間契約で借りたアパートに移った。病院までは車で15分のところにあった。予約より1日早かったのだが面談がかなって、さっそく19管の血のサンプルを取られ、顎のレントゲンを撮られた。

滞在中は、ずっとものすごく寒かった。零下5度から0度、フロリダから来たものには身震いが止まらない外気だった。

食料品を買って、アパートで夕食をとった。週末、私たちはアーカンソー歴史博物館や、画廊や美術館を訪れた。旧州会議事堂などの古い建物の脇を走らせ、アーカンソー河沿いのリバーマーケットにも立ち寄った。日曜日にリトルロックの北、「古い水車小屋」を訪ねた。名画、「風と共に去りぬ」のオープニングシーンに使われた場所だ。私たちはその周辺を歩き、樹林の中をドライブして、それから温まるためにモールに行った。

ジャックと電話で話した。今回の私の思いがけない事態に彼は感情的になっていた。かつてベストフレンドだったポールローズを2年前に失くして以来、今は彼が私のベストフレンドだ。

2日間、精密検査が続いた。初めは頭のてっぺんから足のつま先までの骨の検査、遺伝子検査、骨髄吸引。次の日は心電図、骨密度検査、肺機能検査。検査を終えると、多発性骨髄腫専門医ドクターゾンガーリと面接した。検査の結果から多発性骨髄腫のステージ3と診断された。直ちに化学療法を受けなければならないが、さらにペットスキャンとMＲＩスキャンを受けてからだった。

それにしても、果たしてこれら精密検査にかかる費用全額に保険が利いているかどうか、自腹を切らなければならない分もあるのではと気になって、医療保険のケースマネージャーに電話で問い合わせた。

化学療法を受けるために右鎖骨付近にカテーテルのチューブがはめ込まれて、その午後、最初の化学療法が始まった。カテーテルは静脈に浮いていて、胸元で2、３の縫い目で支えられている。治療員にゴルフをするのに差しつかえるか、と聞くと、フルスイングをしてはいけないけどショートゲームの練習は大丈夫だとのこと。せめての励ましだった。

化学治療の後は必ず血液のサンプルがとられた。フロリダに帰ってからは毎週、血液と尿のサンプルをこの大学病院の多発性骨髄腫治療研究所に送らなければならないとのことだった。

私たちは２月３日にリトルロックを発った。ゴルフポートを迂回して、フロリダ州ミルトンで一泊して、翌日の午後４時半に我が家に帰ってきた。気温はうるわしく暖かい、25度だった。

多発性骨髄腫。自分がこの稀な不治の液体癌に襲われるとは全く思ってもみなかった。しかも、ステージ3で、あと2、３年の命。ドクターゾンガーリが話していた荒治療、どの患者にも勧められるわけではないがと言っていた治療は３段階にわかれている。高用量化学用法と、その後に続く幹細胞収集、そしてそれを終えたあとの幹細胞移植。私はその荒治療に挑戦することにした。この病に屈服するわけにいかない。私はこれまでどんなことに直面しても安易な道を取ってきたことはない。この際、どんな手段を活用してでもできる限り長く生きながらえたい。

一方、実際、この世から自分がいなくなるおよその時間を知っていて、この世よりも素晴らしい経験の中に立ち去っていく心構えができている者がどれほどいるだろう？　これまで、何事においても、何事が起こっても私はこの世での自分の時間を満足して過ごしてきた。真剣に取り組んできたことのすべてがうまくいったわけではないけれど。

キョウコと18年生きてきた。彼女はとかく愛というものに懐疑的で、日常、ｌｏｖｅという言葉さえ嫌がって口にすることが滅多にない。しかし、私たちはこれまで充分幸せだった。今後、彼女を気遣って守っていくことができなくなるが、少なくとも彼女に経済的な安定は残していける。私は彼女に彼女自身の人生を続けていけるだけの強さがあることを望んでいる。とても才能に恵まれているのだから、これからの人生でそれを失くしてしまうことがあればもったいないと思うから。

2月5日。幹細胞移植の件でCIGNA医療保険のケースマネージャーから電話があった。アーカンソー大学病院はネットワーク外なので妥当な請求金額の70％しか支払いできないとのことだった。フロリダ州だと、タンパにあるモッフェト病院、ゲインズビルにあるシャンズ病院、そしてマイアミ大学病院だと１００％カヴァーできるとのこと。しかし、ドクターパレモと会談した折、私はアーカンソー大学病院の多発性骨髄腫治療研究所での臨床実験のプロトコールに組み込まれているはずだ。その実験台に賭けた気持ちにはゆるぎはない。ステージ３と診断されたために外されたのかどうか。とにかくもその点を詳しく検討してみる必要がある。

バレンタインデー。私の髪の毛が大量に抜けてきている。ジャックとベッキィーが彼らの果樹園でもいできたオレンジやグレープフルーツを持ってきてくれてしばらく私たちと過ごした。その後、私たちはモールに行って歩き回った。キョウコにルビーのイヤリングを買った。夕食にはレストラン、グレゴリーでプライムリブ。結構な日だった。

ゴルフをしていると頭の脱毛が厄介になって、家に帰ると剃り落とした。寝られない夜が続いている。1時間ごとに目が覚め、脚の骨や腕の骨に痛みを感じる。こんなことは初めてのことだ。

2月23日。予定に従って化学治療を受けるためW総合病院に入院した。

リトルロックの多発性骨髄腫治療研究所で化学治療を受けたとき、カテーテルにつながれた治療液の容器がはめ込まれたケースを首からぶら下げてどこにでも移動できたので、入院などする必要がなかった。それが、ここでは4日間、病院につながれ、トイレに行くにもＩＶポールを押していかなければならない。キョウコが図書館から借りてきた本を持ってきてくれた。

2月25日。朝、8時半ごろ、キョウコから電話があった。彼女の父が亡くなったというしらせの電話をイスズから受けたらしい。

実際に逝ってしまったのは3日前で、既に火葬して葬式も終えていた。唐突な話だ。なぜもっと早く連絡がなかったのか？　キョウコの話では私の癌のこともあり、帰国の心配をさせたくなかったためのようだ。

キョウコは彼女自身でありたい思いに駆られているみたいだ。私がリタイアする前の生き方、絵を描いたり、本を読んだりまた書いたりの創造的な暮らし。彼女はやりたいことには真剣にのめり込む。彼女の信条にケチをつけるわけではないが、時として私たちの生き方が分岐するからといって、一緒に生き延びられないわけはない。

キョウコが迎えに来て、私は退院した。私は彼女の車、トヨタカローラの後ろのバンパーがへこんでいるのに気が付いた。どうしたのかと聞くと、彼女自身どうしてそうなったのか知らないと答えた。

私にはおおよその見当がついた。

彼女には注意散漫なところがある。ぼんやりしていて周りをよく見ていない。人を見ていないし、自分の足元を見ていない。名前を呼ばれてびっくりして辺りを見回したり、歩いていてふいに蹴躓《けつまず》いたりする。さすがにいまでは運転している時は運転に集中していて大きな事故はないが、運転を覚えた初期、帰ってきて車を車庫のシャッターに突っ込んでいたり、人家の庭のヤシの木と衝突したりしたことがあった。私はその家の者から知らせを受けて救急車より先に駆けつけたものだ。

2月29日。ジャックとベッキィーがグレープフルーツをもって立ち寄ってくれた。私たちは歩いて9ホール、ゴルフした。ベッキィーはゴルフをしないが一緒にゴルフコースを歩いた。そのあと彼らがランチに連れて行ってくれた。彼らと別れた後、私たちはキョウコのアトリエのフロアーランプを買いに行ったが、気に入ったのがなかった。帰途、ABCの酒屋に寄って、私はワインとビールを買った。癌なのにアルコール?!　キョウコは露わに不機嫌な顔を見せた。こうして私たちはまたしてもお互いに聞く耳をもたない。


3月29日、第2期の治療のため、私たちは再びロードトリップでリトルロックに来ていた。ココビーチを発つ前に、気になっていた医療保険の問題が片付いていた。

今回は1か月ほどの滞在予定になる。荒治療の第1と第2段階、高用量化学用法とその後に続く幹細胞収集のためだ。

私たちは、イーグルヒル（鷲の丘）と呼ばれるゴルフ場を取り囲んだアパートに3週間ほどの契約で宿泊した。私たちの部屋は12番ホールの池と噴水を見下ろせる2階だった。あたりは静かで、カート代に10ドル払えばゴルフが無料でできる特典が含まれていた。

30日に一連の細密検査を終えて、31日にゴルフをして、オリーブガーデンで夕食をした。キョウコは隣の部屋で眠ったが果たしてこれが、規則的な日課になるのかどうか。彼女とはまだ薄氷の上を歩いている感じだが、少しずつ平穏にはなってはきている。市内に図書館を見つけて、数冊借りてきた。

４月２日。昼夜ぶっ続けの高用量化学用法が始まった。Ｗ総合病院で化学療法を受けたときと違って、昼夜、ＩＶポールにつながれて病室に横たえていなくてよかった。カテーテルにつながれた、缶ビールが6個入る大きさのケースに入った医療器具を肩や首にかけて歩いたり、膝に乗せて車を運転できた。作動タイマーがついていて自動的に薬液が体内に注入される。

ジャックと弟のジェリーから見舞いの電話があった。真夜中の1時半ごろ、ちょっとした興奮を味わった。私はどうかした折にカテーテルを引き抜いていたのだ。９１１（１１０）に電話した。救急車が私を病院に連れて行ってくれた。朝の9時までどうにもできなくて、おかげで治療スケジュールが8時間延びた。

４月５日。私たちはアーカンソー・ホットスプリング・ヴィレッジがどんなところか行ってみた。大自然森林を切り開いた2万６０００エーカーの隠遁地で、多くの湖、８つのゴルフ場があった。まさに人里離れたところにあり、道路は曲がりくねっていて、上がり下がりが激しく、風の吹きさらしだった。キョウコは化学療法の薬液の入った医療ケースを膝に置いて時々片手だけの私の運転に神経質になっていた。

病院での大半は待ち時間だった。ダウンタウンの図書館から借りてきた本を読んだり、ビルの最上階、10階にある、静かで冷涼な癌センター教育図書室で過ごした。

高用量化学療法を終えると、幹細胞成長因子注射を受けに1日2回、病院通いが続いた。通院の合間にゴルフをしたが、気分が悪く、体が自分から切り離された感じだった。体力がガタ落ちで、今までこんなに腰が痛んだことがない。不眠で何度も目が覚めた。

好中球減少症になり、カテーテルのチューブの皮膚の周りが感染して赤くはれあがった。ラボの血液検査と朝夕の幹細胞成長因子注射に加えて、抗生物質のＩＶ注入。

4月16日。1回り大きなカテーテルに取り換えられて、幹細胞収集が始まった。2日に分けてなされて、合計２５００万の幹細胞が収集された。それらは冷凍保存されて、２か月後に戻ってきた時にトランスプラント（移植）されるのだ。

4月21日の朝7時。38度の熱。雨の中、私たちはリトルロックを後にした。メンフィスまでの半ばで、豪雨となった。ブラインドが垂れたように眼前をさえぎる激しい雨脚をついて走らせた。メンフィスを過ぎてしばらくしてトイレのためウオールマートで止まった。その後コースを変えて、ミルトンに6時に着いた。11時間かかった。ホテルの近くにあるメキシコ料理の店で夕食を食べたが、味がなかった。熱は相変わらずで翌朝になっても下がらない。キョウコが運転を代わらせてと言ったが代わらせるまでもなかった。

5月6日、主治医のドクターマリーノの診察を受けた。私のＰＳＡ（前立腺特異抗原）のレベルは３だった。それはよかったが、用心のためプロスカの服用を勧められた。

これからずっと服用することになるだろう。

幹細胞移植のためにリトルロックに戻ることになっている1か月ほど前、弟のジェリーから電話があって、次の治療にはキョウコに代わって付き添い人として同行したい、と言ってきた。彼はここ数年、ハワイのだれだかの邸宅の留守番、あるいは友達の家で居候をしているらしい。彼の申し出を受けようとすると、キョウコが不機嫌になった。私としてはキョウコに息抜きをさせたいためもあった。ところが、彼女は頑として反対して、娘のタマラやジェニファーの意見を聞いてそれから決めてほしいという。彼女たちにメールをすると同じく反対で、ジェリーは人の面倒見ができるような人間でないとの意見だった。

５月14日。Ｗ総合病院で４日間ぶっ続けの化学療法を終えた。キョウコが迎えに来てくれた。帰宅すると、前日交わしていたキョウコとの約束を実行した。ジェリーに付き添いの件で断りの電話をすることだった。その旨を話すと、彼はそれでは私たちが留守中の留守番役をしたいと言うので、それも断った。夕食には私の好物であるラムチョップが出た。キョウコがシャワー室に一緒に入って体を洗ってくれた。早めに就寝し、一度トイレに立ったときを除いては翌朝の６時半まで眠った。

まだひどく疲労していて、まるで自分でない感じだった。右腰の痛みが続いていたが、悪化してソックスや靴を履くのにまともに脚を曲げられない。キョウコの細かい優しい態度は続いていたものの、断ったにも関わらずしつこくかけてくるジェリーからの電話に私が出るのに苛立った。そして、彼女は半狂乱になって、私に食ってかかった。そして呆然としたことに、彼女は自分の両手で激しく自分の顔を引っ叩いた。

彼女の目の周りにできた紫色のあざは、数日経っても消えなかった。

6月12日、私たちは幹細胞移植を受けるためにリトルロックに発った。途中、キョウコが2、3度私に代わって運転した。私の新車、ダッシュボードに最新の利器が装備されているインフィニティを運転するのに慣れていなくて緊張している様子だったが、その間、私は休めて助かった。右腰の痛みは足を引きずって歩くほどひどくなっていた。

今回もアパート、イーグルヒル（鷲の丘）に滞在した。

精密検査の待ち時間の合間は、大抵、10階にある癌センター教育図書室で過ごした。

6月17日。幹細胞移植の前日に、高用量化学療法が7階の幹細胞移植専用の治療室でなされた。

6月18日。冷凍保存されていた幹細胞の4分の1が注入された。

その数日後から感染しやすい状態になり、喉の痛み、吐き気、下痢、不眠で体重が激減した。

6月24日。一滴の水も通さない喉の激痛に耐えられなくてモルヒネを注射してもらった。

6月27日。高熱。入院を勧められた。キョウコは是非そうして欲しいとしきりに懇願したが、私は拒否した。帰途、処方箋のモルヒネを薬局で求め、それを飲んで少し眠れた。

6月28日。血圧を測っている看護婦が、モニターがまともに反応しないと言って慌てた。一方、私はケースワーカに電話しようとしたが携帯の操作ができない。

それからのこと、あるいはその前後のことは後で知ったことで、私自身は全然覚えていない。

ＩＣＵ（集中治療室）に入れられていた。敗血症の恐れがあったようだ。

７月２日。ＩＣＵから多発性骨髄腫病棟に移された。まだ携帯電話が扱えない。幻視幻覚にも苛立った。幻視幻覚はモルヒネのせいらしかった。

７月９日。イーグルヒルのゴルフ場の打ちっ放しでボールを打っていて倒れた。

７月12日。リトルロックを発って、帰途についた。途中、近道のルートを取ったが、順路をたがえたのとあいにく夏の休暇時でホテルに空き室が見つからず、これまでと違って２泊３日かかって家に着いた。

９月１日。第２回目の幹細胞移植のためにリトルロックに戻った。

また感染して、前回以上の厄介な問題に直面し、ＩＣＵに17日間入れられ、28日まで入院した。

10月の３日に帰宅した。

11月８日。私は３日間の精密検査のために単身リトルロックに飛んだ。検査の結果、ドクターゾンガーリから寛解に入っていて、６か月戻ってこなくていいと告げられた。

かつてこれまで、これほどの苦境、強敵に遭遇したことがない。小康状態に入ったとはいえ、体中を回るこの液体癌は不治ゆえ、治癒したわけではない。細密検査と化学治療、定期検診が続行される。ドクターゾンガーリはサリドマイドの効能を話していた。そうなれば化学治療の厄介物、カテーテルから解かれるのでありがたい。

とにもかくにも、いつかは再発するときがやってくるが、その間をできる限り長く引き伸ばしたい。医療は日進月歩している。近い将来、新薬が開発されるかもしれない。それを念じて闘い抜いていくだけだ。


寛解状態に入っていても、私たちは癌と共に1日単位で生きている。

時折、穏やかで摩擦がないときがあっても、彼女はそのハッピーな状態が我慢できない、あたかもそれを恐れて不満を探しているみたいだ。気分の振幅が激しく、体内に何らかの化学物質のバランスを欠いていてそれが振る舞いに出ているのかもしれない。私はこれまで彼女に何をしろ、何を読め、何を観ろ、何を追求しろなどと言ったことがない。それが闘病に入ってから彼女は私に、どんな本を読むべきで、どんな運動をすべき、何を観るべきかなどとしつこく勧めるようになった。アルコールを過敏なほど毛嫌いしていて、適度であればストレス解消になることをまるっきり認めようとしない。

私の言葉つき、声のトーンが気に入らないらしい。居丈高だとこぼす。いまだにちゃんと英語がしゃべれないのでまるで阿呆扱いにされているようだと言う。果ては、自分はそのような横暴な私を幸せにするためにだけに生まれてきたのではないと言う。

これまで健康問題で、今の立場に立たされるなんて思ってもみなかった。ここ二年余りの闘病経験を私のそばにいて支えていてくれたことは感謝している。彼女にとってもつらい日々だったに違いない。この先、どれほどこの世での時間があるか知らないけれど、時間の許される限り私は自分が生きたいように生きたい。この望みは、私がそうすべきだと彼女が考えることとは関係なく、私自身が決めることだ。

闘病生活で、彼女自身の生活も一変した。私が現役だったころは1日の大半を絵を描くことに没頭していた。それが病院通いの生活。付き添いとして、1日の大半を病院で過ごし、待合室の片隅で本を読むのが習慣となった。自国の文化の世界に戻っていっているようで、日本の本を読んだり、書いたりするのが日常となってきている。そうすることで心は私から離れてしまっている。そこには私には近づけない気配が漂っている。一緒に過ごすときと言えば、夕食している時だけになり、その時でさえ、彼女の目はあらぬところを彷徨っている。

今更ながら、文化の違いは私たちが予期していた以上に大きかったことに気づかされている。私たちが克服できない難事に思われる。

離婚話を口にするようになった。彼女を失いたくないと同じくらいに、彼女を自由にしなければいけないとも感じる。彼女が本当に別れたいと思っているなら、彼女の望みに沿うようにしたいが、私としてはこれからの私の医療費が貯蓄に大いに食い込んでくるのに心しなければならない。

彼女が心底、離婚を望んでいるなら、頭を突き合わせて合意の条件を検討しなければならないだろう。彼女が日本に帰りたいのか、別れてもこの地に住みたいのか。もし、後者なら、適当な場所を探させて、しばらく別居することを考えなければならないだろう。

私は病気だ。寛解状態になってはいても不治の病だから死にかけているのに変わりはない。彼女が醸し出すこの絶え間ない反目にうんざりしている。元来、私の体は頑強だった。リタイアしてからと言うもの、彼女が原因で積もったストレスがこの病のそもそもの引き金だったのかもしれない。

癌と宣告されたとき、それがお互いにとって試練だと受け取り一緒に病と立ち向かってきた。私は彼女の重荷になるつもりはなく私なりに病と闘ってきた。私が癌にかかったのは自分のせいでもあると、彼女自身、自分を責めていたところさえあった。

余計ストレスとなるだけの口喧嘩を避けるために、彼女はメールで言いたいことを言ってくるようになった。アルコールと怠惰なリタイア生活に対する私の態度への苦情がその大半を占め、要は実生活の場で何を優先するかの違い、価値観の違いだった。私にとっては些細なことでも彼女にとっては些細でなく、俄然喧嘩腰になり、彼女自身、そんな自分に自己嫌悪に陥って自分自身を見失って、自分自身を探しているようだ。

詰まるところ、ここにきて、問題は、お互いに異なった世界に生きていることだ。彼女は彼女、私は私。もともと、これまでもずっとそうだったのだ。これまでの結婚生活で、彼女は2人の間に何か摩擦が生じるたびに私のやり方に妥協してきたと言う。そしてそれは私が周囲の人たちと同じ生き方をしているからだったという。同じ空気を吸っているからだというのだ。それに対して自分は現実の世界で生きるのが難しい人間だというのだ。それが、前回の返信で彼女のことを不可解な人間で、世捨て人、謎だと言ったことへの、私への返信だ。

そしてそれは文化の違いからくるものではなく、個人的なものだという。これまで一緒に生きてこられたのは、私が良い人だったからと、安寧な生活ができたからで、その点では感謝している。その間、私が世事の一切をこなし、彼女自身しなければいけないことまでしてきた。それを彼女への愛だというが、私がやったほうが簡単だったからで、それは彼女への愛ではなかった、という。

時折、彼女には、自分が私の付属品、持ち物のように感じられるらしい。彼女が望む愛は私が彼女に与えるような愛ではないらしい。愛は言葉ではなく、感じるもので、自分が望むように相手を愛するのではなく、相手が望んでいるように相手を愛そうとする。それだ愛と思う、というのだ。

私は望まれ、必要とされ、感謝され、注目されていたい人間だという。それは当たっているが、そんな私に窒息される思いだったというのだ。つまり、２人の間にスペースがほしかったらしい。これ以上、どれほどのスペースが欲しいのだろう？　たとえ自分の世界は世捨て人的世界だと言われても、静かで、澄みきった世界にいたいのだという。

この先、私にどれだけの時間が残されているかわからない。私がそのことを恐れているのはわかるけれど、今のところ健康な彼女自身、同じく残り時間を恐れているらしい。彼女は何とかして自分自身を見つけたいらしい。普通一般のやり方ではなくて彼女自身のやり方で人生の真実を見つけたいらしい。

彼女の内で実際に何が起こっているのか私にはわからない。彼女の内にもたげている何か、激しい芸術的志向が彼女にとっては脱出の道と感じているのだろう。黙認するよりほかない。それ以外に私に何ができるだろう。幸せと福利が私たちの優先すべきことなのに、そうでないみたいだ。

心が乱れて、眠れなくて、この先どうなるのか夜ごと数時間考えあぐねる。何とかこの時期を切り抜けたい。これまでどおりこのまま一緒で、あわよくば少しでも良くなることを願うが、この時点では、この先どうなろうとそれを受け入れる覚悟はできている。

ジョーと私はタンパで催されている〝ソード（刀剣）ショー〟に行った。車で2時間。会場を巡り歩いて、興味深い出品物を数多く見た。

私は日本刀に魅せられてから、それが新しい趣味となってきている。私はガンの収集や〝ガンショー〟に飽き飽きしていた。これまで年に2回メルボーンで開催されていたガンショーには欠かさず通っていた。長年参加していた者は私同様にガンのコレクターだった。あれこれ品評し合い、掘り出し物やどんなお買い得品を見つけたか、どのように自分の値に落札させたなどを寄り会って話し合えるいい機会だった。それが年々、ガン業者がどんどん入ってきて、ガンショーがふた月に一度開かれるようになると、このショーに顔を出しても顔なじみだったコレクターに会うことがなくなった。みんな私と同じような感慨を抱いて参加しなくなったのだろう。ひところ、私は近辺だけでなくフロリダ州内のガンショーに行ったものだ。

そんなわけで、私はこれまで収集したガンを売り始めて、今では12丁ほどに減っている。それでも時たま射撃場に行って撃ってみたいし、いつか狩りに行きたいと思っている。

私はいつからか本物の日本刀を手に入れたいと思ってきた。私にとって初めての刀はE－Bayの入札を通じてからだった。それはスケムネ（助宗）の脇差で、1810ドル払った。手元に届いたとき、私はそれを見定めていたが不審な点が感じられて、投資した金額が戻ってくるかどうかE－Bayに出し返した。E－Bayでの期限が切れたあと、結局は買ったときの額で買い手が見つかり、売った。

２番目に手に入れた脇差はクニヒロ（国弘）で、１６２４年作とあった。それはコシラエ（拵え）ではなく、シラサヤ（白鞘）だった。文書が付いていた。値は2千ドルだった。全くの偶然だったが、キョウコの２人の弟の名前は、クニとヒロである。それ以上に興味深いのは、この脇差はクニたちの育った四国の産だということだ。

２００５年2月。当地、ココビーチでカタナ（刀）を売りに出している者の情報を得た。私はその持ち主に電話して拝見したい旨を告げた。彼は売りたいらしく、その値は7千から8千ドルだというう。私には少し手の届かない金額だけれど、見せてもらえないかと聞くと、快く承知してくれたので見に行った。彼は日本刀ばかりでなく様々な珍しい骨董品を収集していた。

彼はリタイアした軍人で、私たちは1時間以上、いろいろな話をした。私はその刀について調べてみたいので写真を撮っていいかと尋ねた。すると、持って行って何なりと調べていいと言う。私は、今会ったばかりの者への彼の申し出が信じられなかった。彼はそれを売りたいので、もし私の助けでそれが売れたなら、売値の半額を私の分け前にしてもいいと言った。

私はその刀を持ち帰って、写真に収めて、わたしが属している日本刀クラブに送った。それにはイズミノカミカナサダ（和泉守兼定）と刀鍛冶の名が刻まれていた。グループの面々に評価を聞くと、たぶん偽造であるとのことだった。１５００年のものだが、１８００年のものだというのが誰もの判断だった。もしそれが本物なら、5万ドルから10万ドルの価値がある。これ自体は4千ドルの価値があるが、同じような品がＥ－Ｂａｙで１５００ドルから２５００ドルであるのを見かけたらしい。

前回日本に帰ったとき、私はその写真を持参していた。ヒロが日本刀を扱っている店に2、3箇所連れて行ってくれた。銀座にあったのはとりわけ素晴らしい店で、美しい刀が展示されていた。その中には途轍《とてつ》もなく高価なものがあった。店員にその写真を見せて意見を聞いた。やはり彼らも偽造だとの意見だった。

それで私は売りたがっている持ち主、退役軍人に、そうした経緯を3ページレポートに書いて説明し、まだわたしには買う気持ちがあり、2千ドルなら買いたい旨を知らせた。彼自身、もし売れた場合は五分五分にすると言っていたのだから、4千ドルで売れた勘定になる。そういうわけで私たちは双方満足した。こうして、私自身はとても素晴らしいコシラエ（拵え）の侍刀を所有した。

ここ2、3年ほどの間に、私の病気や、姉ユキの不慮の死、そして続いて父を亡くして、キョウコにとってはつらい日々だったに違いない。

絵を描くのをやめて、いま、キョウコは書くことに専念している。心で感じることを書きあらわすことで自分自身が生きている意味を確認したいらしい。彼女にとって、自分の内からうまれでたものを世界に還元することが大事なことであるのは私にもわかる。彼女が書いたものがわずかでも人に読まれるようになれば、死後、この世での彼女の存在が価値あるものだったと証明されるのだから。称賛できる行為だとは思うが、そうしたことは誰もが成し遂げられるものではない。

2005年4月21日。クニの息子、リンタローの結婚式に参加するためと、廃屋になっている新居浜の家から目ぼしい物を持って帰るために私たちは日本へ発った。

４月21日から５月11日まで日本にいた。クニが横浜の結婚式場に近いホテルに予約してくれていて、すべての費用は支払い済みだった。また彼は私たちを数か所観光につれていってくれた。車で東京湾を横断するアクアラインハイウェイを飛ばして、向かい側にあるノコギリヤマ（鋸山）に行った。切り立った崖に面した大仏像や夥しい数のミニ石蔵が見られた。私たちは山の天辺まで登って壮観な景色を見下ろした。

廃屋になっている新居浜の家に帰る途中、私たちは名古屋に２泊して、キョウコの友達の案内でアイチの万国博覧会に行った。その帰りに名古屋駅のショッピングモールで、買い物をしているキョウコとはぐれてしまった。私は駅のオフィスに行って、自分は予定時刻の新幹線で新居浜へ帰るとのキョウコへの伝言を構内放送してくれるよう頼んで単身新居浜に帰ると、駅でケイイチが出迎えにきてくれていた。彼に事情を話して待っていると、次の便でキョウコが帰ってきた。放送を聞かなかったらしく、彼女自身は、私が迷子になったのではと気をもんでいたようだった。ケイイチが廃屋になってる家の近辺にあるホテルを予約していてくれていてそこに数日滞在した。

家は１年以上も誰も住んでいないので電気も水道もきられていた。庭の木々は切り倒され、あちこちが荒れ果てていた。その物寂しい風情に悲哀を感じた。私たちはキョウコにとっては貴重なもの、彼女が若い頃に書いた詩集や物語の古原稿、お気に入りの着物と帯等、そして彼女の蔵書やレコードは選択し、また、キョウコの母が私に縫ってくれていた浴衣や冬用の半纏も段ボール箱に詰め込んで、郵送した。かなりの郵送料がかかった。

ケイイチが車で小高い山の上にあるお墓に連れていってくれ、お参りをした。今ではそこにはキョウコの母、姉、父の遺骨が納められている。クニの話では行く行く彼が住んでいる付近にある墓地に墓を移すようだった。

ケイイチが内海に架かったハイウェイ架橋（しまなみ海道）のドライブに誘ってくれて、そのあと、オオミシマ神社に立ち寄った。そこには古い侍の武具、鎧や兜、刀剣が展示されていて、その素晴らしさが印象に残った。

ケイイチは休暇でゴルフをしにこれまで2度フロリダの私たちのところに来た。最後に彼と2人でサウスカロライナ州にあるヒルトンヘッドなどでゴルフした旅は楽しかった。ケイイチは変わらない良い友達だ。

私たちが日本を発つ2日前の夕べ、クニの計らいで日本料理店の1室に私たち夫婦、ヒロとエミコ夫婦、クニとイスズ夫婦、そして新郎新婦が一同に集まり和やかな時を過ごした。何をしゃべっているのか、ヒロとクニが酔いも手伝って2人して顔面に笑いがこぼれっぱなしの笑顔を、私は大写しに写真に撮った。ずばりの瞬間をとらえた、私の傑作だ。

日本から戻ってきてしばらくすると、私たちの日常は新たにギクシャクし始めた。些細なことにキョウコの気難しい顔色が見られるようになった。この際、お互いに距離を置くことが必要だと思って、私は7月の半ば、今はハワイのマウイにいる弟ジェリーに会いに行くことにした。2週間彼のところに泊まる予定で行ったのだが、あてがわれたのは彼の友達の予備の部屋だった。

大いに落胆した。パーティー、ガール、セーリングなどと相も変わらない心浮き立たせる彼の口上を真に受けたわけではなかったが、紹介されたのはリムジンを持っている友達1人だった。仕事もなくそこでどうして生きているのか私には理解に苦しむ。その夜どこでも眠れるところで眠っているようで、友達にたかってのぐうたらな生活とみてとれた。どこに行って食べても、呑んでも、私が支払うことを期待していて、1週間ですっかりうんざりした。早々に引き上げたかったが航空券を手に入れるのに3日かかった。

私がマウイに滞在中、アンジェラという名の女から何度も電話があったらしく、キョウコを悩ませていた。明らかにジェリーがしかけたキョウコへの嫌がらせの電話で、私が帰ると、電話はぴたりと止んだ。

それにしても、数年前、娘のタマラから、ジェリーがわずかな社会保障給付で生活している母のクレジットカードを使っていると知らされたことがあった。そんな彼を許せなかったそのときの思いが蘇る。

母が亡くなったのは私が退職する1年前だった。ロサンゼルスに出張した折に入院している母を見舞った。タマラがフルタイムの仕事とバンドやコーラス、ソフトボールなどの娘たちの部活のスケジュールの合間を縫って病院通いをして母の面倒をよく看てくれていた。私たちが母の葬式に飛んだ時、さすがにジェリーが喪主となって、母の遺言通り遺灰をサンペドロ港の海水に舞き散らした。彼は生まれた時から成人になるまで私の数倍も母と一緒にいたのだ。

私たちは子犬を飼うことを考えていた。キョウコがある日、子犬との散歩が私の運動に役立つと提案してからだ。大きな犬や長い毛の犬ではなく、小柄で敏捷な犬がいいというので、ミニチュアピンチャーのブリーダーを訪ねて、生まれて間もないミニピンの中からその1匹を選んだ。2週間したら連れて帰れることになり、たぶん彼が私たちの間の架け橋になるだろう。7月27日生まれで、連れに行くまでに、プラトンと名付けた。クニの家族が飼っていた愛犬の名がパスカルだったので、それにあやかったのだ。千ドルの値だった。犬にそれほどの費用をかけるなんて思ってもみなかった。

広間の端よりに犬小屋を置いたが、いっときもそこにじっとしていない。それでその周りを広いワイヤーの仕切り柵でかこんで、彼の運動場にした。それがうまくいったと思ったのもつかの間、日曜日に私たちがゴルフから戻ってきたとき、彼は私たちを玄関で迎えていた。驚きだった。生後わずか6週間で、後ろ足で立った自分の丈よりも高い柵をどのようにして乗り越えたのか?! キョウコは信じられなかった。2、3日して、私は彼がワイヤー柵によじ登る姿を写真に撮った。彼の能力の証明だった。余り頭のいい犬には見えないが、プラトン、とは、的確な名前を付けたものだ。

獣医に連れて行って、10週間注射をしてもらってやっと彼を散歩に連れて行けるようになった。体重は3キロ足らず。ハーネスを付けて歩くのだが、あたかもそりを引っ張るようにぐんぐん歩く。そのうち疲れたのか止まって、私を見上げてジャンプを繰り返す。うさぎのように真っ直ぐに跳びあがる。すると私は彼を小脇に抱きかかえて歩いた。

部屋のドアを閉じていないと、プラトンは家中を走り回る。どんな物にも嬉々として飛びつき、追いかける。縫いぐるみのような玩具はことごとくかぶりつき、引き裂き散らす。わけてもやかましい音がするのを好み、プラスチックのソーダボトルを派手に転がし回ったりする。窓の外に人影が通ると、けたたましく吠える。静かになったと思えば、何か悪戯をしている最中だ。サラの餌皿が置いてある客用の手洗い室にこっそり入っていて、サラの餌を食べたりしている。

プラトンのおかげで私たちの仲はよくなってきたが、長年、私たちと一緒に過ごしてきたサラにとっては迷惑千万に違いなかった。キョウコに似て気まぐれで気難しいプリンセスも今では年老いてきている。これまでは静かに家の中のどこにでもいられて、昼間はたいてい絵を描いているキョウコとアトリエにいたものだったが、今では家じゅう自由な居場所を奪われて、ゲストルームと手洗い室に限られた。時々、私が書斎にいると入ってきて、私の足元に横たわりさすってほしがる。私が彼女に構っている間はそこにいる。

これまで数度、そんなサラとプラトンが正面衝突した。サラは無邪気に近寄ってくるプラトンに向って、シイーとものすごいうなり声をあげる。プラトンは興味深げにサラをみつめてまわりを旋回する。通路でかち合った場合はちょっとした見ものだ。プラトンが突進していくと、床がタイルなので滑り込みで突っ込んでいく感じだ。サラは後ろ足で立って応戦の構えをとってもサラの前足の爪は取り除かれている。キョウコはサラをかばってプラトンを真剣に叱るが、なにもわからない幼君の振る舞いには手のほどしようもない、それを見て笑っている私に、お門違いに当たる。本気そのもののキョウコの顔つき。子供を持ったことがない彼女には動物との絆が娘と息子との絆のように感じられるのだろう。

キョウコは私とプラトンの散歩が私の健康に良いばかりではなく、私が幼年時代に得られなかった父親の愛をプラトンに注いで、父と息子のような関係を刻んでほしいらしかった。

ともかくもプラトンは喜びの種だ。朝起きると、まず彼を散歩に連れて行き、それから昼に1回、ゴルフをした日でも連れて出て、そして夕食後、日に3回散歩するのが日課となってきた。ヨーキー、ポメラニアン、ゴールデンレトリバーなどとすれ違うが、自分の3倍のサイズの犬にも恐れずじゃれついていく。

目下、彼のスナップショットアルバムを作っている。


2006年。私たちはイタリアの旅をした。四月の末から10日間のツアー。あちこち、私には海軍時代に経験した見覚えのある場所の観光だった。

ニューヨークのJFKからローマに直行した。ヴァチカンミュージアム、システィーナ礼拝堂、サンピエトロ広場と大聖堂、そしてコロシアムや遺跡、パンテオン等を訪れた。

ローマではさほど感じなかったのだが、ピサを訪れたとき、傾いている塔の周辺が海軍にいたときに見物したのとはひどく変わっているのに気づいた。あいにくの雨だった。塔の天辺まで上がっていきたかったのだが時間がなかった。

ピサからはフローレンスは近い。ここも海軍にいたときに来たことがあるので、「Gate of Paradise（楽園の門）」や、ミケランジェロのダビデの像など、大抵のものに馴染みがあった。おかしなことに、今回の旅では、ダビデ像はシグノリア広場にあり、しかも複製だった。オリジナルの像は今はフィレンツェ美術アカデミーに展示されていて、１９５９年に私がそこにいたときはそこにはなかった。（楽園の門）も複製で、私がいた時はオリジナルがそこにあった。

ウフィツィ美術館でルネサンスの絵画を見て回ったあと、トスカーナ地方の丘を通って伝統的なトスカーナ料理を出す興味深いレストランに行った。途中、眼下に市全体の景観が広がっている有名な展望所で止まった。かつてセーラー服を着た水兵の私もそこに立って見下ろしたのだ。

フローレンスからミラノに上がった。そこで、スカラ座やガラスでできたドームのガレリアを見物して、スイスのマジョーレ湖に行った。イタリア語を話すルガーノに立ち寄り、湖の周辺をぶらぶら歩きして、またショッピングもした。

次の日、トラムで山の頂上に行った。そこの見晴らしのいい地点からは雪を被ったアルプスが見え、湖を見下ろせた。

ベローナではロミオとジュリエットの中世の時代背景、ジュリエットのバルコニーがある家があった。またローマのコロシアムに似た古代ローマ闘技場があった。私たちはそこに上って行って、その周りの美しい景色を眺めた。

ベローナから短時間のバスライドでヴェニス。私たちはゴンドラに乗るオプショナルツアーに加わった。そして夕食にはセントマークスクエアーの近くのレストランで2時間にわたる美味しい料理とワインを楽しんだ。後半、キョウコは私が呑みすぎると言って不快顔になった。朝夕数種類の薬を飲まなければいけない身なので医者からはアルコールは控えるようにと言われてはいるが、厳禁とは言われているわけではない。

翌日はサンマルコ広場からビザンチン聖堂、ドージェ宮殿、そしてヴェネツィアグラスの仕事場を見学した。

アドリア海沿岸を通ってラヴェンナに行き、六世紀に建設されたサンタポリナーレインクラッセ聖堂を訪れた。聖堂内のモザイク画が興味深かった。そのあと、アッシジに着いて、巨大な聖フランシス大聖堂を見学した。

ポンペイは１９６９年に来た時とはかなり違っていた。そのときそこで発掘されていた殆どの彫像や工芸品はナポリの博物館に移されていた。それでも非常に興味深かったのは、それから47年の間にさらに多くの物が発掘されていた。

ソレントから船でカプリに行き私たちはそこで1日過ごした。青い洞窟には行けなかったが、アナカプリに行ってヴィラサンミケーレを訪れた。それからソレントに戻って、そこでシーフードレストランで結婚記念を祝った。それから、ナポリ風のステージショウを観に行った。

翌日、モンテカッシーノを訪れた。そこは第二次世界大戦で全壊されたところだが、ほぼ以前の姿に復興していた。私たちはモンテカッシーノ大修道院を見学してから、ローマに戻った。素敵なレストランでの最後の夕食。私はその席でもワインを大いに楽しんだ。旅行中、私の飲みすぎが気になってキョウコ自身はイタリア旅行をあまり楽しめなかったようだ。


イタリア旅行から帰ってきて少したってから、私たちは小旅行した。

義母のマーサと義妹のシェリーとラスベガスで落ち合うことになっていた。ところが出発前に、シェリーが風邪で来られないという連絡が入った。彼女たちと会うのは父の葬式で会った以来だった。残念だったが、私たちだけで1日だけギャンブルとショーを楽しんだ。それから予定通りロサンゼルスに住む子供たちに会いに行った。

長女のタマラの家にみんな集った。キョウコと娘たちは私の癌を通じてお互いを知るようになり、彼女たちはキョウコに好意を持っている。郵送した、私がカソリックの彼女たちにイタリヤで買ったロザリオや、日本からの土産物、着物などが届いていてとても喜んでいた。タマラに予約してもらっていた私たちのホテルの近くのイタリアンレストランで夕食を共にした。孫たちも加わった大きなテーブルを囲んで賑やかで楽しい夕べだった。

翌日、私たちはサンディエゴにレンタカーを走らせ、ダウンタウンの近くのホテルにチェックインすると、コロナドブリッジを渡ってコロナドアイランドに行った。

１９５９年に海軍訓練で私がいた時は架橋などなく、フェリーボートで行かなければならなかった。私たちは長々と車を走らせて本土に戻ったがそこはもう国境に接近していた。ここまで来たのだからメキシコへと南に下ったが、ダウンタウンのショッピング広場に入っていく入り口を見逃してしまっていた。慌てて戻ろうとして2、3街区行ったところで北上りの道に乗った。越境検閲への道で、ものすごい車の渋滞だった。これでもうメキシコは充分だった。道端や車の列を縫ってあちらでもこちらでも大勢の物売りがものを売りつけに来る。国境を目の前にしてその混雑から逃れるのに一時間半かかった。

アメリカの側に戻るとモールを2か所、そしてオールドタウンサンディエゴを訪れた。そこにはメキシコの店がありメキシコ産の品物が多くあった。それからオンタリオ市に向かったが、途中、野性動物公園に立ち寄った。ライオンサファリのように車に乗ったままで見られるのかと思ったが、公園をトラムに乗って回るのだった。

オンタリオ市で予定していたホテルを見つけるのにひどく手こずった。日がとっぷり暮れてきたので、仕方なくどんなところでも良しとして最寄りの宿に投宿した。

私はどこにいても、いまだかつて、車で目的の場所を探すのにこれほど苛立ったことがない。キョウコはじりじりと、心細げに口をつぐんだままだった。

10月16日から18日まで、リトルロックの大学病院で精密検査を受けた。嬉しいことにまだ寛解状態を保っていた。化学治療に代わって服用しているサリドマイド剤の御蔭だ。カテーテルから解かれているし、脱毛からも免れている。ありがたいことだ。

そこでの多発性骨髄腫の治療研究チームが枝分かれして、ドクターゾンガーリがユタ州のソルトレイクにある大学病院に移るので、ゆくゆくは、検査、治療はソルトレイクで受けることになるらしかった。

２００７年1月5日。夕食後、キョウコが口論を仕掛けてきた。妙にいきり立っていたが、今に始まったことではない。

その後私がテレビをみていると、彼女はジンの入った瓶を流しのところに持って行って、逆さにしてほかした。私は激怒して、彼女の手から瓶をうばい、彼女を打った。強くではなかったが。この間は、彼女が嫌がるので書斎に隠していたコニャックが無くなっていた。それもほかしたに違いない。彼女は浴室に走って行った。私は彼女の跡を追っていって、彼女にはそうする権利がないと、言った。

彼女の私への不服はアルコールと、彼女が提案する質のある生き方に私が耳を貸さないことだ。やれ、精神の糧となって心を癒す本だの、自然療法だの、果ては「背筋をちゃんと伸ばして」などと、くどくてうるさい。

今では日常私たちが分かち合うのは食事だけ。夜はゲストルームに引き上げていく。ルームメイトとの生活と変わらない。ルームメイトなら、私の持ち物を無断で捨てる権利などないのだ。

昼過ぎ、私がゴルフから戻ってくると、キョウコは入れ替わりに図書館に通っていく。私が書斎にこもって何かやっているときでもやはり出ていく。彼女は全く絵を描かなくなった。私がいると描けないらしい。代わって何かを書いている。家よりは図書館の方が集中できるからだろう。彼女が携えていく物は、日本語の辞書と原稿用紙、それから日本の本だ。書くことで自分を見つけたいのだという。また、書くことは赤子を生む妊婦の苦しみのようなものだという。何かを後に残していきたいらしい。しかし、一体、誰にそれを残していこうと思っているのか、私には合点がいかない。

金曜の夜、キョウコがジントニックを飲みたいかと聞いた。私たちはお互い、グラス１杯飲んでそのあと少しして就寝した。私は彼女にゲストルームで寝ていいよと言った。最近私は早めに、10時前に寝るようにしている。なかなか眠れなくて、毎晩3、4回は目が覚める。

ゴルフをしていて11ホールに来た時、めまいがしてふらふらした。帰宅して血圧を測ると、107/72。これはこれまでで最も低い数字。驚いた。私は反対に血圧が高いからだと思っていたのに。なぜだかわからない。

バレンタインデー。キョウコに花束、カード、チョコレートを贈った。キョウコはカードをくれた。レストランで夕食をした。次の朝、彼女を抱きしめようとすると、無理にラブメイキングしようとしたかのような反応をした。そして、夜はまたゲストルーム戻っていった。

日曜日、ジョーと彼のチェスの友達と私たちでゴルフした。久しくゴルフにもチェスにも負けてばかりいる私が、スコアー84で10ストローク差でジョーに勝った。キョウコはジョーと同スコアーだった。

帰りにジョーと3人で外食した。ジョーは母親が日本人である日系アメリカ人で、それに年下なのでキョウコにとってはいつも気軽に話しやすいようだ。彼の日本人の妻、タヨはビジネスウーマンで年の半分は日本とアメリカを往復している。タヨはまるでLPGAのプレイヤーのようなスイングをして、私たちと4人でゴルフするとスコアーにも格差が現れる。

あらたまったように、キョウコがジョーに、仮に84歳の男性が2人いて、その1人がゴルフで自分の年齢と同じスコアー84を出すのと、もう一方がまだ性愛をするのとではどちらを尊敬するかと聞いた。ジョーが言下に、性愛をするほうだと答えた。キョウコにはその答えが意外だったらしく、いかにも不満げな顔をした。私はほくそ笑んでジョーに相槌を打った。

いつだったか、キョウコは身体にではなく、心にタッチして頂戴と言った。実際、お互いの欲求の違い、この生きていく上での潤いの源泉の溝は深い。

私はレスベラトロールを服用し始めた。老化を防ぐ栄養補助薬だ。老化を遅らせてくれるなら嬉しい。いまだに右腰と太腿あたりに痛みを覚える。ソックスを履くとき足をあげると腿にこぶができる。血圧が高くなりだしたので、４月３日からアタカンド服用に戻った。服用している薬剤の副作用の１つは勃起を妨げているようだ。


４月16日。キョウコが日本に発った。３週間の旅で、５月７日に戻って来る。手元にある日本円、25万円を彼女にもたせてやった。私が日本に行くことはもうないだろうと思って。少なくとも向こうですぐに両替しなくて済む。彼女にとって自由な楽しい旅になるだろう。私の通訳をしなくていいし、３週間、日本語だけを話していられるのだから。

初めの１週間、私はわけなく１人で過ごした。ゴルフをして、料理して家にいた。

25日にシカゴのアーリントンハイツで日本刀のショーが催される。そこで鑑識もあるので車でシカゴに北上することにした。従弟やマーサ、シェリーにも会えると思って。飛行機でなく車で行く理由は、荷物の点検を受けたくないからだ。ガンや刀剣のコレクターの品が没収された話を何度耳にしたかしれない。

水曜日の朝出発して、ジョージア州で、道路建設のゾーンに入った折、制限スピードが70マイルから50マイルと変わったり戻ったり、所々で60マイルになったりした。ポリースに車を止められた。私が50マイルのところを75マイルで走っていたというのだ。運転免許を取り上げられて待っていると、ポリースカーから戻ってきた彼は、50マイルゾーンではなくて60マイルゾーンだったと言った。彼さえもはっきりしなかったのだ。とにもかくにも事なきをえて安堵した。

ところがそのことがあってから私の右足に発疹がでてきた。初めはファイアー蟻（カミアリ）にやられたのかと思った。それに噛まれたときの腫れに似ている。12時間ほど車を走らせて、その夜はテネシー州のナッシュビルの北で宿泊した。翌朝、その発疹は大腿から背中まで上ってきていた。

木曜の午後、シカゴでマーサと会って昼食を取り、夕方にはシェリーと3人で夕食を共にした。2人とも泊めてくれそうもなかったので、ホテルに泊まり、翌日、従弟たちに会いに行った。その頃までに、発疹は体中に広がっていた。

それからウィスコンシン州のマディソンにいる従妹とその夫、スーとジョージに会いに行った。彼らの家は2階建てで車が3台入る車庫のある邸宅だった。2人とも働いていて、ジョージは会計士、スーはトラベルエイジェンシーだ。

午後を彼らと過ごし、夕食に出て、その夜は彼らの家に泊まった。

翌朝、刀剣ショーが開催されているイリノイ州のアーリントンに車を走らせた。持参してきた品を鑑識してもらって、その品にやっと終止符を打つことができた。やはり本物のカネサダ（兼定）ではなくて、１８００年代に造られたものだった。どれだけの価値があるかを知りたくて買ったのではなくて、好きだから買ったのだから、それでいいのだ。

ショウの後、ウオールグリーンに行って、薬剤師に発疹に利く薬を尋ねた。彼女は医者に診てもらわなければいけないと言った。あいにく土曜日だったが、彼女が指示してくれた場所に行くと、注射を打たれて、処方箋をもらった。その時、熱があるのを知らされた。

ホテルにチェックインして、翌朝、早く帰途につくことにした。

チャタヌーガまで来たとき、私は主治医のドクターマリーノに電話した。

彼のクリニックが閉まる間際すべり込んで、彼の診察を受けると、帯状疱疹で、皮膚科の医者に診てもらわなければいけないと言われた。

いまだかつてこれほどひどい帯状疱疹を見たことがない、と皮膚専門医に言われた。入院してＩＶによるアシクロビル注入が必要だと言われた。とんでもない。それで私はアシクロビルの錠剤なら家にたんとあるから何錠でもその量さえ言ってくれれば家で服用する、と医者に言った。何事においても並みでないのが私だ。ただ、キョウコが帰ってくる前に疱疹が引いてほしかった。彼女を怖がらせたくない。右の太腿の周りの痛みがひどく、たぶん疱疹で神経に損傷を受けたようだ。

オーランド飛行場にキョウコを迎えに行くとき、花束を携えた。普通だと到着用のレーンをぐるぐるまわって彼女が出てくると車に乗せるところだが、私は車を駐車して、彼女がトラムから出てくるのを待っていたので、彼女は驚いたようだった。私たちは手荷物受取場に降りて行き、帰途についた。

彼女が日本にいる間メールで連絡しあっていたが、私の返事が途絶えたので、何かあったのではと心配していたらしい。

5月28日。ジャックと彼の同僚2人とゴルフをする機会があった。ジャックとプレイするのは久しぶりのこと。お馴染みのローヤルオークゴルフ場でした。誰も格別いいプレイをしたわけではなかったが、ゲームを楽しんだ。

そのあとビールを飲みながら雑談していたラウンジで、私は気を失ったようだった。ジャックが私の目を覚まさせた。体が熱で湿っぽく、顔色が悪いと言ったので、以前もゴルフしていて自分でも何かおかしいと思ったことがあると答えた。

帰途、ジャックのところに立ち寄った。アイスティーを飲んで、少し休んだ。ジャックが家まで乗せて帰ってくれると言ったが、もう気分がよくなってきたので大丈夫、家に着いたらすぐに電話するからと言って帰ってきた。

それにしてもこうした発作の原因は何なのだろう。一過性脳溢血？　かもしれない。

昨日は私にはひどい日だった。なぜか夜じゅう1時間ごとに目が覚めた。ココビーチでのウイークリートーナメントの日で、起きて、プラトンを散歩につれて出て、朝食を食べてゴルフに行った。やり始めから気分が悪く、4番ホールで目まいがした。何とか8ホールまで続けたところで、棄権して帰ってきた。ゴルフをやっていて途中で中止したのはこれが初めてだった。シャワーを浴びて、残り1日ベッドに横になっていた。夕食を食べて、9時頃まで座っていたがベッドに戻った。ルナストラ錠（眠り薬）を服用したら、効いたようだ。プラトンがベッドにやってきて毛布にくるまって、今朝の6時半に起きるまで一緒に眠った。

ウィスコンシン州に住むジョージとスーから電話があり、この秋クロアチアへのツアーに誘われた。彼の先祖、そして私の父の先祖の土地で、元のユーゴスラビアだったところだ。オーストリアからスタートしてクロアチア、ソルベニア、サラエボ、ハンガリーなどを巡る。

一応、同行すると返事をしたが、またキョウコの不機嫌が蒸し返しているので実現できるかどうか確信できない。


昨日、私たちは2人でゴルフした。とても暑くて、私にはこれ以上悪くプレイできないほどひどいスコアだった。家に帰るとくつろいで、夕食にピザを食べながらテレビでPGAトーナメントを観戦した。

カウンターに座っているキョウコのところに行って彼女の肩に手をおいた。すると彼女は私の手が触れるのを避けるかのように身を引いた。私はむっとして、友達さえ時にはハグしたり触れあったりする、と言った。すると、私はあなたをハッピーにしなければいけないことはない。あなた自身がそうしなければいけない。あなたは本当の意味で自分自身を大事にしなければいけない、と言った。

とどのつまり、別れたいのだ。いつかもはっきりそう言った。

今日、近辺にある小さなアパートを借りて別居することを提案したら、視線のさだまらない目つきをして、結局はそれには何も答えなかった。

8月10日。リトルロックのUMASに飛んだ。早朝のフライトだったので精密検査を受けるのに充分時間があった。尿のサンプルは機内で取れなかったのでミスするところだった。CTがスケジュールに入っていないようだったのが、私は送られてきたスケジュールをチェックすると確かに予定されていて、確認ができてCTを終えた。

検査の結果、私はまだ寛解状態にいると言われた。グッドニュースだ。

泊まったホテルは選択を誤った。線路の近くで夜じゅう汽笛の音で2晩ともよく眠れなかった。真夜中に帰宅して、キョウコの顔を見たのは翌朝だった。

8月15日。ドクターパレモの予約があった。寛解状態だとのUMASからのレポートが届いていて、これまで彼のクリニックで毎月1回診察を受けていたのを3か月に1回でいいと言われた。ワンダフルニュース！

9月18日。私たちは2週間にわたるオーストリア、クロアチア、ハンガリーのツアーに出発した。コンドミニアムの2階に住むラリーにサラの餌としもの世話を頼み、プラトンをパラダイスペットショップに預けた。そこは家族的にペットの面倒をみてくれるところで、イタリア旅行をした時もそこに預けた。

ニューヨークに飛んで、そこでスーとジョージに落ち合った。イギリスへの乗り継ぎの時間が長かったが、乗り込むとすいすいとヒースロー空港に着いた。次は夜間のフライトでウインに着いた。

翌日は市内観光ツアーで、国立歌劇場やその他の呼び物が目にとまるリングビルヴァード大通りを通って、オーストリア皇室の冬の宮殿だったハプスブルク宮殿を見学し、さらにオプショナルツアーでシェーンブルン宮殿を見学した。夜は、伝統的なオーストリア料理を味わい、ウイーン楽友協会のコンサートホール（グローサーザール）でウインモーツアルトオーケストラが演奏するモーツアルトとヨハンシュトラウスを聞いた。

翌朝、アルプスを背景に、ゼメリング峠や、ケルンテン州に散在する数々の美しい湖を眺めながらスロヴェニアに向かった。その首都、リュブリャナに着き、ホテルに落ち着いた。２５０マイル、一日中のライドだった。次の朝、市内観光して、見ものはセイントニコラス大聖殿だった。その後は自由行動であちこちの散策とショッピングでつぶれた。

次の行き先はスプリト。アドレア海の美しい景観の続くダルメシアアン沿岸を揺られて行った。またしても２５０マイルの長いバスライドだった。バイキング式のディナーでキョウコの好みではないが、いろいろ違った料理が食べられ、しかも食べ放題。私は大いに満足した。

何年か前に日本で買った日本製のジャケットをスロベニアで、リュブリャナのホテルに置き忘れてきていた。そのことをツアーの責任者に告げると、帰りはそこから50マイルほどのところになるクロアチアの首都ザグレブに行くことになるから、そちらのほうに届けてもらうよう手配すると言った。私たちが宿泊するホテルに郵送してもらえるものと期待していたのだが、結局は、何の返事もなかった。これまで旅行する度に着古した愛着のあるジャケットなので、失くしたのは至極残念だった。

スプリトからさらにダルメシアン沿岸を走り、これまでは一番短距離の移動でドゥブロヴニクに着いた。石壁で包囲された古い市で、1990年、クロアチアがユーゴスラビアから独立した時の戦争の爪痕をとどめていた。ローカルのレストランでの夕食はゆったりとして2時間。その間、音楽の余興も楽しんだ。

次の日の朝、ガイド付きの市内観光のあとは自由行動だった。スーとジョージと別れて、私たちは別の方角から探索した。街を囲む防壁の最上に上がるのに料金が取られたが、少なくとも12メートルの高さ、4メートルの防壁それ自体は驚嘆に値した。私たちは初めから終わりまで石壁の全域を歩いて回った。右脚に痛みを覚えたが、何とか一日中もちこたえた。私たちはレストランでピザを食べた。ビールが美味かった。そのあとウインドウショッピングしているとジョージとスーにかち合った。

モンテネグロへのオプショナルツアーではジョージ達も同行していた。ユネスコ世界遺産として保護されているコーター市、ライゾンを通って、ドゥブロヴニクに戻る前に大きな湖の周りを回ってツェティニエ市に止まり、ニコラ王の博物館を見学した。

ドゥブロヴニクからバスに長く揺られて、次の目的地、プリトヴィツェ湖群国立公園に着いた。ひとまずホテルに落ち着くと、ガイドに引率されその公園の周りを巡った。数々の滝、おびただしい数のニジマスがうようよ泳いでいる湖。「魚釣り禁止」の立て札があるのが頷けた。とても景勝なので、ずっと徒歩で回れたら楽しいかもしれない。

ホテルに引っ返すところまできて、トラムに乗ってゆく機会があった。キョウコはそのまま歩きたいようで、歩くほうのグループに加わった。私はまた脚の調子が悪くなっていたのだけれど、思い切って歩いて戻ることにした。

私たちはグループから遅れがちになり、やがて先を行くかれらの影が見えなくなった。とにかく道に沿って歩いて行きさえすればホテルへの道が見つかると思った。そのうち、雨が降り出した。キョウコは前方にホテルを見つけてホテルに着いたと言った。一緒に登っていくと、別のホテルだった。言葉がわからない外国で、私たちは、要するに迷子になっていた。私はそのホテルの従業員から私たちのホテルがどこにあるかについてなんとか情報を得て、やっと道がわかった。ホテルの前で、ツアーのみんながバスに乗って私たちを待っていた。それで私たちは次の目的地へと向かうことができた。

クロアチアの首都、ザグレブで泊まったホテルはこれまでの旅ではるかに最良のホテルだった。ザグレブは明確に2つの区域に分かれていて、市の中枢で幅広い街路のビジネス街のようなローウアータウン、狭い道路で古い中世の街のようなアッパータウン。ガイド付きで私たちは、議事堂やその石の門、大司教殿、大聖堂など、その両区域の名所を見て回った。

ユーゴスラビアの一部だったクロアチアはジョージと私の先祖の土地だ。ジョージは由緒ある血統を引いているらしい遠い縁者の資料を携えてのぞんでいたが、問い合わせがうまくいかず誰との面会も叶わなかったようだ。私はと言えば、首都、Zagreb（ザグレブ）の名の響きが、私の苗字、Zogaric（ゾーギャリック）に相通じるところがあるし、血気、民族の熱い気性が自分の中に流れているのを日頃それとなく感知しているだけで十分だった。

翌日は自由行動で、私たち４人は連れ立って、通りを散策し、ウインドウショッピングした。夕食はオプショナルの典型的なクロアチア料理を選んだ。鴨と子牛料理が出たが、出された鴨は背中でも骨ばかりで肉がなくて不足だった。私はキョウコが食べない分を食べ、さらに給仕にもう一皿要求した。それ以外はとても結構だった。

今回の旅の最後の地はハンガリーのブタペストだった。238マイルでほぼ1日かかった。途中、その3分の2を行ったところにあるバルト湖に止まり、ティファニー大修道院で写真を撮る機会があった。

首都ブタペストはダニューブ河を挟んで2つの非常に異なる市に二分されていて、一方がブダ市で、もう一方がペスト市だ。その夜は4人で外に出て、典型的なハンガリー料理のレストランで夕食をして、ダニューブ河沿いの夜景をめでた。

次の日は、地元のガイド付きのバスで、アンドラーシ大通りを通りゲッレールなどの温泉ホテルや世界で2番目に大きいユダヤ教の礼拝堂を目にした。それから「漁夫の砦」に行った。そこからはダニューブ河、それを挟んだ2つの市の全景が見渡せた。〝英雄の広場〟に行き、さらに、13世紀のマーチャーシュ大聖堂を見学した。

午後はランチ付きのダニューブ河周遊の後、市街の散策と土産物のショッピングをした。夕べはホテルでさよならの夕食会。

ロンドンのヒースロー空港に飛び、そこからニューヨークJFK飛行場。オーランドに着いたのは夜中だった。

翌日、プラトンを連れに行くと、車の中で初めはおとなしくしていたが、すぐにじっとしていなくなった。

旅先で撮ったビデオに目を通していると、そのディスクの中の2つが空白だった。信じられなかった！　これまで多くの旅をしたがこんなことは全く初めてのこと（撮影中、時々電池が切れることが数回あった。旅行前にコンデンサーで電池を充電したはずなのだ）。

幸いスーとジョージもビデオを撮っていたので、暇な時にそのコピーを送ってくれないかと頼むと、承知してくれた。愛用していた日本製のジャケットが戻ってこなかったのも残念だったが、白紙になった旅の一部が全く失われたわけでなくなるので、ありがたかった。話のついでに、感謝際に招待された。それで私たちはその招待に応じた。


プラトンをパラダイスショプに預けて、ウィスコンシン州のマディソンに飛んだ。

スーとジョージが飛行場に迎えに来てくれていた。

外は雪景色だった。キョウコは目を見張っていた。彼らのところに直行しないでマディソン市のあちこちを見せてくれた。それから夕食をして、デザートに別の店でアイスクリームを食べた。

翌日は感謝祭の日で、彼らの息子とそのガールフレンドはミネソタから、従妹弟たち（スーの妹、ジェーンと、弟ラリー）が、インディアナ州からやってきた。みんなそれぞれにスーの手助けをして、8人一同、サンクスギビングの馳走を囲んでの団欒が続いた。子供の頃の思い出話が尽きなかった。

キョウコは一足先に地下の客室に引き上げていた。

帰途、ミネアポリスの乗り換え時に時間があったのでターミナルを歩いていると、私たちはアクリル製の馬の頭像を見つけた。その首の部分が真空になっていてその中に3頭の馬が疾走している。キョウコは見とれていた。彼女は午年の生まれで、これまで馬の装飾品をいくらか持っている。500ドルとあり、私は店主と話して送料をタダにしてもらった。

実に美しい品で、リビングルームのコーヒーテーブルに飾るととても引き立った。

第8章　クロスロード

年が明けて、２００８年　２月15日。

癌専門医ドーターパレモのクリニックで検診を受けた。血液検査をして、血液と尿のサンプルをＵＭＡＳに送った。去年、少なくともここ半年の間、ゴルフしていてめまいがして倒れたことがあったエピソードや、右足のふくらはぎの痛みについて話した。Ｗ総合病院での検査、診断が手配された。

ロサンゼルスから長女のタマラとその夫ドン夫婦がやってきて、数日滞在した。

タマラにとってフロリダは、私がＴＲＷで働いていたころサテライトの打ち上げの仕事で出張してきていた時期、一度家族を呼んだことがあったが、あれは１９７３年で、ビーチ沿いのホテルで夏休みを過ごして以来だった。

プラトンは初対面の者には猛烈に吠えるが、すぐに収まり、彼らによく懐いた。彼らは一日セイントオーガスチンを観光し、次の日はスペースセンターを見学した。それから私たちは彼らをエプコットセンターに連れて行った。キョウコと私には数年ぶりで、テストトラックなどに変わったところがみられた。私たちは時間の関係で45分間かかるダイナソアー（恐竜）のプレゼンテーション以外は全部見て回った。

幸運にも、彼らはスペースシャトルとデルタロケットの２つの打ち上げを見ることができた。わずか3日おいての稀な経験に浴したのである。シャトルの打ち上げは3月11日の午前2時、早朝。厚い雲がかかっていて発射した時を除いてぼやけていた。が、3日後、同じ時刻に発射したデルタの方は、晴れ渡った夜空だったので、ロケットから切り離された6つのブースターが落下してくる姿は地上に放射された星のようだった。

彼らはそれからキーウエストに行った。あの年、夏休みに家族を連れて行った、フロリダ南端の、ヘミングウェイにゆかりのあるリゾート地。本土との間を結ぶ新しいオーバーシーズハイウェイ（海上高速道路）ができて、違った感じを受けたらしい。

そのオーバーシーズハイウェイは、キョウコを連れて行ったときにはすでに出来ていて、本土とキーウエストに架かる古いハイウェイを横目にドライブしたものだ。そして帰途マイアミで、時間帯が外れていたためもあってか薄暗くがらんとしていてキョウコが薄気味わるがったキューバンレストランでたった一組の客となったり、ブルーモンスターで知られるドラールゴルフコースで、ゴルフをした。夏場の安いパッケージを利用しての豪華な宿。朝食に食べたクリームチーズに鮭の燻製をのせたベーグルが美味かった。

ジャックから、仕事に戻ってみる気がないかとの電話があった。マネージャーから私に聞いてくれるよう頼まれたらしく、スペースシャトルのミッションがあと3年ほどで終わるので、新規採用を避けて経験のあるものを求めているらしい。私は週に2、3日の非常勤なら職場の助けになってもいいと答えた。

しばらくしてマネージャーから、私の返事を喜んでいるという電話が入った。職業エイジェンシーを通じてではなくて、コンサルタントとして働けたらと言うと、臨時雇いの場合はエイジェンシー、スフェリオンを通じてしか雇えないらしかった。

３月19日、スフェリオンから電話があり、21日、そこで事務手続きし、それから社に行って手続きをすませたあと、病院で、アルコールとドラッグテストまでやらされた。

３月20日。

ＵＭＡＳから、抗がん剤として服用しているサリドマイドの代わりにベルケード使用の新しい治療法に関わってみないかとの書簡が届いた。頸動脈のテストには問題はなかったようだが、右足に由々しい問題があるのは明らかだった。右足のふくらはぎの痛みについて主治医のドクターマリーノにはまだ話していないが、気が重くてもそのうち専門医に診てもらって治療の選択をしなければならないだろう。

３月30日。私たちはジョーとキョウコの友達アリスとゴルフをした。キョウコは88を出し皆を打ち負かした。私はプレイの後半、気分が悪くなり、また気を失いそうになった。何とか持ちこたえたが、奇妙な感覚に襲われてプレイするのが難しかった。

４月７日、月曜日。スフェリオンから電話があり、やっと勤務の許可が下りたようだった。話があってからもう３週間になる。なぜそんなに時間がかかったのかと聞くと、セキュリティのためだと言う。そこで20年働いてきた私が安全な人間かどうかの確認がいるとは。何時から働けるかと聞くから、水曜日からと答えると、ケープカナベラル空軍基地に通行許可のバッジを取りに行くようにと言われた。

ともかくも、私がパートタイムで働くことになったのはキョウコにとっては、グッドニュースだった。私に一日中家にいられて弛んだ日常生活にうんざりして別れ話を蒸し返していた折も折、お互いの間に自由に呼吸するスペースができるわけだ。それで、私に代わってのプラトンの散歩は快く引き受けてくれた。

プラトンは賢い犬だ。そして、キョウコを好いている。居間や書斎で私のそばに寝そべっていても、外出していたキョウコが帰ってくると、玄関に向かっている彼女の気配をめざとく聞き分けて、すっくと立ちあがる。

8時にVAB（組立格納庫）に着くとジャックと会って、一緒にオフィスに上がって行った。顔見知りの連中に会い、彼らは私の帰還に驚いていた。そして2時間もすると、あたかも5年前の現役に戻った感じだった。

再び、職務上の知識能力の証明をしなければならず、午後から始めると、殆どがすぐに戻ってきて、ただNISにアクセスするクリアランスに行き詰まっただけだった。

4月19日、土曜日。レミングトンゴルフコースで、社のゴルフリーグのトーナメントがあった。ジョーとタヨが私たちのゲストと参加して一緒にフォーサムで回った。私は振るわず、またキョウコに負かされた。普通、2、3ホールひどいスコアーをだすのだが、今回は2倍に輪をかけてた。帰途、レストランで夕食を共にした。

ゴルフの方はともかくも、私が働き始めてから、睦まじいというまではいかないが、平穏で静かな日が続いている。


５月６日。火曜日。オフィスに出ると、フィニックスに出張できるかと問われた。いつと聞くと、今日だという。承知すると、フライトスケジュールの手配をしてくれた。以前はすべて自分でやっていたので手間が省けてよかった。ＵＳエアーラインで、午後５時15分発のフライト。家に帰り旅行準備をして、飛行場へ向い、ＵＳエアーラインのカウンターに行くと、予約されていなく、翌日にブッキングされていた。今日は満席なので、乗せてもらえない。オフィスに電話すると、エラーしていたのに気づいたらしく私に連絡していたのだという。サウスウエスト航空に再ブッキングされていて、反対側のターミナルで５時45分に発った。

やっとフィニックスに着いて、カーレンタルのナショナルに行くと、１日だけしかブッキングされていなかった。それを正してハミルトンインにチェックインすると、これも１日だけブッキングされているだけだった。これも改め直して、部屋に入ると11時半。キョウコに無事に着いたとの電話をいれるとすぐに床についた。

翌朝、朝食をとって、フィニックス・ヒート。ツリーティング（Phoenix Heating Treating）社に向った。着くと、受付のドアが閉まっている。ノックしたが返事がない。その周辺を歩いていると、何かを動かしている男が目に留まった。私は手招きして呼び寄せ、自己紹介して、誰もフロントにいないのでと言った。次いで彼も自己紹介した。品質部のマネージャーだった。

しばらく雑談してから、私は、与えられた資料情報に従ってレビューをしにきた旨を告げた。するとそのレビューのコピーが欲しいかと聞かれたので、私はびっくりした。彼は2つのドキュメントを持ってきた。それらに目を通したとき、明らかに誰かがへまをしたことが見て取れた。フィニックス・ヒート・ツリーティング社の承認を急ぐあまり、そして同社が休業しているので、必要とされる工程の全部が全部をレビューした訳ではないようだった。

レビューしなければならない工程は「WI-QCP-50Rev」と「SOP-13Rev.」だと言われていたので、その2項目をレビューしたいと言うと、彼はそれらの工程を持ってきた。それは同社の工程であるはずで、私が足を運んできたそもそもの目的は現場以外でレビューするためのコピーが手に入らないからだと言った。

彼がそのコピーが欲しいかと聞いたので、是非と答えた。彼が私にそのコピーを手渡すこと自体が、私がレビューする必要がなかったこと、そしてそれは別の場、わが社でなされることを表明していた。このことについて疑惑を抱くべきだった。しかし、私にこの仕事を頼んだ上位の者にはっきりしていたはずだと思う。

フィニックスから戻ってきて、メールに目を通したが、どのメールにも私が含まれていなかった。成り行きを振り返って、じっくりレビューに目を通していると、上記の2つの工程に次いでさらに2つの工程がわが社のグループで的確にレビューされていないのを発見した。

私は純粋な好奇心から、今回のことだけでなくフィニックス・ヒート・ツリーティングの工程を丹念に調べた。時間があったし、もともと詮索好きなので。目を通した項目についていえば、どれも総括的でよく書かれていた。私は専門的には認定する資格がないかもしれないが、その広いスペクトラムを理解するだけの知識があるし、同社が、要求に応じて仕事が機能的になされている適性な社であると感じられた。

６月に入っている。フルタイムで働いている。これまでオフィスに私１人だったときが数日あった。幸いにも私は大抵の事柄に関しての知識を保持しているので、基礎的なことはすべてカバーできている。

６月10日。サクラメントに昼過ぎに着いた。エメラルドアイルのメンバーなので、ナショナルカーレンタルではどの車でも選べる。最新型のキャデラックを選んだのだが、ボタンが多くて戸惑った。X-Radio、OnStar、サンルーフ、思いつくものはなんでもついていた。工場から10マイルほどのところのヒルトンガーデンにチェクインした。

誰もが出勤してくる前にＵＰＣＯに着いた。登録して、大勢の新顔に会った。私がリタイアする前に一緒に働いた品質技師は膵臓癌で２００４年に亡くなっていた。

水曜日、ＣＤＦ組み立ての検査にあたり、木曜はその結果を検討し、午後４時前にすべてを終えた。１日早く片付けることができるとわかっていたら、その日、夜遅く帰れたのに。翌日、金曜日の正午前のフライトだったので、帰宅したのは夜10時だった。

土曜日の朝、メンズトーナメントでゴルフした。ひどいゲームだった。日曜日、私たちはジョーとタヨとプレイした。少しましだったが、このところずっと90を破れない。UMASから戻ってきたら、今度こそ何をおいても右足と肩を診てもらわなければなるまい。ジョージとスーから、来年、今度はスペイン、ポルトガル、そしてモロッコの旅に誘われている。それまでには何とか治癒しておかなくては。

7月7日から7月18日まで、週末は家に戻る2回の出張がある。最初はコネチカット州のハートフォード、次は、再びフィニックス。そのあと、7月22日にリトルロックのUMASに飛び、2日間の精密検査をうける。

多発性骨髄腫を宣告されてステムセル・トランスプラントを受けてから4年になる。2年の命だったのを2年オーバーした。この先まだ何年更新できるか。癌が再発しても、移植用に冷凍された健康な幹細胞がまだ半分残っている。

不思議なことに、来し方を振り返ってみると、私の人生には確実にあるパターンを見ることができる。どうも私は、楽天的でなくむしろ悲観的、厭世的な人間に惹かれる傾向があるようだ。アイナもそうだったし、キョウコもそうだ。反対に私は何事においても常に楽観的で前向きな態度を取ってきた。ときには熱烈に奮闘しすぎるところさえあったが、いつでも最良なことが起こると信じてきた。

もちろん、これまでの人生で私がやってきたもろもろの過程において、度々、頭の中では激しい葛藤を経験してきたのは確かだ。私の不道徳な側面はどこから来るのかわからない。無意識に母の生き方を見ているうちに身に付いたものかも知れない。

それでも前向きな態度ゆえに、私はこれまで生き続けてこられたのだと思う。私は自分が頑固であるのを承知している。どんな逆境にあっても、その頑固さゆえに長くは打ちのめされはしなかったし、これからもできるだけ長くこの人生を最大限に生きるつもりだ。誰かとそれが分かち合えるなら、素晴らしい。独りになったとしても、何とかやっていけるだろう。ただ一つだけ確かなのは、絶対に諦めないということだ。人によっては悲嘆して終止符を打ちたいと思うだろうが、それは絶対に私の選択ではない。この先何が起こるかを知りたい好奇心に余りにも満ち溢れている。

人生は素晴らしい経験だ。過去これまでやってきたように様々な人生の様相を探索するつもりだ。といっても、私は自分がこの世に実在したことを証明する何かを残しておく必要を感じない。人の人生で、人類に貢献するような段階に達せる人はあまり多くはない。

私にはこれ以上証明するものがあるとは信じない。私は懸命に働いた。2、3の大義に関与して、この世に素晴らしい子供たちを誕生させる特権に浴した。もしこの時をよりよくする方向に向けて、ほんの小さなことにでも何とか寄与できたなら、自分のゴールに到達したと感じられるだろう。

人生の大部分を長時間勤勉に働き、その間、興味を持ったものは実に様々だった。その多様性が私を聡明にして、それが私の強みだった。

人には2つのタイプがある。ただ一つのものに献身的に打ち込んで、その分野の専門家になる者。

そしてもう一方は、多様な能力をもち、専門家ではないが広範囲の分野の知識を持っている者。深い湖のような者でなく、浅くても川のように流動するのが私だ。私は自分がある目的を持ってこの世に生まれてきて、まだ完成されてない何らかの部分があると信じている。

この世には何らかの理由のために何らかのプランがあり、人はたまたま自分がそこにいたというだけで他者の生死を左右していたりすることがある。私はこれまでに少なくとも2人の命を救うことに関わった。

人は運命だとか、タイミングだとかの言葉をよく口にするが、そうした状況は前もって運命づけられているに違いない。あれは水兵だったときで、サンディエゴの新兵訓練基地からポンコツ車でシカゴに向っていた。途中、そのおんぼろ車がえんこして、それを放置してヒッチハイクした。拾ってくれたのは偶然にもノーフォーク海軍基地に引っ越しする海軍軍人の妻だった。車の中は衣類やそのほかの持ち物がいっぱい詰まっていて、後席の幼児用ベッドの中に乳児がいた。彼女とおしゃべりしていると、ふと後席になんかの動きが私の目の端に止まった。振り向いて乳児に目をやると、乳児がプラスチックバッグを頭から引きおろしていた。もし私がそこにいなくてそのプラスチックバッグを引き取らなかったら幼児はどうなっていたか。

もう一つの出来事はTRWで働いていた時の事。1977年、サテライトのうちあげでフロリダに来ていた。海沿いの素敵なコンドミニアムに滞在していて、仲間の1人が彼のところでパーティーをした。かなり大勢で賑わっていて、マネージャーと彼女の夫もいた。椅子に座れずに床に座っているものが多く、マネージャーの夫も床に座っていたのだが、急に静かになって動かない。顔が赤くなり呼吸をしていない。彼女はそれに気づいて彼を呼び起こそうとしたが、反応がない。彼女は夫が心臓が悪くて、過去に心臓発作を起こしたことがあるので半狂乱になった。
その場にいた中の1人が心臓発作を起こしていると判断して彼を横にならせた。なぜだかわからないのだが、私には心臓発作ではないとわかっていた。私は横にならせた男を文字どおりわきに押しのけて、彼女の夫の後ろにまわりハイムリック（腹部突き上げ）法を始めた。３回試みたが、効果がない。これでも何も起こらなかったら彼は呼吸しなくなると私は自分に詰め寄った。そしてもう1度必死でやってみると、彼の喉から硬いロールパンのかけらが飛び出てきた。彼は息を吹き返し、少しして彼は元に戻って私たちはほっとした。私にとって自分の知識が役立った出来事の一つだ。

さて、今、私は時のクロスロード（分かれ道）に立っている。どんな未来が私のために、あるいはキョウコのために用意されているのか。退職後は2人一緒に老いていきたいと思っていた。ここにきて私たちの違い、２人の間に横たわるものがあまりにも大きすぎて、乗り越えられそうにない。

訳者のあとがき

この回想記は唐突に終わっています。

彼が亡くなったのはそれからおよそ2年経ってからで、今からもう12年前になります。奇しくも、日本では2011年3月11日、東日本大震災があった年で、その1か月後に逝ってしまいました。

度重なる心不全の治療と、抗がん剤として投与されていたサリドマイドが血栓という副作用を起こして、そのために脚のバイパス手術とそのリハビリ治療を繰り返しているうちに、再発した癌が彼の全身を狂暴に襲いました。知能の衰微、錯乱、そして散々痛めつくされた彼の肉体は、立て続けの嵐に戸や窓の立て付けが壊れ、柱が朽ちかけて半ば吹きさらしになった廃屋のようでした。

死後、彼の物を整理していますと、この回想記が出てきてびっくりしました。542ページに及ぶプリントされた分厚いものでした。一度通読しようとしましたが、ショック、怖れ、後悔、悲哀、あたかも食べられないものを無理矢理に食べさせられているような箇所に何度も遭遇して胃が受け付けなくなり、発作的にそのまま放置しました。異国でひとり置き去りにされた不安との闘いの日々、眼前に立ちはだかる新たな現実に溺れないよう泳いで渡るのに精いっぱいで、その上さらに増幅された怯えで、人知れず心の震えが止まらなかったからです。

それにしても、なぜ彼がこれを無言で残して逝ったのか。私にとってそれが謎のように心の隅に引っ掛かっていました。無視しようとしてもそれに脅かされ続けて、何か負い目のようなものが私の内に沈殿し、真に心が休まる日がありませんでした。

それが、思いがけなくもパンデミック、世界中がコロナ禍の由々しい世相に入ってから、人生と言うものを深く見つめる機会を与えられて、ふと、翻訳してみようと思い立ちました。

やっている内に彼と過ごした日々が蘇る一方、彼の子供時代や海軍時代はともかくも、若くして家庭を持ってからの彼の行状、特に私の知る由もなかった情事の数々に抵抗を感じたことや、後半を拾い読みしていて彼の目からとらえられた私が歪んでとらえられていること、また彼自身が不当に卑小になっている書きぶりに度々出食わして気が滅入り、中断しました。そもそも翻訳することに何の意味があるのだろうかと。ところが、気を取り直し、心をむなしくして、彼の言葉の背景を冷静に第三者の目となって見つめながらひるまず悪戦苦闘しているうちに、翻訳すること自体が、彼がどうしてこれを残していったかの謎解き作業のようになっていきました。

この回想記の大半を占める文通の部分は私にとってなじみ深い内容です。お互いに申し合わせたように相手からの便りを取っておきましたが、闘病中のいつか、彼は私が外出している際に、彼からの便りをしまっている場所を探し出していたのにはいささか驚きました。日付を追って新たにタイプされていました。そのお互いの後半生を決定的にしためぐり逢いの文面のあちこちにその当時が懐かしく思い出され、人生というものの不思議、そしてまたその哀愁の情を抱かされました。

ファンタジーと現実。思えば、結婚して実際の現実空間でお互いを知り合う日々は、お互いの違いを認識させられる道程でもありました。

人種、言語や文化の違い、生い立ちの違い、性格の違い、そして男女の違いなどの壁がありましたが、なんといっても二人の間での根本的な違いは、さして嫌いなものがない人間と、嫌いなものがありすぎる人間との違いでした。

何かにつけて正反対の人間がお互いの欠点を補いながらうまく暮らせていましたが、彼を襲った特殊癌が徹底的に脅威の壁となりました。

まるで二人の間に居座った癌という名の居候。その傍若無人な居候に翻弄されて全く先の見えなかったその日暮らしの日々。殆ど1日単位で、ことに手術や移植の前後は1時間、1分単位で生きていました。何が何でもこの世から消えていくまでできる限り自分を満足させて生きていきたい人間を差し置いて、元来あまり生きたいとは思わない人間が生き残ることになる不条理に晒されていた日々……。

長らく私の心の底に沈んでいた負い目。端的にいえば、それは彼を幸せにしてあげられなかった負い目でした。ありのままの私を愛してくれた彼でしたが、私はありのままの彼を受け入れて慈しむことができませんでした。胸にくすぶっていた自責の念に押されて、翻訳していく過程がいつしか返礼の作業となっていきました。そして、恵まれない出生、幼い頃から旺盛な好奇心と独立独歩の精神で自己を創り上げた彼、この世を彼独特の生き方で精一杯生きた彼の姿を浮き彫りにできたことで、彼の愛に全面的に応えられなかったその負い目から解かれた気がしているのです。心のわだかまりが霧消してしまっているのです。

私は物心つくころから、何処にいてもなぜか場違いな感じ、故郷を持たない根無し草のような思いを拭い去ることができませんでした。これは、戦後、引揚者の家庭で育った幼い頃の記憶が尾を引いているのかもしれません。それが国際結婚であっても常に周りと当たり前に呼吸ができる彼のそばで安寧でいられました。二人の間が不和になり別れの危機にあったときでも、胸の奥では不思議と安心感がありました。今でも、留守番電話の彼の声を聞く度にまだ彼がいるようで安堵します。

この翻訳を成し遂げたことは、はからずも、「Happy closure」——彼への感謝に満ちた総括となりました。

アメリカ人、一介のスペースクラフト技師の回想録。恵まれない出生、幼年期から旺盛な好奇心と独立独歩の精神、海軍除隊と同時に妻子を抱えた民間人、数々の仕事の遍歴と愛の破綻の繰り返し、文通で巡り合った日本女性との挑戦的で充実した18年の暮らしのあと、突然襲われた不治の液体癌との苦闘……。

この世に生まれてから懸命に自己を生きた一人の人間の生の証。

虚空の羽ばたき

2023年12月8日　初版第1刷発行

著　者　トーマス・ゾガリック
訳　者　唐沢杏子
発行所　株式会社 牧歌舎
〒664-0858 兵庫県伊丹市西台1-6-13 伊丹コアビル3F
TEL 072-785-7240　FAX 072-785-7340
http://bokkasha.com　代表：竹林哲己
発売元　株式会社星雲社
（共同出版社・流通責任出版社）
〒112-0005　東京都文京区水道1-3-30
TEL.03-3868-3275　FAX.03-3868-6588
印刷・製本　冊子印刷社（有限会社アイシー製本印刷）

ISBN 978-4-434-33193-0　C0098